贾平凹文选

长篇小说卷

老 生

12

贾平凹 / 著 作家出版社

《老生》是四个故事组成的，故事全都是往事，其中加进了《山海经》的许多篇章，《山海经》是写了所经历过的山与水，《老生》的往事也都是我所见所闻所经历的。《山海经》是一座山一条水地写，《老生》是一个村一个时代地写。《山海经》只写山水，《老生》只写人事。

目　录

开 头

秦岭里有一条倒流着的河。

每年腊月二十三，小年一过，山里人的风俗要回岁，就是顺着这条河走。于是，走呀走，路在岸边的石头窝里和荆棘丛里，由东往西着走，以致有人便走得迷糊，恍惚里越走越年轻，甚或身体也小起来，一直要走进娘的阴道，到子宫里去了？

走到一百二十里远的上元镇，一座山像棒槌戳在天空，山是空空山，山上还有个石洞。这石洞太高，人爬不上去，鸟也飞不上去，但只要大贵人来了就往外流水。唱师扳着指头计算过：当年冯玉祥带兵北上，经库峪绕七里峡过大庾岭翻淅川沟，经过这里流了一次水，到北京便把溥仪撵出了故宫。李先念从鄂豫去延安时，沿着石槽沟翻十八盘上红岩子下核桃坪，到镇上住过三天，流了一次水，后来当了三年国家主席。还有，梅兰芳坐着滑竿来看金丝猴时流了一次，虚云和尚游历时也流了一次。唱师说的这些事现在的镇上人都不知道了，知道的是匡三要去西北大军区当司令呀，头一年冬季的车开过镇街是流了水，水一出洞就结冰，白花花的像挂了白布帘子。而到了七年前，省长来检查旱灾，全镇的人都嚷嚷要看石洞流水呀，但这一回，唱师在他的土窑里不出来，手在肚皮上敲鼓点，唱：一根竹子软溜溜啊，山山水水任我游，游到孝家大门口，孝家请我开歌路。人们说，唱师唱师，省长来了你不去看流水呀？！唱师不唱了，手还在肚皮上比画，说：省长不是大贵人，石洞里流不了水的。

果然石洞那次没流水。

这就让镇上的人再一次议论了唱师，觉得他有些妖。唱师确实是有些妖，单凭他的长相，高个子，小脑袋，眼睛瓷溜溜的，没一根胡子，年轻人说他们小时候看见他就是现在这模样，老年人也说他们小时候看见他也是现在这模样。那棒槌山下的土窑，不知换过了多少次柴门，反正是唱师在土窑里住上几年，突然便不见了，十年八年的不见，土窑外的碾子卧成了青龙，磨子卧成了白虎，以为他已死在他乡，他却在某一天还挂着扁鼓挂着竹竿又回来了。走的时候是冬天，穿着草鞋，鞋壳儿里塞垫了棉花，他说棉花是云，他走云，回来的时候是夏天，撑了一把伞，他说伞是日照。他永远是一过中午就不进食了，只喝水，人问你怎么只喝水呀，他说树还不是只喝水？他能把磨棍插在窑前，一场雨后磨棍就发了芽。给孝家唱阴歌时发生过棺材里有嘎喇喇响，他就要逮个老鼠用黑手帕包裹了在棺材上绕一绕，再把老鼠在门前一扔，说：你走！死了就死了，把贫穷和疼痛都带走！老鼠就飞起来变成了蝙蝠，棺材里也便没了响动。他到镇街人家做客，人已经去了却还要回土窑一趟，声明：我回去取嘴呀！他偶尔要想起外地的朋友了，就把邮票贴在胸口。

关于唱师的传说，玄乎得可以不信，但是，唱师就是神职，一辈子在阳界阴界往来，和死人活人打交道，不要说他讲的要善待你见到的有酒窝的人，因为此人托生时宁愿跳进冰湖里火海里受尽煎熬，而不喝迷魂汤，坚持要来世上寻找过去的缘分；不要说他讲的人死了其实是过了一道桥去了另一个家园，因为人是黄土和水做的，这另一个家园就在黄土和水的深处，家人会通过上坟、祭祀连同梦境仍可以保持联系。单就说尘世，他能讲秦岭里的驿站栈道，响马土匪，也懂得各处婚嫁丧葬衣食住行以及方言土语，各种飞禽走兽树木花草的形状、习性、声音和颜色，甚至能详细说出秦岭里最大人物匡三的家族史：匡三是从县兵役局长到军分区参谋长到省军区政委再到大军区司令，真正的西北王。匡三的大堂弟是先当的市长又到邻省当的副省长。大堂弟的秘书也在山阴县当了县长。匡三的二堂弟当的是省司法厅长，媳妇是省妇联主任。匡三的外甥是市公安局长，其妻侄是三台县武装部长。匡三的老表是省民政厅长，其秘书是岭宁县交通局长，其妻哥是省政府副秘书长。匡三的三个秘书一个是市政协主席，一个是省农业厅长，一个是林业厅长。匡三大女儿当过市妇联主席，又当过市人大副主任。大儿子先当过山阴县工会主席，又到市里当副市长，现在是省政协副主席。小儿子是市外贸局长，后是省电力公司董事长，其妻是对外文化促进会会长。小女儿是省教育厅副厅长，女婿是某某部队的师长。匡三的大外孙在北京是一家大公司的经理，二外孙是南方某市市长。这个家族共出过十二位厅局级以上的干部，尤其秦岭里十个县，先后有八位在县的五套班子里任过职，而一百四十三个乡镇里有七十六个乡镇的领导也都与匡家有关系。唱师讲这些故事如数家珍，还用柴棍儿在地里画出复杂的人物关系图，他就喝酒，从怀里掏出个酒壶抿上一口了，说：还想知道些什么吗？他的酒壶一直有酒，不时就抿一口，你不能问酒完了吗，一问就真的酒完了，再倒不出一滴来。他并不怪嗔，还说：二百年来秦岭的天上地下，天地之间的任何事情，你还想知道些什么？！

要问的人再问他都有了恐惧，不问了，去找棒槌山上的放羊人，想买一只羊或者趁太阳好，一边在坡上晒暖暖一边看羊群在草地上撒欢。

放羊的是父子俩，这父子俩命都硬，各自都死了老婆，第三代是个男孩，一表人才，还在县城里读高中。父子俩不识数，也说不清放了多少只羊，只是晚上把羊赶进圈了，就指着说：这一个，那一个，那一个，这一个。清楚哪一只羊回来了，还有哪一只没有回来。来了人，不管来的是什么人，父子俩迟早都会说：吃了没？但吃了还是没吃，他们不再有下文，会把旱烟袋从自己嘴里水淋淋地取下来递给你抽。来人当然不抽他们的旱烟，有一搭没一搭地问着羊的事，眼睛就瞭见了沟对面唱师的土窑，窑门开着，是一个黑窟窿。说：哎，那唱师是多大的岁纪？老汉说：小时候他把我架到脖子上，我抱着他的头，头发就是白的。来人说：那你现在多大了？老汉说：你看我儿多大？来人说：有五十吧。老汉说：我儿要是五十，那我就七十了。来人再对儿子说：你到底多大？儿子说：我爹要是七十，那我就五十呀。

这一年春上，上元镇的天空总是停着一朵云，这云很白，像拴着的一颗偌大气球，唱师出现在了镇东口河滩上。整整十四个月的干旱，倒流河的水有多半渴死成了沙子，唱师是骑了竹竿过的河，在地里干活的人没问他是从哪儿回来的，只问天上这是什么云呀，他并没回答，却说：呀呀，这么多的金子！到了夏天，倒流河岸的路要硬化，需要大量的沙子，一方沙子卖到六元钱，好多人才想起唱师曾经说过的话，后悔没有早早把沙子囤起来。之后的整个夏天和秋天，唱师除了为南沟北岔的孝家去唱阴歌外，一有空老是到山上采果子，就有了一些人也跟着采果子，果子有五味子、野酸枣、珍珠果，还有八月炸瓜和猕猴桃，一边轰着乌鸦一边往嘴里吃，听见了啄木鸟在哪哪地敲木头，也就叩牙。秋后镇上人差不多都害起了打摆子，冷起来捂着两床被子还浑身筛了糠似的，吃果子的人没事。唱师还喜欢在坡上晒太阳，惹得后山林子里的香獐子也学了样，阳坡里腿叉开晒起腺囊，镇上人便因此去围猎，得了许多麝香。

又过了一年，秦岭外的平原上地震，波及到秦岭，镇上家家的门环都摇得哐啷啷响，人们全跑出门睡在野外的油毛毡棚里。睡了七天，天天在传着还有余震的，还有余震的，可余震还是没发生，就烦了，盼着余震快来。终于在第八天再震了一次，并没有人员伤亡和财产损失，心踏实下来，才蓦然发觉唱师压根就没有出窑洞。他是早知道地震会没事的才一直待在土窑的？放羊的父子去了那个土窑，土窑外一丛鸽子花开了四朵，大若碗口，白得像雪，而唱师静静地躺在炕上，炕下的草鞋里还卧着一只松鼠，看见了他们，洗了一下脸，才慢悠悠地走了。原来唱师是病了。唱师是从来都不患病的，但这一次病了，又病得很重，腿肿得有桶粗，一张多么能说会唱的嘴，皱得如婴儿屁眼儿，张开着，竟说不出了话。

放羊父子拉了一只羊到镇街请医生，医生问了病情，说不用治了，医生是治病而治不了命的。放羊父子说：他活成精了，他是人精呀！医生说：神仙也有寿么。让把羊拉回去。

放羊父子叹了一口气，回到土窑里等待着唱师老死，老死了把他埋葬。唱师不吃不喝了二十天，却仍然不死。扁鼓挂在墙上，夜里常常自鸣，那一根竹竿是放在窑门后的，天明却走到了窑门外的石碾旁。这时间正是学校放了暑假，读书的孩子回来了，孩子也便替了父亲和爷爷守候唱师。放羊的父子要去放羊，就叮咛着孩子：用心守着，一旦唱师咽了气，先不要哭，因为这时放起悲声，死去的人容易迷糊去阴间的路，可能会变成游魂野鬼，一定得烧了倒头纸，给小鬼们都发散过路钱，然后就在窑外大声喊我们，我们听见就立马来了。这孩子在土窑里守候着，过一会儿去看看唱师，唱师眼闭着，以为人过去了，用手试试鼻孔，鼻孔还出气。过一会儿再去试试鼻孔，鼻孔还是出气。如此守过三天，唱师仍在出气，这孩子就无聊了，想着自己古文成绩不好，趁这阵可以补习补习，便让爹多请了镇街上一位教师来辅导，应允将来送五斤羊毛。这教师也是个饱学人，便拿了一册《山海经》为课本，每日来一次，一次辅导两节。

唱师静静地在炕上躺着，身子动不了，耳朵还灵，脑子也清白，就听着老师给孩子讲授。这时候，风就从窑门外往里进，风进来是看不见的，看得见的是一缕缕云丝，窑洞里有了一种异香，招来一只蝴蝶。唱师唱了一辈子阴歌，他能把前朝后代的故事编进唱词里，可他没读过《山海经》，连听说过都没有，而老师念的说的却尽是山上海上和山上海上的事，海他是没经过，秦岭里只说"海吃海喝"这个词，把太大的碗也叫作海碗，可山呀，秦岭里的山哪一处他没去过呢，哪一条沟壑哪一座崖岩不认识他呢？唱师就想说话，又说不出来，连动一下舌头的气力也没有了，只是出气一阵急促一阵

5

缓慢，再就是他感觉他的头发还在长，胳膊上腿上的汗毛也在长，像草一样地长，他听得见炕席下蚂蚁在爬，蝴蝶的粉翅扇动了五十下才在空中走过一步，要出窑去。孩子也看见了那只蝴蝶，起身要去逮，老师用钢笔在孩子的头上敲了一下，说：专心！蝴蝶是飞出了窑门，栖在草丛里，却变成了一朵花。

古《山海經》插圖

问：山都有神吗？是神就祭祀吗？

答：有一种说法，说是上天创造了万物，就派神来。

问：祭祀「白菅为席」，为什么用白菅而不是别的颜色呢？

答：白颜色干净，以示虔诚吧。

第一个故事

　　《山海经》是一本奇书，它涵盖了中国上古时期的地理、天文、历史、神话、气象、动物、植物、矿藏、医药、宗教的诸多内容。共十八卷，其中《山经》五卷，《海经》八卷，《大荒经》四卷，《海内经》一卷。全书记载山名五千三百多处，水名二百五十余处，动物一百二十余种，植物五十余种。今天学卷一，《南山经》的首山系次山系。

　　我念一句，你念一句。

★　　　　　★

　　南山之首曰䧿山。其首曰招摇之山，临于西海之上，多桂，多金玉。有草焉，其状如韭而青华，其名曰祝余，食之不饥。有木焉，其状如榖而黑理，其华四照，其名曰迷榖，佩之不迷。有兽焉，其状如禺而白耳，伏行人走，其名曰狌狌，食之善走。丽𪊨之水出焉，而西流注于海，其中多育沛，佩之无瘕疾。又东三百里，曰堂庭之山，多棪木，多白猿，多水玉，多黄金。又东三百八十里，曰猨翼之山，其中多怪兽，水多怪鱼，多白玉，多蝮虫，多怪蛇，多怪木，不可以上。又东三百七十里，曰杻阳之山，其阳多赤金，其阴多白金。有兽焉，其状如马而白首，其文如虎而赤尾，其音如谣，其名曰鹿蜀，佩之宜子孙。怪水出焉，而东流注于宪翼之水。其中多玄龟，其状如龟而鸟首虺尾，其名曰旋龟，其音如判木，佩之不聋，可以为底。又东三百里，曰柢山，多水，无草木。有鱼焉，其状如牛，陵居，蛇尾有翼，其羽在鲑下，其音如留牛，其名曰鲑，冬死而夏生，食之无肿疾。又东四百里，曰亶爰之山，多水，无草木，不可以上。有兽焉，其状如狸而有髦，其名曰类，自为牝牡，食者不妒。又东三百里，曰基山，其阳多玉，其阴多怪木。有兽焉，其状如羊，九尾四耳，其目在背，其名曰猼訑，佩之不畏。有鸟焉，其状如鸡而三首六目，六足三翼，其名曰𪃁鸺，食之无卧。又东三百里，曰青丘之山，其阳多玉，其阴多青䨼。有兽焉，其状如狐而九尾，其音如婴儿，能食人；食者不蛊。有鸟焉，其状如鸠，其音若呵，名曰灌灌，佩之不惑。英水出焉，南流注于即翼之泽。其中多赤鱬，其状如鱼而人面，其音如鸳鸯，食之不疥。又东三百五十里，曰箕尾之山，其尾踆于东海，多沙石。汸水出焉，而南流注于淯，其中多白玉。凡䧿山之首，自招摇之山，以至箕尾之山，凡十山，二千九百五十里。其神状皆鸟身而龙首，其祠之礼：毛用一璋玉瘗，糈用稌米，白菅为席。

★　　　　★

有什么要问的？

问：《山海经》的"经"，如《易经》《道德经》，是经典的意思吗？

答：不，是经历。

问：所经之山，怎么只写山水的方位、矿产、草木和飞禽走兽呢，又都是那么奇怪？

答：这是九州定制之前的书呀！那时人类才开始了解身处的大自然，山是什么山，水是什么水，山水中有什么草木、矿产、飞禽走兽，肯定是见啥都奇怪。秦岭里不是也有混沌初分，老鼠咬开了天，牛辟开了地的传说吗？他们就是那样认识天地的，认识老鼠和牛的。《山海经》可以说是写人类的成长，在饱闻怪事中逐渐才走向无惊的。

问：为什么总有"食之不饥""食之善走""食之不疠""食之无卧"呢？

答：虎豹鹰隼是食肉的，牛马猪羊是食草的，上天造人的时候并没有安排人的食物，所以人永远是饥饿的，得自己去寻找可吃的东西，便什么都吃，想着法儿去吃，在自然界里突破食物链，一路吃了过来。人史就是吃史。

问：怎么有了九尾四耳、其目在背的猼訑就"佩之不畏"；佩了鹿蜀就"宜子孙"，类自为牝牡，吃了就"不妒"？

答：或许是佩了猼訑后"不畏"，发现猼訑是九尾四耳，其目在背，遂之总结出耳朵能听到四面声音而眼能看到八方的就不会迷惑不产生畏惧。或许是佩了鹿蜀后生育力强、子孙旺盛，发现鹿蜀是生活在"阳多赤金，阴多白玉"的山上，遂之总结出有阴有阳了，阴阳相济了，能生育繁殖人口兴旺的。或许是食了类的肉"不妒"，发现类是自为牝牡，遂之总结了妒由性生，而雄雌和谐人则安宁。我们的上古人就是在生存的过程中观察着自然，认识着自然，适应着自然，逐步形成了中国人的思维，延续下来，也就是我们至今的处世观念。

问：山都有神吗？是神就祭祀吗？

答：有一种说法，说是上天创造了万物，就派神来。

问：祭祀"白菅为席"，为什么用白菅而不是别的颜色呢？

答：白颜色干净，以示虔诚吧。沿袭到现在，丧事也叫白事，穿孝也就是穿白，裹白巾，服白衣，挂白帐，门联也用白纸。

★   ★

这不对吧，之所以办丧事用白布用白纸，是黑的颜色阳气重，人要死的时候，无常来勾魂，如果家里人都是黑头阳气强盛，无常就无法靠近，亡人就可能灵魂飘散，家人们才用白布盖头裹身的。鹊又怎么是山呢，是人呀，老黑的娘就叫鹊。鹊死后我去唱的阴歌，鹊还在入殓着，老黑的爹就浑身抽搐，在地上把自己窝成了一疙瘩，是我赶紧让他戴上白帽子，他才还醒过来。

老黑的爹是个憨人，一直在王世贞家当长工，一天正在苞谷地里锄草，突然蝗虫来了，遮天蔽日的，老黑的爹还往天上看，蝗虫就落在苞谷秆上，顿时只见蝗虫不见绿色，不一会儿，苞谷秆大半截已不见了，残留半尺高的苞谷桩。老黑的爹吓得跑回家，老婆正在炕上生老黑。老黑身骨子大，是先出来了腿，老黑的爹便帮着往出拽，血流了半个炕面，老黑是被拽出来了，他爹说：这娃这黑的？！鹊却翻了一下白眼就死了。

老黑实在是长得黑，像是从砖瓦窑里烧出的货，人见了就忍不住摸下脸，看黑能不能染了手。

娘一死，老黑和爹都住在了王世贞家，如野地里的树苗子，见风是长，十五岁上已经门扇高，肩膀很宽，两条眉毛连起来，开始跟着爹去南沟里种罂粟。那时候王世贞正做了正阳镇公所的党部书记，和姨太太去镇上过活了，留着大老婆在家经管田地和山林。大老婆喜欢老黑，每次进沟，总给老黑的褡裢里塞几个馍，还有一疙瘩蒜。老黑的爹说：啊给这多的！大老婆说：他长身骨子么。拉住老黑的手，在手心放一个小桃木剑。桃木剑能辟邪。

正阳镇辖区里的树林子多，而且树都长得高大，竟然有四五十丈高的樟树和松树。树木高大，林子里就有了羚牛、野猪，还有熊，也都是些大动物。熊是喜欢在有罂粟的地方出没，老黑的爹每次去南沟的罂粟地，总是把一副竹筒子套在胳膊上了，再让老黑也把一副竹筒子套在胳膊上，说遇见熊了，熊会按住人的双膊嘿嘿笑，笑得要晕过去，人就可以从竹筒子里拔出胳膊逃生。爹还说，去了要悄悄的，不要弄出响声。但老黑快活的是罂粟开花，罂粟的花是那样艳丽，当太阳在山梁上斜照过来，把这些花映在石壁上，有了五光十色的图影，他就莫名其妙地兴奋，大声地吼，天上的乌云肯定要掉下一阵子雨。爹骂起老黑：你迟早会招来熊的！真的到了中秋，他们在罂粟地里和熊遭遇了，熊是按住了老黑的胳膊，老黑的一只脚还在踢熊的腹部，爹急喊：装死，装死！老黑没有装死，但也没再动，熊就开始笑了，笑得没死没活。老黑是睁着眼看着熊笑，直到熊笑得晕过去了，他从竹筒里拔出胳膊，说了句：笨熊！还要拿刀砍熊掌，是爹拉着他赶紧跑了。

但就在这一次，逃跑的路上，老黑的爹失脚从崖上掉下去，崖三丈高，崖下有一个树茬，也仅仅那一个树茬，他的头就正好砸在上边，等到老黑跑下去查看，爹怎么没头了？再看，爹的头被撞进了腔子里。爹再一死，老黑成了孤儿，王世贞帮着把人埋了，给老黑说：你小人可怜，跟我去吃粮吧。吃粮就是背枪，背枪当了兵的人又叫粮子，老黑就成了正阳镇保安队的粮子。

老黑有了枪，枪好像就是从身上长出来的一样，使用自如。他不用擦拭着养枪，他说枪要给喂吃的，见老鹰打老鹰，见燕子打燕子，街巷里狗卧在路上了，他骂：避！狗不知道避开，那枪就胃口饥了，叭地放一枪，子弹是蘸了唾沫的，打过去狗头就炸了，把一条舌头崩出来。

那些年月，共产党占据了陕北延安，山外的平原上到处闹红，秦岭虽然还没有兵荒马乱，但实施了联保制，严加防范。王世贞到各村寨去训导，三月二十四日到的番禺坪。番禺坪在莽山上，那里是一条骡马古道，常有驮队和脚夫经过，也正如收获麦子也得收获麦草一样，莽山上的土匪也最多。这些土匪有的有枪，有的用红布包着个柴疙瘩假装是枪。还有一些本该是山里的农民，农忙时在地里刨土豆，脚夫问：老哥，问个话！回答是：你不是秦岭人？脚夫说：你咋知道我不是秦岭的？回答是：秦岭人四方脸，锣嗓子，你瘦筋筋的，还是蛮腔。脚夫说：嘿嘿，渴死了，哪儿有水？回答是：我葫芦里有水，你来喝。脚夫看见地头果然有装水的葫芦，说了几声谢，从背篓里还摸出一个荷包作回报，弯腰取葫芦时，后脑勺上挨了一镢头。挖土豆的取了财物，就势在地里挖个坑把脚夫埋了，说：你那脑袋是鸡蛋壳子呀？继续刨土豆。莽山上不安全，王世贞对老黑说：你留点神。老黑梗梗脖子，他的脖子很粗，说：谁抢我？我还想抢他哩！晚上住在番禺坪保长家，王世贞和保长在屋里喝酒，老黑拿了枪便坐在院子里警戒，半夜里夜黑得像瞎子一样黑，忽然看见院墙头上有亮点，以为是猫，一枪就打了过去，墙那边扑通一声，有人喊：打死人了！果真是打死了人。村里几个闲汉得知王世贞在保长家，又听说王世贞是个胖子，穿的裤子裤腰要比裤腿长，就趴在院墙头往里看稀罕，其中一个嘴里叼着烟卷儿，子弹从那人嘴里进去，把后脑盖轰开了。

三个月后，番禺坪的保长到镇公所来，说那挨了枪子的人坟上的草疯长，蓬蓬勃勃像绿焰一样。王世贞问老黑：你有过噩梦没？老黑说：没。王世贞说：你还是去坟上烧些纸吧，烧些纸了好。老黑是去了，没有烧纸，尿了一泡，还在坟头钉了根桃木橛。

★　　　★

这后半年，正阳镇出了三宗怪事。

一宗是茶姑村有个老婆婆，儿子和儿媳在山上打猪草时被土豹蜂蜇死了，留下一个小孙子。小孙子一哭闹，她就把自己的奶头塞到小孙子嘴里，她的奶已经干瘪，吸不出奶水，小孙子仍是哭闹，她不停说：乖呀，听婆话！小孙子听不懂，家里的一只猫却听得多了，叫起她是婆。一次她和村里人在巷道里说天气，猫跑来说：婆，婆。把村人吓了一跳，觉得猫是灾异，背过她就把猫勒死了。当我在茶姑村唱阴歌时，我见到这老婆婆，说起她家猫还很伤心。我离开茶姑村又往三台县去，她就抱着小孙子跟我去了三台县要投靠亲戚。那期间地里的苞谷苗半人高，下着连阴雨，我们一块儿走着，她背了小孙子，又双手紧紧抓了腰两边小孙子伸出来的脚，不停地唠叨：把婆脖子搂紧啊，狼就从后边夺不走了你！我又问起她家那只猫的事，她说：人有的可以长个猪嘴，有的可以长个猴样，猫怎么就不能说人话呢？！我只是笑，看她的小孙子就长了个猫样，耳朵尖尖的，眼睛突出，动不动两只手就搓鼻子。这小孙子后来就落户在三台县过风楼镇，名字叫刘学仁，是公社干部。

一宗是还在春末，天上就常下流星雨。下流星雨的时候天上一片光亮，地上的人都害怕被砸着，要么往石堰根下躲，要么趴在犁沟里双手抱着头。但流星雨全落到了竺山。突然传出落下来的流星叫陨石，省城里有收陨石的，于是有人去竺山捡，赚了许多钱。当地一户姓雷的人也去捡，因为起得早，到了竺山天还未亮，就坐在一个倒坍地上的枯木上吸旱烟。吸呀吸呀，把旱烟锅子都吸烫了，往枯木上弹烟灰，没想枯木却动起来，才知自己坐在一条蟒蛇上。蟒蛇并没有伤害他，他却吓昏了，天明被人发现背回家，还没有醒，从此人成了植物。

竺山有了大蟒蛇，山民就围山搜捕，终于杀了那条长虫。据说杀蟒蛇的那条沟，草木全部枯死，此后过沟风带着哨子，还有一股腥味。

还有一宗那就是匡三的事了。现在秦岭里到处流传着关于匡三司令的革命故事，但谁还能知道匡三小时候的事呢？匡三自小就是嘴大，他能把拳头一下子塞进去，秦岭里俗话说嘴大吃四方，匡三的爹却总抱怨匡三把家吃穷了。他确实吃得多，别人家的孩子一顿吃两碗小米干饭，他吃过四碗了还不丢筷子，每顿都是他爹说：够了！把碗筷夺去。家里把什么都变卖了，全顾了吃喝，日子过不下去了，他爹曾在匡三睡觉时要用绳子勒，但没有勒死，父子俩从此一块儿去要饭。匡三知道爹不爱惦他，他也和爹做对头，爹说白，他说黑，爹说月亮是圆的，他说是扁的。要饭走到大路口，爹要进这个村子，他偏要去那个村子，意见不统一，便各要各的。村子里家家有狗，

15

爹迟早拿根棍，匡三不怕狗，狗向他扑，他也向狗扑，狗就摇尾巴不动了。他要饭时常拿人家檐簸上的柿饼或者到地里偷拔萝卜，被人追撵，他把要饭篮子一扔能跳下三丈高的地塄也能跳过齐肩的院墙。到了十三岁，爹死了，临死前担心死后儿子会把他埋在河边省事，但知道儿子和他对着干，就反话正说：儿呀，爹这气一咽，你把爹不要葬到高山上去，卷张席就埋在河边吧。爹一死，匡三却称，十多年了，从未顺听爹的话，这一次就听爹的吧。匡三把爹用席卷了埋在倒流河边。秋末河里发大水，坟被冲得一干二净。

这事让王世贞笑话了半年，他说：生儿要是生这样的儿，真他娘的不如养头猪！

其实，王世贞说这话，是他就没有儿。

因为没有儿，王世贞才娶了个姨太太。这姨太太曾在戏班子里干过，人长得稀样，还拉一手好胡琴，娶过来任是多少年了也怀不上，但王世贞一有烦心事，姨太太就给他拉秦腔曲牌。有一回，王世贞和姨太太又在后院的葡萄树下吃酒拉琴，傍晚天凉，王世贞让老黑去办公室把中山服拿来要披上，老黑就去取中山服。中山服是王世贞的正装，整个正阳镇也只有他党部书记穿，老黑取了中山服，忍不住自己穿了一下，还站在镜子前照，没想就被姨太太一扭头瞧见了，当下有些不高兴。待老黑把中山服拿来往王世贞身上披，姨太太琴停了，说：掸掸土！老黑说：中山服上没有土。姨太太说：你身上有土！王世贞不晓得事由，老黑却心里明白，忙把中山服从王世贞身上又取下来，掸了几下，再给王世贞披上，却也当着姨太太面，给王世贞报告了竺山捕了大蟒蛇的事。王世贞说：有那么大的蟒蛇？老黑说：用那蟒蛇皮给太太蒙一把二胡多好。王世贞说：是呀是呀！第二天，王世贞带着老黑要去竺山，临走时老黑给姨太太说：那可能是千年老蟒蛇哩！姨太太没说话。王世贞倒说：老黑你看看，太太像不像一株花？！

到了竺山，知道带头捕杀蟒蛇的人叫雷布，正是植物人的儿子。老黑一进雷布家，说：喂，书记来了，蟒蛇皮呢？但雷布不在家，炕上坐着个老婆婆给一个老头子揉搓身子，老头子昏迷不醒，身子缩得像个婴儿。出了后门，王世贞看见蟒蛇皮就钉在斜对面的崖壁上。崖壁距后门只有三丈，但崖壁下是条涧，深得丢一个石头下去，半会儿才咚地上来响声。老婆婆撑出来说：那蟒蛇皮不给人的，我儿把它钉在那里让他爹魂附体哩。老黑说：你儿咋把蟒蛇皮钉上去的？老婆婆说：先前有吊桥，钉了蟒蛇皮，我儿怕人偷，就把吊桥砍了。老黑就往前走，发现不远处涧上还横着一根独木，这独木并不是搭上去的，是一棵被雷劈了倒在那里，已经朽了，长满着苔藓和蕨草。

老黑就要从独木上过，王世贞说：这太危险！老黑说：咱需要蟒蛇皮呀！已跳上独木，涧里便往上涌云雾，老黑身子晃了一下，骂了句：狗日的！蹲下一会儿再站起来，双手把枪端着来平衡，一步，一步，走过去把蟒蛇皮拿了过来，独木就咔嚓咔嚓断了三截掉下涧去。

老黑勇敢，王世贞回到镇公所要擢升老黑当排长，姨太太不同意，说老黑这人可怕，自己的命都不惜了，还会顾及别人？王世贞说：他是为了我才这么不惜命的。老黑当了排长，背上了盒子枪，想到自己过涧时独木没断，过了涧了独木断了，自己是命硬，以后恐怕不仅仅当排长吧。

★　　　　　★

又一个腊月，王世贞老是腰疼，老黑说这得补肾，陪王世贞去清风驿吃钱钱肉。

清风驿在正阳镇的最西边，虽说是一个村子，阵势却比正阳镇还大，驿街两条，店铺应有尽有。清风驿的驴多，驴肉的生意红火，尤其做驴鞭，煮熟后用四十八种调料腌泡一月，然后切成片儿煎炒或者凉拌，因为切片后形状如铜钱，外圆中方，所以叫钱钱肉。卖钱钱肉的店有六家，为了招揽顾客，宣传钱钱肉壮阳功效，都是柜台上放一个酒坛，不加盖，里边泡一根完整的驴鞭，这驴鞭就直愣愣立戳出坛口。

王世贞是冲着闫记店去的，但不巧的是闫掌柜在头一天死了，家里正办丧事，王世贞就去了德发店。德发店掌柜见是王世贞来了，特意拉出一头公驴来，在木架子里固定了，又拉出一头小母驴绕着公驴转，公驴的鞭就挺出来，割鞭人便从后边用铲刀猛地一戳，铲割下来，以证明他家的钱钱肉是活鞭做的，还说，男人吃了女人受不了，女人吃了男人受不了，男女都吃了炕受不了。这些举动传到闫记店，闫记店的人就撇嘴。我那时正被请去要唱阴歌，闫记店的掌柜给我说：歌师，你尽了本事给我哥开歌路，王世贞肯定会过来看的。

开歌路是唱阴歌前必须要做的仪式，由我在十字路口燃起一堆火，拜天拜地之后，我就不是我了，我是歌师，我是神职，无尽的力量进入我的身体，看见了旁边每一个人头上的光焰，那根竹竿就是一匹马被拴在树下，我挂起了扁鼓，敲动的是雷声和雨点，然后我闭了双眼边敲边唱地往家里的灵堂上走。走得不绊不磕端端直直，孝子们就跟着我，把麻纸叠成长条儿连缀着铺在地上烧。我唱的内容一是要天开门地开门儒道佛家都开了门，二是劝孝子给死者选好坟地制好棺木和寿衣，三是请三界诸神及孝家宗祖坐上正堂为死者添风光，四是讲人来世上有生有死很正常莫悲伤，五是歌颂死者创下家业的骄傲和辉煌。一直走到灵堂前了，我已是汗流浃背，睁开眼了，孝子们开始在灵堂祭酒上香再烧麻纸，哭天抢地，我瞧见那麻纸条烧过的一条灰线上各类神鬼都走过来各坐其位。但王世贞并没有来瞧热闹。而那下午，直到整整一个通宵，我连续唱了《拜神歌》《奉承歌》《悔恨歌》《乞愿歌》，驿街上闫家的亲朋至友、四邻八舍你拿香烛麻纸、他送一升米一吊腊肉都来吊唁了，王世贞还是没有来，而来的是匡三。

匡三是闫家在招呼来吊唁的人吃饭时，也拿了碗在那个大木盆里捞面条，面条捞得太多，碗装不了，他用手捏了一撮吃了，在喊：盐呢？醋呢？有油泼的辣子没有？旁边人就说：今日过事哩，要吃就吃，喊啥的？！匡三不喊了，端了碗蹴在墙根，还是嫌没有蒜而嘟嘟囔囔。

这匡三我是三天前认识的。

我那次在清风驿待了一月，一直住在驿街东关的关帝庙里。德发店的伙计们都和我熟，而最要好的却是那个秃子。德发店除了卖钱钱肉，还卖驴烧，别的伙计白天提了食盒转街卖，晚上就轮到秃子出班，食盒里放个灯笼，没人往他头上瞅。一天晚上我在另一家唱完阴歌，路上碰着秃子了，一块儿往关帝庙去，秃子说：你给几家唱阴歌了？我说：五家。秃子说：我要是保长我不让你来，你一来，人就死那么多！我说：我要不来，死人进不了六道，清风驿到处都是雄鬼。秃子就往四下里看，害怕真的有鬼。我教他一个方法，走夜路时双手大拇指压到无名指根然后握住拳，污秽邪气就不侵了。秃子刚把拳握起来，经过一个土场子，那里有个麦草垛，麦草垛里突然钻出一只狼，我和秃子都吓了一跳，忙扔过去一块儿驴烧让狼去吃了好脱身，驴烧才被狼叼住，麦草垛里又钻出一只狼，把那块驴烧抢去了。定眼一看，先钻出的不是狼，尾巴卷着，是狗，后钻出来的立起了身，竟然是个人。秃子就说：匡三，你咋和狗在麦草垛里？匡三说：狗冷么，我不抱着它睡它冻死啊？！我和秃子后悔给扔那块驴烧了，但匡三还向我们再要一块儿。他说：啊爷，再给我一块儿了我将来报答你！我说：你拿啥报答？他拾起一个瓦片埋在了地上，用脚踩实，上边还尿了一泡，说：你记住这地方，将来挖出来是金疙瘩哩！我和秃子没有再给他，抱住食盒就走了。

匡三吃饭狼吞虎咽，吃完了第一碗面条，又捞了第二碗，瞧见了我也在吃饭，就过来和我说话。他说：你也吃饭？我说：我也有肚子呀！他说：吃，吃，人死了想吃也吃不上了！他又问：这人死了就死了？我说：这要看亡不亡。他说：死还不是亡，亡还不是死？我说：有些人一死人就把他忘了，这是死了也亡了，有些人是死了人还记着，这是死而不亡。他说：哦，那我将来就是死而不亡。我说：你死了肯定人还传说呢。说过了，惊奇地看着他，想起他埋瓦片生金疙瘩的事，觉得这人不是平地卧的，就笑着说：你这嘴长得好。他却骂起来：他们还恨我来吃饭哩，有了这方嘴，万家的饭就该给我

19

预备着！这闫记店倒比德发店好！我笑着说：德发店没让你吃？他说：德发店应该死人！

★   ★

匡三来闫家吃饭前，是从德发店那边过来的。

王世贞在德发店里吃钱钱肉，掌柜烫了最好的酒，还炸了一盘花生米，切了一碟豆干。豆干端上来还没放到桌上，从店外跑进了匡三，仰了头说：梁上老鼠打架哩！众人抬头往屋梁上看，匡三便一把将豆干盘抢了去。掌柜赶紧撵，匡三跑不及，却在豆干上呸呸唾了两口。王世贞说：不撵啦，让他吃吧，这是谁家的娃子？掌柜说：要饭的，谁知道哪儿来的野货，在街上已有半年了。王世贞说：他咋长成那样？太奇怪了，嘴占了半个脸！

王世贞继续喝酒吃钱钱肉，天上的云就在织布，织一道红布，又织一道黄布，再织了黑布和白布，他突然瞭见店门外斜对面的一户人家门口坐着一个女子卖豆芽。女子十八九岁，给买家称豆芽时一手提了秤杆，一手还捏着三棵豆芽，身子微微倾斜，伸一条长腿挡住跑近的一只鸡，鸡就啄鞋面上绣着的花。王世贞觉得太艳丽，以为是在梦境，咳嗽了一声，说：这好看的！老黑说：清风驿常有这样的云。王世贞没有理他，不吃喝了，把凳子挪到台阶上坐了看。女子称过了豆芽，把发卡噙在嘴上，双手挽髻卷时发觉了有人看她，目光像舌头在舔，立即脸红，说了声：失！吆鸡鸡没有动，收了豆芽筐往院里去，地上撒了豆芽也不拾，院门就关了。两扇门上贴着门神，左一个秦琼，右一个敬德。

王世贞重新回到桌前吃钱钱肉，说：艺术品！老黑说：艺术品？王世贞哈哈大笑。

第二天，清风驿的保长带了五十个大洋去了那家提亲，女子的父母得知要提亲的是王世贞，聘礼又这么重，说：这咋办？保长说：这你得允！就允了。但女子的父母没有想到第三天黄昏，鸡都上架了，老黑带人把女子用轿要抬去正阳镇公所，他们有些仓皇，不让这么快把女儿抬走，老黑不行。女子的娘忙拿了两个青花瓷碗，装上了米面，要让女儿带上，说带上米面碗了今辈子能保障吃喝。但轿子出了院门，风一样跑出驿街，米面碗没有带上。

当夜，王世贞在镇公所的两厢房里的四角生了四大盆炭火，又安排了澡篙，热水里还泡了干枝梅，让女子洗，然后把一张木床移到房中间，床的周围插了红烛，都是胳膊粗，隔一尺插一支，房子里就灯火通明。把女子抱上床了，王世贞却坐在床边的交椅上吸水烟锅。女子要盖被子，王世贞不让盖，要把衣服盖上，王世贞也不让盖，女子蜷了身，羞着埋了脸，只说王世贞吸完水烟就来的，王世贞还是吸水烟锅，慢慢地揉烟丝，按好在烟锅梢子上了，扑扑地吹着纸媒火，纸媒燃着了对着烟锅梢子，呼呼噜噜吸，吹灭纸媒火，再一边看一边还呼呼噜噜吸，吐出的烟雾圈就在房间里飞。整个夜里，王世贞只说了两句话，一句是：软玉，另一句是：温雪。一直吸着水烟看着女子，就到天亮了。王世贞放下水烟锅，出来伸了懒腰对老黑说：她不是不让我看吗，我看了，看够了，你送她回去吧。老黑说：送回去?！王世贞说：休了。

老黑进去给女子说了王世贞的话，女子就哭，把头在床沿上撞，撞出一块儿血包。老黑拦住她，不准哭，催着快收拾了就走。女子偏不起来，老黑拿被子包她，她把被子挣开。老黑第一回见到女人的光身子，再包时，把一条腿抓住塞在被子里。

老黑就去见王世贞，脸憋了彤红，说：她碰头寻死哩，你不要了你把她给我。王世贞愣了一下，睁圆了眼说：我不要是我不要，你和我做连襟挑担呀?！

老黑二反身进房，一拳把女子打晕，用被子裹了装进背篓，背去了清风驿。

★　　　　★

这女子叫四凤，她哥叫三海。三海是个阉客，当年在外为人家阉猪挑狗。那天刚回来，和老黑在院子里厮打，两人势均力敌，老黑说：我有枪，看在你妹子的分上我不崩你！三海的爹娘打开了儿子，说这事与老黑没关系，趴在地上给天磕头，然后自己扇自己，哭着：这是啥孽呀，这是啥孽呀！三海不和老黑打了，指着太阳发咒：将来非把王世贞阉了不可！

老黑没有成为三海的仇人，老黑倒觉得三海对脾气，做了朋友，过些日子就来见三海。因为他有枪，到谁家都能抓鸡，抓了鸡拿来让三海炖了下酒。一次两人都喝高了，老黑说他要娶四凤，三海说那你喝完这一坛子酒了我给四凤说，老黑抱起酒坛就喝了。这当儿三海爹和人在院门外吵架，原来三海家的狗是公狗，一直去找街上一户人家的母狗，人家撵一次它来一次，越撵越来，今夜里竟然两个狗到他家房顶上哭。三海爹说：狗会哭呀？那人说：就是哭哩！三海爹说：要哭也是母狗哭。那人说：公狗不勾引母狗能哭？吵声大了，老黑出来，说：狗哭哩，让我看去。几个人去了那户人家，果然两只狗还在房顶上哭，老黑说：哪个是你家的母狗？那人说：左边的。老黑一扬手枪响了，母狗从房顶上跌下来。老黑的枪又指着那人额头说：知道我是谁不？以后敢再寻我丈人家的事，我也给你子弹吃！那人吓得倒在地上，老黑也倒在了地上，醉得不省人事。

老黑是在三海家醉了一夜，三海爹问三海，老黑怎么说他是丈人？三海说，老黑是喝多了，要吓唬那一家的。第二天老黑醒来要走时，想见一下四凤，四凤在厢房里就是没出来。

★　　　　★

七月十五那天，老黑去县城办公差，不想却在城隍庙遇见了表哥。

城隍庙没啥出奇，庙门外的银杏树却是县里一景，它粗得要四个人拉着手才能围一圈，高三十多丈，树叶金黄的时候，傍晚里能把城隍庙楼都耀得光亮。可是，已经连续半个月了，银杏树上冒黑烟，黑烟大得全城人都能看到。其实不是银杏树遭了火灾，是莫名其妙地飞来大量的蚊虫，黑乎乎一片出现在树冠上空，一会儿旋成草帽状，一会儿又扯出几个条状，远看像是烟雾。这烟雾每天生一次，每次有两锅旱烟工夫才消失。老黑跑去看稀罕，忽然觉得有人戳他腰，唰地转过身，盒子枪就举了起来，一看，却是表哥。

表哥是万湾坪人，家里殷实，一直被送去省城念书，十多年再没回来，突然见到，人还是那么俊朗，多了一副眼镜，又有着几分儒雅。表哥说他三个月前已经到县立中学当教员了，而且名字改了，叫李得胜，老黑也说他现在在正阳镇公所保安队，是个排长了。两人一文一武，去了一家小酒馆喝酒，临分手，老黑说：以后有啥事就说，我给你摆平！李得胜真的时常来找老黑，但他没事，只是来喝酒，送给了老黑一本书。老黑不识字，没有要书，看上了李得胜一条宽牛皮腰带。老黑系上了皮腰带裰子就老敞着，再别上枪，从此走路身子前倾着。老黑却好奇省城里的事，李得胜就说国家现在军阀割据，四分五裂，一切都混乱着。老黑说：这我知道，谁有枪了谁就是王。李得胜又讲省城里的年轻人都上街游行，反黑暗，要进步，军警和学生经常发生流血冲突，好多人就去投奔延安。老黑说：是不是有共产党的那个延安？李得胜说是共产党的延安，那里有苏维埃政府。老黑说：镇党部整天喊着防共的，这事咱不说。李得胜也就不说了，拉老黑又去喝酒，老黑一喝多了就说四凤。

一日，两人到青栎坞去玩，李得胜想吃吃糍粑，老黑就在沟里寻着一独户人家，要人家去做。那户人家四口人，儿子外出为人干木匠活了，儿媳带着孩子又回了娘家，只剩下一个六十岁的跛子老汉，老汉很热情，就煮熟了土豆在石臼里拿木槌捣。李得胜先还帮着捣，问老汉的光景好不好。老汉说：这年头有啥好光景，有今没明的。土豆被捣得如胶泥一样的糊状了，老汉架了笼去蒸，还拿了旱烟锅子让他们吸，说：饿了吧，糍粑很快就蒸好的。李得胜和老黑就坐在门前树下说话。一群老鹰从对面梁上飞过来，老鹰的翅

23

膀很长，看上去显得很窄，像是一些棍子在空中翻腾。李得胜问起老黑在镇公所的情况，说：王世贞这个口碑不好么，倒给你盒子枪背？老黑说：吃人家的饭就跟人家转么。李得胜说：蝌蚪跟鱼浪，浪到最后连尾巴都没了。老黑说：管它哩，前头路都是黑的。李得胜就笑了笑，却说：你身派子大，背了枪是威风！老黑说：都这么说的，或许就是玩枪的命吧。便拔出枪瞄场边的葫芦架，问：你说打哪个葫芦？李得胜说：让我瞧瞧。老黑把枪给了李得胜，说：小心走火！李得胜却手一扬枪就响了，打中了空中一只老鹰。老黑说：啊你也会打枪？李得胜竟然还从怀里掏出了一把枪，这枪比老黑的枪还好，老黑目瞪口呆了。李得胜这才说了他是从延安回来的。老黑说：你给共产党背枪？李得胜说：我就是共产党！老黑霍地站起来，把自己的枪抓在手里。李得胜却说：你把枪都拿上。将他的枪也扔给了老黑，只说了一句：你不会去举报吧？！老黑双手拿枪，突然把李得胜的枪回给了李得胜，就坐下来，说：你不杀我，我举报你干啥？这下咱俩扯平了，都是背枪的！管它给谁背枪，还不都是出来混的？！李得胜说：要混就混个名堂，你想不想自己拉杆子？老黑从来没有想到过自己要拉杆子，眼睛睁得铜铃大，说：拉杆子？！李得胜说：要干了咱一起干！

正说着，屋门吱呀响了，两人回头看，跛子老汉出了门跟踉跄跄往屋后跑。李得胜唰地变了脸，说：他听见了？老黑说：就是他听见了能咋？李得胜说：这不行！起身就撵过屋后，老汉已经到了屋后半坡的一棵花椒树下，李得胜一枪就把他打得滚了下来。老黑跑近一看，那人昏过去了，背上一个枪眼咕嘟咕嘟往外冒血，手里还攥着一把花椒叶。老黑说：错了，错了，他是来摘花椒叶往糌粑里放的。李得胜半会儿没言语，却看着老黑，说：他没让我相信他是要摘花椒叶的。老黑也明白了李得胜的话，就在老汉的头上也打了一枪，脑浆流出来，身子还动，接着再打一枪。说：该咱们拉杆子呀，他让咱断后路哩！

　　　　★　　　　　　★

　　青栎坞山那条沟口是个大石硐，硐下的潭很深，以前潭边有龙王庙，天
旱时周围人都来祈雨。祈雨的办法不是烧香磕头，而要在庙前抽响鞭，抽过
四十八下，再到庙里抽打龙王像，竟然三天后就能下雨。自从沟里的跛子老
汉被打死后，王世贞带保安队来缉拿凶犯，老黑当然也来了。老黑到了庙
里，总觉得龙王像在看他，就说：凶犯会不会藏在像里？把龙王像推下来，
砸成碎块。庙里再没了龙王像，却住了个老头，是来采药的还是逃荒的，谁
也不知道，但老头越来越长得像那个跛子老汉，只是个子矮，腿长短一样。
这老头后来落户到岭宁县，生了子，儿子当了县人大的主任，孙子就是过风
楼镇政府的老余。

　　　　★　　　　　　★

　　打死了人，老黑认为镇公所是回不去了，那就上虎山，虎山离正阳镇
八十里，那儿有古堡，可以据山为王。李得胜却主张老黑还是回镇公所，因
为打死人的事镇公所不可能怀疑到他，如果鸠占鹊巢借鸡生蛋，在保安队里
再争取几个人几杆枪，势力就大了，然后宣布脱离。老黑便回到了镇公所，
在三个月内策反了保安队一个姓严的、一个姓郭的，又去发展雷布和三海。
　　雷布一直还在竺山打麝打野猪。麝香贵，但麝有幻术，经常在要扣扳机
时它突然会变成人，你稍一发愣，它蓦地就逃窜了，或者使你的枪莫名其
妙地炸膛。雷布打野猪却有一绝，他摸清了野猪受到攻击只会直冲过来的
习性，就引诱了野猪到崖头去，而他藏身在崖沿的灌木丛里，对着野猪打上
一枪，一头野猪逆着子弹的方向扑过来时收不住力跌下崖去，别的野猪一个
一个全扑过来跌下崖了。雷布常常让村人待在崖下捡拾跌死的野猪，他只拿

一头，别的归村人，条件是村人把留给他的那头野猪也抬回家，杀了给他把猪肉熏制成腊肉。雷布的人缘不错，他到任何人家去都管他吃喝，富裕的家还问：抽几口？深山坳里种罂粟，自己熬做了膏子，有重要的客人来了，才拿出来招待。雷布不抽那泥一样的黑膏子，却要装一把罂粟壳子。他口袋长年装着两样货，一样是罂粟壳子，遇到谁头疼牙疼拉肚子，就捏些熬了水让喝，立马消痛止泻。一样是麝香，专门寻机报复他的仇人。王世贞强夺了他的蟒蛇皮后，得知王世贞的姨太太有了身孕，几次到正阳镇上等候，要让她闻到麝香味而流产。但姨太太很少到镇街上转悠，即便出来都是前后有护兵，雷布只好又到王世贞老家，拿了麝香在王家的甜瓜地里来回走几圈，瓜地里所有的花和已经在花下长了的小瓜就全落了。老黑找到雷布，邀着一起闹事，雷布不信老黑，说：要闹事我就要杀王世贞！老黑说：杀呀！雷布说：你鞍前马后的，杀他？！老黑说：刀子要杀谁我听刀子的。雷布说：那你拿刀子扎我腿。把刀子递给老黑。老黑拿了刀子，对刀子说：你渴了，想喝血啦？一刀子就扎在雷布的腿面上。两人当下拜了兄弟。但雷布也就是被扎了那一刀，伤了筋，以后走路右腿还有些打闪。

三海依然阉猪挑狗，秦岭里的习规是阉挑出来的东西归阉客，所以三海常带了一堆烂肉到镇街上就把老黑叫去炒了下酒。这一回，老黑去了清风驿，三海又拿出烂肉，说：你有口福！老黑却把那一堆烂肉扔过院墙，说：咱就一辈子吃这？！提了枪到驿街外的马堡村，村里有户财东，背了一只羊回来。羊在锅里煮着，老黑就鼓动三海拉杆子，两人一拍即合，三海就开了一坛子酒，让老黑去厨房看羊肉煮熟了没有。厨房里四凤在烧火，风箱拉得扑通扑通响，见老黑进来，不拉了，抬身就走。老黑一把抱了，说：把嘴给我！四凤一甩膀子，出了门，老黑低沉着说：我要娶你，你哥没给你说吗？回过头，看见灶台上留着四凤的嘴，拿起来是掰开一半的杏。老黑把杏吃了。

★　　　　　　★

　　九月二十三是王世贞六十岁生日，前半个月，他就给姨太太说：人逢着自己的本命年，命运和身体都是一个坎儿，脾气也容易急躁，你小心着，别惹我生气。到了九月十五的早晨，他在后院的葡萄架下打太极拳，架上突然掉下一条蛇来，赶紧叫人打蛇，那蛇身子中间鼓着一个包，跑不动，就开始吐，竟吐出来的是一只老鼠。蛇虽然最后是被打死了，王世贞心里却长了草，因为自己属鼠。姨太太明白他的心思，便张罗在生日那天大摆酒席，还要请戏班子来唱三天。老黑想，或许这是时机成熟了，就和李得胜商量，在王世贞生日那天起事。一切都谋划得周全了，却在九月二十日，姓严的和几个保安在酒馆里喝酒，在座的有个人不知从哪儿弄来了一盒哈德门牌香烟给大伙发散，给别人都发散了，没给姓严的，姓严的伤了脸面，骂道：你等着吧，过三天，你给老子舔屁眼儿还嫌你舌头不软和！那人把这话说给了王世贞，正好老黑也在场，王世贞把姓严的叫来问：过三天你要干什么？姓严的说：不是要给你祝寿吗，我给你磕三个响头。王世贞说：你看着我的眼睛，好好说！王世贞的眼睛平常总是眯着，这时睁开了，眼白多，眼仁小，姓严的扑沓跪下去，招供了要起事的事。老黑便急了，叫道：你要起事？！王世贞说：让他说。要起事就不是一个人，还有谁？姓严的就供出了姓郭的，然后看老黑，老黑一脚踢过去，踢在姓严的鼻脸上，骂道：狗日的还真敢起事？！王世贞说：往下说，再说，让我听听咋样起事？姓严的却支支吾吾不肯再说了。王世贞看着老黑，老黑就给王世贞倒茶，茶壶里却没水了。王世贞说：他不肯说了？老黑喊：续水！来人续水啊！他不肯说？交给我，只要他长嘴，我就能让他说出来！王世贞嗯了一声，却笑了，说：要背叛我？背叛我的人恐怕还没生下吧？！老黑立马把姓严的姓郭的拉到后院一间空房去。一进空房，姓严的对老黑说：快放了我，咱们一块儿拉杆子。老黑说：

要不是我在场，你也会供了我的，你说，是挂在梁上死呀还是在老虎凳上死？姓严的说：你饶了我的命。老黑说：饶了你的命我就没命了！揪住姓严的领口把头往墙上撞，撞得血在墙上喷溅出个扇面，撞死了。然后对姓郭的说：你咋办？姓郭的说：王世贞打死我，我也不会供出你。老黑说：你咋保证不供我？姓郭的说：我咬我舌头。但他咬不下自己舌头，老黑说：还得我帮你。把姓郭的压在地上用脚踩腮帮子，踩得舌头吐出来，老黑拽着舌头割了。

老黑给王世贞汇报，说姓严的畏罪自杀，姓郭的死不交代，自己把自己舌头咬断了。王世贞说：哦，还像个要起事的人，可惜没管住自己的嘴。让人把姓严的埋了，把姓郭的断舌喂了猫，却交给老黑另一项任务：姨太太身子不适，得去马王村请那个老郎中。要出门时，王世贞说：不拿枪了，别吓着郎中。老黑愣了一下，说：那老郎中傲气得很，不拿枪怕请不动他。王世贞说：那你就把我的枪拿上，他要不信你，他能认得我的枪。王世贞把自己的枪和老黑的枪换了。

去马王村十里路，老黑却小跑着去见了李得胜，李得胜分析了形势，认为王世贞肯定也怀疑到了老黑，让老黑再不要回镇公所。老黑却觉得窝囊，原本是能弄出三杆枪的，现在两杆枪说没就没了？！他说：我跟他这么多年，不至于就怀疑我吧，何况我还带着他的枪，我得给咱多弄出些枪呀！就说了他的想法，让李得胜带上雷布和三海天黑前埋伏到黑水沟口，如果他能带几个保安队的人经过那里，就一块儿把他们做了，然后收了枪一块儿钻山。

老黑把老郎中请到了镇公所，给王世贞谎报他在马王村时得到消息，黑水沟有了土匪，抢得从汉口做生意回来人的几箱绸缎，他带几个兄弟去抓呀，让拨五杆枪。老黑说这话时脸定得很平，但老黑没想到黑水沟有王世贞的外甥，外甥正好那天来给王世贞送过生日的腊肉，并没有说什么有土匪的事。王世贞听了老黑的话，还端了水烟锅子吸，说：是不是？老黑说：收

缴了绸缎，正好给你过寿！王世贞已经吹燃了纸媒，一口又吹灭了，说：好
事，好事，你去吧。你叫老黑，去了黑水沟，这地名旺你。你说带几个人几
杆枪？老黑说：五六杆枪就够了。王世贞说：毛毛土匪还需要那么多枪？你
一把枪把谁收拾不了？！有田，有田！有田就是王世贞的外甥，有田从内屋
出来了，五大三粗，一脸横肉，手里提着老黑的那把盒子枪，王世贞说：把
老黑的枪给他，把我的枪换过来，他要去剿匪呀！有田拿着枪走到老黑跟前
了，突然枪头就对准老黑。老黑呼地一闪，拔枪向有田就打，但枪里却并没
有子弹，他一下子抱住了有田，竟然从有田手里夺过了自己那把盒子枪，就
把有田打死了。枪一响，王世贞就拉身后的麻绳，梁上哗啦掉下来一簸箕石
灰，将老黑弥得浑身是白。老黑这才明白王世贞果然早怀疑了他，换给他的
那把枪里根本就没装子弹，而且还在梁上架了石灰，要让石灰碜了他的眼好
捉他。于是，老黑就一抖身子朝王世贞开了一枪。王世贞已经站起来了，又
倒在椅子上，说：来人，来——再从椅子上掉到地上，说出一个：人！没气
了。院子里一片喊：捉老黑，捉老黑！老黑从窗子里跳出去，到了后院，爬
上靠在院墙的梯子上到房顶。左眼碜得出了血，忙从裤裆里掏出一把尿，把
眼皮翻开洗了洗，然后猫腰跃过一座一座房顶往西跑了。

★　　　　　★

　　老黑一气跑到黑水沟口，已经是黄昏，李得胜他们还没有来，他也不敢
停留，在天黑前跑去了清风驿的三海家。四凤在堂屋里纺线，老黑说：我杀
了王世贞，你跟我跑吧！四凤却进了卧屋关了门。老黑隔了门说：我见过你
光身子，你应该是我的人！门还是没开，院外街上却有了叫喊声，以为镇公
所的保安队来追捕他了，急忙跑出来，不远处的钱钱肉店门口，一盏灯笼下
一伙人却在打匡三。

那个晚上，月色朦胧，空气里有一股尿臊味，是谁家在连夜出牛圈粪吧，秃子还要我陪他转街，街上就又碰着匡三。匡三是偷了一家晾在墙头瓦槽里的红薯干，被主人撵过来，撵的人对我们喊：拦住，拦住他！我张着手拦他，却故意让他从我胳膊下溜走了，才捡起店门口一把扫帚打他的影子。打的是影子，匡三竟然就疼，我打一下，身子往上跳一下。这么打着跳着，后边的人撵上了，真把他打倒在地上用脚踩。匡三的头被踏住了，他还在往嘴里塞红薯干，他们说：吐出来！匡三把红薯干吐在地上了，嘴又蹭在地上把吐出来的红薯干吞进去。这时候老黑就走过来，叭地朝空放了一枪，众人哗地散了，匡三还趴在那里。老黑说：吃饱了没？匡三说：吃不饱。老黑说：要吃饱，跟我走！老黑提了枪往驿街外走，匡三爬起来真的就跟着也往驿街外走。

★   ★

再学《南山经》次山系吧。我念一句，你念一句。

南次二山之首，曰柜山，西临流黄，北望诸毗，东望长右。英水出焉，西南流注于赤水，其中多白玉，多丹粟。有兽焉，其状如豚，有距，其音如狗吠，其名曰狸力，见则其县多土功。有鸟焉，其状如鸱而人手，其音如痹，其名曰鴸，其名自号也，见则其县多放士。东南四百五十里，曰长右之山，无草木，多水。有兽焉，其状如禺而四耳，其名长右，其音如吟，见则其郡县大水。又东三百四十里，曰尧光之山，其阳多玉，其阴多金。有兽焉，其状如人而彘鬣，穴居而冬蛰，其名曰猾裹，其音如斫木，见则县有大繇。又东三百五十里，曰羽山，其下多水，其上多雨，无草木，多蝮虫。又东三百七十里，曰瞿父之山，无草木，多金玉。又东四百里，曰句余之山，无草木，多金玉。又东五百里，曰浮玉之山，北望具区，东望诸毗。有兽焉，其状如虎而牛尾，其音如吠犬，其名曰彘，是食人。苕水出于其阴，北流注于具区，其中多鮆鱼。又东五百里，曰成山，四方而三坛，其上多金玉，其下多青雘。閟水出焉，而南流注于虖勺，其中多黄金。又东五百里，曰会稽之山，四方，其上多金玉，其下多砆石。勺水出焉，而南流注于湨。又东五百里，曰夷山。无草木，多沙石，湨水出焉，而南流注于列涂。又东五百里，曰仆勾之山，其上多金玉，其下多草木，无鸟兽，无水。又东五百里，曰咸阴之山，无草木，无水。又东四百里，曰洵山，其阳多金，其阴多玉。有兽焉，其状如羊而无口，不可杀也，其名曰𧴪。洵水出焉，而南流注于阏之泽，其中多芘蠃。又东四百里，曰虖勺之山，其上多梓枏，其下多荆杞。滂水出焉，而东流注于海。又东五百里，曰区吴之山，无草木，多沙石。鹿水出焉，而南流注于滂水。又东五百里，曰鹿吴之山，上无草木，多金石。泽更之水出焉，而南流注于滂水。水有兽焉，名曰蛊雕，其状如雕而有角，其音如婴儿之音，是食人。东五百里，曰漆吴之山，无草木，多博石，无玉。处于海，东望丘山，其光载出载入，是惟日次。凡南次二山之首，自柜山至于漆吴之山，凡十七山，七千二百里。其神状皆龙身而鸟首。其祠：毛用一璧瘗，糈用稌。

★　　　　★

有什么要问的？

问：瘴是什么动物？

答：鹌鹑。

问：禺呢？

答：长尾猿。

问：这十七山，怎么就有九山无草木？

答：你没注意到无草木的山上都是有丰富的金玉吗？有金玉而无草木，上古人发现了这种现象，才可能使伏羲总结归纳出了金木水火土相生相克的五行说。

问：这里记载了那么多动物的声音，如狸力"其音如狗吠"，鹈"其音如瘴"，长右"其音如吟"，猾褢"其音如斫木"，声音重要吗？

答：我们常说这个世界是声色世界，那声就是声音，色指形。任何动物都是以它的声音来表达存在的，这也在以后就有了钟，钟是发巨大的声在空中，也有了佛教里的救苦救难的菩萨名为观音。

问：人是说一种话，这些动物却各不相同？

答：人其实也是各说各的话，有英语德语法语阿拉伯语，就是在秦岭里，山阴县三台县岭宁县清华县也不是各有各的口音吗？你知道西方的《圣经》吗，《圣经》里就讲过，上帝为了不使人统一行为，才变乱了人的口音，使他们的言语彼此不通，分散在大地上。西方是这样，东方也是这样，上古时期动物那么多，人的力量还不强大，如果动物们都是一种声，那还有人类吗，所以上天也使它们各是各的声。

问：为什么那时人见了瘴就"多放士"，见了禺就"其郡县大水"，见了猾褢就"县有大繇"？

答：发现瘴长有人手吗，禺声如人吟吗，猾褢像人吗？人在大自然中和动物植物在一起，但人从来不惧怕任何动物和植物，人只怕人，人是产生一切灾难厄苦的根源。

问：羬其状"如羊而无口，不可杀也"，是不能杀它吗？

答：不可杀是指它还活着。

问：活着却没口？

答：指不让说，说不出，或不可说。

★ ★

是不能多说匡三少年时期的那些事了。秦岭里的大户人家在大门外都摆放一对大石狮，那是为了镇宅护院，而二道门口安放着天聋地哑的门墩，一边一个石刻的童子掩着嘴，一边一个石刻的童子捂着耳，这是家训，不该听的不要听，不该说的不要说。实际上，一到解放后就没人再说，现在能知道的人都死了，那就权当那些事从来没有过。而匡三的光荣和骄傲便从跟着老黑钻山开始的。

他们钻的第一个山是有着古堡的虎山。虎山在当月出了件灵异事，有人放牛，忽然雷电四起，云雾把山谷都罩了，就有龙从天上下来与牛交配。李得胜他们随后也到了虎山，李得胜得知灵异还特意去见了那牛，说是祥瑞，这牛要生麒麟呀。放牛人高兴，自告奋勇到山下村镇里散布消息：鲤鱼跳龙门那是秀才要中举的，龙从天而降与牛交配，这是英雄要行世呀，果然秦岭里有了游击队啦！第二年，游击队离开虎山去了熊耳山，受孕的牛生下一头猪，但又不像猪，嘴很长，耳朵太短。

游击队的队长当然是李得胜，老黑为副队长。一年半后发展到了十三人，三次袭击正阳镇公所，死了四人，残了九人，但夺得了两杆枪，再加上雷布的猎枪，一共是五杆枪。所到各地，遇到高门楼子就翻院墙，进去捆了财东，要钱要物，能交出钱和物的就饶命不杀，如果反抗便往死里打，还舍不得子弹，拿刀割头，开仓给村里穷人分粮。许多人就投奔游击队，最多时近二百，穿什么衣服的都有，却人人系着条红腰带，腰带上别着斧头或镰刀，呼啦啦能站满打麦场。

　　游击队干的是革命，但匡三不晓得，只知道革命了就可以吃饱饭，有事没事便往队里的伙房里钻，打问早晨的馍还剩下没有，晌午又做啥饭呀。他吃馍用竹棍儿一扎五个，多烫的苞谷糁稀饭，别人还吸吸溜溜吹着气，他一碗就下肚了。甚至有一次，锅里熬了糊汤少，来不及取碗，他把一根木棒塞到锅里，拿出来就在木棒上舔。但匡三胆子并不大，一伙人去条子洼的一户财东家弄粮食，那是傍晚，大家先藏在沟畔，让匡三去看财东在家没有，匡三刚到财东家门前的谷子地，财东提了粪铲和笼子出来，匡三便解裤带蹴下了。财东问：谁？匡三说：我。财东问：干啥呢？匡三说：屙哩。财东说：屙了我拾。匡三却提了裤子，抱了石头把屙下的屎砸溅了。离开谷子地，回来说：那家没粮食。同伙说：他家富得流油哩！匡三说：他如果富还能拾粪？同伙说：谁都是你好吃懒做？！天擦黑下来，这伙人去了财东家，揭开柜子一看，三个板柜里全是麦子和苞谷，再揭瓮盖，一瓮的盐，一瓮的油，气得匡三骂：狗日的真是富！这些粮和盐油要拿走时，财东一家五口拿了刀和他们对打，对打中，同伙喊着匡三快往麻袋里装麦，匡三装了一袋便背上就跑。结果财东家五口都被杀了，游击队也有两人受了重伤。受伤的给老黑反映匡三去了不动手，老黑就问匡三：你咋回事？匡三说：我没枪呀。老黑说：那刀呢，你没拿刀？匡三说：我连鸡都没杀过。老黑扇了个耳光，骂：你只会吃！

　　老黑就训练匡三，先是逮住个蚂蚱，要匡三卸蚂蚱腿，一条腿一条腿卸。再是让吃蝎子，活蝎子用醋泡了，囵囵囵丢在嘴里嚼。又抓了蛇，剁下蛇头吸蛇血。到了冬天，县保安团来围剿，游击队逃出熊耳山又到了与湖北交界的麦溪沟，沟里人家闻风都跑了，游击队几天吃不上饭，把狗吃光了，把猫吃光了，村里人家原来就有老鼠夹子，就把夹子找出来夹老鼠吃。匡三住的房里头天晚上放了夹子，天明看时，夹着了一只老鼠，但老鼠只有一条腿，另外三条腿没了，腿根血淋淋的。匡三不知是啥原因，老黑说：老鼠把夹着的三条腿咬下来吃了。匡三说：老鼠也肚子饥？老黑说：老鼠要逃生吧。匡三说：老鼠这狠哇。老黑说：这年月你不狠你就死！匡三闷了一会儿，突然眼珠子鼓出来，过去把老鼠从夹子上往下拽，把那条腿拽断了，就咬着吃，吃一口，老鼠吱一声，吱了三声，他把老鼠吃完了。

等到游击队从麦溪沟出来又往北转移，保安团又闻讯扑来，双方在一个叫花家砭的地方打了一仗。这一仗打得很激烈，匡三是拿了一把杀猪刀捅死了两个保安，再割下保安的四个耳朵。只是战斗结束后，他给老黑表功，说他杀了四个敌人。

★   ★

清风驿北四十里外的皇甫街，是个小盆地，产米产藕，富裕的人家多。游击队在清风驿出出进进了多次，烧了好多店铺，也死了十几个人，皇甫街的富户都恐慌，就在街后的乌梢崖上开石窟。石窟有大有小，有单间也有套间，甚至还有厨房和水窖。石窟外的崖壁上凿着无数石窝子，嵌上石橛，上下窟的时候在石橛上架两页木板，经过一页，取下来再铺到前边，上完了或下完了，就把木板背走了。游击队去筹粮筹款，富户们都拿了粮钱上了窟，游击队爬不上去，枪也打不到窟里，还曾经被窟里的人在荷叶里拉了屎，提着四角甩下来羞辱。李得胜就很生气，再一次到了皇甫街，偏不走，还在崖下堆积了树木柴火烧火。烧了一天，崖壁石缝里的草和鸡爪蓬全烧光了，窟里仍是没有动静，三海就带着几个穷人又从河堤上砍树往崖下架着烧，三海却得到了他妹子的消息。

三海跟着李得胜钻了山后，保安队十天半月到清风驿搜查三海家，威逼恫吓，三海的爹和娘就死了，没了爹娘，四凤剪了辫子，故意把脸抹黑，跑来求我带了她，要走村串寨唱阴歌。但她记性不好，压根儿记不住唱词，更要命的是我才教她《悔恨歌》四五句，她自己先哭得稀里哗啦。我说：娃呀，你爹你娘才过世，你唱不了的。她说：你要不肯收我，我就没处去了，死在你面前。从怀里掏出个剪子要往脖子上戳。我没有看出她骨子里还这么烈，就留下她让当哭娘。哭娘是谁家有了丧事，孝子少，需要在灵堂上代哭的人。凡是有了孝家来请我去唱阴歌，我都问还要不要哭娘，如果要，就带上了四凤。四凤还真是个好哭娘，她是真哭，眼泪汪汪，能把嗓子哭哑。那一次王屋寨死了人，我和四凤去了，先唱了一夜，第二天亲戚朋友都来吊唁了，突然刮了风，风把门前的两棵杨树刮折了，还把寨中涝池里的水刮到空中又落到院子，竟然还落下一条鱼。我开始唱：人生在世有什么好，墙头一棵草，寒冬腊月霜杀了。人生在世有什么好，一树老核桃，叶子没落它落了。人生在世有什么好，河里鸳鸯鸟，鹰把一只抓走了。人生在世有什么好，说一声死了就死了，亲戚朋友不知道，亲戚朋友知道了，死人已过奈何桥。四凤又是眼泪哗哗地往下流，爹呀娘的一阵呼天抢地。旁边人喊：死的是爷，要哭爷！四凤还是爹呀娘呀地哭。我是一直敲着扁鼓，闭了眼睛绕着棺材唱，那一夜我心总是慌，唱得不投入，觉得自己就是一头牛推磨子，戴了暗眼，没完没了地转圈子。我就听到孝子们在呵斥四凤，嫌她哭错了，突然是咚咚咚一阵脚步响，接着啪的一声，哭声停了，屋子里一片惊叫，以为孝子们在殴打四凤，忙睁眼看时，我看到的是三海从灵堂下把四凤扛在肩膀上往屋外走了。

三海在砍树时，一个妇女认识三海，说她昨晚回王屋寨的娘家，看见过四凤在村里代人哭丧。三海听了，抬头看着天，说了一句：爹！娘！闷了半天，终于拉过一头毛驴去了王屋寨。三海把四凤扛出那家灵堂，那家人不让四凤走，三海朝地上打了一枪，子弹就溅起来正好打中灵堂上的香炉，谁也不敢再拦，眼看着毛驴驮了四凤在风里尘里走远了。

也就是那一枪打翻了香炉，棺材盖嘎嚓嚓裂了一道缝。棺材盖是干透了的松木做的，完全不该裂缝的，我就知道是枪响惊了亡魂，它再不可能进入神道和人道了。果然寨子里另一户人家的母猪怀孕，后半夜产下八个猪崽，其中一个面像人脸。

★   ★

三海把四凤接到皇甫街，给李得胜说他就这一个妹子，他不能让妹子在外边遭罪。李得胜考虑游击队还没条件带家属，就在偏僻的村子先安置个家吧，便对老黑说：那给你完个婚？！老黑同意，四凤也同意了，老黑见匡三提了一个瓦罐过来，高兴地在匡三肩上猛击一掌，匡三吓了一跳，瓦罐掉了，浆水菜倒了一地。老黑提了枪，在村子里寻找他的新房，撬开一户财东家的门，这财东在县城里开有店铺，屋里的摆设新奇，楠木床上有帏帐，被面是印花的，还有搪瓷脸盆和菱花镜。老黑想着有得胜的话就算成婚了，让四凤也去看了选定的新房，当时就要做夫妻之事，但四凤不让老黑沾身，须得第三天有个仪式。这两天里，老黑在河里洗了澡，用的是皂角，洗一遍又一遍，一身的肉还是洗不白。匡三在另一户人家的地窖里发现了藏着的一瓮苞谷酒，抬了来，雷布就杀了一富户的猪。杀猪的时候，刀捅进去放了一盆血，已经开始泡在烫水筲里要刮毛呀，猪却跳出筲跑出村子，在跳一个水沟壕时才倒下死的。煮肉是在隔壁院里，煮熟后剔出一笼子骨头，雷布和匡三啃了一堆，也找了两个妇女来陪四凤说话，两个妇女也一人啃了一块儿骨头。

到了天亮，崖最上面的那石窟有了一片雾，雾里的窟口垂落着一条绳索，崖下的人发现了，还纳闷是怎么回事，又见最西边的窟口也垂落了一条绳索，有人抓了绳索往下溜。雷布就打了一枪，绳索断了，那人掉了下来。等到一堆柴草烧过，去看那掉下的人，已经烧成炭块，而同时发现在崖根旁有了血迹，还有一只鞋，但没死尸，便怀疑是不是最上面的窟里也有人溜下来过，估摸已经逃走。可雷布没把这事告诉李得胜，也没给老黑说，自己倒和几个烧崖的兄弟在火堆里烤土豆吃。

第三天晌午，老黑布置新房，弄来了三十二根蜡烛，二十六盏菜油灯，还有一堆松油节，准备着晚上一齐点亮。四凤坚决反对，只留下一盏菜油

37

灯。院子里，饭菜正做着，桌子已经摆上，三海帮着厨房切完了肉，和一个人把酒瓮里的酒又往小坛子里分装，老听见有咕咕咕的叫声，出来看时，院墙外的榆树上落着一只猫头鹰，头很大，眼睛黄，站在树丫中一动不动。三海喊了一声：失！没有撵动，把笤帚扔上去，猫头鹰才扑腾腾飞走了。老黑从隔壁院子过来，不知从哪儿弄来一身新衣，有些窄小，进来问：树上有啥哩？三海说：喜鹊。刚才来了一群喜鹊！老黑说：那好嘛！就喊：匡三，匡三，叫队长和雷布他们，来了咱就开席呀！匡三却钻在楠木床下没吱声。匡三是趁人不留神，早早钻到楠木床下，这是雷布给的点子，要他在老黑和四凤入洞房后突然跳出来吓他们一跳的。

匡三藏在床下，两个妇女和四凤坐在床上。床上放了一个床凳，四凤坐中间，左边坐的那个妇女用丝线绞拔四凤额头上的茸毛，四凤嫌疼，不让绞拔，那妇女说：老规矩，结婚都得开脸哩，不开脸好比吃猪肉不煺毛。有多疼？夜里你才知道疼的！右边的妇女给四凤梳头，一直嘟嚷着没有桂花油，这头发梳不光，就自己把唾沫唾在手心了，再往四凤的头发上抹。有两个游击队队员进了屋，分别抱着从别处弄来的两个绣了鸳鸯的枕头，往床上放，一个说：呀，睡觉呀把头脸收拾着干啥？一个说：你知道啥，睡觉就睡个头脸的。话刚落，咚的一声，屋子里爆炸了。

这爆炸就是从石窟逃走的那户财东去了镇公所，镇公所又报告了县保安团，保安团就扑到皇甫街放了一炮。保安团也就这一门炮，支在街东头的山梁上往街上打，第一炮偏巧钻进新房，打在婚床上。坐在床凳中间的四凤没事，两边的妇女全倒在床上。右边的那个伤在胸脯，一个奶子的肉翻过来，人是没吭一声就死了。左边的那个伤在小肚子上，喊叫疼，喊叫了十几声也死了。院子里，天上往下掉砖头、瓦片、木块，还有人的胳膊和腿，乱声喊：保安团来了！李得胜和雷布刚从外边回来走到院子前的巷道，忙领着人就冲上街去。三海在厨房里往两个碗里装麦子苞谷，结婚讲究娘家给出嫁女要拿五粮碗放在新房里的，听爹说王世贞当年来他没给四凤拿五粮碗，导致了四凤去了王家又被休了，现在他当哥的一定要给妹子把五粮碗装好。他去问烧火的人：还缺三样。烧火人说：有白米、绿豆和谷子吗？爆炸声一响，放下碗还出来问：咋回事，咋回事?！而老黑那时在茅房里蹲坑，爆炸中一扇窗子砸在茅房墙上，他一看窗扇是菱花格，认得是新房里的，提着裤子跑过来，见两个小兄弟死在新房门，两个妇女死在床下，四凤还坐在床凳上，像个木头，而匡三刚从床下爬出来。老黑抱住四凤，说：你死了没？四凤灵醒了，一头倒在老黑怀里，哇地就哭。老黑说：保安团来了，你快躲起来，躲起来！拿了枪也就往外走。四凤在地上找鞋，怎么也找不着，找着了，又穿成对脚，要和老黑一块儿走，说：我跟你！我是你的人了，你到哪儿我到哪儿！老黑说：危险哩！你跟我？四凤说：危险哩你娶我?！要死一块儿死！老黑说：我不死！已经跑到院子里了，回头对匡三说：把你嫂子藏好！

匡三拉着四凤到后院去，后院里有发现藏着土豆的那个地窖，匡三让四凤钻下去，说他会在窖口盖上苞谷秆，没人能看得出来。四凤却不愿钻下地窖，说她还要跟着老黑。匡三说：你先到地窖去，把敌人打退了我们来接你。四凤还是不肯钻下去。匡三说：你不到地窖也行，敌人来了不要让他们知道你们在屋里结婚的，你去把床上的被子枕头拿来扔到地窖。四凤去抱被子枕头往地窖里扔，刚一扔，匡三一拳打在四凤的下巴上，把四凤打晕了，再掀进地窖，盖了窖板，还堆了些谷秆，说：女人麻烦得很！跳过后窗跑了。

★   ★

老黑到了街上，街上已有了保安团的人，忙闪到一堵矮墙后，就听见喊：那就是老黑！三个保安边开枪边跑了过来。老黑打了一枪，跑在前边的那个倒在地上，没想后边的一个也倒了，知道打了个穿弹，自个儿也就张狂了，将一颗子弹在嘴里蘸了唾沫，说：炸你的头！果然最后那个保安还跑着脑袋就炸了。他大声喊：队长！队长！没见李得胜，连别的游击队的人都没有，另一个巷口却涌出七八个保安，叭叭地一阵乱射。老黑转身就跑，身子像树叶一样，忽地贴在街南房墙上，忽地又贴在街北房墙上，眼看着跑出街了，一颗手榴弹扔过来，竟然在地上又跳着滚，他赶紧跳进一个猪圈里，人还仰八叉躺着，手榴弹就炸了。他睁了睁眼，自己还活着，又在交裆里摸了摸，东西没伤着，骂了声：我×你娘！然后出了猪圈，趴下身子爬过街口，再跑到街后河堤上的柳树林子里。柳树林子里藏着十几个游击队的人，正给李得胜包扎手。

李得胜和雷布带人从巷子出来后，很快和从街西头冲来的保安接上火，打了一阵，保安退到那座土地庙，却听见街东边也枪声炒了豆。李得胜说：是县保安团的还是镇保安队的？雷布说：我看到保安团长了，也看到镇保安队的一个排长，他们可能是一块儿来的。李得胜说：咱在街的东梁上布了哨，咋就没得知消息？！雷布就喊：二魁！二魁！二魁是负责布哨的，没人应声，李得胜有些恼火，说：把镜给我！雷布把一个望远镜给了李得胜。这望远镜是上一次伏击县保安团的战利品。李得胜站在一家柴草棚顶上举了望远镜看，街东头几十个保安也打了过来，他刚说句：把人往后街撤！突然一颗子弹飞过来，穿过了拿望远镜的左手，人就从柴草棚上掉下来。人当时就昏了。李得胜一昏，众人就慌了，雷布就指挥着把队长背着往后街撤，却见二魁从西头跑了过来，一见李得胜被人背着，以为人死了，哭起来叫：队长死啦？队长死啦？！他这一哭叫，土地庙那边的保安又往这边打过来。雷布吼道：他只是昏了，你胡哭啥哩？！二魁说：没死就好！却从口袋里掏出一疙瘩血棉花套子就往李得胜的脸上抹，抹了个红脸。雷布说：快背走，抹啥哩？！二魁说：这避灾哩，避灾哩！原来刚才交火时，二魁打死了一个保安，而十几个保安追过来，他躲进一个厕所里，厕所里正好有个妇女蹲着，这妇女来了月经，他就要了那染红的棉花套子装在身上，从厕所出来后竟再没见那十几个保安了。雷布一把将二魁推开，骂道：让你布哨哩，你布的啥哨？把队长往后街撤！大家才钻进一个巷子，街西头街东头的保安合围过来，子弹稠得像蝗虫一样飞。雷布一看情况危急，就说：撤到后街了，如果还不行，就到河堤柳树林子去！他自己却上了屋顶，顺着屋顶往前街方向一边跑一边打枪，想把敌人引开。跟着他一块儿上了屋顶的却是二魁，他让二魁往后街去，二魁说：我布的哨让人家端了，我要跟你！雷布说：你腿那么短能跳低上高，寻死呀？！二魁说：我有血棉花套子哩！两人一前一后往前街方向跑，敌人就追着往上打枪，二魁便被打中了，倒在一家屋脊上，更多的子弹打上去，身子成了马蜂窝。雷布趁机从前街的房顶上跳下来，才独自跑到柳树林子里。

老黑看了李得胜的伤，埋怨雷布：要观察敌情你雷布观察么，你让队长上柴草棚？！雷布说：这镜是配给队长专用的，你不是不知道！老黑把望远镜扔在地上，拿脚踩扁了。老黑清点人数，竟少了一半，也没见到三海，也没见到匡三和四凤。雷布说他们冲到街上后到处都是敌人，就分了三股往外打，也不知别的人在街上还是跑出来了。老黑说：我寻去！二反身又跑到街上，在三条巷里来回和敌人周旋，见巷道里有二三十个游击队员的尸体，还是不见三海、匡三和四凤。想着今日原本是办婚事的，没料到遭了敌人的围剿，听雷布说这里躲在崖上最西边窟里的人溜下崖去给保安团报的信，他知道那户人家的房院，就去房院里点了一把火，等烟火起来了，跑回到柳树林子。直到天黑，皇甫街上已是火光冲天，知道无法夺回，一伙人才涉水过河，向沟里转移。

匡三离开了院子，手里却没带家伙，扭身回去拿了劈柴的斧头，瞧见一张桌上还有切开的熟猪头肉，拧了一疙瘩吃在嘴里，又把半个猪脸塞在怀里。跑进一个拐巴子巷，一群保安正围着一座房子，房顶上是七八个游击队的人，那些人没有枪，揭瓦往下砸，子弹一打上去，就趴下看不见了，保安搭梯子往上爬，房顶上的人又跳出来用刀砍。保安开始点火烧房，屋顶上的便往下跳，一个跌断了腿，被保安围住打死，一个来救时被抓住，手脚绑了扔到火堆去。还有五个跳下来往巷口跑，跑在最后的一个滑了一跤，被攉上的保安拿刺刀从屁股捅了进去，一时刺刀却拔不出来。匡三忽地扑出去，甩了斧头，斧头扎在那个保安肩上，他就要夺保安的枪。没想已经跑出的四个人突然一叽咕，过来扭住了匡三，大声喊：不要杀我们，这是小队长，我们捉他给你们！匡三吼了一句：王长理我记着你！一脚踢在那个叫王长理的裆里，王长理一哎哟，他挣脱开就跑。保安团的人却全开了枪，扭他的那四个人倒在了地上，匡三向一堵墙跳去，那墙一人多高，竟然就跳了过去。跳过去了，摔在地上，刚要翻起，有人一把拉住他，正是三海。

三海是李得胜、雷布往街西头打过去时，他断后，趴在一个碾盘下放枪。他的枪法准，放一枪就把过来的保安打倒一个，打倒了五个，要放第六枪，枪却炸膛了，只好钻进一个巷子。墙下拉住了匡三，匡三说：我要有枪，就吃不了这亏！三海也不言语，拉着他跑，见一户人家院门掩着就进院，那户主人是个妇女，推着不让进，三海硬往里进，妇女大声叫喊，匡三去捂嘴，一时又捂不住，对着两个奶包咚咚打了两拳，妇女翻白眼倒在地上，不知是死是活，拖到一边用一卷席盖了，进屋便往炕洞里钻。匡三钻进去了，三海身骨子大，头进去了肩膀不得进去，看见墙角有一个水瓮，水瓮里只有少半瓮水，顺手将一个雨帽盖在头上蹴进瓮里。保安六七个进屋搜，没有搜到，出门走时又回头看了一眼，看到水瓮上的雨帽动弹，过来一揭雨帽，把三海拉了出来。

★　　　　★

游击队再次撤进深山，这次一直撤到最偏僻的黄柏岔村。

黄柏岔村只有三户人家，每家都有两丈高的土院墙，墙上画了石灰白圈防兽。石灰白圈能吓住狼、豺和野猪、羚牛，却吓不了豹子，村里的鸡和猪常常就没了。这月的初三夜里，月黑风大，豹子又来了，一头牛就和豹子在村前的路口上搏斗，它们的力气差不多，谁也没战胜谁，都累死了。天明村人去耕地，才发现牛和豹子都是后腿蹬着，半个身立起来，豹子的前爪抓着牛的肩，牛的头抵着豹子的头，撑在那里像个人字架，用脚一踢，咔嚓倒下去。这牛是姓冉那家的，姓冉的不忍心杀牛吃肉，挖坑埋了，在院子里剥豹皮，来了一个长着白胡子的人。姓冉的留那人吃了顿饭，还给换了一双龙须草鞋，那人临走时给姓冉的画了一张符，还剪下自己一撮白胡子，说这一月里村子里还可能有灾难，如果到时候把符和胡子烧灰用水冲服，然后离开村子就能避过。姓冉的初九日是他娘三周年祭日，在坟上烧纸上香哭了一场，又招呼另外两户人家吃喝了一顿，准备着初十离开，初十中午老黑和李得胜他们就来了。

李得胜的手伤，在来黄柏岔村的路上已敷了南瓜瓤。南瓜瓤可以治枪伤，敷上后果然痛止了，肿也往下消，胃却又疼起来。李得胜有老胃病，一直吐酸水，在皇甫街多喝了酒，再加上不断自责在皇甫街决策失误，使游击队蒙受重大伤亡，胃病又犯了。老黑将几十人分住到三户人家里，让各户给他们先做饭，姓冉的很客气，就起火烧水，却在水烧开了将符和胡子烧灰让老爹冲水喝，老爹不喝，说他腰疼要走也走不动，姓冉的自己喝了，给老黑说他去地里摘些青辣椒回来炒菜呀，跳下地塄就逃跑。哨兵发觉后喊起来，屋里跑出来三四个游击队员，把姓冉的压倒，骂道：你是要去山下报信啊？！拉回院子。老黑问了情况，骂道：我最恨报信的，拉出去埋了！姓冉的吓得瘫在地上，稀屎从裤腿里流出来，他爹跪在地上求饶，说他总不能白发人送黑发人呀！老黑说：看在你爹的脸上，不埋你。自己却亲自拿了一把镰，过去把姓冉的一个脚筋挑了。另外两户都乖了，把所有能吃能喝的东西全拿了出来，说住一天两天行，住十天半月也行。李得胜趴在炕上，用另一只手给他们写了欠条，说革命成功了，拿这欠条到苏维埃政府兑钱，兑三倍钱！

这些山民不知道苏维埃是什么，连老黑都不知道，那两户人把欠条拿走了，老黑说：苏维埃政府？李得胜说：那就是咱们的政府。老黑说：咱们还真会有政府？李得胜说：这就是革命的目的！

这顿饭是苞谷糁子糊汤，还熬了一锅土豆南瓜，每个人都吃得肚子像气蛤蟆。吃完不久，老黑去上茅房，茅房在屋后的坡根，要经过菜地，菜地过去是一片白眉子蒿，房东说：你去了要跺跺脚。老黑说：啥意思？房东说：那里常闹鬼，鬼爱吃屎，就躲在茅房里。老黑说：鬼还怕我哩！在茅房里却发现有了擦屁股的纸，他不识字，却认得这纸是李得胜给写的那个欠条，回来就呵斥房东为什么用欠条擦屁股？房东说：我还指望你们还呀？！老黑眼一瞪，说：你不相信我们有政府？不相信我们革命成功？！吓得房东说：成功，成功！让李得胜重新写了欠条，把欠条塞到了屋梁上。

待了三天，李得胜胃疼不止，开始吐血，人都下不了炕了。这得下山请郎中，买些药，即便请不来郎中，买不来药，也得弄些大烟膏子或罂粟壳呀。老黑不放心别人去，就反复给雷布交代了在黄柏岔一定要注意安全，他才让房东炒了一升苞谷豆，装扮成赶集的山民，扛着一根木头往山下去。

雷布在黄柏岔村特别小心，除了照顾李得胜，加强站岗放哨，还要给大家鼓劲。任何意外是没有发生，但另一户人家的事仍让他闹心。那户人家是兄弟两个，老大是傻子，没有娶妻，长年睡在灶房的柴火堆里，老二和媳妇睡在上房。上房五间，东西各隔了小房，中间是堂厅，四个队员分配去住他家后，老二夫妇就晚上睡东小房，四个队员睡西小房。原先老二夫妇睡觉，尿桶是放在炕边的，现在尿桶放在堂厅，半夜里老二的媳妇要两三次去尿桶里小便，响声像泉水一样叮叮咚咚，四个队员就听见了，翻来覆去睡不着。白天里，把这话说给别的队员，再到晚上大家都争着要去那家睡，甚至吵了起来。雷布了解了情况，要在往常，绝对要惩罚的，但现在他忍了，只是骂这些人没水平，口太粗，见个母猪都认作是貂蝉啦？骂过了，却让所有队员每四个人一组轮流去那家睡，可以听，要求用绳子拴住胳膊，要去小便一块儿去，免得一个人去了发生意外。他是第二天用石灰水在所有的墙上写了标语，有：参加游击队，消灭反动派，有：建立秦岭苏维埃，还有了一条：打出秦岭进省城，一人领个女学生！

★　　　　　★

秦岭里山高路远，以前捎书带信常常需要十天半月，如果紧急了，那就在书信角上粘一根鸡毛，驿站就换马不换人，一日两日的必须送到。老黑扎了裹腿，扛着木头下山，并没有再去皇甫街，绕道去的却是清风驿，饥了吃苞谷豆，渴了喝泉水，日夜不歇，竟在第五天晌午到了清风驿北梁上虎护寺，就等着天黑了进驿街。

虎护寺算是清风驿的八景之一，但其实就是一个山洞。传说有高僧曾在这里闭关一年，一只老虎每夜就卧在洞外守护。现在的虎护寺早已没了僧人，洞口的房子也坍了一半，老黑进去黑乎乎的，半会儿才看清里边还有一尊佛像，供桌是石台子，不见香炉，倒是蜘蛛网粘了他一脸一身。老黑脚心发烧，脱了鞋，才把双脚蹬住洞壁，就听到肚子里说话，说的什么话他听不真，听着听着，突然还哼了一声曲儿，他觉得好笑，才揉了一下肚子，那曲儿的哼声却是从洞外传来的，忙提了鞋藏在佛像后，洞口进来的是匡三。老黑差点叫起来，但他把嘴捂了，心想游击队被打散后，匡三能在这儿，是他把四凤也送回清风驿了吗？就故意要捉弄一下匡三。匡三是把一个笼子放下，又出去了，老黑跳过去翻了，笼子里是些柿饼，红薯片子，几块黑豆渣饼，一个萝卜，还有一个槲叶包，展开槲叶包，是一疙瘩煮熟的猪鼻子。老黑就把猪鼻子拿走了。过一会儿，匡三抱着一搂干茅草进来，把干茅草铺在地上倒头就睡，睡下又趴在笼子里翻，突然跳起来，喊：有贼！啊贼你出来！你敢吃我的猪鼻子我就吃了你！老黑咚地从佛像后蹦下来，说：你吃谁呀？！匡三见是老黑，哇啦哭了。

匡三告诉老黑，他在炕洞里待到半夜才跑出来，皇甫街上没有了一个游击队，他才又开始要饭的。在要饭中听人说三海被抓住后割了头，再割了尘根，割的时候没有用刺刀，知道三海以前是挑猪阉狗的，偏找了一把小阄刀，一点一点割下来，在布告上说这一次围剿把游击队的根阄了。而四凤的事他也听到一些消息，人是从地窖里被搜出后，同三海的头一起押往了县城，至今下落不明。匡三把他所知道的全说了，还说：全靠了这半个猪脸我才活下来，就剩下个鼻子，你吃吧。老黑把猪鼻子甩在匡三脸上，骂道：你这狗东西，让你保护我媳妇哩，你活着而她被抓走了？！匡三说：我只说地窖里安全，谁知道敌人就能发现？他让老黑打他，往死里打，他不会叫一声。老黑没有打他，窝在那里半天没再出声，牙齿咬得嘎嘎响。匡三害怕了，趴在地上，看着老黑把两颗槽牙咬碎了，他说：你吐出来，吐出来。老黑竟一梗脖子咽了。匡三就发誓说他要立功，立功赎罪，让老黑先留在寺里，他去驿街的药铺里买药。他走出了洞，又返回来，给老黑交代，如果半夜里他没回来，到天亮还没回来，那就是他被敌人捉住杀头了，求老黑以后在这寺后给他修个坟，祭奠时多放些蒸馍，黑馍白馍都行，不要让他成了饿死鬼。

★　　　　★

但是，匡三并没有到驿街去，他是来找我了。

我在王屋坪唱完一场阴歌后，又被请去了涧子寨，涧子寨在清风驿到皇甫街的官道上，那里有个药铺，老板姓徐。这药铺为清风驿广仁堂药店的分店，实际上是广仁堂的一个药材收购点。徐老板是广仁堂王掌柜的外甥，十多年一直跟着舅舅。王掌柜在院子里的柿树下埋了银元，埋时徐是知道的，可过了几年再挖银元时却没挖到，王就问徐这是咋回事。徐说银元在地下会跑的，徐说的是实话，银元在地下的确会跑的，但王听了竟怀疑了徐，虽然后来王在院墙外的梨树下挖到了银元，相信了徐，而徐再不肯在广仁堂干了，就到了涧子寨收购店来当小老板。徐只有一个儿子，为了以后能有势力，将儿子送去县保安团当了兵，没想皇甫街一仗，儿子被打死了，便托人请了我去店里。我去后才知道徐的儿子才二十三岁，没结过婚，徐已经联系到了邻村一个病死女子的家人，那女子也是未婚，两家商定了给两个孩子办阴婚。我说：我是唱阴歌的，这结婚的事属于阳，得闹阳歌。徐老板说：咱这一带没有闹阳歌的呀，再说给孩子结婚也是阴婚。我就这样留在了涧子寨。涧子寨住户分散，药店建在村子最高的坡头上，办阴婚的那天，门上的白联换成了红联，灵堂上也撤了白纱挂起了红帐，那儿子的棺材和女子的棺材就在锣鼓敲打声中并排安放，我当然也换了腔调，唱的是：打起扁鼓把歌唱，来到婚家院门上，院门外抬头看，一对白鸡立门档。管家开言道，唱师唱师，那不是一对白鸡，那是一对凤凰。凤凰凤凰闪两旁，让我唱师早进华堂。来到婚家上房门，一对黑犬卧门墩。管家开言道，唱师唱师，那不是一对黑犬，那是一对麒麟。麒麟两旁分，让我进去闹新婚。到了上房里，我绕着两副棺材唱起了《十八扯》。《十八扯》就是东拉被子西扯毡，天上的日月星辰，地下的牛鬼蛇神，天上地下之间的帝王将相，才子佳人，猪狗牛羊，柴米油盐，只要记性好，能顺嘴编排，没有什么不可唱的。我正唱道：哮喘哥你听着，前世你说话爱嘟囔，今生喉咙里有风箱。麻子哥你听着，前世和猪争过糠，今生里你的脸不光。跛子哥你听着，前世你偷摘人家梨，今生走路腿不齐。旁边看热闹的还真有个跛腿的，他拿长杆子烟锅子敲我头，说：前世里嘴里生过蛆，今生你就当唱师！大伙哈哈大笑，我也笑了，正笑哩，保长来了，院门口有人喊：保长行礼了！但保长并不是来行礼的，他提了一面锣，咣咣咣敲了三下，宣布：保安团今日押解了在皇甫街活捉的游击队匪徒往县城去，要经过涧子寨，上边要求沿途村民都得出去看！徐老板一听保安团，自个儿就又哭起来，哭得直翻白眼，众人赶紧舀碗浆水往嘴里灌，摩挲了一阵心口才缓过气来。保长没让徐老板去，我说：我不是涧子寨的人，我陪徐老板吧。保长说：你在我的地盘上你就得听我的，去！赶了所有人都站在了官道边。

在被押解的人中，我看见了四凤，她穿着一件新衣服，却沾满了血，担着一个担子，担子的前笼里放了块石头，后笼里就放着她哥三海的头，嘴张着，塞着一条尘根。四凤没有朝人群看，一直在和她哥说话，说爹和娘是在你当了游击队后被抓去了镇公所，受不了折磨和羞辱才上吊死了，是用根绳子拴在窗根上，一个吊死在窗里一个吊死在窗外。说清风驿东街口的柳姑娘对你一直有意，但你当游击队了，她才嫁给了街后村卖挂面的张小四。说你怎么就藏在水瓮里呢，藏好了为什么又要动呢？说一月前夜里她做了个梦，梦见一群狗和猪在自家的院子里说话，它们都是被你阉过挑过的。接着她一会儿哭，一会儿笑，或者停下步说她要尿呀。保安团的人却用树条子抽打，说：尿呀，往裤裆里尿呀！裤脚里就流下血尿。就在四凤后边，是一头驴，驮了五个受了重伤的游击队员，他们一个压一个被垒起来。押解的保安停下来坐在榆树下歇息，驴先站着，后来四蹄就跪下了，再往起拉不起来，有人就说：这么重的伤，不到县城就该死了，还累驴干啥，干脆挖坑一埋算了！便有个当头目的拿棍儿在五个伤员身上敲，敲一个不动弹，再敲一个不动弹，又敲了三个，其中一个呻吟，两个也不动弹。就下令埋了。要埋就得挖坑，保长让村里人挖了坑，却没人往坑里抬死人，他们就拉着那些尸体的一条腿或一只胳膊扔进了坑。我说：要放平呀！村里人说：那你去放平！我便下了坑，将四个尸体一排头朝西脚朝东放平。有一个在拉时掉了一只鞋，我说：看鞋在没在驴那儿？果然鞋遗在驴那儿，被踢进坑里，又扔进了最后一具尸体。但我在搬动这具尸体时，尸体说：你把我面朝下。我这才知道他还未死，就对那个头目说：这个人还活着。头目说：就你多事？！上来，填土啊！那人嘴张着还要说话，而我已听不清，俯下身了，他在说：面朝下了填土不砸脸。我说：噢。翻他的身。他又说：以后有人来，你说王朗就埋在这儿。我把他的脸刚朝下放好，坑上就开始填土，急忙爬出来，一会儿那坑就填平了。

以后的四五天，每当我一个人在药铺里，风刮得呼呼响，耳边老觉得是那个王朗在说话。有一个夜里，我已经睡了，突然听见门在响，唰啦唰啦，我心里还埋怨：这么晚了谁还来买药材？穿了衣服下炕，从门缝往外一看，竟然是一只狼！这只狼一身灰毛，眼睛发绿，用前爪抓了一会儿门，卧来低声呜呜，又掉过头去，用后爪刨了土，土就撒在门上，又是呜呜，好像是让开门。涧子寨一带狼多，这我是知道的，当然就不开门，还在门后又加了一道横杠。那狼见不开门，就把什么东西叼着放在了台阶上，然后坐在台阶下再次呜呜地叫，叫过三声，转身才走了。这一夜我没敢出门去尿，直到第二天太阳泛红，徐老板来了开的门，门口放着一个银项圈。这明显是狼吃了或抢了谁家孩子，将孩子戴着的银项圈给我的，可狼为什么要把银项圈给我呢？纳闷到晌午，忽然明白，我把那个叫王朗的游击队员面朝下了没让埋时土石砸着他的脸，而可能是我听错了，他不叫王朗叫王狼吧，阴魂附了这只狼，来感谢我的？！于是我在做好了晌午饭，端了一碗去埋人坑祭那些死鬼，就碰着了匡三。

　　匡三穿了一件很烂的衣服，可以说半个屁股都露了出来，头上戴着草帽，走路一瘸一跛。他完全不是以前的匡三了，但我一眼认出他就是匡三。我一把将他拉到大树后，说：你咋敢从这儿走？匡三说：这官道我不能走？！我说：你不是跟老黑走了吗，老黑是游击队的，到处贴着捉拿老黑的布告哩。匡三说：谁说我跟老黑走了？我跟他走出清风驿就不跟他了！匡三把祭在那里的一碗饭端起来吃，问我怎么在这儿，我说了我住在徐老板的药铺里，他就要跟我到药铺去，我没让他去，谎说我得去村里某某家办事呀，就匆匆离开，他在后边还说：你祭饭也不用个大碗？！

★　　　　　★

　　那一夜，徐老板仍是去住了涧子寨坡底的房子里，只留下我还在药铺看门。坡底的那家是个寡妇，徐老板和寡妇相好只给我知道，我说过，你放心我住在药铺呀，他说你阴阳两界往来的人，谁敢惹你，何况药材你又不能当饭吃！徐老板信任我，我就煮了一壶茶慢慢喝呀，匡三就寻了来，说他要买药。可他买药只说药名却认不得药样，我也认不得，他让我带他去找徐老板。我不愿意。他说你不带我找也行，就在铺子里找吃的，一时没找到吃的，便鞋不脱衣不解睡在我的炕上了，说今黑他不走了，明日后日也不走了，热糯米糕就粘在你狗牙上。我没了办法，只好带他去敲坡底那家寡妇的门。敲了几下，屋里有动静就是不开，我说：是我。门开了，徐老板是满头的麦糠，披着衣服披反了，骂道：三更半夜的鬼催命呀?！我说有急事，他说：有急事你不吭声就只会打门?！我知道他是在敲门时藏到柴草棚里去了，后来听出我的声才出来的。他说：啥事等不到天亮？匡三却一下子挤进去，说他是买药的。徐老板说：你是谁？匡三说：你卖药的认钱还是认人？就报了一堆药名。徐老板讨厌了匡三，说：病人没来，这药不能卖。匡三忽地变了脸，说他是给秦岭游击队买药的，你卖不卖？游击队几百号人就在这南山里住着，过不了三天要来清风驿呀！徐老板说：你别唬我，游击队被打散了，没了那么多人的。匡三说：信不信由你，这是给李得胜队长买的。徐老板说：你以为我认不得李得胜吗，以前他在清风驿时见我不笑不说话。匡三说：那就好了，这药我不买了，你得亲自去给他看病了，你现在就跟我走！徐老板说：吃屎的倒把屙尿的缠上了！甭说我不去，就是去，我这一个眼睛摸黑能去？徐老板是从小就右眼失明，他指着右眼让匡三看。匡三说：独眼呀！便在怀里掏，掏出了一把刀。匡三还揣着刀，吓了我一跳，徐老板也打了个哆嗦，但匡三是用刀把他的草鞋带割断扔了，换上了炕边的一双新布鞋。那炕边还有一双鞋，是绣花鞋，匡三往炕上看了一下，半个炕上是窗子照进来的月光，一堆被子里还睡有人，人一直没动弹。匡三说：你嫌是摸黑，就是大白天，你那右眼还不是黑的?！徐老板再没话说，把衣服穿好，我们就又到药铺，他装了半背篓草药跟着匡三走了。

★　　　　　★

匡三领了徐老板先去虎护寺见老黑，他是用绳一头绑在徐老板的手上，一头绑在自己的手上。三人连夜进的深山。李得胜喝了三天汤药胃疼止住了。徐老板临下山时，李得胜让老黑和徐老板拜把子，徐老板一走，老黑说：我就拜个独眼龙？李得胜说：我担心他举报。老黑说：他敢？！

徐老板果然没有举报，而且以采药为名，还进山又送了几次药。

徐老板多年以来都是出诊的次数少，也很少采药，都是坐在药铺里收购和制作，而近来常进山，涧子寨的保长就起了怀疑。他虽然没有引保安团过来审问，却三天两头到药铺来喝茶吃烟，什么都不说，临走把活捉李得胜和老黑的布告就贴在门上和墙上。这期间匡三来过一次，看了布告，有些不舒服，说：我也是游击队的小队长呀，没我的名字？！晚上翻院墙进了保长家，保长起来小便，一点煤油灯，中堂的柜盖上坐着匡三，吓了一跳，说：你是谁？匡三说：游击队的匡三！保长说：我不认识你。匡三说：你现在认！拿枪指着保长，把揣在怀里的一疙瘩布告扔过来，要保长吃进肚里。保长说这吃不下去。匡三让烧了纸灰吃！保长烧了半碗的灰，用水冲着喝了。匡三说：你要再敢去药铺门上贴布告，我就把你一保人从东往西全杀光！保长磕头作揖，保证再不生事，当下还给了二十块大洋。

这事发生不久，我到了别的地方去唱阴歌，从此再没去过涧子寨。

★　　　　　★

涧子寨在官道边，保安团去皇甫街，或是从皇甫街回县城，都要在涧子寨歇息，而药铺又是秦岭游击队的一个秘密联络点，涧子寨的保长就两头为人。他会画画，儿子还在县城开了个画店，县保安团的人来了，当然就迎到家里，打开一坛酒，当场给画一个鹰，上边题写"英雄"二字。秦岭游击队的人来了，不到他家去，他一得知消息便提一坛酒，也送一张画，画的还是一个鹰，上边题写着：英雄。游击队的人每每喝了酒，画是不带走的，药铺里的墙上已挂了八张鹰画。到了第二年四月，桃花开得白生生的，李得胜右手伤好后，成了鸡爪子，连筷子都握不住，他练习用左手打枪，但胃病又犯了，再熬汤药喝已不济事，吃啥吐啥，人瘦得失了形。老黑陪着在药铺多住了些日子。在十六日那天晌午，涧子寨一户人家生孙子，徐老板让那个寡妇去讨要孩子的胎盘，说把胎盘烘干研粉让李得胜喝，或许能补补元气。寡妇去了，人家不给，认为孩子的胎衣要埋在树下了孩子就会像树一样长得旺。老黑一听，提着枪出去了，不一会儿拿回来了胎盘。徐老板说：你咋能要到的？老黑说：只要能治病，就是孩子没生出来，都要从他娘的肚子里要胎盘的！徐老板洗了胎盘切碎，把瓦在炭火上烧红，再把胎盘碎块放上去烘干。正烘干着，保安团要来涧子寨，保长忙派人来报信，让李得胜和老黑快跑。可李得胜已经走不动了，老黑要背着李得胜从坡后钻到沟里去，李得胜说：咱到他家去，越危险的地方越安全。老黑就背了李得胜去了保长家，保长说了声爷呀，只好让他们藏在中堂的夹墙里。老黑没想到中堂的墙是夹层，里边有洋元、丝绸，还有大烟膏子，就对保长说：向你借钱的时候你哭穷哩，竟然有这么多的好东西？！保长一脸尴尬，说：你看上啥你拿啥。李得胜说：这些我们一样都不要，你让老娘也进来看管着，你就放心了。保长明白李得胜的意思，说：这你还不信我吗？把老娘叫来也待在夹墙。几个人藏好，保长就去官道上迎接保安团的人，取了酒坛，又铺了画案，画案就在中堂，开始画鹰。天并不热，保长汗流满面，保安团长说：你咋出这多汗？保长说：穿得厚，穿得厚了。当下脱了外套，留下紧身褂，还说：穷汗富油，我啥时能像你满脸油光光的那就活成人了！

躲过了一劫，只说李得胜命大，没想二十二日又吐了血，人就昏过去，竟再叫不醒。后半夜远处传来几声叫，徐老板问老黑：是不是猫头鹰在叫唤？寡妇说：是猫头鹰在叫唤。徐老板说：坏了坏了，人不行了。老黑还哭了一句：闭嘴！李得胜就咯儿咽了一口气，真的死了。老黑抓住徐老板就打，徐老板说：你不打我，咱看咋样处理后事呀！老黑去喝了一瓢浆水，才冷静下来。

没有棺材，又不能设灵堂，李得胜被连夜埋在了寡妇家的蓖麻地里，也没有隆坟堆。埋过了，仍担心被人发现，就把整块蓖麻地都翻了一遍，不显得新动了一块儿土。天亮的时候刚刚翻完地，邻村的一个人起得早拾粪，过来问：咋把蓖麻铲了？寡妇说：种苜蓿呀，起来这么早就拾粪呀？拾粪人说：起来早不一定能拾到粪么，啥时候粪让我一个人拾就好了！蓖麻长得好好的怎么就铲了种苜蓿？寡妇说：种苜蓿好么，你要这粪由你一个人拾，那你当县长么！拾粪人嘿嘿地笑，说：地全翻了，你家没有牛吗？老黑不耐烦了，说：去吧去吧，关你屁事，淡话这多?！拾粪人说：徐老板我认识，应该来帮忙的，你是谁？老黑吼了一声：滚！吓得拾粪人赶忙走了。

就是老黑这一声吼，惹下了大祸。拾粪人是个光棍，平日里见了寡妇就爱搭讪，他耳闻寡妇和徐老板相好，心里就恨徐老板，也耳闻游击队李得胜到药铺买药看过病，还盼着让保安团知道了来收拾徐老板。他不认识老黑，受了老黑呵斥，窝了一肚子火，回到他村后，村口牌楼上贴着布告，顺便瞅了一眼，上面的字不认得，照片上的人却有几分像刚才吼他的黑脸，就把这话说给了村里一个财东。这财东头一天刚从清风驿回来，知道镇保安队正在清风驿扒了三海家的一院房子，又挖了三海家的祖坟，就立马跑去报告了保安队，保安队又以最快速度扑来，让拾粪人领了到寡妇家去查问。寡妇经不住拷打，说了原委，保安队就围住了药铺。

埋葬了李得胜，老黑和徐老板在药铺里收拾了李得胜的遗物，准备着吃了饭就离开。饭端上桌了，多放一双筷子，才说：队长，你吃，你吃过了我吃。门前土场上就来了一群保安，叭叭叭一阵放枪。老黑带了徐老板从后门就跑。徐老板眼睛不好，路上被石头绊倒了几次，说：老黑，你害了我！老黑反身来拉，左腿被子弹打中，老黑说：你才害我哩！最终还是逃脱了，逃到清风驿北边的一个村子外的砖瓦窑里。

这砖瓦窑早已废弃了，窑旁边的地里才出了土豆苗，两人藏了一天，又饥又渴，老黑出去刨土豆苗下的土豆，那些土豆是切开了拌着草木灰和鸡粪，加上已生出了苗，就成了蔫瘪，他们擦了擦灰土和鸡粪还是吃了。但老黑在刨土豆时在地垄上拐了一下，受伤的左腿就彻底折了，骨头茬子都露出来。徐老板把衣服撕了条儿给老黑扎腿，老黑嘴里叼着柴棍儿，把柴棍儿都咬断了，说：这是啥村？徐老板说：卧黑沟村。老黑说：咋叫这么难听的名字？徐老板突然叫苦：坏了坏了，你叫老黑，这犯地名了！老黑说：呸呸呸，你就会说霉话！徐老板再没说话，只是唉声叹气。天一黑，徐老板对老黑说骨头折了这得寻找块木板和绳子把腿固定起来，就叮咛老黑不要走动，就静静待在窑里，他就出去了。徐老板一走，便再没回来。

老黑在窑里待着，天明还没见徐老板回来，就趴在窑的砖缝朝外看，又看了一天，眉毛在砖墙上都磨掉了，只见前边的大路上时不时有保安队的人经过。再熬到了天黑，他硬是拖着腿爬出来，爬到村口，那里生了一堆大火，四五个保安在那里守着，他又爬进一个麦草垛里等待时机。村里的鸡开始叫二遍了，听见一片吵闹，扒开麦草看时，是保安在盘查一个妇女。妇女披头散发，挺着个大肚子，大声叫：我要过去，我是驿街上的，我要过去！保安就是不让她过，来了另一个保安，说：这是个疯子，半个月前我在鸡洼村见过，让过去吧。那些保安说：疯子了还怀孕，怀的是谁的种？妇女说：怀的是游击队老黑的种！立即那些人就问：你是老黑什么人？妇女说：老黑是我男人！老黑听了吓了一跳，心想她是四凤？定眼看时，就是四凤。仍不相信，揉了眼再看，真真正正的四凤啊！疯了，疯得没个人样了，两年多没见，四凤是怎么活下来的，她怀的是谁的孩子呢？！老黑把头埋下去，眼泪长流，不愿意看到四凤。但四凤仍在叫：老黑是我男人！我男人也有枪哩！保安听出她在说疯话了，嘎嘎笑，一个说：这疯子一定是被谁强奸了。一个说：别人能奸，咱也就奸么！而另一个便走到四凤跟前，说：是吗，让我看看老黑的种！哗啦把四凤的袄儿撕开。老黑是这时从麦草垛里扑出来，扑出来竟然站得挺挺的，举枪就打。第一枪打倒了撕袄的，第二枪打倒了那个说要强奸的，第三枪他打的是四凤，他不愿意四凤再活在这世上，第四枪还要打火堆边的瘦高个，瘦高个先开枪把老黑打倒了。

★　　　　　★

在药铺里没有抓到老黑，保安队恼羞成怒，拉了寡妇去挖李得胜的尸体，寡妇已吓糊涂了，一大片新翻过土的蓖麻地，她说不清埋在哪儿。保安队让保长召集全村人，拿镢头从地的东头齐齐往西头挖，挖出了李得胜，就在太阳穴上打了一枪。为了证实李得胜是他们击毙的，保安队让寡妇回去捉鸡，捉了鸡来扭断脖子，偏让寡妇把鸡血往枪眼上涂，寡妇说：你别恨我，你别恨我！一头栽下去人就没气了。

李得胜的尸体被运到县城，头割下来，悬挂在城门楼上。刮了两天大风，尘土黑天灰地，第三天李得胜的头不见了。到处流传，说李得胜的头是秦岭游击队的残部抢了去，也有说是飞来两只老鹰，一嘴叼着一只耳朵抬着去了。这些传说是真是假，谁也说不清，但城门楼上有三处被砸坏，碎砖块还在那里，也有老鹰屙下的稀粪，白花花的像石灰水一样在城墙上淋着三尺长一道。

不久，正阳镇公所就押解来了老黑。老黑的双腿全断了，走不成路，被蘸了水的麻绳五花大绑，用杠子抬着。沿途的村庄，保长们都敲锣让村民去看，就有财东家放鞭炮，往老黑的脸上唾，浓痰糊了老黑的眼。原先那个保安队姓严的，家在清风驿东十里铺，他多得知要押解老黑从村口过，早早就在路边摆了儿子的灵牌，等老黑抬过来，就对着灵牌喊：儿呀，你看看，他老黑也有今天！然后哈哈大笑，笑着笑着不笑了，人倒在地上，昏迷不醒，耳孔里往出流血。

王世贞的姨太太已经改嫁了县城泰裕粮庄的陆掌柜，生下的儿子再没姓王而姓了陆，陆掌柜和县长是姑表亲，她得知老黑被抓后也来到正阳镇公所，要求能剜了老黑的心祭奠王世贞。

这一天，镇公所大院里设了王世贞的灵桌，摆上了猪头牛头，姨太太烧纸洒酒，老黑就被拖了出来。天上的太阳正红，像油盆子一样，老黑仰头看了，觉得有些热，说：来点雨就好！果然一颗雨就落下来，也就是一颗，黄豆大的，在老黑的额颅上溅了。新任的镇党部书记姓林，早年在省城念书的时候和李得胜还是同学，王世贞当镇党部书记一闲下来要端个水烟锅子吸，他不吸烟，爱玩弄折扇，倒像是戏台上的秀才。现在林书记审问老黑了，手上的折扇一会儿打开一会合起，他是第一次见到老黑，说：哈真个是黑！老黑说：我娘生我的时候蝗虫把天遮黑了。姓林的说：传说中你能上天入地的呀，怎么就把你给抓住了？老黑说：我犯了地名，不该到卧黑沟村。姓林的说：你知道为什么在卧黑沟村没有击毙你吗？老黑说：是你要当面感谢我吧。姓林的说：我要感谢你？老黑说：我不杀了王世贞，你当不上党部书记呀！姓林的把打开的折扇哗地收了，说：那你为什么要杀王世贞？老黑说：我需要枪。姓林的说：你活着就为了枪？！老黑说：我就是一杆枪！王世贞的姨太太就叫道：老黑，你个没良心的贼，你谁杀不了你杀你的恩人？！老黑说：我今天就把命还给他。姓林的说：是得把命还他，不但你还，你儿也得还。就让保安把四凤抬了出来。四凤已经死了，脚手被拉扯后，用刀要剖肚子。老黑说：把她脸盖上。四凤的眼睛还睁着，剖肚子的保安就把四凤的袄割下一片，盖住了脸。孩子被挑出来了，是个男孩，用刀像剁猪草一样剁成碎块。老黑说：那不是我儿，使劲儿剁！姓林的把折扇拍在桌子上了，说：你怎么个还命？老黑说：我是子弹打在王世贞的眉心的，你也往我眉心打，你要是打偏了，我笑话你！姓林的又是笑了，说：我可不会打枪。几个保安就扛来一页门扇，把老黑压在了门扇上，开始拿四颗铁打的长钉子钉起手和脚。老黑没有喊叫，瞪着眼睛看砸钉的人，左手的长钉砸了两下砸进去了，右手的长钉砸了四下还没砸好，老黑说：你能干个屁！长钉全砸钉好了，老黑的眼珠子就突出来，那伙保安又把一块儿磨扇垫在老黑的屁股下，抡起铁锤砸卵子。只砸了一下，老黑的眼珠子嘣地跳出眼眶，却有个肉线儿连着挂在脸上，人就昏过去了。姓林的说：继续砸，这种人就不要留下根。保安用冷水把老黑泼醒，继续砸，老黑裤裆烂了，血肉一摊，最后砸到上半身和下半身分开了才停止。这时候，灵桌的猪头上趴着了一只指头蛋大的苍蝇，王世贞的姨太太赶了几次没赶走，突然哭起来，说：世贞，世贞，我知道你来了！就破嗓子喊：剜他的心！剜他的心！老黑的心被剜出来了，先还是一疙瘩，一放到王世贞的灵牌前却散开来，像是一堆豆腐渣。

★　　　　★

　　三海、李得胜和老黑相继死去，秦岭游击队的领导只剩下雷布，雷布宣布游击队暂时解散，而他带了三个人发誓要杀了正阳镇党部书记和王世贞原来的姨太太。他们化装成看客，到正阳镇的关帝庙里烧了香，就去了镇公所的那条街上。镇公所门前原是一排子杨树，杨树已经砍伐了，据说是镇公所里常常闹鬼，还能听到鬼在拍手，后来发现是杨树叶子在夜风中老响，就把杨树全伐了。门口又新增了一道岗哨，谁也不能靠近，连给镇公所伙房里买菜的，出入都得登记和搜身。雷布他们四人无法偷袭，曾想过在镇公所对门的街上寻户人家，挖条地道钻过去，寻了几户人家，没人让他们租住，甚至还被一户人家认出了雷布，雷布他们赶紧撤出了正阳镇，而镇公所从此也做了防备，在院子里埋了一口瓮，瓮里灌上水，派人日夜观察瓮里水的动静。雷布他们在南山的苟树洼村待了三天，日夜在哭，头发就都白了。镇保安队继续在追捕他们，一度是见了白头发的都抓。

　　当我在骡马古道的寺坪镇为人唱阴歌时，那天中午吃完饭，我在集市上转悠，正探头看旁边有人在捏面人，一个挑着缯笼担子的人过来，挑子前头是一垒大大小小的笼，挑子后是一捆缯笼的竹篾子，我也没在意，还给他让了让道儿，他经过我身边时却踩了一下我的脚，气得我说：把你脚垫疼了吧？！那人低声说：到前边树下说话。我定眼一看，是雷布。我没敢吱声，先去了前边桥头的树下，后来他来了，我说：你咋还敢乱跑？他说：我是死了没埋的人。我们互问了一些情况，雷布请求我为三海、李得胜、老黑唱一回阴歌，说他们死得那样惨，尸体不全，没有入土，现在仍是孤魂野鬼，难道就不能让他们再托生吗？我说凭你这份义气，我就应该唱，但唱阴歌要在丧事场面上唱，那我该在哪儿为他们唱呀？！雷布就说他要用木头刻出三海、李得胜和老黑的头，然后挖个墓一块儿安葬了唱，墓就挖在他老家那儿的竺山那儿吧。我说要刻也给四凤刻一个头，并应承等他一切都弄好了，到清风驿找德发店的伙计秃子，秃子知道我的行踪会及时通知我的。

但是，雷布再没有找过我，我甚至去了一趟清风驿还问过秃子，秃子也说没见过雷布。而倒是在三个月后的一天夜里，月明星稀，远近都没了人，我在山坳里找了四块石头，石头上分别写了三海、李得胜、老黑和四凤的名字，挖坑埋了，然后就坐在那里唱。先唱的是《开四面》，再唱的《敬五方》，开的是东西南北大门，敬的是金木水火土宝藏，以使亡魂入地府上天堂各路都有迎驾的神灵。再后来唱《悔恨歌》：腊月里来女儿探娘，探了一年都是忙，蒸上十双馍，称上二斤糖，大娃慢慢吃，小娃挎背上，来到爹娘大门上，手扒门框往里望，油漆棺材当堂放，叫了一声爹，哭了一声娘，一年到头想爹娘，爹娘临了没有看上。唱着唱着，我感觉到了不远处的草丛里来了不吭声的豹子，也来了野猪，蹲在那里不动，还来了长尾巴的狐狸和穿了花衣服的蛇。它们没有伤害我的意思，我也不停唱，没有逃跑。唱完了，我起身要走，它们也起身各自分散，山坳里就刮开了风，草丛里开着拳大的白花，一瞬间，在风里全飞了，像一群鸽子。

后来，我打听了，那花名字就叫鸽子花。

★　　　　　★

　　雷布四人进不了镇公所，就去了镇党部书记的老家程家堡，挖他的祖坟。挖开祖坟，里边盘着一条蛇，坟里有蛇那是预示着后辈人能升官，他们把那蛇斩了，又把一堆骨殖掏出来用脚踩，还泼了一盆子狗血。至于王世贞原来的姨太太，打听到住在县城甘露巷，蹲了几天巷口没碰到，四月八日过庙会，她去庙会上买香粉，雷布走过去叫了声：陆太太。那女的应了一句，还没转过身来，一条麻袋就从头上套下去，被扛着跑了。扛到倒流河边，四个人商量着怎么个处死，那时他们已没有了几颗子弹，还舍不得用，想拿木棒乱砸还是系一块儿石头沉到深潭去。却又好奇这女人到底是啥模样，能让王世贞娶了又能让陆掌柜娶？解开了麻袋，一个说：果然长得好！一个说：脸长得好心肠毒哩！这女人问了是谁，知道来的是秦岭游击队的人，就没再求饶，也没哭，说：让我涂脂抹粉了再杀。这话倒提醒了雷布，便哼哼哼地笑着，拿刀在她脸上写字，鼻梁以上写了个老字，鼻梁以下写了个黑字，脸就皮开肉绽，血水长流，然后拉了另外三人扬长而去。那三人不解，说：不杀她了？！雷布说：让她去活吧！

　　报了仇，雷布四人一时不知下来该怎么办，先是决定把枪埋了，改名换姓到大深山给财东家当长工去，但心里总是不甘，闹腾了这么多年为的是不再当农民，到头来还是去种庄稼？把枪埋了后又把枪刨出来哭。其中一个就提出既然拿枪拿惯了，也干不了别的活，那索性投奔周百华去。周百华是岭宁县竹林镇的大财东，仗着其舅是省城西北军的一个旅长，他在家有自己的武装，越发展越大，岭宁县保安团拿他没办法，便默许着他独霸一方。周百华排行老二，人称二先生，势力大后，却兔子不吃窝边草，待家乡人友善，修路筑桥，开设粥棚，还办了学校，免费让学生读书，号称自治。竹林镇家家户户家里没挂蒋中正的像，贴着他的像。李得胜在多年前，曾去过竹林镇让周百华加入秦岭游击队，甚至提出游击队扩大后，周百华做司令，他做政委。但周百华没同意。此后他们再没往来，也互不侵犯。当一人提出投奔周百华，另外两人反对，说当年是让周百华参加游击队的，而现在咱去投奔他?! 可是，不投奔周百华又难以生存，他们就没了主意，雷布说：事情到了这一步，那就让天断吧。掏出一枚银元，以正面为去竹林镇，以反面为去当长工，往空中一掷，银元落地是正面。雷布说：是去竹林镇? 一次不算数，咱三掷二胜吧。又掷了一次，是正面，再掷了一次，还是正面。四个人去了竹林镇。

去竹林镇，还不知周百华肯不肯接纳，四个人也做了准备，如果周百华要消灭他们，见机行事，与他拼打。可是，竹林镇的防守把消息通报了周百华，周百华来见他们时头上缠了一条白纱。雷布说：我们来得不是时候，二先生有重孝在身? 周百华说：我是给李得胜、老黑他们致哀啊! 就这一句话，雷布落了泪，把枪交给了周百华，另外三人也把枪放在桌上。周百华说：当兵的人怎么能不随身带枪呢? 拿上，都拿上! 领了他们就在镇街上转，转到街十字路口，那里有一个石碑，四四方方，高达三丈，周百华念碑上的字：自闭桃源称太古，欲栽大木柱长天。念毕，说：我虽有武装，但我见不得打打杀杀，治镇如治家，仁德为上。你们如愿意，就去经管林场吧。

匡三没有跟随雷布，当后来得知雷布他们挖了姓林的祖坟，毁了王世贞姨太太面容，也去找过雷布，但没有找到，就独自去报复告密的拾粪人和那个儿子当保安的财东。县党部奖给了拾粪人和财东各十块大洋，财东的儿子领了赏回到了镇保安队，拾粪人背着大洋返回时，在清风驿的二道梁上被一个土匪抢了褡裢，又把他推到梁下摔死了。匡三没有在拾粪人身上出恶气，便打听到财东家，半夜里翻院墙进去，正好财东的老婆上厕所，一刀捅死在蹲坑里，进了上房，东厢屋炕上睡熟着财东，照着肚子把刀扎下去，竟扎透了，刀一时拔不出来。西厢屋睡的是儿媳，听见动静，端了铁灯台过来问有事吗，匡三夺过灯台就往她头上砸，只一下就砸死了。此后，逃往三台县，恢复了老行当，流浪乞讨。

★　　　　　★

又过了两年，七月十五日夜里竺山上又落陨石，这一次不是流星雨，是掉下来一块儿笸篮大的石头，把地砸了一个五丈深的大坑。人人都说这是天裂了，要出大事呀，谁也不敢去捡，其实是谁也捡不了。那大坑后来下雨聚水，里边生了龟和蛇，有两户人家的儿媳寻短见，跳进去再没捞出来。到了十月，共产党的二十五军从湖北进入秦岭，计划北上延安，国民党的西北军也就开进秦岭围追堵截，双方展开了长达三年七个月的拉锯战。

二十五军一来，雷布四人便脱离了周百华，又寻找到了匡三和那些失散的同伙，重组秦岭游击队。二十五军曾在十里峡遭西北军堵住了峡的前后口，游击队带领从一条沟里成功转移，二十五军就给了游击队一批武器。有了这批武器，游击队发展壮大队伍，人数比李得胜时期多了一倍。但是，二十五军在一次战斗中，命令游击队袭击敌军的后勤车队，游击队为了保存实力没有去。后来又让给筹集粮食，明明筹集到了一百石粮，却只给二十五军运去了三十石，其余的七十石藏在一个山洞，竟然被保安团发现又一把火全烧了。二十五军的首长很生气，派一位姓邓的任游击队政委。姓邓的来后以肃清异己分子名义，处决了八名游击队的人，其中就有雷布最早带领的那三个人。雷布和姓邓的意见不合，时常争吵。二十五军和西北军又打了一仗，命令游击队去东山垭阻击敌人的增援，敌军来增援的是三个团和两个县的保安，游击队打了三天三夜，最后撤出了姓邓的等五个人，其余全部战死，包括雷布。匡三是在仗打到第三天早上，雷布让他去二十五军军部送信，等他再返回东山垭，仗已经结束了。听当地人讲，雷布牺牲在东山垭左边沟里的一棵白皮松下，他往前冲的时候中了弹，子弹从身后打的，当时倒下去就死了。匡三大哭了一场，只得再去了二十五军。在二十五军找到了姓邓的，询问雷布的死为什么是子弹从身后打中的，这子弹是谁打的？姓邓的说，谁打的我怎么说得清，战场上的子弹长眼睛吗？匡三随后被编入二十五军，第二年部队终于到达延安。

★　　　　★

　　解放后，正阳镇为秦岭游击队修建了烈士陵园，每一个墓里都埋一个木头刻的人，并写着名字。刻木人时，匡三亲自来指导，因为只有他知道游击队先后有多少人，每个人又都长着什么模样。那时的匡三已住在州城，州城改为秦岭专署所在地后，他是秦岭军分区司令。整个秦岭市，有两个人以民主人士的身份在政府里任事，一个是竹林镇的周百华做了岭宁县的副县长，一个就是涧子寨药铺徐老板做了山阴县副县长，左眼还是瞎的，戴了眼罩，人称独眼县长。

　　独眼县长活了七十七岁。活着的时候夏天里是四个兜的中山装，冬天里还是四个兜的中山装，外面披一件九曲羊羔毛做的黑布大衣，到中小学里去作报告，讲当年秦岭游击队的英勇故事。

古《山海經》插圖

问：现在怎么再见不到那些长着有人的某部位的兽了呢？

答：当人主宰了这个世界，大多数的兽在灭绝和正在灭绝，有的则转化成了人。

第二个故事

今天学南次三山系。我念一句，你念一句。

南次三山之首，曰天虞之山，其下多水，不可以上。东五百里，曰祷过之山，其上多金玉，其下多犀、兕，多象。有鸟焉，其状如鸡，而白首，三足，人面，其名曰瞿如，其鸣自号也。浪水出焉，而南流注于海。其中有虎蛟，其状鱼身而蛇尾，其音如鸳鸯，食者不肿，可以已痔。又东五百里，曰丹穴之山，其上多金玉。丹水出焉，而南流注于渤海。有鸟焉，其状如鸡，五采而文，名曰凤皇，首文曰德，翼文曰义，背文曰礼，膺文曰仁，腹文曰信。是鸟也，饮食自然，自歌自舞，见则天下安宁。又东五百里，曰发爽之山，无草木，多水，多白猿。汜水出焉，而南流注于渤海。又东四百里，至于旄山之尾，其南有谷，曰育遗，多怪鸟，凯风自是出。又东四百里，至于非山之首，其上多金玉，无水，其下多蝮虫。又东五百里，曰阳夹之山，无草木，多水。又东五百里，曰灌湘之山，上多木，无草；多怪鸟，无兽。又东五百里，曰鸡山，其上多金，其下多丹雘。黑水出焉，而南流注于海。其中有鲭鱼，其状如鲋而彘毛，其音如豚，见则天下大旱。又东四百里，曰令丘之山，无草木，多火。其南有谷焉，曰中谷，条风自是出。有鸟焉，其状如枭，人面四目而有耳，其名曰颙，其鸣自号也，见则天下大旱。又东三百七十里，曰仑者之山，其上多金玉，其下多青雘。有木焉，其状如榖而赤理，其汁如漆，其味如饴，食者不饥，可以释劳，其名曰白䓘，可以血玉。又东五百八十里，曰禺稾之山，多怪兽，多大蛇。又东五百八十里，曰南禺之山，其上多金玉，其下多水。有穴焉，水出辄入，夏乃出，冬则闭。佐水出焉，而东南流注于海，有凤皇、鹓雏。凡南次三山之首，自天虞之山以至南禺之山，凡一十四山，六千五百三十里。其神皆龙身而人面。其祠皆一白狗祈，糈用稌。右南经之山志，大小凡四十山，万六千三百八十里。

★   ★

有什么要问的？

问：凯风是什么风？

答：南风。

问：条风呢？

答：东北风。

问：血玉是什么？

答：这里的血指染的意思，动词。

问：浪水中的虎蛟，其状鱼身而蛇尾，其音如鸳鸯，为什么食这样的动物，人就不患痈肿，又可以治疗痔疮？

答：换一种思维角度，那就是，上古人食了虎蛟之后，身上再不痈肿，还愈了痔疮，上古人就总结了，哦，这虎蛟声如鸳鸯；哦，鸳鸯一雄一雌，出双入对；哦，雄雌合二为一可以治疗气血不通的病呀！于是，就慢慢形成了观察自然的方法，比如阴阳，黑白，男女，水火，软硬，上下，前后。再延伸，中医药里也就有了象形说，如吃红颜色的食物可以补血，吃黑颜色的食物可以滋肾，核桃仁健脑，驴鞭壮阳。

问：名字是别人叫的，许多飞禽走兽怎么就自呼其号呢？

答：那是人以它们的叫声命其名，反过来又以为它们自呼其号。前边我已经讲过，任何动物都要发自己的声以示存在，如果真的自呼其号了，那就是在自怨，在控诉，在发泄自己的委屈和不幸。人不也是这样吗？

问：德义礼仁信是封建社会的规范呀，怎么那时候凤凰"五采而文"？

答：这有两种可能吧，一是汉语为象形文字，那时凤凰身上有这采文，而这种鸟一出现常常是天下安宁，人就以这采文定下了社会规范。二是后人在转抄《山海经》时增加进去的，这种事情中国人善于干，比如刘邦称帝时不是流传他睡熟之后就是一条龙吗？陈胜揭竿而起时不也是在鱼腹里装上他要成王的字条吗？

问：这一山系记载了金银铜铁，记载了牛马羊鸡，记载了米和酒，还记载了战争和劳役，这证明了人已经在那时在耕种、纺织、饲养、冶炼、医疗，那么，这些技能又是怎么来的？

答：是神的传授。

问：真有神吗？

答：《史记》里说黄帝"淳化鸟兽虫蛾"，说伏羲"天下多兽，故教民以猎"，秦岭里也有老鼠咬开了天，黄牛辟开了地。黄帝就是神，伏羲就是神，老鼠和牛也都是神。神或许是人中的先知先觉，他高高能站山顶，又深深能行谷底，参天赞地，育物亲民。或许就是火水既济，阴阳相契，在冥冥之中主宰着影响人的生命生活的一种自然能量。

问：现在还有神吗？

答：神仍在。或许是人太空虚太恐惧，需要由内心投射出一个形象，这

67

个形象就是神，给人以力量。还有，你不觉得科技也是神吗？比如过去把能观天象知风雨的人觉得神，把能千里眼的觉得神，把能顺风耳的觉得神，而现在科技不全都解决了吗？

问：哦，那我能……会神吗？

答：神是要敬畏的，敬畏了它就在你的头顶，在你的身上，聚精会神。你知道"精气神"这个词吗，没有精，气就冒了，没有了精和气，神也就散去了。

★　　　　★

岭宁城就是冒了一股子气，神散去，才成了那么个烂村子。

不知先人是咋样想的，作为县城，偏偏建在倒流河的北岸上，而且只有三个城门，东西北都有了，就是没南门。东西城门相距得又特别短，经常有人在东城门洞风吹落了帽子，紧撵慢撵，帽子就吹到了西城门洞。民国三十三年，县长站在城南岸，看着河水就在脚下，削直的岸崖上斜着往空中长了三棵柏树，感叹本县百年里没出过一个能去省城读书的人，可能就是没有南城门的缘故吧。于是，组织人在河对面的山梁上开了一个豁口，假做了南城门。但豁口开了三年，不仅仍没有去省城读书的人，而县长的头还被割走了。

县长的头是被秦岭游击队割走的。那一天露明开始飘雪，雪在地上有一鸡爪子厚了，老黑领人进了城，城东北角上空腾起了青烟，像蘑菇一样，大家都说游击队把娘娘庙烧了。其实游击队并没有放火，他们打死了驻守在娘娘庙里的十八个保安夺去二十三杆枪，就走了，那腾起的青烟是庙院子突然轰隆隆响，水井里冒出了一股气。游击队走后，人们就到县政府去看究竟，县长还在他的办公桌后坐得端端正正，头没了。这时天上不再下雪，下冰雹。

秦岭的山势不一样，各处的草木禽兽和人也不一样，山阴县的山深树高大，多豹子、熊和羚牛，人也骨架魁实，岭宁县属川道，树小又没走兽，偶尔见只豺或狼，就都是飞禽，城里更是栖聚了大量的麻雀。麻雀实在是太多了，整天碎着嘴叽叽喳喳，街道上那些辣汤肥肠摊前，吃喝的人就得防着麻雀粪冷丁从空中掉下来。他们全是些小鼻子小眼，就是爱吃肥肠。人喜欢吃动物肠子，豺也喜欢吃动物肠子，它们进了城，会把爪子从牛呀驴呀羊的屁股挖进去，将肠子掏走，经常是天明后主人发现了死去的家畜，呼天抢地：哎咳咳，这 × 他娘呀，把我的肠子掏去啦！

那一场冰雹下了两顿饭时，鸡蛋大拳头大的冰疙瘩铺成一地，城里所有房屋的瓦都碎了，城东门到西门之间的榆树槐树枝叶全光，麻雀死得到处都是，北城门外还死了一只豺。王财东家的一个长工在后坡放羊，一时没处躲，把一只羊的腿抓住盖在身上，羊头被砸开。白河也正是这一天离家出走的，他是吃过了三碗辣汤肥肠，褡裢里装着媳妇给他烙的盘缠，三个三指厚的大锅盔，经过爹的坟前，他没有停，他恨爹吸大烟膏子把家吸败了，只剩下三亩地，才撇下妻儿，还有一个弟弟，自己要出门混名堂。他说：我不给你磕头！话刚出口，冰雹噼里啪啦砸下来，他把三个大锅盔顶在头上，才躲过了一劫。

县长被割了头，这在秦岭五百年历史上都没有的事，省政府觉得岭宁城原本就小，偏僻的地方又如此险恶，便把县城移迁到了方镇。而不到几年，这里的店铺撤离，居民外流，城墙也坍垮了一半，败落成一个村子，这村子也就叫老城村。

老城村没有了专卖辣汤肥肠的摊位，但村里人还是爱吃着肥肠，家家都有做辣汤肥肠的火锅子。麻雀似乎比以前还多，街巷里总是一群麻雀在跳跃，人一走近去，哄地就起飞了，像一片灰布飘在空中，人一走过，灰布又落下来。

★　　　　　　★

白河一走，媳妇领着两个孩子回了二十里外的娘家，剩下老二白土，日子越发恓惶。三年后，白河没有回来，嫂和侄儿也没回来，爹死了，没能力办丧事，白土向隔壁洪家借钱买了砖拱墓，再去王财东家借钱买棺木。王财东见白土人憨，还来帮着设灵堂，请唱师，张罗人抬棺入坟后摆了十二桌待客的饭菜。王财东请的唱师就是我。老城村也有唱师，是个苍苍声老汉带着两个徒弟，但他们的水平太差，唱阴歌时讲究喝酒吃辣汤肥肠，走时拿工钱还要孝家给他们装一匣子烟丝。王财东偏请了外地的我，他们有气，就在阴歌唱到半夜后来到白土家和我对唱。往常我也经历过对唱的，差不多是软的让了硬的，热闹一阵儿就过去了。但那一次互相撂侃子（注：方言侃大山的意思），针尖儿对麦芒，谁都想压住对手，不久就动手推搡起来，直到白土跪下磕头，王财东又给本地唱师付了钱，事情才平息。

正因为我在老城村受了气，王财东留我在娘娘庙里多住了几日。娘娘庙里的和尚是一个哑巴，他并不希望我住在庙里，天黄昏的时候他就指着水井那边的厢房，嘴里呜里呜哇的，我听不懂他的话，但我明白他的意思是厢房那边站着十八个鬼，那十八个鬼都是被游击队打死的人变的。我给他说我不怕鬼，还故意把我的铺盖搬去厢房里睡。和尚就不赶我了，每日除了出外化缘，就坐在蒲团上敲木鱼。他敲木鱼时我的脊背老是疼，就感觉我是那木鱼，老城村的事让他一槌子一槌子都敲给我听了。

白土埋了他娘后给王财东谢恩，额颅在地上磕出了血，并愿意去王财东家打工抵债。也让姓洪的把自家的三亩地耕种了，说好等他哥回来了还钱赎地，如果他哥三年里还不回来，三亩地就归了洪家。姓洪的却要有个立据，白土不识字，说：你信我，我给你割只耳朵。真的把右半个耳朵割下来。白土原本就长坏了，像狗一样眼大嘴长，自右耳朵少了一半，更走不到人前去。

★　　　　★

在王财东家，白土舍得出力，又不弹嫌饭碗子。一次财东家来了客人，客人说：你这长工啥都好，吃饭却像是猪，响声恁大？！白土从此就端了碗在灶火口吃。每每吃过三碗，做饭的老妈子铲锅巴，问：还吃呀不？他说：吃呀。就又给他一碗锅巴。有时吃过三碗了，起身走时老妈子勺敲着锅沿，问：饱了？他说：锅里还有？老妈子说：没了！没了白土也就不吃了。入冬后，王财东又盖新房准备结婚，三间新房的砖瓦都是白土一个人从窑场往回背，脊背上磨出了三个血泡。村人说：盖房呀？他说：盖房呀！村人说：娶媳妇呀？他说：娶媳妇呀！说完了，觉得不对，再说：不是给我娶媳妇。村人就笑着摸他的半个耳朵，说：你以为给你娶媳妇呀？！白土这一次恼了脸，不让人摸他的耳朵。

王财东娶的新娘是三十里外石瓮村人，那里是山窝子，路细得像是在山梁上甩了绳，娶亲的轿子抬不成，只能由人背，这活儿自然就落在白土身上。白土那天把身上的衣服洗了，还剃了头，又给自己做了个耳套戴在半个耳朵上，就收拾背夹。背夹的形状像椅子，而后背板特别高，用布带子把背夹在脊背上绑结实了，新娘就面向后坐上去。一路上白土气喘吁吁，要歇了，将背夹搭在石头上，别人说：吸锅烟解解乏吧。白土说：烟呛人哩。他怕呛了新娘。别人说：咦，白土还会体谅人！白土捂了捂耳套子，嘿嘿笑，其实他是害怕一吸烟就闻不到香气了。新娘的身上不知搽了什么香粉，一路上都有蝴蝶和蜂飞来。

新娘叫玉镯，嫁到老城村后，会过日子，待下苦人好。瞧见白土给猪剁草时伤了指头，满院子撵鸡，要拔鸡毛给他粘上止血。腊月天寒，白土的脚后跟裂了口子，她拿了一疙瘩猪油，让涂上了在火堆上烤。她对白土说：你用不着戴耳套。白土就是不摘耳套，她就做了一个新的，让白土换洗着戴。

白土去放羊，村后的山上已经没了草，要赶着羊上了山顶，再到山后的那个坡沟去放，白土常常把羊赶上山了，自己背了手再往山上爬，放到黄昏了再回来。但回来的羊在下山时总是跑散，有的为了贪吃又爬到陡崖上，怎么喊都不下来。玉镯在村后的地里拔萝卜，萝卜缨子绿莹莹的，衬得脸分外白，看见了白土喊不下羊，也帮着喊，她一喊，羊就下来了。这样的情景发生过几次，每每到黄昏了还没见白土回来，玉镯就出来，果然见羊在陡崖上，再次把羊喊下来。白土说：你咋一喊就下来了？玉镯说：我是主人么。白土说：噢。也就盼望每次放了羊羊都在陡崖上不下来，他可以看见玉镯喊羊，玉镯的喊羊声脆呵呵的好听。

一天，王财东从外边回来说：三台县国民党和共产党仗打得凶，那边逃过来一个女要饭的，你去看看，愿意不愿意留下给你做媳妇？白土说：我不会说，你给我问人家。王财东不去，说：炕上的事也得我教？！玉镯就领了白土去相看。到了东城门洞，没见到那要饭的，旁边人说老耿头给她吃瓜了。两人到老耿头家的瓜地里，一畦的白脆瓜，畦头有个护瓜地的庵子，老耿头把那要饭的压在身底下，问：美不？要饭的嘴上还吃着瓜，说：甜。玉镯便拉了白土就走，说：不成，这号人不成！白土却挣脱了玉镯的手，又往庵子那儿跑，玉镯正要骂白土贱，却见白土到了庵子跟前，用脚踹庵子架，庵子就哗啦塌了。

三年已满，白河仍没有回来，洪家收了秋，犁了地，给白土说：你哥还没回来，这我就种明年的麦呀！没想，把麦种都准备好了，白河回来了。白河一到家，接回了妻儿，也收回了三亩地，至于当年的欠款，他说他有一批布卖给了邻县皇甫街的马家，不出半月款就该到了，一到就还。老城村的人都在说白河这么多年在外做布匹生意发了财，因为白河穿着一身的黑绸袄，还镶了金牙，别人镶金牙是一颗，他的牙全镶了。洪家说：你是金口，我等半月吧。可白河在地里撒了麦种，麦苗都长到膝盖高了，洪家来要了几次账，白河都说再等等，就是不还。老城村的人又在说白河哪里有钱呀，他在外先是生意还行，可犯了和他爹一样的毛病，吸大烟膏子把生意吸败了回来的。洪家听到后就撕破脸来讨债，白河说：就是这，地不退，钱欠着！倒比洪家还凶。

洪家有个儿子，已经结了婚，而白河的两个儿子也是半小伙，愣头愣脑，两家人对峙起来，洪家不敢动手，但洪家的儿媳言谗口满，只要她女儿每每做错了事，就隔着院墙大声叫骂，骂的是女儿，白河的家人就脸红耳烧。

这女儿是从王沟村抱养的。王沟村有一家的婆婆和儿媳不和，婆婆嫌儿媳的娘家穷，嫁过来又连生了三个女儿没生男孩。待到儿媳终于生下一儿了，给丈夫说：你家能续香火了，我也气受够了！就上了吊。儿媳一死，丈夫带着四个孩子日子难过，就把三女儿送人。先送了一家，头一月那家老人就生了大病，猪还让豺掏了肠子，就认为这孩子是个克星，退了回来。再送一家，孩子去了受不得骂，一骂就跑了不回家，觉得性硬，也是退回来。洪家的儿媳一直没生育，收养了这孩子，没想这一年儿媳却怀上了，儿媳就虐待这孩子，让干这干那，干不好了，耳光子就上来，或者拿手在大腿处拧，拧得大腿上没一块儿好肉。村里人都嫌这儿媳毒，但惹不起她，背地里就起咒：让她去河里洗衣服时水鬼把她拉下去淹死，让她吃辣汤肥肠时麻雀聚成堆儿往碗里拉粪。竟真的有一次她端碗到巷道吃辣汤肥肠，忽然记起忘了锁门，放下碗跑回去了一趟，回来三只麻雀站在碗沿上，把几粒粪拉在碗里，她就骂得紧天火炮，三只麻雀已经站在树上了，又掉下来，让猫逮了个正着。

洪家的孙子出生那年，白河的老婆也生了个小儿子，生后却添了头晕病，时不时天旋地转的，得扶着墙走。白河一个人忙地里活，他又不是干农活的好手，夏收天别人家都在场上碾了麦子往麻袋里装了，他家的三亩地麦子还没割倒，割着割着，觉得腰疼得要断了，扔了镰，说：腰呢，我腰呢？！就看到路畔的柿子树下躺着马生。

马生是村里的孤儿，他的脸盘大，五官却长得紧，背地里人都叫他骡子。因为他叫马生，而马和驴交配生下的儿子就不像驴也不像马，是骡子。这马生从不念叨他爹他娘，清明节和大年三十的晚上也不去坟上烧纸，人说：坟上不烧纸那就是绝死鬼呀！他说：那不是把穷苦绝了？我过好光景！现在他光膀子躺在柿树下的凉席上，怀里还抱着个竹美人。竹美人是用竹篾子编的一种篓子，样子像人，夏天抱了睡着凉快。

白河牵着驴过来说：帮叔赶驴把麦捆驮回去，给你擀长面吃！马生脚大拇指一跷一跷，盯着树上的一颗红软蛋柿，说：叔哎，你摇摇树，让蛋柿掉到我嘴里。气得白河把驴牵走了，马生看着驴屁股，想着他是一只豺了，掏出那肠子多好。

★　　　　★

白河又谋算着做些什么生意了。等一解放，不打仗了，他就去了一趟县城，县城里在镇压反革命，城南河滩里枪毙了国民党县党部的书记、县长、公安局长和保安团长，还有十几个土匪恶霸妓院烟馆的老板，相当多的店铺还关着门。白河收了不安分的心，却在一个小酒馆里碰着了姑父，得知是匡三带兵解放的岭宁县，部队走后，匡三留下来做了县兵役局局长，而匡三正是姑父的本族人。白河就托姑父给匡三说话，能让自己去县城谋个事，他是实在不想在老城村侍弄那三亩地了。姑父竟还真给匡三说了，匡三嫌白河年纪大，问白河有没有儿子，姑父说有，匡三给县长打了个电话，白河的大儿子便到县政府当了个烧水扫地跑小脚路的差事。

白河的大儿子叫白石，去了县政府个把月后，回老城村一次，穿着件列宁服。马生说：白石，去当长随了？白石说：啥是长随？马生说：人家当官的走到哪儿你就随到哪儿。白石说：我不是秘书。马生说：那就是答应，啥时候一叫你，你就答应。白石说：我是通信员！马生心里酸酸的，夜里做了一个梦，梦到他正说话，嘴里像是含了颗石榴籽，取出来一看是牙，再取出一颗，还是牙，嘴里的牙全掉了。第二天，碰着白河，马生让白河解解梦，白河说：牙掉了死爹娘哩。马生说：你不知道我爹娘已经是二十年的鬼啦?！白河说：鬼也可以死么！王财东正好提了一个呼联要出村，呼联就是每年当舅的要给小外甥送的大锅盔，只是这大锅盔上要轧花纹，中间留个孔儿拴着红绸子。王财东识些文墨，说：那就是脱胎换骨呀！白河说：外甥逢上有富舅了，这么大的呼联！马生说：咋能是脱胎换骨？王财东说：牙就是骨头么。马生说：那就是说我换牙，要有肉吃呀?！就又说：你说我该吃肉呀，那你啥时杀猪，不给我个猪头也能送根猪尾巴吧？王财东却掏了一张金圆券，说：你去吃顿辣汤肥肠吧。

★　　　　★

　　第二天马生拿了金圆券去镇上赶集，他没有去吃辣汤肥肠，而要买些布回来缝衣服，商店里却说现在政府发行了西北农民银行的纸币，金圆券作废了。气得马生在返回的路上一边打着那张金圆券，把金圆券都打烂了，一边骂自己倒霉。回到村，直接去找王财东，说：你知道这金圆券作废了，你给我?！王财东说：这我今中午才晓得呀！马生把金圆券撕了个粉碎，掷到王财东的脸上，说：还给你，我不落你人情！巷道里一群鸡跑过，全嘎嘎地叫，像是在笑，跑出了巷口。金圆券作废的消息就在这天传遍了整个老城村。

　　老城村最富的是王财东，最穷的是马生，这是秃子头上的虱，明摆着的事。而白河却是爱显派，虽然欠着洪家的债，只要吃一次捞面，他肯定就端碗坐在院门外的碌碡上，筷子把面条挑得高高的，过往的人说：吃长面啦？他说：吃么，天天吃么！院门掩上的时候，他肯定是在屋里喝粥。秋季里在山坡挖了些菌，才在集市上卖了几个钱，村里刘栓子给儿子订婚要买酒，向他借，他就把钱全借了，老婆埋怨，他说：洪家骂我是穷鬼，好多人也都看不起咱，刘栓子能向我借，我在他眼里就是有钱人呀！除了白河，村里人过日子都是藏着掖着，穿一件新衣裳，外面总要罩一件旧衣裳，十月里没下雨，就熬煎着来年的麦子要歉收，那怎么办，吃风屙屁呀?! 见了面都是问吃了没，回答也都是没吃哩，当然，没吃就饿着吧，没人请吃，连一句请吃的客气话也没有。但是，金圆券一作废，竟然全叫了苦：咳呀呀，钱咋说没用就没用了?! 拿出来一卷的、一沓的、一捆的，哭着在门口烧。

刘栓子终于要给儿子结婚了，杀了鸡，给了马生一副鸡肠子，马生提着从村巷里走，见到烧钱的，说：哇，你家还有这么多钱啊！没人理他，他继续走，一群苍蝇就追着。洪家的儿子是把钱放在厕所里揩屁股用，他爹说还是烧了好，眼不见心不烦。在院子里烧着，儿子把钱整沓丢到火堆，他爹嫌整沓烧不透，让一张一张分开烧，儿子就躁了，说：买地哩老嫌贵，贵，要等呀等，等到地没买上，钱没用了！他爹说：谁长前后眼呀？我要知道你长大是个白眼狼，一生下来该把你溺到尿桶去！父子俩顶碰起来，儿媳妇就在堂屋里扔那个木刻的财神，骂：我天天敬你哩，你就这样害我！养女抱回了柴火问她：娘，晌午饭吃啥呀？儿媳又把气撒在养女身上，骂：吃骨殖去！顺手扔过来香炉，香炉打着了养女的肩，香炉里的灰却弥了她一脸，便高了声地喊：天爷呀，这是啥王法，血盆大口呀，吃肉不吐骨头呀！马生刚巧到了门前，说：吵吵你骂政府？县城河滩里可是三天两头有人挨枪子哩！儿媳愣了一下，说：我骂谁给政府出的主意，攒了几十年才说富了，一夜就变得和穷鬼一样?! 她话里在暗骂马生，马生没生气，头晃着走了，说：要一样啊！人都是人，谁少了鼻子眼睛，咋能穷的穷富的富?!

王财东没有烧金圆券，他是把金圆券用油纸包了，装在瓮里，又藏在后屋的地窖里，现在取出来一捆一捆摊在院子里晒太阳。太阳暖和，麻雀站在院墙上七嘴八舌，好像是在搬弄是非。王财东问玉镯：你说这钱捆子能不能砸死人？玉镯说：你前年就说过钱多得能砸死人哩。王财东说：我说过？说过？突然脑子糊起来，糊得如一锅糨子，站起来要上厕所，一时却不知道厕所在院子东北角还是院子西北角，明明看着那并不是堂屋的山墙，往过走时咚地头就撞在了墙上。玉镯说：你咋啦，咋啦？玉镯的叫声使他蓦地清醒了，看见墙上有了血，便呆呆的，说：这么多的钱就没用了？真没用了？！玉镯把他扶到屋里的炕上，自己去院子把晒着的钱捆又收起来，装在了草袋里堆在炕角。这夜里，鸡叫过两遍，玉镯醒来，王财东却坐在炕上，她问咋还不睡？王财东说：我看着钱袋，不要叫老鼠啃了。玉镯说：已经是一堆烂纸了，啃就啃吧。王财东说：你说它真不是钱了？玉镯说：谁家的钱都不是钱了，又不只是咱家。王财东说：胡说，钱就是钱！玉镯说：是钱，是钱，把钱摊在炕上，当了褥子铺！就真的在炕上铺起来，铺了一层没铺完。王财东又嗷嗷地叫着，把钱装进了背篓，要玉镯跟他这就到祖坟去。玉镯说：到坟上烧了也好，祖先在阴间里或许能用。但王财东出门时拿了一把镢头。

开院门的时候，巷道里似乎有个人走过，玉镯赶紧把门关了，等着听不见了脚步声，才出北城门去了后山根的祖坟上。王财东并没有给祖先烧那些钱，而是挖了个坑，把钱用油纸包了，脱了自己的衣服再包了一层，说：祖先给咱看护着，将来钱生钱呀！玉镯觉得丈夫的脑子有毛病了，却不允许他用衣服包，因为咒某个人死，咒的办法就是把某个人的衣服埋了，便说：你埋你呀？！把衣服取出来给王财东穿好，才埋了钱。

玉镯开院门觉得有个人在巷道里走过，真的是有人走过，那人就是马生。马生每到晚上睡不着，要出来在村里转悠，他的脚步像猫一样轻，蹲在人家的窗根听里边的两口子在说什么话，在弄出了什么响动，然后回家去先骂着女人都叫狗 × 了，再就摸弄自己的尘根，从村南到村北，从东城门到西城门，每次想着一家的媳妇，将脏物射到炕墙上去。炕墙上斑斑点点，觉得每一个斑点都是一个孩子，他已经有了成百上千的孩子，这个村子就都是他的。这一夜他刚到巷道，原想要去吴长贵家的窗根的，吴长贵的媳妇去娘家了一月才回来，还穿了一件印花衫子，走路屁股蛋子拧得更欢了。但他还没走到吴长贵家的后窗前，却发现王财东家的院门在打开，觉得奇怪，就藏在一棵树后看着，后来尾随去了山根，直到王财东两口子坐在王家的坟里，他才不再跟了。他不知道王财东三更半夜的去坟上干什么。第二天中午饭时就去看个究竟，那坟上没什么异样，而坟后的水渠里流着水，是另一户人家在山弯处浇地，他就扒开渠沿，让水流到王家的坟地里。他说：淹了你！

等到王财东得知祖坟淹了水，去看时，坟地里的水已经渗干，而坟右侧一个老鼠洞，可能是水从老鼠洞灌了进去，陷下一个坑。王财东当然要去找浇地那户人家论理，那户人家赔了一堆不是，还帮着把陷下的坑用土填起。等那户人家一走，王财东就担心这水会不会湿了他埋下的钱，刨出来，水还是透过油纸把钱湿了，粘在一起，一揭就烂了。王财东当下哭起来，把头在坟堆上碰。玉镯劝了说：这是祖先把钱收了，给咱在阴间存上了。

一月后，坟头上长出一棵树苗，样子从来没见过。又过了三个月，树苗半人高了，开出蓝色的花，花瓣还是圆形。王财东硬要认定这是传说中的摇钱树，给玉镯说：不要对外人讲呀，咱家还会有钱的！

★　　　　　★

王财东的脸上越来越有了瓜相，常一个人坐着独说独念，家里的事不管，地里活也不管。他家的地多牛多，麦一收毕，别人家还在碾晒粮食哩，白土就安排着另外的长工去坡地里播粪，而他开始套了牛犁起水田。水田不好犁，犁上半天牛就吃不消了，得换另一头牛，白土还是不歇，月亮都上来了，他才从地里出来，两腿稀泥着坐在田埂上吸烟解乏。白石已经从县政府分配到乡政府当了副乡长，这一夜骑了自行车回来，见着白土，喊：叔！叔！白土曾见过乡长骑自行车，没见过自己的侄儿也骑自行车，喜欢地说：白石你也有铁驴子啦？白石说：我骑乡长的。白土说：你行，年轻轻的就当上副乡长，这比保长高一截的吧。白石说：新政权正需要干么。两人说着话，便见野鸭子翅膀打着水从水田那边哗哗过来，又嘎地从他们头上飞过。

白石问白土咋这么晚还犁地，这王财东也真用人用得狠，白土说王家的地多，不尽快犁了，秧就插晚了，他倒埋怨白石白天不把铁驴子骑回来，黑了骑回来谁能看到呀！白石告诉说他回来通知村里推选代表去乡政府开会的。白土说：哦，开保甲会。白石说：保甲制废了，要选农会呀。白土说：这咋啥都废，金圆券废了，保甲制废了，说废一句话就废了?！白石说：叔你不懂！推着自行车走了。

　　白石要村民推选代表，村里人召集不起来，白石就问爹看谁能当代表，白河说了几个人，可这几个人都是忙着要犁地呀，不肯去。马生说：我没地犁，我去。却又问：乡政府管不管饭？白石说：你咋只为嘴？马生说：千里做官都是为了吃穿，谁不为个嘴?！白石不愿意和马生多说，可村里没人肯去开会，最后还是让马生去了。乡政府的会传达了各村寨要成立农会，全面实行土地改革，来开会的人必然就是各村寨的农会领导。但老城村来的是马生，白石把这情况汇报给了乡长，乡长问：老城村还有谁能胜任，要穷人，要年轻能干的。白石就说了洪家的儿子洪拴劳。乡长说：那就让洪拴劳当主任，你说马生是混混，搞土改还得有些混气的人，让他当副主任。白石将这决定告知了马生，马生说：我没土地，我肯定比洪拴劳积极，他怎么是正的我是副的？白石说：你要当了就当，你不当了我们再找人。马生不争了，却要白石用自行车带他回村宣布，半路上又需要让他也骑骑自行车，结果一骑上人和车就滚了坡，头上碰出个窟窿，车轮子也歪了。气得白石让他扛着自行车走了八里，进村他却直接去了洪家。

　　洪家院子里，拴劳娘却坐在捶布石上哭，抱着一张牛皮，哭牛哩。

　　洪家的牛犁了十几亩地，已经累得拉稀，但家里没了烧的，拴劳吆了牛在三天前去四十里外的仁川煤矿上拉煤。拉了上千斤煤块，回来走到金水沟，五里长的下坡路牛的步子还匀匀的，可再上五里长的漫坡时，牛的四条腿蹬不直，车往后退。拴劳忙从路边拾石头垫车轮子，然后再拿鞭子抽牛，牛就浑身流汗，像是从水里捞出来一样。那时天阴得很实，路边的树梢子都能挂住云，拴劳骂：天要下雨呀，你还不快走？！又是一鞭子，没想牛扑沓卧在地上，嘴里吐了白沫。拴劳说：歇吧，那就歇吧。他也坐下来吸旱烟，连着吸了三锅子，喊牛起来走，牛还是不起来，过去一看，牛已经死了。这前不着村后不着店的，拴劳就慌了，只好又跑到五里外的金家堡找人，要借头牛把煤车和死牛拉回老城村。金家堡的牛也都忙着犁地，不肯借，而有个屠户愿意出驴，却提出要五斗麦。五斗麦可以买这一车的煤哩，拴劳肯定不行，两人一番讨价还价，就以死牛做价钱，同意把牛杀了，肉全归屠户，他要把牛皮带回去。屠户说：老城村的人爱吃肠子，给你一副牛肠子。拴劳发了火，说：不要！屠户就在金水沟剖牛，让拴劳帮忙，拴劳不帮，也不观看，雨下得哗哗，他坐在土崖根的窑洞里只闷了头吸旱烟。到天亮，将借来的驴套了拉煤车，老牛皮搭在车辕上回来。一进家，娘知道老牛死了，也不问拴劳饥不饥，身上的湿衣服换不换，抱了牛皮呜呜地哭开了。

白石问拴劳在不在，拴劳娘还在哭牛，马生夺过牛皮扔过了院墙，说：死了就死了，死了再给你家分一头牛么！拴劳娘说：你给我牛呀？马生说：我给哩。拴劳娘说：你拿骨殖给我？！又哭起来。白石和马生进了堂屋，拴劳是在那里吸烟，脸青得像个茄子。白石说了让他当农会主任的事，拴劳是应允了，要马生去院外把牛皮捡回来，马生把牛皮捡了回来，却恶狠狠地将牛皮往拴劳身上一披，说：刚让你当主任你就支派副主任呀？！没想那牛皮一披在拴劳身上，牛皮便卷起来，将拴劳包在了里边，白石忙把牛皮揭下来，拴劳说：这是让我当牛呀！

事后，村里有人也去把牛皮往身上披，牛皮再没卷过，就觉得牛皮卷拴劳蹊跷。白河就说：本来就是牲畜么！

★ ★

有了农会，老城村就开始了土改，入册各家各户的土地面积，房屋间

数，雇用过多少长工和短工，短工里有多少是忙工，忙工包括春秋二季收获
庄稼、盖房砌院、打墓拱坟和红白喜事时的帮厨。再是清点山林和门前屋后
的树木，家里大养的如牛、马、驴，小养的如猪、羊、鸡、狗。还有主要的
农具，牛车呀、犁杖呀、耧耩呀，以及日用的大件家具，如板柜、箱子、方
桌、织布机、纺车、八斗瓮、筲篮、豆腐磨子、饸饹床子。土地、山林和树
木是明的，它跑不了也改不了，就首先到各家各户登记房产农具家具，马生
便拿了一根长杆子旱烟锅子，这旱烟锅子是王财东的爹在世时使用过的，平
日当拐杖，要吸烟了把烟锅嘴儿噙上，让别人点着烟锅里的烟丝一口一口吸
的。马生把它拿来了，来到谁家就一边指戳着，一边喊：三间上房，两间偏
房，一间灶房，一间柴草房，一间牛棚，一间驴棚——哟！拴劳就坐在院子
里的小桌上在纸本子上记：三间上房两间偏房一间灶房一间柴草房一间牛棚
一间驴棚。他字写不全，而且慢，动不动笔就把纸戳出个黑窟窿。主人说：
这牛棚驴棚是一间棚子从中间隔开的。马生喊：一间牛棚驴棚——哟！拴劳
说：你喊慢点！主人说：这草搭的棚子也算房吗？马生说：这牛棚驴棚比我家
的房还好，咋不算房？主人拿脚就蹬牛棚里的柱子，蹬歪了一根，牛棚驴棚
顶上的茅草哗里哗啦便掉下来，牛没动，驴跑了出来，后蹄子踢了一下踢着
了马生，马生骂：我 × 你娘的！牛棚驴棚塌了，不算——了哟！拴劳将写好
的一间牛棚驴棚用笔画掉，看见驴跑出院子，在巷道里长声叫唤。马生继续
喊：牛一头，驴一头，猪一只，狗一只，牛车一辆，犁杖一把，耧一张，耩
一张，耙——主人叮里叮哐把锄、锨、镰刀、梿枷、铲子、水担、篓筐、绳
索都往院子里扔。拴劳说：这些不登记。马生又报家具了，喊：三格板柜一
个，单格板柜两个，木箱一对，八斗瓮四个，方桌一张，椅子四把，筲篮
一个，织布机一架，吊笼一对——哟！主人说：不是只登记大件家具吗，吊
笼能是大件？马生说：吊笼一对不算，棺材板八页——哟！拴劳说：棺材板
就不算了，那不是家具。马生把长杆子旱烟锅子就在棺材板上敲得咣咣响，
说：别人家的一副棺材板是十二页或十四页的小料，他家的是纯柏木的八大

81

页，这要算的！拴劳也便写上了：棺材板太好，是纯柏木的八大页。登记完了，马生给拴劳说：你念给他听。拴劳念了一遍，问：有没有不对的？主人说：对的。却又问：登记了干啥呀？马生说：拴劳你告诉他！拴劳说：这要定阶级成分呀。主人说：啥是阶级成分？拴劳说：就是把人分成各类人。主人问：那我是啥人？拴劳说：全村登记完了才评定呀。马生就让主人在纸本子上按了手印，宣布这登记过的东西一律不得损坏和转移，否则以破坏土改罪论处。主人说：咋个论处？马生说：该游街的游街，该坐牢的坐牢。县城东八里村有户财东，把登记过的八头牛下毒药毒死，被逮捕吃了枪子，枪子还得他家里掏钱买。明白了没？主人没说他明白了也没说他没明白，一下子蹴在墙根，说了句：天变了！扑沓得像一堆牛粪。

太阳虽然红光光的，风刮起来缠身，寒气就往骨头里钻，登记完了这一家，拴劳和马生都冻得清鼻涕流下来。马生没有袜子，光脚还穿着草鞋，给拴劳说：你把窗台上那些苞谷胡子拿来我包包脚。拴劳说：我是主任还是你是主任，你就一直指挥我?！马生用手擦了擦鼻涕，笑着说：咱两个狗皮袜子没反正么，啊你是主任，你是主任呀！手拍着拴劳的后背，也顺势把鼻涕抹了上去。

★　　　　　★

王财东家是最后被全面登记的。他家的水田在倒流河的西湾里占了三分之一，地头上栽了个石碑，写上：泰山石敢当。拴劳和马生去丈量的时候，白土还在那里套牛犁着。

82

这块地原先是二十五亩，现在是三十亩，那五亩地是村里邢轱辘家的，邢轱辘在他爹死后染上赌博，几年间把五间房卖出去了三间，五亩地也卖给了王财东，气得媳妇上了吊，后来和村里的一个寡妇又成了家，仍隔三岔五到上官营和皇甫街去赌。白土犁地犁到第三畦，牛不好好耕，白土用鞭子打，牛挣脱套绳，不抵白土，也不跑远，站在地头和白土置气。白土就只给牛说好话，说：啊牛，牛，你生来就是犁地的么你不犁？牛鼻子扑扑地喷，摇着耳朵。白土又说：你来，咱把这地犁了，今黑了给你吃豌豆，我不哄你。邢轱辘正从地边过，说：白土你给谁说话？白土说：牛不好好犁地么。邢轱辘说：你不知道农会在丈量地吗，还犁它干啥？白土说：再丈量地还不是要种的？你又去要钱吗？你要收心哩兄弟！邢轱辘说：我要是我有钱么，你想要还没钱！白土从怀里掏出一沓钱，抖着说：我没钱？！邢轱辘说：你那金圆券还叫钱？你擦屁股去吧！白土拿的是金圆券，是王财东上个月给他了一沓子当工钱的。邢轱辘一走，他说：反正都是钱么，我又不买啥，装在身上管它有用没用，我就是有了钱的人了么！再去要给牛说话，拴劳、马生领人来丈量地了。丈量就丈量吧，白土担心的是来的人在地里踏，果然他们把他犁出的地踏得乱七八糟。他说：你们从没犁过的地上走。马生说：哪里软和从哪里走！白土说：人咋躁得吃炸药了？马生说：你这给谁说话？白土说：给你说话。马生说：你怎么叫王家芳的？白土说：我叫他王财东。马生说：那你就叫我马主任！看了一下拴劳，又说：叫我马副主任！白土没有叫马副主任，也不给牛说话，过去拍死了牛肚子上的一只牛蝇。

丈量到了地头，马生站在石碑前，说：拴劳，这上边写了啥？拴劳说：泰山石敢当。马生说：挡谁呀，农会来了看还敢不敢当？！用脚蹬倒石碑，还用带来打地界桩的铁锤把石碑砸断。白土说：这碑石从北山运来花了十个大洋哩！马生说：这地是不是你的？白土说：是王财东家的。马生说：你想不想有地？白土说：做梦都想哩。马生说：那你就闭上你的嘴！

天黑回去，白土把农会丈量三十亩地的事说给了王财东，王财东端了碗在院子里吃饭，听了没有吭声，放下碗进屋去睡了。玉镯从灶房里出来，给白土说：村里的事你不要给他说，他都知道。

王财东是在下午就知道了农会在丈量他家的地，还砸了泰山石敢当的碑子，他不在乎砸不砸碑子，关心的是丈量了土地后农会下一步还有啥政策，

83

听玉镯说白河的老婆又犯了病抓中药，就拿了熬药的砂锅去了白河家探探口风。老城村的风俗是熬药的砂锅不能送人的，送砂锅等于送病，必须自己去借。王财东把砂锅放在白河家门前的树底下，去了白河家，白河却不在，家里倒来了白石舅家的那个乡里的人，查问当年白河老婆带两个孩子在娘家待了几年。白河老婆问查这事干啥。那人说，他们乡在定阶级成分呀，查对一下你们娘仁打了几年的长工？白河老婆就躁了，说：我是我爹我娘的亲生女儿，女儿回娘家就是打长工啦?! 双方争执起来，王财东就不好多待了，说：听说你病又犯了？白河老婆手摸索着前胸，啊咳，啊咳，憋得气出不来。王财东说：我把熬药砂锅放在门前树底下，你过会儿去拿啊。

这一夜，王财东又是没有睡，坐在炕上独说独念，玉镯已经睡了，他推她醒来去做饭，玉镯说三更半夜的做什么饭，他说爹和娘回来了，就坐在柜盖上。玉镯重新睡下，他又把玉镯叫醒来，说有人在挖后屋墙哩，挖了一个窟窿，玉镯下了炕去看，哪里有什么窟窿？回到炕上，王财东却睡着了，而玉镯再也没了睡意，后半夜就一直听着老鼠咬箱子。

★　　　　　★

在全村人家中，要定出地主、富农、中农和贫农，按照政策，中农是大多数，地主、富农和贫农是两头，两头基数应该要少。那么，王财东家肯定是地主。除了王财东家外，富裕的还有张高桂家、李长夏家、刘三川家，拿土地面积来看吧，王财东是六十六亩，张高桂是五十亩，李长夏是三十三亩，刘三川是二十七亩，这李长夏和刘三川比王财东要少二十多亩地，张高桂比王财东只少了十多亩，这张高桂也应该是地主。定下了地主，再定富农，以马生的主意，李长夏和刘三川都是富农，但拴劳说上边说富农要算哩，算有多少剥削，以年收入的百分之二十五作标准。那就给李长夏和刘三川算起来，有没有雇长工？没雇长工那短工和忙工又是多少？这样一算，李长夏超过了年收入的百分之二十五，李长夏就是富农了。地主有两个，富农一个有点少，就给刘三川再算，便算到了百分之二十五，刘三川也成了富农。贫农好定，张德明家四亩，白河家三亩，刘巴子三亩，巩运山一亩五，龚仁有八分，邢辘轳没地，马生没地，白土是长工，没地，那就以五亩地以下的人家为贫农。其余的全是中农吧。马生给拴劳说：中农是五亩至二十亩的人家，你家是二十一亩五分，这一定要给你家定中农。拴劳愣了一下，黑了脸说：你这啥意思？马生说：我这是维护主任哩，如果别人敢说三道四，我出来说话！拴劳说：谁要谋算我这主任，那鱼就晾到沙滩上去！他把中农的条件从五亩至二十亩改成了五亩至二十二亩。定出了成分就划分了阶级，地主富农属于反动的，是敌人，村里人就嚷嚷要分地呀，把地主富农的地要分给贫农呀。但乡政府又下发了文件，说富农的地不要分，只能分地主的，那就是说能分的就是王财东家的六十六亩和张高桂的五十亩，也行，贫农们只是遗憾把贫农定得太多了，如果是三亩以下的就好了。

　　白河往常吃好饭才端碗出来，现在的饭时却端了一碗面糊糊，一晃一晃也到东城门口去了。东城门口有一棵槐树，树枝不繁，树根却疙疙瘩瘩隆起在地面上，村里人喜欢端碗蹴在那里一边吃一边说话。白河的面糊糊不稠，却煮了土豆，土豆没切，囫囵囵吃着嘴张得很大。别人说：白河呀，今日吃面糊糊也端出来？白河说：现在还是穷着好。别人说：你不是每年这时候去集市上倒腾些粮食吗？白河说：今年没去。别人说：那你忙啥哩？白河说：等哩。别人说：等？等啥的？！白河说：等着分地么！他一说等着分地，那些定了中农的没吭声，而定了贫农的就来了兴头，议论王财东和张高桂家的哪一块儿地肥沃，哪一块儿耕种了旱涝保收，如果能给自己分到了，产下麦子磨成粉，他就早晨烙饼，中午米饭，晚上了还要吃，吃捞面。拴劳爹也端了一碗苞谷糁烩面过来。苞谷糁烩面是在苞谷糁熬成后再煮些面条，这是一般人家常吃的饭。拴劳爹一边走一边拿嘴舔着淋在碗沿上的苞谷糁，走到槐树下看见了白河，扭头又走开了。拴劳爹和白河为那三亩地已经多年不招嘴。白河说：洪叔，洪叔。拴劳爹没理。白河就起身撺上，说：我低了头给你说话哩，你还记恨？拴劳爹说：我和你没话！白河说：你应该谢我哩。拴劳爹说：噢娘打了娃还要娃说娘打娃是对娃好？！白河说：咋能不是对你好？我要是把那三亩地给了你，你不成地主也成富农，这阵怕和张高桂一样在屋里哭哩！

张高桂是在屋里哭哩，哭得像个刘备。

张高桂有五十亩地，都是每年一二亩每年三四亩地慢慢买进的，就再没有能力盖新房，还住在那三间旧屋。但旧屋的后院大，乱得像杂货铺，堆放的全是他收拢来的破烂，如各种旧柳条筐子、竹篓子、长长短短的麻绳、木棍子、柴墩子、没了底的铁皮盆、瓦片、铁丝圈、扒钉、门闩、卷了刃的镰刀、斧头、竹篾子、棉花套子。在他眼里，没有啥是没用的，只要从外边回来，手里从没空过，仅是在路边捡回来的半截砖头就在院角堆了一大垒。农会丈量他家地时，他是亲自到地里的，他那时并不知道土地将来要分，当马生拿着丈尺，量到地头还有一步，马生没有量，他说：没到头。追究着那一步。后来知道了地要分呀，他一日五次六次往地里去，尤其一到了河滩的十八亩地，就坐在那里哭。这十八亩地原本是一片乱石滩，石头大的像小屋，石头小的比狗大，他爹还在世时开始修，光炸石头炸了两年。他爹是炸狐狸高手，修地时不炸狐狸了，用炸药做大的药包炸石头，也就是一次炮眼子受潮没有响，而去检查时又响了，把人炸死的。爹一死，修地停了两年，第三年再恢复着修，别人都笑他，他说他夜里梦见他爹了，他爹问他为什么不修地，骂他不会过日子，所以他累死累活都要修。修了三年，除了有时叫人帮工外，冬冬夏夏他都忙在河滩，把碎石担出去，把好土担进来，实在腰疼得立不起，就跪着刨沙石，砌地堰，他现在的膝盖上有两疙瘩死茧都是那时磨出来的。他在地里哭，家里人把他往回背，半路上看见一只半旧不新的草鞋，让老婆把草鞋拾上，他接着又哭。背回家了，他把那只草鞋挂在后院墙的木橛上，又把一团头发窝子塞在墙缝里，又是哭。哭得止不住，家里人劝不下，干脆陪他一块儿哭，这一哭，他家的驴、猪、狗、猫全哭了。

张高桂家的猫哭起来像婴儿声，惹得全村的猫都是婴儿哭，白天还不觉得，一到晚上声音特别凄凉，听得人后背发凉。马生有些生气，以农会的名义，组织邢轱辘巩运山在村里杀猫，他们拿了弹弓，凡是听见猫哭，就蹲下来看什么墙头上屋檐上有了两点绿光，弹弓就射出石子，有猫就掉下来。猫是有九条命的，打伤了并不会死，马生便把受伤的猫拿去农会办公室院子，拉了三道绳，吊死了八十七只猫。

张高桂在家不吃不喝睡倒了，去看望他的是王财东，王财东一会儿脑子清白一会儿犯糊涂，却知道张高桂的秉性，去的时候并不说要看望他，而是说自家的石磨咬不住麦子了，要借凿子把磨槽子洗一洗。张高桂家里有凿子，但他没有给王财东好的凿子，而从炕上下来，领王财东到后院那一堆杂物里寻找旧的凿子，寻到了一个凿子头已经钝了，说：能用，还能用。王财东说：老哥，你要吃哩。张高桂说：我吃不下去么，我那些地来得容易吗？王财东说：玉镯也劝我，说你气死了这地还能是你的吗？我也想通了，咱就权当是咱都死了！张高桂说：我死了，我就埋在我的地里，谁要种我的地，我就让地里庄稼不结穗！

王财东回来把张高桂的话说给玉镯，玉镯就到鸡棚里逮了五只鸡杀了，煮了一锅，又烙了四个锅盔，晚上王财东吃，也让白土和另外三个长工吃。鸡很肥，熬出的汤盛在碗里，上面一层油，连气都不冒，白土端起碗就喝，汤把喉咙烫伤，再没能吃锅盔，说：今日是财东生日？玉镯说：啥生日不生日的，你们吃饱喝足了，夜里推磨子，磨出白面咱明日吃饺子。天还没黑严，白土和另外三个长工肚子胀得像鼓，全对着院外的碌碡碰肚子，想着这样能克食，等磨麦子了，抱着磨棍小跑着推，石磨呼呼噜噜响，肚子松泛下来，觉得是肚子里响。

★   ★

到了母秧地里灌三遍水了，那一天，农会去了王财东家拉走了牛，拉走了大件农具和家具。拉完了，又到张高桂家，张高桂已经下不了炕，他老婆看着来人把家里的东西一件一件往出搬，说：轻点，轻点，不要声大了让我男人听见。张高桂在里屋炕上竟然没有叫，没有说话，甚至也没有再哭，等家里的大件都搬出放在了巷道，老婆到里屋来看，张高桂却死了。老婆就跑出来，抱住了被搬出去的那副柏木棺材，说：这个不能搬！马生说：搬，地主家的大件都得搬！老婆说：给我预做的那副你搬走，我男人的你不能搬，他要用哩。马生说：他用啥哩，他死啦？！老婆说：他就是死啦。马生去了里屋，果然张高桂死在炕上，说：这是咋回事，早不死晚不死这时候死？！同意了不搬棺材。老婆这才烧了倒头纸，说了声：你啥话都没给我交代你就走了？！放声大哭。

老城村有个规程，人一旦活过了五十，就张罗着自己给自己做棺材，制寿衣，也选穴拱墓。每到清明节，给祖先祭了坟，还到自己的坟上拔拔草，而六月六日太阳红，把寿衣拿出来晒了，再把棺材也移在院子里要从里到外地刷一遍漆。张高桂只做了棺材，那也是村里刘五义欠了他的钱还不起，把自己祖坟的三棵老柏树伐下来抵债，他才把老柏树解板做了夫妇两个的棺材。但他没有拱墓，没制寿衣，说不急不急，他能活九十九哩。他突然在五十四岁一死，墓就拱在那块十八亩河滩地里。帮着拱墓的人说十八亩地是下湿地，不如到坡塬的地里去拱，而张高桂老婆坚持要把张高桂埋在十八亩地里。墓坑刚刚开挖，马生却把拱墓人赶出来，说这地要分的，就不是张家的地了，不能在这里。张高桂老婆还在家用温水给张高桂洗身子，隔壁的刘婶过来说洗身子咋能真的从头到脚地洗？只拿了棉花球蘸了水在张高桂额上点一下，两个腮帮点两下，然后在胸口和两只脚上各点一下。再要翻过身子要点背上，拱墓的人回来说了马生不让在十八亩地里拱墓的事，张高桂老婆喉咙里咯哇响了一下，吐出一口痰，就出门去找马生。

马生和邢轱辘回到老县政府的院子，现在是农会办公室，马生对邢轱辘说：你家有茶没茶？邢轱辘说：没别的还能没茶？！就回家去取茶。但邢轱辘家里哪里会有茶，他就在西城门外的竹丛里弄了些嫩竹叶子，返回来说：咱喝些能败火的。才要生火烧水，张高桂的老婆就来了。张高桂老婆问马生为啥不让拱墓，马生又说了地要分的话，两人你一句我一句说不到一搭，马生怒了，说：你甭喷唾沫，你就是哭，哭成河，不能埋就是不能埋！张高桂老婆说：我才不哭，我早没眼泪了！你不让我男人入土为安，我就吊死在院里的树上！马生说：你威胁我？你吊吧，我给你条绳。真的从桌子下扔出了一条麻绳。张高桂老婆就把麻绳往树杈上扔，扔一下，没挂住，再扔一下，还是没挂住，拴劳从外边进来一把夺了麻绳。张高桂老婆就抱住拴劳的腿说：拴劳，你小时候跌到尿窖子里还是你叔把你捞上来的，你也不让你叔入土为安？！拴劳说：那块地埋不成么。张高桂老婆说：地是我家的地为啥埋不成？拴劳说：那是下湿地，挖下去一丈就是水，你让我叔泡水呀？张高桂老婆说：泡不泡这不关你的事。拴劳说：是不关我的事，可那地是要分的，分地却是我管的。张高桂老婆说：地现在没分么，这地要是已经分了，我把你叔扔到沟里让狗吃去。地既然还没分，我就要把他埋到我家地里！拴劳说：跟你说不清！这样吧，你先回去，我们农会再研究一下，天黑前给个答复。就让邢轱辘把张高桂老婆送回家。邢轱辘扯了张高桂老婆往外拉，说：你咋这凶的？张高桂老婆说：我凶啥啦，我家的东西都被分光了我凶？！拴劳就给邢轱辘摆手，说：一定要送到她家了你再回来！

邢轱辘到了张高桂家，张高桂的灵堂里来的亲戚在高一声低一声哭号，邢轱辘对张高桂老婆说：我送你到家了，你没出事，我就走了。张高桂老婆说：你不给你叔磕个头？！邢轱辘说：你家是地主了，地主就是敌人，我不磕头。张高桂的小舅子正在灵堂上哭，不哭了，起来骂道：十几天前他不是敌人，十几天后他就是敌人了？他是你的啥敌人？抢过你家粮偷过你家钱还是嫖了你家人？！邢轱辘说：你骂我？揉了小舅子一把。小舅子也揉去一把，就把邢轱辘豁在地上，没想邢轱辘倒地却昏迷了，眼睛紧闭，口吐白沫，浑身发抖像在筛糠。有人就说：他有羊痫风？掐人中，掐人中！人中还没掐，邢轱辘却在叫：他娘，他娘！声音完全不是邢轱辘的声了，是张高桂的声。大家一时愣住，邢轱辘又说着张高桂的声，说：他娘！我叫你哩你耳朵塞了驴毛啦？！这更是张高桂的口气了，张高桂平日就是这么斥责老婆的。大家就知道这是发生道说了。道说就是人死了魂附在了他人身上来说死人要说的话。张高桂老婆哇地哭起来，说：他死的时候没给我留一句话就死了！过去蹴在邢轱辘身边，说：你要给我交代事吗，我知道你想要埋在十八亩地上，我现在就是让人在十八亩地里拱墓哩！你还有啥话你说。邢轱辘说：十八亩地看样子是保不住了，他们分咱地的时候你去地的四个角往下挖，我在那里放了四个石貔貅，你要拿回来！张高桂老婆说：你埋了石貔貅？邢轱辘说：石貔貅镇邪哩。张高桂老婆说：我会拿回来。你还有啥交代的？邢轱辘却不吭声了，忽地睁开了眼，坐起来，看着小舅子，说：你把我打到地上的？声音成了他的声音，要爬起来，但乏得没了一丝力气，头上脸上一层的汗。

小舅子当即跑到十八亩地挖地角，果真挖出了四个石刻的貔貅。村里人倒笑得哼哼起来：牛都让人牵走了，就是舍不得一根缰绳！

拴劳和马生还在办公室里商量着办法，拴劳的意思是让埋去吧，既然已经死了张高桂，如果再出什么人命，这下来的地还怎么分？马生说死了人又不是咱勒死的，十八亩地里埋了人，王财东会不会也在他家地里拱墓？上边强调阶级斗争，现在有阶级了你不斗争？！两人闹了别扭，拴劳说：你说了算数还是我说了算数？这时候邢轱辘回来，马生训斥邢轱辘：你把人送去省城啦这才回来？！邢轱辘说了张高桂道说的事，拴劳和马生顿时不吭声了，脸色苍白。闷了一会儿，拴劳说：这咋办？马生说：你是正主任么。拴劳说：这张高桂还是个雄鬼啊？！马生说：那就让他埋去吧，可我有话说在前头，坚决不允许王财东再拱墓。拴劳就和邢轱辘去通知张高桂老婆了。

剩下马生还坐在那里，骂了一声：屎！窗外的场子上起了风，一股子尘土被卷着，竟然像蛇一样竖起身向办公室这边游动。马生怔了一下，让你去埋了，你就老老实实躺着去！那尘土蛇便软下去，没有了，而姚家的媳妇却走过了，头上顶着印花布帕帕。

★　　　　　★

姚家的媳妇叫白菜，脸长得不好，有雀斑，但马生从白菜嫁到老城村那天起就喜欢了白菜的那两个奶，迟早见到她的时候，都觉得她的小袄要撑破的。马生曾经在夜里去听过姚家的窗根，也被白菜发觉过，第一次关严了窗子，第二次还拉了窗帘，第三次白菜就故意了，说：虚腾腾的热蒸馍，你吃！使马生在窗外受不了，牙子咬得嘎巴响，恨死了姓姚的。现在的马生心情不好，看到了白菜就不愿生拴劳的气了，想，白菜是不是又要去铁佛寺呀？

铁佛寺在老城村的后沟里，绕过放羊的那座山崖，翻一道黄土梁就到了。这寺在秦岭里还算是大寺，可一解放四个和尚都跑了，只剩下一个叫宣净的。宣净人长得体面，还年轻，寺里的二十亩地忙不过来的时候，会让附近几个村寨的香客去帮忙，白菜也就常去。马生早就注意到了，白菜平时头上是不顶帕帕的，顶上顶印花布的帕帕了那就是去寺里。马生从办公室出来，看着白菜从巷道里往北去了，骂了声：顶恁漂亮的帕帕给和尚看呀？竟随着也往铁佛寺去。但马生出了北城门洞，上到黄土梁的路上已看不见白菜的身影，便一边又骂着拴劳，一边在土路上寻鞋印。他寻到了一溜窄窄的鞋印，知道还是一双新鞋，就掏出尿来对着鞋印浇，说：白菜我尿你！浇湿了十三个鞋印。

到了寺里，老城村的几个妇女早早去了在寺前的水塘里捞鱼，捞上来的鱼就给了才去不久的白菜，白菜又拿给寺门口另一个妇女，那妇女说：阿弥陀佛！把鱼放在身边的铁盆子里。马生听说过这些妇女在没香客时从塘里捞了鱼，然后等着香客来了让香客买了鱼放生，放生了再捞出来又卖，靠这些鱼给寺里挣钱哩。可马生没想到白菜也参与其中，而且那么快活，从塘边到寺门口来回跑动，两个奶子像怀里揣了兔子。马生便走了过去，说：白菜，这捞一盆鱼能挣多少钱？白菜扭头看见了他却装着没看见，嘴里咄的一声，把旁边篱笆上的麻雀吆散了。马生给自己寻台阶下，又对着在收拾功德箱的宣净说：和尚，箱子里有金圆券吗？宣净说：有，这些人咋敢哄佛呀？！马生说：佛不是也哄人吗？宣净说：寺里不能说诳语。马生说：佛就是哄人呀，我给寺里捐过一斤灯油，我还不是光棍?！白菜常在这里烧香哩，干活哩，不是现在也怀不上吗?！白菜你说是不是？白菜起身又到水塘那边去了。马生说：你不理我？好么，到时候看我是分你家地呀还是你想不想分到别人的地！宣净说：她家是中农，分不了她家的地，她家也分不到别人家的地。马生说：你在寺里倒啥都知道？一时有些气恼，还要说什么，宣净拿了锄去庙旁的二十亩地里去了。二十亩地的埂堰上种着黄花菜，花开了，黄灿灿的。

这一天是马生最丧气的一天，他使劲儿地咳，把一口痰唾在了寺门上。

★　　　　★

终于开始收地分地了。王财东家六十六亩，留下十亩，拿出五十六亩。张高桂家五十亩，留下十亩，拿出四十亩。两家九十六亩，十四户贫农平均分，每户可以分到六亩八分。但十四户贫农的情况不同，再加上这九十六亩质量有别，而且远的远近的近，十四户贫农就吵成一锅粥，甚至一户的老婆骂起来，遭到被骂着的那户男人踢了一脚，两家老少就全搅在一起打了乱仗。后来农会决定，不论这十四户贫农原先自己有多少亩，分地后都以保障有七亩左右为标准，而如果分到好地，亩数可以不足七亩，如果分到劣地，当然超过八亩。一份一份划分停当，由十四户贫农在农会办公室院子里抓阄。抓阄的那天，各户只能来一个人，或男当家的，或女当家的，关了院门，别的人不得入内。将写好的字条揉成蛋儿，装在瓦罐里，一户一户去抓，有人就洗了手，有人又给拴劳说他忘了拿烟锅子，回家取了就来，不吃烟这心里慌。其实他是想去娘娘庙里祈祷。拴劳不允许离开，谁也不能离开。那人就趴在院角的一棵痒痒树下磕头。一个人一磕头，几个人都去磕头，说：让我能抓份好地呀，我儿子三十了娶不下媳妇，才找了一个人家嫌我穷，我给人家说我有十亩好水田哩，如果能分到好水田，这婚事就成了！旁边人说：树还管你这事？那人说：树在农会的院子里也成精的，我挠挠它的根，它要浑身摇，那就有灵了。伸手用指头在树根挠了挠，树梢果真就摇动了。而这时候，屋檐下的墙头上有老鼠往过跑，一只掉下来，刚好掉到要去抓阄的白河肩上，从肩上再掉到地上，别人去抓，翻身钻进墙窟窿了。白河说：福来！邢轱辘说：蝙蝠才是福呀。白河说：蝙蝠还不是老鼠变的？白河果然抓了个好阄。白土一直站在办公室门口，浑身颤着，手心出汗，不停地在裤子上擦。拴劳说：你咋不抓？白土说：抓剩下了的给我。他最后的字蛋儿展开了，让拴劳给他念，拴劳说：后梁根的三亩，好地么，牛头坡柿树下三亩八分，这是坡地。白土说：这是我的地啦，是我的地？拴劳说：是你的地。白土把纸蛋儿放在鼻子上闻了又闻，又放在嘴里尝，说：不会再收回吧？拴劳说：不会。白土说：哎呀，叔要给你磕头呀！拴劳赶紧扶住，说：给我磕啥头？是共产党给你的。白土说：共产党在哪儿？拴劳说：共产党是太阳。白土抬头往天上看，没想纸蛋儿咽下肚，立时脸变了，说：拴劳拴劳，叔给吃了？！拴劳说：吃了就吃了，地在哪儿我记着的。白土这才笑了。

王财东家养了八头牛，分去七头，白土原本可以分一头的，白土没要，他说他够了，有这近七亩地，足够了，他能用镢头挖的。马生说：你不要了给我。马生拉走了一头犍牛。分大件家具时，白河分到一张方桌，他说有方桌就得有椅子，又分到了两把椅子。马生看中了张高桂家的那把交椅，说：

三格柜分给别人吧，我要交椅，坐第一把交椅么。他还分到一床印花被子，一个铜火盆。他回到家后，却把那头犍牛牵到拴劳家，给拴劳娘说：你家死了牛，我给你一头！拴劳家已分到一头，拴劳娘还想要，马生要换三个八斗瓮和两斗麦，拴劳娘就不要那犍牛了。马生把犍牛牵回来又和刘老茂换了一个五格板柜，一架木梯，还提出再给他一个织布机。刘老茂说你一个男人又不织布。马生说：我能一辈子光棍？！还是把织布机拿走了。可是到了晚上，七头牛竟然又都跑回了王财东家，王财东拿了苞谷一把一把给每头嘴里喂，马生随后就和分到牛的人来了。马生说：牛不是你家的了，你有啥资格喂的？！王财东抱住牛头流眼泪。马生推开他，训道：你也是刘备呀，哭着哭着害土改啊？！牛又一一被戴上暗眼拉走了。

白河分到了张高桂家的六亩六分河滩地，地里埋了张高桂，他量了量，坟占有三分，就要求农会重给他家换地，没人再换，张高桂老婆听说了，提出用留给她的地来换，马生不同意，说留给张高桂老婆的是坡地，坡地怎么能换了河滩里的好地？马生不同意换，是要给拴劳难看，因为拴劳让张高桂埋在那块地里的。白河就缠住了拴劳，说换不了就给他再补三分地。可地分完了哪儿还有地？白河就当着拴劳骂起了自己儿子：白石，你讲究当副乡长哩，给你爹的地都分不到数！拴劳只好让张高桂老婆把坟堆平了。张高桂老婆说：我家把那么多的地都让分了，连个坟堆都留不住？拴劳说：我给你早说，让你不要在那儿埋，你偏要埋，现在这地是别人家的了，你家的坟咋能占了人家三分地？！张高桂老婆说：那把我家坡地划出三分给他！白河说：我是好地，补坡地不要。张高桂老婆叫起来：高桂，高桂！你为啥要死呀？鸟儿从天上飞在地上还落个影儿，你死了连个坟堆都没有？！马生吼了一声：你叫啥哩！你家是地主！张高桂的坟到底是被铲平了，只栽下个石头做记号，以供清明节祭奠时能找着方位。

老城村的土改结束了，拴劳和马生各自回家抱了枕头睡了三天。睡起来，马生在巷道里给人说：这农会干部把人能累死！问谁家做辣汤肥肠了没有。白河是从集市上买了一副猪肠子在家做哩，但白河又把院门关了，正敲门着，刘巴子来喊马生，说邢轱辘和许顺打架哩！马生说：找拴劳去，他是正主任！刘巴子说拴劳是在现场，解决不了，是拴劳让马生去的。马生说：他不是说话算数吗?! 却还是跟着刘巴子去了。

事情是邢轱辘分到四亩河滩地三亩坡地，许顺分到五亩河滩地五分坡地，两家的地紧挨，许顺给农会提出他只有五分坡地，干脆都给了邢轱辘，而让邢轱辘在河滩地给他二分地。拴劳征得邢轱辘同意，两家作了调整，可调整后为一棵树闹出矛盾。这树是核桃树，当年刚挂果，许顺去摘核桃，也就是能摘半笼子的核桃，邢轱辘也去摘核桃。许顺说这地分给他时树就归他，邢轱辘说现在地归我了树应该是我的。拴劳去调解，怎么调解都不行，气得说：你俩还是人不是？邢轱辘说：我披的是人皮，你说是不是人？拴劳说：你以为人皮是好披的吗？为这几颗核桃争来争去?! 许顺说：拴劳，我是贫农，你当农会干部应该保护贫农的利益！邢轱辘说：我也是贫农！许顺说：我爷手里就是贫农，你是胡嫖乱赌败了家才贫的。邢轱辘扑上去就给许顺一拳头。两人厮打起来，拴劳劝不下，就蹴在那里没办法，说：打吧打吧！

马生去了，一问缘由，对拴劳说：这事还不好处理?! 拴劳说：咋处理？马生说：你等着！回家拿了一把斧头，就当着邢轱辘和许顺的面砍起树来。砍了三七二十一下，核桃树砍倒了，邢轱辘没有说什么，许顺也没有说什么，都不吵不打了。但核桃树被砍后，树桩上往外流水，流的是红水，像血一样。

白河连续吃了三顿辣汤肥肠，就犁地撒麦种。一场雨后，那六亩六的河滩地别的部分都出苗了，就是铲平的坟堆那儿一棵苗都不出。重新撒了麦种，还挑了一担尿泼了上去增肥，还是出不了苗。

★   ★

立春的头几天，拴劳和马生都换了装，黑裤子，白衫子，扎着腰带，外边一件棉袄褂，对襟上还有两个大口兜。这是县城关镇农会主任首先穿出来的服装，很快全县差不多村寨的农会干部都效仿，成了专门的行头。城关镇农会主任的年纪大，常年烂眼，戴了大片子水晶镜，口兜里装着眼镜盒，而拴劳和马生用不着戴镜，拴劳的口兜里就装了老城村农会的公章，马生也装了农会的账本，虽然他不识字，记什么账还得拴劳记，但他得装上。他们都有农会办公房的钥匙，这天一起开了院门，院子的地上站满了麻雀，他们进去也不飞，叽叽喳喳像是在争吵。拴劳说：麻雀咋越来越多了？马生说：麻雀多了好，我就爱热闹！拴劳还是拿扫帚把麻雀轰走了，看着天说：是不是快立春呀？马生扳了扳指头，说：是大后天，啊我的生日！拴劳说：你不是腊月初五生的吗，咋成了立春？马生说：我当副主任那天就把生日改了，立春立春，这日子好么，今年是不是该有个迎春？迎春是老城村的旧俗，以前都是王财东的爹和白河的爹来承头办的，自他们过世后就再没举行过。拴劳愣了一下，说：让全村人都给你过生日？！马生说：咋能全村人给我过生日，你肯给我送长寿面？拴劳说：你凉着去！马生说：就是么。今年是土改了，家家都有了土地，应该庆贺庆贺呀，你当主任哩，让你来牵这个头么！拴劳想了想，也同意了，却说：那就办一次吧，但你把嘴扎紧，不能再说是你的生日！

迎春是要在马生分到的那块地里举行的呀，那块地是老城村最好的地，以前王财东专种油菜，分给马生后，马生却一直还没犁。立春日一早，马生正吆喝着所有人都得去，但偏偏刘巴子家出了事。天露明时，刘巴子肚子痛，披了衣服跑厕所，发现院子里一溜血点子，顺着血点子去了牛棚，分到的那头牛死在地上，屁股是一个洞，肠子全没了，就坐在地上大哭大叫。马生是经过院外听见了哭叫声，进来看了死牛，却训起刘巴子：你是咋搞的，今天迎春呀，你给我出这事？！刘巴子说：这我愿意呀？我咋知道是豺来了，村里这么多人家，它就来我家，是欺负我分了个小牛犊吗？！又捶胸顿足地哭。马生说：不哭啦，别影响迎春！刘巴子说：我又没牛了，农会还会不会再给我分牛？马生说：你死呀我也给阎王说个情？！刘巴子说：那我咋办呀，咋办呀！马生气得走出院，把院门给锁上了。

出了刘巴子家的院子，马生就去了巩运山家，让巩运山牵了两头牛，半路上又遇到白土，白土也正往地里去，马生说：立春时刻一到，你给咱开犁哇！白土说：行呀行呀，我给你把那块地全犁了！马生说：这话像贫农说的！却从口兜掏出两颗煮鸡蛋，问：吃呀不？白土说：我不饥。马生说：那还不是想吃哩？给了白土一颗，白土吃起来。马生说：知道为啥给你鸡蛋？白土说：你有两颗么。马生说：今天是我的生日！白土叫道：是你生日呀？！就喊起前边院子里的邢轱辘：你想不想吃鸡蛋？马主任今天生日哩！马生说：别给人嚷嚷，要保密。巷口就走过了拴劳，背着一面鼓，他的养女跟在后边，拿着一对槌，走一点咚地在鼓面上敲一下。白河在说：翠翠，不敢敲了，你这是让你爹背着鼓寻槌呀！拴劳媳妇和一伙妇女已经在东城门洞了，看见了翠翠，脸就黑了，说：让你给猪剁草哩，你跑出来干啥？把鼓槌夺了。

各家各户差不多都到齐了，迎春开始。邢轱辘在敲鼓，龚仁有在打锣，白菜的男人力气大，双手上下抡开拍起了镲，叮叮咣咣的声响中拴劳就出场了。拴劳在地中间挖出一个坑，三尺来深，把一个竹筒子插进去，周边再用土壅实，马生就喊：白菜你到前面来！白菜抱了个大白公鸡，马生要把公鸡接过来，白菜没有给他，自己从鸡身上拔了一根绒毛交给了拴劳，拴劳把绒毛放在竹筒里，说了声：停！锣鼓声就停了，大家都不说话，守着立春的时刻到来。但是，守了半天，竹筒里的鸡绒毛没有动静。马生说：今年立春应该早呀！你把竹筒子再往里插插！拴劳说：你站远点，出气声那么大，绒毛咋能出来！马生的尿都憋了，站起来对邢轱辘喊：敲鼓！敲鼓！早上没吃饭呀？用劲儿敲！自己就到地堰后去解手。他在尿着，低声骂拴劳，也骂白菜，便听到扑通一声，邢轱辘是在叫：牛皮破了！他收了尿过来，果然那面鼓被敲破了，便骂邢轱辘敲鼓哩你不匀着敲，槌子老往一处打能不打破？！但就在这时候鸡绒毛在竹筒口浮动，浮动，突然像吹了一口气似的，出了竹筒缓缓往天上去。拴劳喊：响鞭子！鞭子是白河拿着的，丈二长的皮鞭，为了甩的声音大，他特意在鞭鞘结了一节麻绳，还蘸水。白河举了鞭竿，说：都闪开哇！白土却说：哥，哥，让马生响，马生今天生日哩！众人就说：噢，马生今天过生日啊？！拴劳说：谁过生日？这不是胡说吗，马生是腊月初五生的，初五炒五豆炒五毒哩，咋能是今天生日？！立春是好日子，就是给咱老城村过生日哩，响鞭子，响鞭子！白河就把鞭子迎天抽了十响，众声欢呼，白土就套着牛开犁了。

★   ★

我念一句，你念一句。

西山华山之首，曰钱来之山，其上多松，其下多洗石。有兽焉，其状如羊而马尾，名曰羬羊，其脂可以已腊。西四十五里，曰松果之山。濩水出焉，北流注于渭，其中多铜。有鸟焉，其名曰螐渠，其状如山鸡，黑身赤足，可以已瞦。又西六十里，曰太华之山，削成而四方，其高五千仞，其广十里，鸟兽莫居。有蛇焉，名曰肥𧒒，六足四翼，见则天下大旱。又西八十里，曰小华之山，其木多荆杞，其兽多㸲牛，其阴多磬石，其阳多㻬琈之玉，鸟多赤鷩，可以御火。其草有萆荔，状如乌韭，而生于石上，亦缘木而生，食之已心痛。又西八十里，曰符禺之山，其阳多铜，其阴多铁，其上有木焉，名曰文茎，其实如枣，可以已聋。其草多条，其状如葵，而赤华黄实，如婴儿舌，食之使人不惑。符禺之水出焉，而北流注于渭。其兽多葱聋，其状如羊而赤鬣。其鸟多鴖，其状如翠而赤喙，可以御火。又西六十里，曰石脆之山，其木多棕，其草多条，其状如韭，而白华黑实，食之已疥。其阳多㻬琈之玉，其阴多铜。

灌水出焉，而北流注于禺水。其中有流赭，以涂牛马无病。又西七十里，曰英山，其上多杻，其阴多铁，其阳多赤金。禺水出焉，北流注于招水，其中多鱼，其状如鳖，其音如羊。其阳多箭䈽，其兽多㸲牛，羊。有鸟焉，其状如鹑，黄身而赤喙，其名曰肥遗，食之已疠，可以杀虫。又西五十二里，曰竹山，其上多乔木，其阴多铁。有草焉，其名黄雚，其状如樗，其叶如麻，白华而赤实，其状如赭，浴之已疥，又可以已胕。竹水出焉，北流注于渭，其阳多竹箭，多苍玉。丹水出焉，东南流注于洛水，其中多水玉，多人鱼。有兽焉，其状如豚而白毛，毛大如笄而黑端，名曰豪彘。又西百二十里，曰浮山，多盼木，枳叶而无伤，木虫居之。有草焉，名曰薰草，麻叶而方茎，赤华而黑实，臭如蘼芜，佩之可以已疠。又西七十里，曰羭次之山，漆水出焉，北流注于渭。其上多棫橿，其下多竹箭，其阴多赤铜，其阳多婴垣之玉。有兽焉，其状如禺而长臂，善投，其名曰嚣。有鸟焉，其状如枭，人面而一足，曰橐䠚，冬见夏蛰，服之不畏雷。又西百五十里，曰时山，无草木。逐水出焉，北流注于渭，其中多水玉。又西百七十里，曰南山，上多丹粟。丹水出焉，北流注于渭。兽多猛豹，鸟多尸鸠。又西百八十里，曰大时之山，上多穀柞，下多杻橿，阴多银，阳多白玉。涔水出焉，北流注于渭。清水出焉，南流注于汉水。又西三百二十里，曰嶓冢之山，汉水出焉，而东南流注于沔；嚣水出焉，北流注于汤水。其上多桃枝钩端，兽多犀、兕、熊、罴，鸟多白翰、赤鷩。有草焉，其叶如蕙，其本如桔梗，黑华而不实，名曰蓇蓉，食之使人无子。又西三百五十里，曰天帝之山，上多棕枏，下多菅蕙。有兽焉，其状如狗，名曰谿边，席其皮者不蛊。有鸟焉，其状如鹑，黑文而赤翁，名曰栎，食之已痔。有草焉，其状如葵，其臭如蘼芜，名曰杜衡，可以走马，食之已瘿。西南三百八十里，曰皋涂之山，蓄水出焉，西流注于诸资之水；涂水出焉，南流注于集获之水。其阳多丹粟，其阴多银、黄金，其上多桂木。有白石焉，其名曰礜，可以毒鼠。有草焉，其状如藁茇，其叶如葵而赤背，名曰无条，可以毒鼠。有兽焉，其状如鹿而白尾，马足人手而四角，名曰㑇如。有鸟焉，其状如鸱而人足，名曰数斯，食之已瘿。又西百八十里，曰黄山，无草木，多竹箭。盼水出焉，西流注于赤水，其中多玉。有兽焉，其状如牛，而苍黑大目，其名曰㸲。有鸟焉，其状如鸮，青羽赤喙，人舌能言，名曰鹦䳇。又西二百里，曰翠山，其上多棕枬，其下多竹箭，其阳多黄金、玉，其阴多旄牛、麢、麝。其鸟多鸓，其状如鹊，赤黑而两首，四足，可以御火。又西二百五十里，曰騩山，是錞于西海，无草木，多玉。凄水出焉，西流注于海，其中多采石、黄金，多丹粟。凡西山之首，自钱来之山至于騩山，凡十九山，二千九百五十七里。华山，冢也，其祠之礼：太牢。羭山，神也，祠之用烛，斋百日以百牺，瘗用百瑜，汤其酒百樽，婴以百珪百璧。其余十七山之属，皆毛牷用一羊祠之。烛者，百草之未灰，白席采等纯之。

★   ★

这一节够多的！有什么要问的吗？

问：洗石是咱们杀猪煺毛的那一类石头吗？

答：是的。

问："可以已胕""可以已疠"，这已怎么讲？

答：消除、治愈之意。

问："枳叶而无伤"，是枳叶不会损坏吗？

答：不，它是指尖刺，说枳叶没有长可以伤人的尖刺。

问："婴以百珪百璧"，怎么是小孩子以百珪百璧去祭祀？

答：错。婴是绕，围绕。

问：汤应该是热水，可"汤其酒百樽"，醒不开。

答：在这里作动词，是热的意思。咱这里不是常说汤一下辣子，汤脚吗？

问：原来咱们的方言土语还是古词呀？！

答：随着历史的演变，许多古词遗落在民间，以方言土语的形式保留了下来。在流行书面语言和普通话的今天，咱们秦岭里的人常常觉得我们的一些方言土语让城里人笑话，其实把它写出来却是很雅的古词。比如城里人说"把孩子抱上"，咱们说"把孩子携上"，城里人说"滚开"，咱们说"避远"，城里人说"甭说话"，咱们说"甭言传"。

问：嘿嘿。书里的华山就是秦岭里的华山吗？

答：是的，还提到了渭水、洛水、汉水。

问：可是，这里说到十九山十九水，别的怎么没有了？

答：有的山水或许更名了。有的发生了变化，比如倒流河，可能是山体崩塌改变了水的流向。有的则完全消失了。

问：真向往那时的中国有那么多的好山好水，我不明白的是书中没有写到人？

答：书中所写的就是那时人的见闻呀，人在叙述背后。当它写到某某兽长着牛足羊耳，你就应该知道人已驯化了牛和羊，当它写到某某山上有铜有金，你就应该知道人已掌握了冶炼，当它写到某某草木可以食之已胕，你就应该知道人已在治疗着人的疾病了。

问：那时人的疾病就多吗？

答：人是有病的动物么。

问：那时怎么橐蜚长着"人面而一足"，玃如"马足人手"，数斯也是"而人足"，鹦鹉还"人舌能言"？

答：人和兽生活在一起，如果从橐蜚来看，还觉得人怎么长了它的脸？

101

从数斯来看，人长了它的腿。

问：现在怎么再见不到那些长着有人的某部位的兽了呢？

答：当人主宰了这个世界，大多数的兽在灭绝和正在灭绝，有的则转化成了人。

问：转化成了人？

答：过去是人与兽的关系，现在是人与人的关系。

★　　　★

一解放，这世上啥没转化呢？马生是小鸡成了大鹏，王财东是老虎成了病猫，就连我吧，再次碰上了药铺徐老板，他一只眼睛还瞎着，却已经是副县长了，他说：哎，你咋还是个唱师，唱的那阴歌不怕鬼上身吗，你应该参加革命工作么！他的一句话，我就去了县文工团，做了好多年的公家人。

事情也是凑巧，当年被王财东请去给白土娘唱了阴歌，我就在老城村住下来，也给去世的八个人唱过阴歌，唱的最后一个就是张高桂。张高桂的墓一时拱不好，尸体装在棺材里还停放在家里，张高桂老婆就让我每日晚上唱到鸡叫二遍。因为不知道张高桂啥时才能埋葬，我就唱《天地轮》，唱到：人吃地一生呀，地吃人一口。张高桂老婆说：现在还没埋我男人的地哩，不要唱这个！那我就又唱《引路歌》。村里人来看热闹的多，他们在那八九户人家里听会了我的《引路歌》，我一唱：亡人亡人莫走东啊，东有大海波浪凶，他们就合着唱：鱼虾吃你难托生！我再唱：亡人亡人莫走西，西有大漠和戈壁，他们就合着唱：太阳把你晒干皮！我唱过了亡人莫走南，莫走北，最后唱着让亡人走中央，一屋子里的人全在唱：走中央走中央，中央神仙站两行，派鹤驾你上天堂！唱过了五天，直到张高桂的棺材缝里开始往外渗黄水，臭味熏得难闻了，张高桂终于入土埋葬。埋葬了张高桂，老城村就忙着分地，我是准备着要离开呀，可我还是没有离开，因为这一个乡二十三个村寨里不停地死人，除了正常的死亡，更多的是一些想不通事理一口气上不来死掉的地主，还有在分地过程中因分配不公斗殴打架死去的贫农。马生对我已不待见了，说：你是猫头鹰呀，飞到哪儿了哪儿就死人！我说：不对，是哪儿死了人我才到哪儿。但我也嘲笑我是个走虫，能走路的虫，昨天还在那个村，今天就到了这个村，在这个村三五天了回到老城村，还没住下几天，得去前往另一个村了。直到徐副县长带人来乡里检查土改工作，碰上了我，我才回到了山阴县城。

★　　　　　★

检查组在乡政府召开了一次各村寨农会主任汇报会，老城村原本是拴劳去的，拴劳那天正好上了火，满嘴都起了疮，马生便参加了。会上，乡政府附近的几个村都讲了他们的情况，大致是土改工作基本完成，但不约而同地出现了新的问题，即分了地主的土地房屋牲口农具和大件家具后，村里的富农反倒成了土地最多的人家，而中农又不如了贫农。他们就提出能不能也分富农的土地房屋牲口农具和大件家具？或者，不论阶级成分把所有的土地房屋牲口农具大件家具统统收起来，再按人头平均分？白石就强调土改是有政策条文的，政策条文上怎么写，我们就怎么去执行，不能遗漏也不能突破，所以只能是在阶级成分上动两头，固中间，把地主的分给贫农，而富农不能分，中农更不能分。马生是坐在会场后一排的右边，他一直看着主席台上的徐副县长，觉得徐副县长右眼瞎着，一定是看不到左边，他就捅了捅身边的刘山，刘山是涝池村的农会主任，他说：你是不是共产党？刘山说：四七年我就入党啦。马生说：共产党不是共产吗，咋就不让按人头平均分？刘山说：国民党当年诬蔑共产党共产共妻，你是不是也想着给你分谁家的老婆呀？！马生哧哧地笑。白石却点名马生笑什么，你汇报汇报老城村的情况。马生站了起来，刘山低声说：别说二话！马生回了句：我知道。却就大声说：我恨哩！白石吓了一跳，扭头看徐副县长，徐副县长说：你恨哩……你恨谁哩？马生说：我恨我们老城村！白石说：老城村怎么啦？马生说：老城村穷么。我刚才听几个村寨的介绍了，田王村有四户地主，一户是二百亩地，一户是一百八十亩，另外两户也都是一百四五十亩。李家寨有五户地主，两岔堡有三户地主，人家的地全是一百多亩。东川村的地主竟然是三百亩地。老城村最大的地主是多少呢，也就是六十六亩。白石说：不要比较这个，你只说土改情况。马生说：政策上规定动两头固中间，可老城村穷，矛盾又复杂，土改任务我们还没有完成。白石有些不高兴，说：还没完成？老城村不能拖全乡的后腿啊！马生说：我抓紧，会抓紧。白石就说：一定要抓紧，检查组会到老城村去检查的。

　　马生一回到村，把会上的事说给拴劳，拴劳说：咱已经任务完成了，你咋能说还没完成，自己给自己脸上抹黑？马生说：别的村地主都是二三百亩，土地一分，贫农就分到十四五亩，咱却仅仅是七亩，现在两个富农一户三十亩，一户二十五亩，那不是打倒了两户地主，又出现两户地主？拴劳说：你这啥意思？马生说：土改是让穷人翻身的，到最后富农还是比贫农多出一二十亩地？拴劳说：政策上是不能分富农的呀。马生说：咱不分富农，可以把富农改定为地主，那不就分地啦？拴劳说：富农是咱算出来的呀。马生说：肉在咱案子上还不是由咱切呀剁呀？！两人就商量了，先是决定把李长夏、刘三川都定为地主，后又考虑没有富农也不行，那就改定李长夏为地主。而且得快定快分，赶在检查组来之前把生米做成熟饭。

　　老城村有木匠，也有泥瓦匠，而既是木匠又是泥瓦匠的只有李长夏。李长夏的本事大，但脾性狂，同样的一句话从别人嘴里出来是一个味儿，从他嘴里出来就让人听着不舒服。土改一开始定成分，他没了解情况，一看好几户有手艺的人如木匠、泥瓦匠、席匠、石匠的都是中农，他说我家成分不要和他们一样，要定就定富农，富农这名字好听。后来知道了定成分是咋回事了，又给他家定了富农，虽然心里不高兴，但他家地多，剥削多，也没了办法。而当白河分到了王财东家的方桌，在巷里说这是老城村最好的桌子，他还拉了白河到他家去看他家桌子，说：王财东的这是核桃木的，我这是楠木，你知道楠木吗？现在，要把李长夏定为地主，马生在村民会上讲了话，他说老城村的地主指标应该是三个，先指标完成了两个，还缺一个，那就得从富农里往上递增。贫农们一听，就计算着李长夏家三十亩地，留下十亩，那每家便能再分一亩半多的地了，于是全场叫好，还呼了一阵：共产党万岁！那天李长夏也在场，当时骂了一句：娘的×！但×字还没骂出来，人就晕倒在地。他老婆给他掐人中，掐醒来扶了回家，他挪不动步，说：我腿呢，我没腿了！老婆把他背了回去。会上的人都说李长夏多张狂的人，一遇到事也是一摊泥么。

李长夏回家后就睡下了，第二天脸全成了绿色。以前是张高桂哭，现在是李长夏哭。王财东和玉镯在家里吃饭，玉镯说：你多吃一碗。现在咱又多了个垫背的，还有啥想不通的，好好吃饭！王财东说：咱盖房时长夏一直帮忙，这个时候了你该去给宽宽心。玉镯说：他家就那么些地也定了地主，我去了他老婆会不会以为我是去看笑话的？王财东说：一条绳上的蚂蚱了谁笑话谁？！玉镯去了，不知道说什么好，反倒是李长夏老婆抱住了玉镯，鼻涕眼泪把玉镯的怀襟都弄湿了，玉镯就也陪着流眼泪。拴劳、马生领着人在地里栽了界石，再来家拉牛搬家具，李长夏腿瘫得还是下不了炕，只在炕上骂。马生就吼：你地主在骂谁？你骂吧，骂一句多装一升麦！就往麻袋里装麦子，装了两麻袋。李长夏老婆赶紧进了卧屋，劝李长夏不敢骂。搬走了两个板柜，三个八斗瓮，四个箱子，一台织布机，一辆牛拉车，五根檩木，还有那张楠木桌子，四把椅子。拉牛时，牛长声叫，李长夏对玉镯说：你把牛拉来让我看一眼。玉镯去给拉牛的人求情，牛被拉到卧屋，李长夏把牛全身都摸了一遍，最后拍着牛头说：你去吧，谁分了你，你让谁上坡滚坡，下河溺河，不得好死！马生听到了，冲进来说：你说啥，你说啥？！李长夏说：马生，你家那房，是你爹求我去做的木工，工钱我只要了一半，你这白眼狼这么害我，我后悔当初没在你家屋梁上做个手脚！马生啪地扇了李长夏一个耳光，说：你以为你没做手脚吗，你肯定做了，才使我家日子过倒灶了！再扇一个耳光，李长夏就昏过去了。玉镯说：马生，他没说啥，他哪儿有做手脚的本事，做手脚都是写个咒语夹在卯缝里，他不识字，他哪儿能写咒语，他要有那本事，该给自己屋梁上弄个好处，家产也不至于被分的。马生说：你来这儿干啥，地主和地主串通呀？！一脚踢过去，没踢着，玉镯顺门逃走了。

李长夏的家产，马生分得了一个箱子，一个罗汉床，临走时，看见墙上有个镜子，摘下来揣在怀里。

★　　　　★

马生把镜子挂在他家的门框上，镜子就能照到前边邢轱辘家的后窗上。分了地后，邢轱辘还是出去赌博，他媳妇劝过吵过都不顶用，索性自己也在村里和一伙妇女码花花纸牌。她们玩纸牌不押钱，每人来都端一升豆面，输过十把牌了，豆面就归赢家，自己拿个空升子回去。邢轱辘赌博没迟没早，回来常是媳妇不在家，猪在圈里哼哼着，鸡把蛋下在了麦草堆里，他就立在门口死狼声地喊：喂——死到哪儿去了，冰锅冷灶的？！旁人取笑说：懒婆娘休了去！邢轱辘倒笑了，说：她离了我咋活呀？旁人说：怕是你离不了她！这两口子都是能在炕上折腾，确实是谁也离不了谁。马生忙了一天，晚上回来，一进巷口就听见邢轱辘在屋里骂媳妇，骂得啥脏话都有，走到后窗外了，却传来啪啪啪的肉声。马生知道这是邢轱辘和媳妇又干那事，手在拍媳妇的屁股了。便猫下腰还要听，听着听着两口子又吵骂了起来。马生回到家里，一时啥也心慌得做不成，就把拿到的李长夏家的那个镜子挂在了自家门框上，镜子里果然就有了邢轱辘家的后窗，窗里的炕上邢轱辘在拿鞋抽打媳妇的光屁股，屁股白得像个大白石头。

从此，马生一回到家总要站在门下看一会儿镜子，镜子里的邢轱辘家后窗没装木扇板，就那么个大格子框，也不糊纸，吊个布帘子。这布帘子常拉开着，那媳妇就睡在炕上，喜欢把两条腿举起来，可能也是他们嫌太光亮了吧，帘子有时就又拉合了。镜子里只剩下印花布帘，马生就咽口唾沫，闷在屋里转来转去。

马生这时候就出去到那些贫农家去吹牛了。吹到分地，他总要说在分李长夏家的地时，拴劳是怕这怕那，而他就硬下手，哈，分了不是就分了吗?！那些贫农就给他拿吃喝，说拴劳太软，干农会的事就得刀子残火哩！马生说：拴劳最近好像家里有什么事，身体不好么。那些贫农说：身体不好了，你就应该当正的嘛！马生嘿嘿地笑，说：正的副的都一样。

拴劳确实是自立春后和媳妇有些合不来，经常脸上有血印子，明明是被指甲抓过的，他说是让树梢子挂的，但时不时就捂个肚子，承认着得了胃病。当他找到马生要记账时，马生说：我不识字，账本子还是你装上好，我能吃能跑的，我给咱把印章拿上，你说在哪儿按，我就在哪儿按！拴劳却说：这啥意思？马生说：你身体不好，还不是为你好？拴劳说：你甭给我想点子，我是胃不好，口兜里装着胃药也装着花招呀！

这一天，马生从巷子里走，腰带松了下来，一头吊在腿前，他突然想到这吊着的是他那东西，嘴里就哼哼着：腰里缠三匝，地上拖丈八，半空里撵着老鸦！抬头就往天上看。邢轱辘媳妇提了一副羊肠子要去河里洗，碰上了，说：看啥哩？马生说：看天哩。邢轱辘媳妇说：看天哩？马生说：看能么能上天去！邢轱辘媳妇说：我用簸箕一扇就上去了！马生说：是不是？在邢轱辘媳妇屁股上捏了一把。邢轱辘媳妇没理会，说：再给大家分些东西么？马生说：多分了让你们受活呀?！手又到怀里去。这回邢轱辘媳妇把羊肠子甩过来，打中了马生的脸，拧身走开了。马生缓了半天神，说：你以为你是白菜?！没想巷口里正走过白菜，一闪就不见了，进巷来的却是张高桂老婆。马生说：白菜又去寺里啦？张高桂老婆不理他。马生说：你个地主婆，不理我？张高桂老婆说：地主婆不敢理你么。马生说：是白菜去寺里啦？张高桂老婆说：我怎么能知道她去哪儿？马生说：她顶了印花帕帕。张高桂老婆说：哦，再过两天是庙会呀。马生说：娘的，和尚又发财呀！

骂过了和尚发财，马生突然想到寺里不是有二十亩地吗，怎么就没收回呢？于是，马生就在这个中午再次去了铁佛寺。

还在寺前，马生就看见了白菜和一些妇女在打扫寺前的场子，他没有前去搭话，背了手就在那块地里用脚步丈量起来。和尚是首先发现了他，跑过来说：马生，马生！马生说：我是农会的！和尚说：噢，马农会，你在寻啥东西？马生说：我量地哩。和尚说：量地哩？马生说：量量看能收回多少亩。和尚说：这地是寺产呀。马生说：一切土地归农会啊，你这一块儿是二十二亩吧，寺后那块是多少？和尚说：这我得找拴劳说去，他当主任哩，怎么政策又变啦？！马生说：你不是有佛吗，还可再问问佛！

马生又继续用脚步量地，他以为和尚回到寺里要给那些妇女讲的，那些妇女也会来地里问他的话了，可是，妇女们没有来。当他迈着脚步到了地的那头，就没意思再迈着脚步丈量过来。地头上有一个土洞，查看了洞口的蹄爪印，知道是一个獾洞，就给自己找个事儿，捉起獾来。捉獾得用柴火在洞口生火，烟熏进去獾就出来了。他找了些柴火在熏，天慢慢黑下来，那些妇女陆续回村了，路过地畔，还是没有理会他。但马生在回村的妇女中，始终没有见到白菜。

马生提着一只獾回到村，直直地往白菜家去。白菜的男人在院子里举石锁子。这男人脑子简单，身体却好，喜欢使枪弄棍的，举了几十下石锁子，又趴在地上俯卧撑。马生站在院门口，说：下边又没有女的你晃啥哩？那男的不撑了，说：你寻我？马生说：你吃獾呀不？那男人说：你咋舍得给我吃？马生把獾扔过去，说：白菜呢？那男人说：中午就回娘家了。马生说：是吗，那我后半晌咋看到她在寺里？那男人说：啊。声音不大，却提了棍顺门就走。马生说：你？那男人说：我去寺里！马生说：你这脾气，咋搁不住事呢？别打人啊！

★   ★

马生叮咛着别打人，他回到家里，就等着打人的消息。

这白菜怀不上孩子，去铁佛寺烧过香，就结识了和尚，隔三岔五往寺里去，甚至和尚还来过她家，带了一包香灰让白菜和她男人冲了水喝。但后来村里就有了说法，说白菜去寺里怀里揣过一瓶酒，和尚怎么能喝酒呢？又说白菜头上的印花帕帕是和尚给的。这些话当然没人给白菜的男人提说，但白菜从此不同她男人睡觉，她男人就起了疑心。男人说：你求孩子哩，不和我睡觉哪能有孩子？白菜说：佛会赐的。男人说：佛会赐的？！我可告诉你，你敢给我戴绿帽子，我就卸你的腿！当马生说了白菜在寺里的话，那男子就觉得白菜骗了他，又从马生说话的神气里听出马生是在嘲笑他，一时恼火，提了棍赶去寺里要看个究竟。到了寺里，寺门关着，咚里咚咣敲了半天，和尚才出来开了门，他劈头喝问：是不是白菜在寺里？和尚说：没，没没没呀！他说：没有你牙花子乱叩？便往里走。和尚倒提高了声音说：白菜就是没在寺里呀！他说：你喊那么大声是报信不成？！看了大殿，大殿里没有，进了禅房，禅房里也没有。和尚说：你到厨房厕所再去看，哪里有？他偏不去厨房厕所，就坐在禅房的床沿，这床支得很高，床单子垂在地面，突然闻到了一股桂花油的香味，白菜的头发上搽的就是桂花油，他说：白菜肯定在，你把她藏哪儿了？和尚说：没有，真的没有。他气得一把拽掉床单，没想床下竟然还有一床，白菜就在里边蜷着。他一拳把和尚的鼻梁打得陷下去，又在身上揍了三棍，拽着白菜头发回了村子。

在村口碰着了一个媳妇也常去寺里的男人，那男人又把这事说给另外几个香客的男人，他们各自在家打着媳妇，逼问与和尚有没有那事。打得猛，这些媳妇都承认了。于是这些男人在后半夜再去了寺里，把和尚一顿饱打。一个说：给他一口气，别让咱背上人命案。白菜的男人却不住手，竟把和尚的裤子撕开，说：长了个啥东西爱 ×× 的！拿起剪子要铰。和尚爹呀娘呀地求饶，他们不铰了，却给了个碗，让和尚自己弄出精水来，要求限天亮能弄出一碗就饶了他。和尚在那里弄起来，他们就在寺里翻寻，能拿的东西都往怀里揣，揣不了的全砸烂。到了天明过来看和尚，碗里的精水只盖了碗底，和尚趴在地上。白菜的男人说：就这点本事还糟蹋别人的媳妇？！踢了和尚一脚，踢得和尚翻过身来，和尚却已经死了。

和尚一死，这些男人散开就走，白菜的男人说：谁走就是谁打死的！他们又回来商量对策，最后把和尚拉到寺前地里，刨个坑埋了。然后回村给拴劳汇报，说和尚先在寺里要糟蹋白菜，白菜不从逃了出来，他们的确是去了寺里要教训和尚的，但一到寺里，和尚畏罪上吊了。拴劳吃了一惊，说：死啦？他们说：死啦。拴劳说：你们没打他？他们说：人都死了打他也不会疼，没打。拴劳说：尸体呢？他们说：埋了。他没亲没故的，不埋让臭在寺里？拴劳就去找马生，给马生说：爷呀，老城村摊上事啦！马生说：是打了人啦？拴劳说：你咋知道是打了人了？马生说：瞧你这神色，那还不是打人啦。拴劳就说了铁佛寺的事，马生一时愣了，噢噢了几声，却笑起来，说：也好，也好，二十亩寺产就收回来了！拴劳说：这是人命啊！马生说：咱对外说和尚云游去了不就得了？！拴劳说：这成？马生说：成！拴劳说：我心里还是慌的，那你就去收地分地吧。

二十亩二分地再分给十三户贫农，每户一亩五分。为了便于耕种，马生决定如果谁肯把分到的河滩地退出换寺前的地，一亩可以兑两亩。结果，他自己得了十二亩寺前地，又动员白菜的男人和白土各兑到剩下的一个三亩一个七亩。这些地在和尚手里时已经犁过，现在只需要用铁齿耙耙一遍。耙地时，马生在，白菜的男人在，白菜也在。马生耙到埋和尚的地方，埋的坑浅，铁齿就把和尚的天灵盖耙开了。马生喊白菜：你来看这是啥？白菜一看，瘫得坐在地上，自后人就傻了，不再说话，除了吃饭，嘴都张着，往外流哈喇子。

★   ★

只过了三天，是十六日的中午，太阳红得像个油盆子，男人们都还在地里干活，突然村里冒了烟。这烟先如龙一样翻滚，后来一刮风，半空里就盖了一面黑布。白河说：这谁家的瞎婆娘烧啥哩？便传来拴劳媳妇尖锥锥地喊着房着火房着火了！拴劳的媳妇早晨起来捅一只鸡的屁股，发觉有软蛋的，可中午了到鸡窝去看却没有蛋，再抓了鸡捅屁股，里边的蛋也没了，就在巷里骂是谁把她家的鸡引去下了蛋。骂着骂着，闻到呛味，扭头一看，邢轱辘家起了火，火苗子从后窗冒出来，像一堆胳膊在招摇，赶紧叫邢轱辘，叫不应，到前门去叫，前门锁着，才跑到村口喊起来了。地里人听到喊声，都往村里跑，跑得最快的是邢轱辘东隔壁的龚仁有，龚仁有一到家，邢轱辘家的火已经烧到房顶，他忙把被子褥子在尿窖子里蘸湿了，搭梯子就苫在自家的檐头。而随后来的人要救火，屋顶上的瓦咯喳喳喳地烧炸了，檩条开始往下掉，拿桶提水去泼，越泼火越大，樊喜成还在喊：铲土压！铲了土压！屋顶就垮下来。

火烧当日穷，邢轱辘在村里借了一间旧房住下，拴劳把当时从李长夏家装出来的麦给了一麻袋，就着手调查这火是怎么烧的。马生认定这是阶级敌人在破坏。那么，阶级敌人就是地主了，查每一户地主中午都在干啥。去了李长夏家，李长夏还在炕上，病得屙呀尿呀都不晓得，他媳妇到河里给他洗铺在身下的垫子，洗的时候龚仁有的老婆也在河里洗衣裳，龚仁有的老婆证明李长夏两口子不可能去放火。查王财东家，王财东和玉镯都没下地，玉镯说她在家里纺棉花，一中午没出门，王财东伤风感冒了，她是做了一碗胡辣汤，喝过就在炕上蒙被子捂汗着。查张高桂老婆，张高桂老婆那日回了娘家。马生一分析，二反身又去王财东家，说：是你放的火！王财东说：我咋能放火？马生说：你不老实！王财东说：老实着呀。马生说：刚才到你家，你说你伤风感冒了，鼻涕流下来，这已经半天了，你鼻涕还在嘴唇上，你这是故意不擦要证明伤风感冒了。哼，越是要证明自己，越说明你心虚！白土就说：他确实伤风感冒了一直在炕上睡着。马生说：你咋知道的？白土说：我给他家挖猪圈里粪，我知道。马生说：你还给地主家干活？白土说：他病着，猪圈里粪多得埋了猪腿，我来帮帮。马生说：你滚，给贫农丢人！

白土当长工的时候一直住在王财东家前院的一间草棚里，后来分到了王财东家后院的两间房，但白土有些不好意思，不去住，给玉镯说：我还是住草棚吧。玉镯说：那两间房已经不是我家的了，是你的，你住吧，住你的。王财东还自动封了中堂的后门，又在后院墙上重开了门，让白土单独出入。白土是收拾了那两间房，坐在屋里搓身上的垢甲，搓出绿豆大一疙瘩丢在地上，再搓绿豆大一疙瘩丢在地上，太阳从屋檐下的斜窗射下光柱，有无数的东西在那光柱里游动，就感觉是在做梦。以后的日子，他每天仍到王财东家来一次，一声不吭地干这干那，玉镯不让他干，他说不干不干，走出院子了却又回来挖起猪圈里的粪来。也就在第三次终于挖完了粪要走时，马生他们又来追查火灾的事，骂了他一顿，把病着的王财东硬拉到农会院子里去了。

王财东到天黑没有回来，玉镯急得在家里坐不住，她去河里提水，只提了半桶，摇摇晃晃走不稳，水就扑洒了一路。碰着拴劳的娘，拴劳娘说：你自己提水呀？！她听出来这是在讥笑她，她不敢看拴劳娘的眼睛，低头就走，走过了又回了身，说：啊姐，你说我那人没事吧？拴劳娘说：他放火了咋能没事？她说：他没放火，他真的没放火。拴劳娘说：没放火能把他叫去农会？！她不再问了，回到院里坐在门槛上发瓷。村里有了牛叫，也有了狗咬，后来是白河的小儿子跑来，拿了个萝卜，洗都没洗在吃着。她说：我给你剥剥皮。小儿说：你家有没有柿饼？她说：不多了，我给你取两个。小儿说：取三个！你给我取三个了我才给你说话呀。她给了三个柿饼，小儿说：马生让我给你传话哩，晚上给你男人送饭去。她赶紧拉住小儿，说：咋晚上还不回来？小儿嘴里嚼着柿饼，调不过舌头，始终没再回答又跑走了。

玉镯还是做了生姜拌汤送去，可她去了很快又提了饭罐回来，直脚到两间房那儿呜呜地哭。她给白土说，她说她只能给白土说，说她去送饭的时候他们在打她男人哩，吊在木梁上用劈柴打，打得劈柴上都是血，她去了才放下绳来。她说男人原本脑子不好了，挨了打人显得更瓜了，见了她不说话，也不吃饭，马生就让她把饭罐提走了。说马生还叫她回家取被子，话狠得很，今天不交代今晚不回去，十天半月不交代那就死在这里。但白土给玉镯出不了主意，也不会说宽心话，只是唉唉叹气，在屋子里来回转。

第二天，徐副县长带着检查组到了老城村。检查组原本是检查土改工作的，但老城村发生了火灾，就听取拴劳和马生汇报火灾的事。检查组里有个叫王甲由的人，以前当过教师，他亲自审问了王财东，觉得事情有些蹊跷，又到火灾现场去察看，他的分析是火从后窗的布帘烧起的，而布帘又是马生家门框上的镜子折射了阳光引发的。王甲由的结论大家都不相信，但王甲由说他学过这方面的知识，并当场把镜子支在太阳下照着一堆棉花，两个小时后棉花真的冒烟燃起来。这一下，王财东清白了，拴劳让王财东回家去，王财东却不走了，说：说我放的火，关我哩打我哩，现在查明了，又咋处理放火的人？马生骂道：你在说我？王财东说：是你家门上的镜子照的。马生说：镜子也是从地主家分来的！徐副县长发话了，说：让你走你就走，就这点事你不服气，那分你家地分你家房产你是不是更怀恨在心？！拴劳就推着王财东走出院子，说：你来的时候还伤风感冒着，现在不是病好了吗？回去，回去！顺手把院门关了。

★　　　　　★

火虽然不是王财东放的，但徐副县长从火灾这件事提醒着拴劳和马生：分了地主的土地房屋和家产，地主肯定怀恨在心，伺机要破坏土改的。他列举了城关镇一户地主在水井里投毒，东川镇一户地主在他家屋梁上记录了谁分了他多少地谁分了他多少房，桃花峪乡一户地主在分过他家的地里又偷偷埋界石，吴家川乡一户地主三口人吊死在农会的院门上，南溪乡三户地主联合了在一个晚上杀害了农会主任。拴劳和马生就以巩固老城村土改成果，严防地主分子反攻的由头对王财东、张高桂老婆、李长夏进行了几场批斗。

首先批斗的还是王财东。那个晚上，农会办公室的院子里点了三盏灯，灯盏子有碗大，灯芯子也指头粗。灯芯子是燃一阵就得往出拨一点，这任务交给了白河的小儿子。马生布置的第一个发言的是白土。白土说：我不会说话。马生说：说不了话，你上去扇他耳光子！白土说：熟人我下不了手。马生骂白土是稀泥抹不上墙，说：下不了手？你现在就去叫王家芳，让他提前到会场！白土去了王财东家，王财东被打后，腿疼得立不起身，白土二反身回来给马生说王家芳腿疼得走不动，是不是批斗会改日开？马生说：这是请客呀？！他走不动，拖都要把他拖来！白土就和白菜的男人用筐子把王财东抬到会场。抬时，玉镯把被子垫在筐子里，白土要抬杠子前头，他嘴上没说，想着是抬杠子前头了就可以不看王财东。批斗开始后，顶替白土发言的是北城门口的一个妇女，她愤怒地说王家芳家里饭吃得好，二三月大家都没啥下锅了，王家芳家的门前老有鸡蛋皮皮。吃鸡蛋你就吃鸡蛋嘛，故意把鸡蛋皮倒在那里馋别人？！还有，王家芳夏天里穿绸褂子，冬天里穿四件衣裳，还在外边套一个羊皮袄，戴绒线的地瓜皮帽子。一次王家芳热了，卸了帽子，帽壳里还藏了钱呀，几十张的钱，也没给大家分一张，客气话都没有。没说两句就呼起口号：打倒地主！打倒旧社会！她一呼口号，全场都呼口号，白河的小儿子也兴头来了，喊，他门牙是豁豁，一喊就漏气，又离得灯近，灯芯子就扑闪，院子里忽明忽暗。白河训道：你个碎仔喊啥哩，把灯管好！但第二个发言的却就是个孩子，他爹是中农王三水，他说王家芳家有一棵桃树，王家芳从来不让他去摘桃子，他曾经摘过一次，刚爬上树王家芳就骂，还提了棍撵过来，吓得他从树上掉下来。可是后来王家芳让他上树去摘桃子，还说你多摘些了给毛蛋。白河的小儿子听到了，说：你没给我桃！王三水的儿子说：我没给你桃是我给你送去的半路上桃子揣在怀里，桃毛痒得不行，我回家擦桃毛，擦了桃毛吃起来把你忘了。有人就笑起来，连王财东都笑了。马生就呵斥不要笑，全场重新安静下来，王三水的儿子说：后来，我才知道王家芳让我上树摘桃子，是他知道要分他家的地呀房呀树呀，他这是要拉拢我！第三个发言批斗的是刘巴子，刘巴子批王家芳曾经把穿过的一件旧袄给了他，是看不起穷人么，他让我给他家割麦，五黄六月，太阳把我能晒死，麦芒钻在衣服里能把我扎死，他让白土给我送的啥饭呀？！白土可以作证。白土说给你送的是纯麦的捞面，人家在家吃的是麦和豆子搅在一起磨出的杂面。刘巴子说：就送了一碗，一碗饭够谁吃，塞牙缝呀！白土说：那是我在半路上偷吃了一碗，我嫌你懒，一晌午只割了一畦麦。马生就说：白土你说的啥话？不会说就甭吭声！刘巴子继续说：我肚子饥呀，我将着麦穗子把揉出的麦粒往嘴里嚼，嚼，能渴死，没水喝，狗日的地主不给我提水喝！一股风吹进来，把毛蛋管着的油灯吹灭了，院子里一片黑，谁嘟囔了一句：水拿河盛着哩，懒么。

　　每隔十天半月，三户地主都得去农会院子里被批斗，王财东的腿伤越来越重，连笭筐都坐不了，还是卸下门扇抬了去，人也看上去像个傻瓜，像抬着一只猪，猪还哼哼，他不言传，闭了眼睛。马生说这是抗拒批斗哩，玉镯拿艾卷燃着让他吸，还掐了竹篾儿支着他的眼皮子。一次，又是通知第二天开批斗会，玉镯就让王财东好好睡一觉，可王财东睡醒后说他做了一个梦，梦到海了，海尽是水。玉镯听人说梦到水是见财哩，王财东说：日子过倒灶了还见财？见棺材！玉镯赶紧捂他的嘴，不让说晦气话，还呸呸呸朝空中唾几口。但梦的事毕竟让玉镯心情要比往日好，而产生了能为王财东去求情的念头，她便在晚上去了马生家。马生说：他是地主，他怎么能不去？玉镯说：他病得实在起不来，要是不让他去了，我感恩不尽啊！马生说：你咋感恩？玉镯就跪下磕头。马生说：磕什么头？把玉镯往起拉，手却到了玉镯怀里。玉镯捂怀，马生又使劲儿拉扯她的裤带，她的裤带是用麻丝编的，马生说：地主的媳妇系这好的裤带！猛地一拽，裤带还是没扯下来，却把裤腰撕

115

开了，就势压在地上，说：你要让我进去，明日他就免了会。

第二天，是没有人通知去开批斗会。玉镯烧了一锅艾叶水，把自己身子洗了又洗，然后坐在猪圈墙上看猪在圈里拱着粪土，王财东在炕上喊她，她都没听见，后来王财东用力敲炕沿板，她揉揉眼，进去了说：你想吃啥？我去集市上买些肠子，给你做辣汤肥肠。可仅仅五天，又通知要开批斗会，玉镯对来人说：你让马副主任来。马生背着手来了。玉镯问：怎么还开批斗会？马生说：这一顿饱了，下一顿又饥了，吃饭吃不厌烦。玉镯说：你再抬抬手让家芳过去么。马生说：我这心里过不去你么，×过五次我估计就能放下了。王财东在里屋的炕上躺着，马生把玉镯就又压在了外屋的织布机上，用织出的布把玉镯的胳膊绑住干事。王财东爬到炕沿要下来，又下不来，一下子跌到炕下的尿桶里，头朝下，在尿里溺死了。

★   ★

检查组离开老城村的时候，徐副县长让我跟他们一块儿回乡政府，他说他要回报我吃些好饭。乡政府的饭果然不错，每天中午都是白菜豆腐汤两个蒸馍，再炒一盘回锅肉或者韭菜鸡蛋，隔两三天了还有一顿辣汤肥肠。徐副县长有一条被单，底色是黄的，上边又印有大大小小的黑色圆点，像是豹纹，晚上睡觉就盖着。他告诉我，这被单是匡三送他的，匡三从县兵役局调往军分区的前一个月，匡三邀他去家喝酒，因为喝得多了，晚上他们睡在一个房间，匡三就盖着这条被单。匡三不盖这条被单匡三就是一个人，瘦小的人，可匡三盖着这条被单睡着了，他就猛然睁眼看见匡三是一只豹子。因此他离开时匡三说：这屋子里你看上什么了，我就送你什么。他就索要了这条被单。徐副县长给我说得神神秘秘，但我晚上故意没睡实，半夜里看徐副县长，徐副县长在睡时把被单裹得紧紧的，而他一睡着，被单就蹬开了，掉在地上，他还是他，一只眼瞎着，一只眼睁着，鼾声像是在吼。后来，老城村的白土到乡政府找到我，请我能去给王财东唱一场阴歌，我已经答应了，徐副县长不让我去，他说：你咋没政治头脑！我说：啥是政治头脑？他说：现在是共产党的天下了，你给地主唱什么阴歌，让地主托生了再当地主，那革命不是白干了？我说：地主托生了是地主，共产党就有个批斗的事干了嘛！他有些生气，说：你给我贫嘴？！我也便认真了，再不和他戏谑，当着生人面就恭恭敬敬叫着他是副县长。当检查组最后离开乡政府时，我也便拿着徐副县长的一个便条去了县文工团。

★　　　　★

王财东是草草地埋葬了的，过了头七，玉镯的脑子里总觉得钻了一只蜂，嗡嗡地响，时不时拿手拍太阳穴，见人就絮絮叨叨，说家芳是梦见一海的水，他就让尿溺死了，原来尿也是水。先是听者脸上给她苦愁着，其实她的话从未入耳，后来看到她就躲，她便遇见牛给牛说，碰见树给树说，她家门前的树叶子枯黄，不到半年树都干死了。到了夏天，她丢三落四得厉害，要到打麦场上的麦草垛上撕些麦草回来做饭呀，走到打麦场上了，吆了一声麻雀，便忘了她来要干啥，而从地里摘了个南瓜回去。要么，几天都不出门，用白粉涂她的那双白鞋，落上灰尘就涂，粘上一粒麻雀粪也涂，穿上涂了白粉的白鞋在屋里走，问着家芳你说好看不。白土从地里回来，都要捎一担土的，把土垫在玉镯家的猪圈里，他听见玉镯在堂屋里说话，以为来了客，进去看时，她一个人在屋里走。白土就可怜了她，再去集市上，拿自家的黄豆换了一只黑毛狗让她养了，想给她有个伴。玉镯有了狗，却每天拉了狗去倒流河给狗洗毛，她说她要把黑狗洗成白狗。

白土还背了一篓红薯到集市上去卖，卖给了一家饭馆，回到家里重新算账，觉得是少给了他一角钱，二反身又要去讨。出了村碰着有人赶牛车也去集市的，他要人家把他捎上，人家说这得掏捎脚钱，他说不给你钱，我地里

117

有豆角，给你摘豆角。那人竟然在他地里摘了一筐豆角。白土要回来了一角钱后，村里人说：为了一角钱你让人家拿了你一元钱的豆角？他说：摘多少豆角我愿意，欠我的钱得讨呀！大家就议论：啥人配啥人，白土和玉镯两个脑子都不清白，撮合他们成个家吧。

这年冬天，拴劳承头，几个人一商量，要白土接玉镯住到他家去，或者白土把枕头拿到玉镯的炕上来。话说给白土，白土不同意。拴劳说：给你个媳妇你不同意？白土说：同意。拴劳说：那你就和玉镯过活么。白土说：玉镯是地主婆呀。当时马生也在，马生说：把地主婆睡了你就算革命翻身了！白土没有接玉镯到他的屋里，打通了玉镯家的堂屋后门，封了他自己后院墙上的门，又恢复了王家以前的模样。他对玉镯说：你是我媳妇了。玉镯说：你是我媳妇了。他说：说错了，不是你，是我是你媳妇了。他给玉镯梳头，给玉镯捉身上的虱子，问玉镯：还有啥活吗？到了晚上，玉镯要吃水烟，玉镯吃惯了水烟，白土就给她点火。吃毕了烟，玉镯睡觉前要洗一洗，端了水盆在卧屋里，她让白土出去，白土就站在卧屋外，心里说：睡觉呀还洗啥的？等他回到卧屋，玉镯已经睡下了，白土摸摸索索才爬上炕，坐在玉镯的旁边，他不敢干那事，看着玉镯白胖白胖的，怕弄破了她。后半夜了也睡下，一睡下白土就睡死了，像一摊泥。

白土就这么一天一天地过活着，但不知什么时候起，他在半夜起来小便，迷迷糊糊从炕上下来，去屋角的尿桶里尿了，再迷迷糊糊爬上炕去睡，好像看到过炕下多着鞋，天亮了要下地干活，却看到炕下的鞋就是一双玉镯的布鞋，还有一双他的草鞋。他有些疑惑，以为是在做梦，还是自己半夜里没有看清。这样的事发生过三四次，就在他又一天半夜里起来小便，窗外有月亮，朦朦胧胧中再看到炕下多了一双鞋，是一双胶底鞋，他就摸索着寻火柴，嚓地划了一根，似乎看到从炕上爬起个黑影，而火柴燃尽了，屋子里一片黑，比没划火柴前更黑，窗子的一扇打开着，低头看炕下的那双胶底鞋也没了。白土终于明白有人晚上偷偷进了他家，还偷上了炕，怨自己睡得死没有觉察。白土感到了奇耻大辱，气得把头往炕沿上磕。可这事他不能声张，他要查查这是谁，发誓要报复这人。天明后，他在窗外查看了脚印，果然是胶底鞋印，于是留神着村里谁穿了胶底鞋。村里穿胶底鞋的有五个，三个男的，两个女的，女的排除掉，而三个男的一个是会计，会计是跛子，走路踏出的脚印左边深右边浅，一个是西城门口米家的儿子，这儿子个头小，鞋也小，另一个就是马生了。证实了是马生，白土犯了难，他不知该怎么报复，也不敢去报复，只好将倒坍的院墙重新修好，还在院墙头上用泥巴压了一层野枣刺，再是把窗子钉好，多热的天也不开。还有，他夜里不敢睡死了，贴着玉镯睡，后来抱着玉镯，玉镯没有反应，他大胆了，能整夜抱着睡。那只狗一直拴在后院里，现在拴到院门口，只要狗一叫，白土就起来拿了杠子，大声说：谁？谁？！直到狗不再叫。

白天里，马生动不动就来了，脸拉得长长的，不是让白土去河滩地的渠上查看流水，就是说又要开会呀。白土都应承着，却和玉镯一块儿去查看水渠，一块儿去开会。玉镯迅速地发肿，人越来越瓷，你问她话了，她可以说一句，不问她了，她永不吭声，再到后来了出门就寻着回家。白土不能干什么都带着她，把她留在家里又不放心，白土就在一次去赶集市时，背着编草鞋的耙子和玉镯走了，还有那黑狗，就再没有回老城村。

★　　　　★

村里人没有去找白土，白河也没有找，只是白土和玉镯养的猪、鸡他接管了自己养，还拿走了地窖里的土豆红薯，意外地发现了一个罐子，罐子里装着土蜂蜜，也给媳妇提回来。媳妇病得久了，又添了哮喘，每天坐在炕上喉咙里像装了风箱。白河和二儿子经管地里的活，白石的媳妇在家料理着猪鸡，三顿饭给婆婆端到炕上。白河的媳妇想让小儿子到炕上和她说说话，小儿子去谋着吃一勺土蜂蜜就离开了，只是白河的小尾巴。白河说：唉，毛蛋不爱到他娘跟前去，他娘可能快死呀。果然不出一月，白河的媳妇一口气上不来就憋死了。做娘的一死，白石的媳妇就不待见毛蛋。一天，白河去县城办事，家里只有白石媳妇、二儿子和毛蛋，当嫂子的做了苞谷糁煮面条，舀饭时毛蛋趴在灶沿上说：给我舀稠些。嫂子说：我下锅给你捞呀？！毛蛋置了气，饭端上来，桌子上放着一盘炝好的葱花，他全拨到自己碗里，嫂子说：葱花里盐重。毛蛋端起碗就摔在地上。二哥一看，就打，还让他在院子里跪了，双手举块洗衣板在头上。这当儿村里一个老汉进来借筛子，说：呀，白河不在，你们整人家尾巴呀？！毛蛋一看有人为他说话，把洗衣板一扔，顺门跑了，就坐到西城门洞等他爹回来。白河回来了，毛蛋就告诉，白河说：就三个人吃饭哩，你要捞一碗干的，别人喝汤呀？但拉着毛蛋一进院子，白河的脸就黑了。家里矛盾一多，白河觉得毛蛋在家生活不好，就给白石说让毛蛋到乡政府跑个小脚路去。白河说：他能干啥呀？白河说：我八岁就给县汇元堂当伙计哩。白石安排了毛蛋去乡小学敲钟，每月管待吃喝还发八元钱的补贴。

拴劳的媳妇依旧打骂着养女。以前打骂，翠翠都是顶嘴，后来慢慢大了，打骂她不吭声，却出门到倒流河对面的豁口去一坐一天，或者去逛集市，半夜里悄悄回来。气得拴劳媳妇说：还回来干啥，有本事就不回来！一天，翠翠在地里锄草，说好晌午饭让弟弟送来，可已经过了晌午，饭还没有送来，饿得头晕，回到家里却见养母和弟弟吃饭，养母说：让你弟吃了就给你送饭呀，你咋回来了？翠翠进厨房拿了一个馍，说：我再锄去！出了门，没去地里，而跑到乡小学找毛蛋。拴劳媳妇得知翠翠去白河小儿子那里去，把翠翠抓回来，又去白河家指责白河不管教小儿子，年纪小小的勾引了翠翠。气得白河中了一次风，自此嘴歪着，腿脚不稳，走路得挂棍，还要扶墙。

120

毛蛋回来看望他爹，村里人问：你咋把翠翠勾引去学校的？他说：她自己来的。又问：你们干那事了？他说：没有！急得眼都红了。村里人认为毛蛋还是童子身，或许他还不会干那事。但毛蛋临走时给嫂子和二哥说，要把爹孝敬好，每天必须给爹吃两颗荷包蛋，荷包蛋的钱由他出。

翠翠抓回来后被拴劳媳妇打了一顿，把头发都给剃了，样子不男不女。有人对拴劳说：孩子大了，不能那样待啊！拴劳说：唉。一脸苦愁。拴劳的媳妇这是村里人都知道的，但媳妇做事这么过分而拴劳还不管，村里人就不明白这是啥原因。翠翠并没有安生，又跑了出去，这回拴劳媳妇没有去抓，放话说任她在外死呀活呀，权当就没这个孽种。但她和拴劳在家里闹，抓拴劳脸，抓出了五道血印子。出来和马生到农会办公室去，马生把帽子往墙上的木橛子上挂，说：来，你也把脸皮挂上。

冬至那天早晨，白河躺在炕上，儿媳在给他煮荷包蛋。白河说：拣颗大的给我煮，煮一颗。儿媳说：咋煮一颗了？白河说：给我毛蛋省些钱。邢轱辘却跑来说：快起来，快起来！白河说：我站不起身么。邢轱辘说：给你说个事你就能站起来蹦哩！邢轱辘说乡政府来人把拴劳五花大绑了！白河是从炕上坐起来，但还是走不了路。邢轱辘就背了白河往农会院子去，还没到，就见在巷口拴劳果然被绑着往村外去，马生从他口兜里掏印章。拴劳一拉走，马生散布的情况是翠翠在乡政府告状，说拴劳四年前强奸过她。而在乡政府一审问，拴劳把啥都承认了，就没有再回村，从乡政府送到县城坐了牢。

★　　　★

开过年的四月，樱花开得像雪一样，白石突然到县文工团来找我，提了一袋菌子。我这才知道他从乡政府已经调到县城，在商业局当局长了。我说：哎呀，我还没给你恭贺的，你倒给我送礼?！白石就哈哈笑，嘴里有了一颗金牙。那时候，嘴里能有金牙那是一种贵气，我不晓得他是在门牙上包了一层金皮还是把门牙直接拔了重新安装的整颗金牙。他说：这是马生送你的！我说：马生？他说：你不记得啦，老城村的马生呀！你得去老城村给他唱一场的。我说：马生死了？他说：他咋能死，命硬得很，只克别人死。我说：在他手里是死了不少人哩。那让我去给谁唱阴歌呀？他说：马生要结婚呀，村里要闹一场阳歌，马生嫌城关镇阳歌队的那些人声都不好，说你能唱阴歌就能唱阳歌，一定请你去一趟的。县城关镇是有支阳歌队的，正月十五元宵节我也曾看过他们的表演，成百人的队伍都穿着彩衣，打着红伞，有伞头有文武身子有丑角在土场子上唱神歌、扭花步，然后绕转起不同的阵形，如五梅花、霸王鼎、双背弓、卷席筒、八角楼、蛇盘蛋。可是，他们闹的是阳歌，是给活人唱的，要活着的人活得更旺、更出彩，而我唱的是阴歌，为亡人唱的，要亡人的灵魂安妥，我怎么能去呢？我表示了我去不成，却说：这光棍终于有个自己的女人啦！新娘是哪儿的？白石说：哈，一对旧家具！我说：娶的是二婚？白石说：拴劳你认识，拴劳的媳妇你可能不熟悉，是拴劳的媳妇。拴劳的媳妇我怎能不熟悉呢，但我怎么也想不到马生是娶了拴劳的媳妇。这世事真是千变万化！我仍关心着老城村的事，问起白石他爹白河和他叔白土，问起白菜和玉镯，以及李长夏、刘巴子、龚仁有还有那个邢轱辘。老城村的话题让我们几乎说了一个晌午，直到起了风，飞来的樱花瓣在地上铺了一层，他才离开的。离开的时候他却低声问我是不是和军分区司令熟？我说军分区司令是大官，我见都没见过。他说：你哄我了，我听说过在解放前你帮过匡三。我说：你是说匡三？他调到军分区了？！是匡三司令？！他说：什么时候你领我去拜会一下司令？我说：领可以，不知道他认不认我。

但后来白石并没有再找我，我听说了他是端午节的第二天就拜会了匡三司令，领他去的是徐副县长。

★   ★

白土和玉镯是出了老城村后就一直往东走的，两个人从来没去过东边的山阴县，只听说山阴县、三台县和岭宁县的交界处有个皇甫街，再过去是清风驿，那就顺着官路走吧，只想着离老城村越远越好。一路上乞讨，讨上两个馍了，一人吃一个。讨上一个馍了，白土把馍给了玉镯，就对黑狗说：

咱河里喝水去！走了十多天，到了山阴县城，县城很大，吃喝却不好讨要，还常被孩子们学着他们走路的样子，一个稍有些内八字，一个外八字得厉害。到了一座桥上，两人饿得走不动了，白土说：你靠着我，歇一歇。玉镯说：把鞋耙子扔了，恁沉的！她扔下桥的却是她身上的褡裢，褡裢里有个大木碗。白土去抓没抓住，心疼得直声唤。玉镯说：把脚扔了，恁疼的！就往桥沿上走，白土吓得一把抱住，脱了鞋给她揉脚。揉脚的时候，他把鞋耙子放到一边，担心玉镯又要扔了，却突然想，自己背着鞋耙子，为啥不编些草鞋卖了换钱呢？他就在夜里去城外偷人家堆放在土场上的稻草，拿进城编着草鞋一双卖一角钱。卖着卖着还想能卖得钱多一点，就又到城壕里去寻找破麻烂布，城壕里常有扔的死婴，把死婴身上的包裹布剥下来撕成条夹在稻草里搓绳编鞋，穿着结实又不磨脚，一双草鞋就卖到了一角五或二角。卖得多了，白土很得意，觉得他能养活玉镯，就在城北关的路边搭了个草棚子，又支了一个锅，给玉镯说：安家哟！安起了家过日子。冬天冷，草棚子里四处钻风，两人在草窝里铺了被筒，有时各睡一头，你抱我的腿，我抱你的腿。有时就睡一头，没睡着的时候搂紧取暖，睡着了脚手松开，肩膀支棱着冷，后来就让狗也睡到他们中间，狗毛热乎乎的，只是狗爱放屁。

过了一年，七月二十八日，是玉镯的生日，玉镯还是王财东的媳妇时，每到七月二十八这天都要摆酒席的，白土就要去集市上买肉买菜，少不了还提几副猪肠子羊肠子的，所以他知道玉镯的生日，也要给玉镯吃一顿好饭。他买了三斤面粉，半斤猪肉回来，给玉镯说：知道今天是啥日子？玉镯说：啥日子？他说：是你生日。玉镯说：是你生日。白土不和她说了，剁了馅包饺子。饺子包好，想着能有油炸的辣子多好，就让玉镯坐在棚子里，还给她个萝卜啃着，自己拿了碗去街上。白土先买油，二两油已经倒在碗里了，问多少钱。卖油的说一元钱，白土说身上只有三角钱，就不买了，把油倒给了人家的油篓里。他又去买辣面，辣面也是放到油碗了，为了二分钱，他和卖辣面的吵起来，又把辣面倒给人家不买了。碗里有了一层油和辣面，白土拿了碗往回走，卖辣面的骂道：都说你这要饭的傻，你鬼得很么，不掏一分钱油和辣面都有了！白土不回嘴，笑着就走，却被那人追上来夺了碗，把碗叭地摔碎在地上。

白土空手回来，草棚子里还有半个萝卜，没见了玉镯。

★　　　　★

白土满县城地寻玉镯，寻不着玉镯。那时县城的背巷里人家厕所还都是水茅房，茅房外就是一个尿窖子，有的上边苫着苞谷秆，有的裸露着，白土担心玉镯是见他没回来而出去找他，或许失脚掉进了尿窖里了，就拿个棍，搅遍了所有尿窖子，仍没有见到玉镯。他沿街在叫：玉镯！玉镯！叫得声哑。半夜里回到草棚子，抱着玉镯枕过的那页砖，呜呜地哭，骂狗打狗。

八个月后，白土带着黑狗重新回到了老城村，老城村变成另一种样子，东城门洞塌了，南头岸壁上的老柏树砍了。拴劳的媳妇嫁给了马生，又怀上了孕，肚子大得像扣了口锅，在村口碰上，说：你是不是鬼？白土说：我是白土。那女人说：不是说你们出去被狼吃了吗，咋又回来了？白土说：回来了，拴劳呢，我得给拴劳说一声，我回来了。那女人朝白土脸上唾了一口，转身走了。

白土回到自己家，院里长了一尺高的草，上房的门窗上都是蜘蛛网，一动就往下掉灰尘，但锅灶还在，锅盖上一层麻雀屎。白土放下铺盖和鞋耙子就到他家的地里去看，地里的庄稼却绿盈盈长着，觉得奇怪，怎么还有人替他种着地？到了下午，总算知道了拴劳早已坐牢，媳妇成了马生的，他去找马生，马生告诉他，自他白土出走后，马生的一个亲戚从十里外的首阳山来投靠马生，马生就让这亲戚落户老城村，耕种起他白土的地，这地光是白河家在耕种，不愿意让出来，马生的亲戚带了个女儿，这女儿嫁给了白河的二儿子，地就由白河的二儿子两口单独耕种了。白土说：那我就没地了？马生说：你向你侄儿要，要下了你种。白土说：那又是一户人了我能要下？马生说：我那亲戚，不，不，也是你的亲戚哩，他在首阳山的那些地荒着，你去种吧，远是远点，反正你一个人，可以住在那里。白土说：我不是一个人，还有玉镯哩。马生说：那玉镯呢？白土把玉镯丢失的事说了一遍，马生说：她死了，肯定是死了！你守不住玉镯你还不让别人动玉镯？！玉镯肯定是死了！白土说：玉镯没死，她会回来的。他说得很坚决，还指着太阳发咒。马生说：没死就没死吧，首阳山上那地虽然土薄，可面积不小，你就是和玉镯×出几个孩子来也够吃的！

　　白土和黑狗在首阳山住了两年，他没有牛，地全是用镢头挖，红板土里料姜石又多，种下麦子长出一尺高就结穗，穗小得像苍蝇头。好的是首阳山有龙须草，割回来晒干编草鞋，龙须草鞋比稻草鞋要好卖得多。还可以直接卖龙须草，他能一次背十八捆龙须草去集市，远看像移动的麦草垛，近看两条细腿在下边，人问：头呢头呢？白土的头从草里钻出来，脸热得通红，像颗柿蛋。在集市上卖了草鞋和龙须草，买回盐、碱面和点灯的煤油，还要买个梳子。他先后买过十几个梳子，有齿儿粗的，有齿儿细的，对梳子说：你给玉镯梳啊！吃饭的时候，先给玉镯舀一碗，说：你吃！饭里没油，又到地沿上种着的蓖麻上摘三颗籽，剥了仁，在铁勺里炒了压碎调进饭里，碗面上浮出几个油花花了，他总觉得那双筷子在动。首阳山之所以叫首阳山，是太阳一出来就照着它，白土每天一早醒来土坯房就红光光的，这红光里好像有玉镯，一睁眼玉镯就到眼皮上了，他当然要叫一声：玉镯！晚上了，他在油灯下吃烟，看着灯焰扑忽扑忽闪，就又叫：玉镯！还站起来去黑影里的炕角看看，以为玉镯故意藏在那里。后来，他把摘来的石榴放在石头上要给玉镯吃，当发现石榴上被掏出一个坑，旁边还有细碎的渣，这明明是老鼠吃了，他偏认为是玉镯吃了。把老鼠叫玉镯，把黑狗叫玉镯，把天上飞的地上长的，凡是看到啥他都叫玉镯。一天，白土去地塄上给红豆角搭架，回头不见了黑狗，大声喊：玉镯哎——玉镯！一个应声说：噢——！山坡的路走上来

125

一个人，白土看了是玉镯，揉了揉眼再看，就是玉镯。

玉镯回来了。

★　　　　　★

玉镯头一天回到了老城村，人老了，比六十岁的人还面老，但似乎说话清楚，脑子明白。村里人问她这些年都到哪儿去了，她说她是从祁家镇回来的。祁家镇离老城村一百二十里，那里的窑场烧石灰有名，秦岭里用的石灰都得去那里进货。村里人又问怎么就到了祁家镇，她说她不知道，她能知道的是她在窑场给人家推架子车拉石灰石，一次石灰崖崩塌，一下子埋了许多人，她是被气浪冲出了十丈远，人昏迷不醒睡了五天，第六天醒来忽地眼前亮堂，以前的事全想起了，当然就回老城村，一路乞讨着又回来了。玉镯回到了老城村，白河已经死了，拴劳判了刑，发配到青海劳改了，拴劳的爹和娘也死了。玉镯得知白土住到了首阳山，就又赶来，在山下的溪流里洗了头，她的头发还黑油油的。

此后，白土和玉镯的日子又囫囵了，他们没有再回老城村，老城村的人也没有去首阳山看望过他们。白土几年都没吃豆腐了，他想吃豆腐，从集市上去买豆腐磨子，先背回来上扇，再背回来下扇，上扇下扇合到一起磨得豆浆白花花地流，两个人美美地吃了一顿，结果都吃撑了，肚子疼了三天。他们在山上种了棉花，想着棉花收了要做厚厚的两条被子。又种了一畦芝麻，天天去看芝麻拔节长高了没有。还要栽桃树，玉镯说不要栽桃树，桃毛痒人哩，要栽樱桃树，白土就栽了樱桃树，他说：满树给咱结连把儿樱桃！这期间，老城村经历了互助组，又经历了把各家各户的土地收起来搞初级农业合作社，白土和玉镯都不知道。他们慢慢地都老了，白土先老的是牙，牙咬不动了黄豆，而且满口疼。他是哪个牙疼就在那个牙缝里塞花椒籽，还疼，便到集市上让人拔了。拔了十颗牙放在一起，他说：这是我一堆骨头呀！伤心地埋了。玉镯先老的是脖子，脖子上的松皮皱起来，再就是脚疼。她先前脚后跟上有鸡眼，就三天四天地用刀片子割鸡眼上的硬甲，割得血长流。但割了鸡眼又是十个脚指头蛋疼，走路拄上了拐杖。头一年去山下集市，白土还能拉着扶着，第二年玉镯就下不了门前的石崖了，她想吃集市上的凉粉，只能让白土下山买了用罐子提回来。为了让玉镯能下山，白土开始在石崖上开路，每天干完了地里活后，就拿了锤子凿子在崖腰上打得叮里叮咣响。整整一个夏天过去，开出了二十个台阶。冬天来了，风刮着带了哨音，泉里结了冰，白土的头发稀脱得像旱地的茅草，他还在崖腰上开路。握凿子的手满是裂出的血口子，玉镯在屋里的火塘里烧土豆，拿出来让白土吃，白土顾不得吃，玉镯就把土豆揣在怀里，怕土豆冻凉了，说：明日你去集市上买些猪油，润润手。白土听见了，想起十几年前的事，回过头给玉镯笑，没牙的嘴笑得像婴儿的屁眼儿。

整整三年，崖腰上凿出一百五十个台阶。凿完最后的那一阶，白土回到屋里，玉镯在炕上睡着，他说：凿完了，明日咱下山去。玉镯没有说话。他又说：你咋没做饭哩？玉镯还是没说话。他过去扳玉镯肩，说：你生我气啦？玉镯的肩没有扳过来，她身子僵硬已经死了。

这回白土没有哭，也没有叫喊，他坐在了灶口烧火做饭，下了一锅面条，盛一碗放在炕沿上，然后自己也端了一碗吃。吃了一碗，站起来要盛第二碗，突然栽下去，碗在地上碎了八片。

★   ★

白土是死了，但是白土并没有觉得是他死了，他的脑子突然像灯灭了一样黑暗，而是保留着瞬间前他端了碗面条一边看着炕上的玉镯一边吃，吃了一碗站起来还要去锅里盛第二碗。

其实，任何人死了都没有觉得他是死了，我几乎每个晚上都梦见过死去的人，他们都是在死后我去唱过阴歌的人，他们出现在我的梦里依然是以前的衣着装扮和音容相貌，比如张高桂，他还在跟我说：马生和拴劳是土匪呀拿我的家具?! 我那五格板柜和方桌都是好木头，活做得细呀，做了整整一个月，光给木匠吃的辣面就有一升，他们要拿走就拿走了?! 我说：你都死了，还顾及那干啥！他说：我哪儿死了？我只是腿瘫得下不了炕。死了的人都不觉得自己已经死了，我的任务就是告诉他们已经死了，死了是他们的身子，这如同房子，房子坏了，坍了，住不成了，活着时的爱也好，恨也好，穷也好，富也好，连同病毒和疼痛都没了，灵魂该去哪儿就去哪儿吧。而白土的死，没人请我去唱阴歌，他也不到我梦里来，他是个憨人，那就让他死了还憨着去。

★　　　　　★

是黑狗从首阳山跑回了老城村，追着马生不停地咬，马生也背驼了，气得吓唬着，在地上摸石头，黑狗还是追着他咬。马生蓦然认出了这是白土和玉镯的狗么，说：是不是他们有了什么事，让我去的？黑狗就不咬了。马生带人去了首阳山，惊奇着首阳山的石崖腰上斜着有了一百五十个石台阶，说：哈他们过神仙日子么！进了屋，看见了白土死在了灶火口，嘴角里还有半根面条。又看见玉镯死在炕上。马生扳着玉镯的脸，说：这是不是玉镯？同去的人说：是玉镯，人老了，面貌都变了。马生哦了一下，还是在玉镯的脸上捏了一把，让人把他们埋了。

首阳山上的地荒了一料，到了公社化，老城村决定收回公有，即便不住人了，每年春上去种些豆子，秋里去收获就是。于是一群人带了锅碗和面粉去首阳山开荒种豆。去的人有翠翠，她已经和毛蛋结了婚，还当了妇女队长，他们去得早，到了山上天才亮，看见白土和玉镯的坟上长满了蒿草，却也生出了地软。地软大得像耳朵，翠翠说：捡些地软咱晌午包包子吧。大家都去捡。可是太阳出来了，太阳一晒，地软便干缩起来，钻进草里又都没了。

古《山海經》插圖

问：这里到处都是玉，黄帝以玉膏他食享用、浇灌丹木，还在土里种玉，让生出瑾和瑜来，这玉能种？

答：哦。

问：什么都是土生长的，所以把什么埋在土里它就生长。

答：人埋在土里能生长？

问：人死了都是埋在土里的，但他的子孙不是延续吗？

第三个故事

今天学《西山经》第二山系。我念一句，你念一句。

　　西次二山之首，曰钤山，其上多铜，其下多玉，其木多杻、檀。西二百里，曰泰冒之山，其阳多金，其阴多铁。洛水出焉，东流注于河，其中多藻玉。多白蛇。又西一百七十里，曰数历之山，其上多黄金，其下多银，其木多杻檀，其鸟多鹦鹉。楚水出焉，而南流注于渭，其中多白珠。又西百五十里，高山，其上多银，其下多青碧、雄黄，其木多棕，其草多竹。泾水出焉，而东流注于渭，其中多磐石、青碧。西南三百里，曰女床之山，其阳多赤铜，其阴多石涅，其兽多虎、豹、犀、兕。有鸟焉，其状如翟而五采文，名曰鸾鸟，见则天下安宁。又西二百里，曰龙首之山，其阳多黄金，其阴多铁。苕水出焉，东南流注于泾水，其中多美玉。又西二百里，曰鹿台之山，其上多白玉，其下多银，其兽多𮉳牛、羬羊、白豪。有鸟焉，其状如雄鸡而人面，名曰凫徯，其鸣自叫也，见则有兵。西南二百里，曰鸟危之山，其阳多磐石，其阴多檀楮，其中多女床。鸟危之水出焉，西流注于赤水，其中多丹粟。又西四百里，

131

曰小次之山，其上多白玉，其下多赤铜。有兽曰焉，其状如猿，而白首赤足，名曰朱厌，见则大兵。又西三百里，大次之山，其阳多垩，其阴多碧，其兽多柞牛，麢羊。又西四百里，曰薰吴之山，无草木，多金玉。又西四百里，曰厎阳之山，其木多㮣、枏、豫章，其兽多犀、兕、虎、豹、柞牛。又西二百五十里，曰众兽之山，其上多璙琈之玉，其下多檀楮，多黄金，其兽多犀、兕。又西五百里，曰皇人之山，其上多金玉，其下多青，雄黄。皇水出焉，西流注于赤水，其中多丹粟。又西三百里，曰中皇之山，其上多黄金，其下多蕙棠。又西三百五十里，曰西皇之山，其阳多金，其阴多铁，其兽多麋、鹿、柞牛。又西三百五十里，曰莱山，其木多檀、楮，其鸟多罗罗，是食人。凡西次二山之首，自钤山至于莱山，凡十七山，四千一百四十里。其十神者，皆人面而马身。其七神，皆人面牛身，四足而一臂，操杖以行，是为飞兽之神。其祠之，毛用少牢，白菅为席，其十辈神者，其祠之，毛一雄鸡，钤而不糈。

★　　　　★

有什么要问的？

问：石涅是什么？

答：黑石脂，古人用来画眉的。

问：那时就画眉？

答：古今一样。现在说失眉瞎眼，没有眉就没眼。

问：青也是一种染料石吗？

答：是。

问：哎呀，有金银铜铁玉，又有青碧、雄黄、石涅、丹砂，这第二山系十七山中这么多的矿石？

答：这里是泾渭流域呀！泾渭流域是中华民族的发祥地，必然是气候湿润，水量充沛，土地肥沃，矿产丰富么。

问：不是常讲黄河孕育了中华民族吗？

答：泾渭是黄河的主要支流，讲黄河其实讲的是泾渭。

问：这里奇木怪兽似乎少了。

答：矿藏多，金克木，当然草木就少。人是以发现冶炼、利用矿藏而发达的，人一发达，怪兽肯定要远避了。

问：怎么没有石油，连煤炭也没有？

答：石油和煤炭是深地层的，当后来开发它的时候是促进了人的生活，但同时是打开了潘多拉的盒子，知道潘多拉盒子吗，人类从此在污染中生存。

问：怎么只写到地，而几乎从未写到天？

答：前边不是写到天帝吗？天帝就是天上之神，有天在上了，地在下才有了草木和禽兽么，这如说母亲和孩子，那肯定就有父亲。上古人对天的认识是天无私，比如日月星辰，不管你是人是兽，是穷是富，是美是丑，它都关照，比如风雨雷电，不管你高山深谷还是江河平原，它都亲顾。它的无私像人的呼吸一样，重要到使你感觉不来它的重要，而你就常常觉得它的不存在。仰观天以取象，提升人的精神和灵魂，俯察地以得式，制定生存的道德法则。此书是写地理的，当然尽写到山川河流的物事。

问：白首赤足的朱厌"见则大兵"，状如雄鸡而人面的凫溪"见则有兵"，兵指战争、杀戮吗？

答：是指战争和杀戮，也可以是指专政。

问：那时也有专政？

答：有人群就有了阶级。前面的几章里多处提到"天下""县""郡"，应是已有了国家，一切国家都是一定阶级的专政。

问：这是为什么呢？

答：你见过冬季里村人用细狗撵兔吗？一只兔子在前边跑，后边成百条细狗在撵，不是一只兔子可以分成百只，因名分未定。有了名分，统治就要有秩序……

★　　　　★

我就是在多少年里没有了名分，在县文工团里度日如年。

作为唱师，我不唱的时候在阳间，唱的时候在阴间，阳间阴间里往来着，这是我干的也是我能干的事情。但是，徐副县长介绍我参加了革命工作，成为一名党的文艺工作者之后，我的光荣因演不了那些新戏也唱不了新歌而荡然无存。在长达十多年甚至二十年的日子里，我隐瞒着我的过去，任人嘲笑和轻视，只是县文工团的后勤杂工，即便上台，也就在一折戏结束了把幕布拉合，一折戏又开始了把幕布拉开。多少个下雪的冬夜，我在县城小酒馆里独自喝酒，以往事的记忆作下酒菜，喝得醉醺醺而回，脚下咯咯吱吱的踏雪声是我在怨恨着那个独眼。我永远要感念着匡三，匡三当年让我的命运改变，而几十年后还是他，又一次改变了我的命运。

那一年的秦岭地委，那时还叫作地委，如今改为市委了，要编写秦岭革命斗争史，组织了秦岭游击队的后人撰写回忆录。但李得胜的侄子、老黑的堂弟，以及三海和雷布的亲戚族人都是只写他们各自前辈的英雄事迹而不提和少提别人，或许张冠李戴，将别人干的事变成了他们前辈干的事，甚至篇幅极少地提及了匡三司令。匡三司令阅读了初稿非常生气，将编写组的负责人叫来大发雷霆，竟然当场摔了桌子上的烟灰缸，要求徐副县长带人重新写。但是徐副县长就在这年秋天脑溢血，半个身子都瘫痪了，匡三司令便说：那个唱师现在干什么？他是了解历史的，把他找出来让他组织编写啊！这我就脱离了县文工团，一时身价倍增，成了编写组的组长。

我们重新调查重新撰写，便到了三台县过风楼镇，过风楼镇已经叫作了过风楼公社，公社书记老皮，是匡三司令还在山阴县当兵役局长时秘书的表弟。老皮的名字有点怪，后来才听说他出生时像个老头，脸上的皮很松，家里人为了好养他，故意起了难听的名字。老皮参加革命工作很早，调到哪儿都要找个固定的人为他理发，头皮松，脸皮更松，刮脸就得把脸皮拉平，常常是拉了一个腮的皮了，整个脸就挪了位。老皮并不以为皮松有什么不好，说：老虎皮就是松的，它走路时看上去皮就像披了一张被单。于此，他走路也讲究慢，步伐沉重。他到过风楼公社当书记已经多年，工作能力强在全县都有名，现在过风楼镇上人还在说他初来时祭风神的事。

过风楼的风大，历来都有在立夏时祭风神的活动。老皮正好是那日上任，晚上全镇人敲锣打鼓集合在下溪滩，放了十二通火铳，老皮以书记身份出场主祭。他先问：人带上来了没有？派出所所长回答：带上来了！派出所所长身边就站着了两个人，一个红衣红裤拿着一把木头刻成的刀，一个黑衣黑裤脸上涂了锅灰。祭风神是要以人祭的，以往都是将装扮成黑衣黑裤的犯人带到挖好的坑前，由装扮成红衣红裤的刽子手用木刀在犯人后脖上一抹，表示砍去了人头，而将准备好的猪头羊头抛进坑里埋掉。但老皮那时却多问了一句，他问那个黑衣黑裤的犯人：哪个村的？那犯人说：我是小学的教师。老皮说：怎么让教师当犯人呢？寻个地富反坏右的不好吗？！大家都觉得新任书记的建议好，可这样的活动都不允许地富反坏右分子参加的，再去村里找已来不及，有人就喊墓生，把墓生从人群里推出来。这墓生又瘦又小，是反革命分子的儿子，墓生就装扮了犯人，穿上黑衣黑裤。黑衣黑裤太大，墓生穿上裤腰就到了胸前，他不停地挽裤腿，派出所所长说：好啦好啦，这不是去行门户！把墓生拉去跪在了坑边。老皮很庄严地走到一张桌前，对着纸扎的风神焚香，叩拜，开始读写好的祭文。祭文一读毕，刽子手就砍犯人头了，墓生却把鞋脱下来放在脖子上，说：叔，呵叔，你不要用劲儿，刀就落在鞋上。刽子手是没用劲儿，刀在鞋上一点，骂了句：你狗日的！把猪头羊头给了墓生，让他自己往坑里扔。墓生抱着猪头羊头说：这就是我的头？！惹得大家哄然笑了。笑声中老皮讲了一段话，所有人都记住了，那话是：我们祭风神，祈求立夏后再不要刮大风，愿今年的庄稼丰收。但是，我们要整风，整治人的风气！就是以阶级斗争为纲，纲举目张，促进生产，力争在三至五年，过风楼要焕然一新，改变长期落后面貌，成为我县我市农业战线上的一面红旗！

这些当然是我们采编组到了过风楼公社以后才知道的，我们去的那天，老皮先派了墓生去倒流河岸口等候，要求一发现我们就立即跑去报告他。但我们已经到了公社大院，墓生才满头大汗地跑来，手里拿着一颗桃子，报告说没有看到有穿四个兜的人呀，他是看到河畔的桃林里结了颗大桃子便给书记摘回来了。老皮把桃子扔了，踢上他一脚，骂道：滚！我忙解释我们并没有经过河岸口，是从县城到的茶岭公社，从茶岭公社翻山过来的。我看见墓生抬起头来，扑闪着眼睛，给我笑了一下。他笑得很好看，右嘴角上还显出个小酒窝。我说：你是谁？他说：我叫墓生。我说：什么，墓生？老皮说：他爹他娘被枪决时，他娘已经一头窝在沙坑里了却生出了他。我哦了一声，又问：今年多大？墓生说：十七啦。我说：十七岁啦怎么倒像是八九岁的孩子？！墓生说：我不长。是他不长还是他长不大，我还要再问他，老皮就不耐烦了，说：这里没你说话的地方！墓生就不吭声了，退到一边。老皮又说：再远！墓生躲在了树后。

这是我第一次来过风楼，来了才知道过风楼并没有楼，是镇子东边三里地有两座崖，像是楼，中间是进镇里去的路，路成了风道。因为风硬，过风楼的鸡掐仗时鸡毛就全翻参着，像两个毛团滚过来滚过去。羊也爱斗，常常是主人牵了羊在路上碰见了，它们就抵起来，还会在风里各自退后几步，然后低头紧跑着冲过去，两只羊头撞在一起，合着风发出很大的响声。牵羊的人年纪都大了，却乐意在一旁看，风把尘土吹进口鼻也不在意，待到终有一只羊被撞倒在地上，头上流着血，又爬起来往上冲，那边的主人说一句，血头羊了你还斗？这边的主人不爱听，两人就吵起来，最后也纠缠在一起动了手脚。路过的外乡人看见了，就感慨：两个坏人长老了！过风楼实在不是个好风水的地方，庄稼低矮，树也长不到三丈高，不是到一丈多就生横枝，便是长到桶粗了树身就开裂，往出流一种黑水。所以在镇中最高的一个山头上建了一座道观，要镇压从崖楼过来的风的煞气。但道观里已经十多年没住道士了，只住了老皮。老皮还是要敲那口铁钟，只要钟声一起，山下镇街和四周沟岔里的村子，鸡鸣狗叫全都听不见了，墓生就会急死急活地从山坡的石阶往上跑。

墓生脑袋小眼睛却大，啥都见过，就是没见过他爹他娘，别人说他爹是个铁匠，解放后东岭沟几户人家和农会主任打架，就是他爹给打的刀。农会主任被打死后，那几户人家被定为反革命暴乱，他爹他娘当然也被牵涉进去。枪决时，他爹求饶，说他压根不知道人家要做刀去干什么，他只是个铁匠，如果不杀他两口，他们当牛当马养活农会主任的家人。但他爹他娘还是被枪决了，他的叔抱养了他。十二岁上叔又过世，他成了孤儿，过风楼的人就认为他能活下来是替他爹他娘还罪的，说：你是牛呢还是马？你叫叫！他真的就叫了，叫的是牛声，引逗得旁边牛棚里的公牛母牛全都叫了。他学牛叫学得像，谁见了谁都让他学牛叫，叫过了，问：你该不该学牛叫？他说：该。样子很乖。因为他乖，慢慢人们就不觉得他是反革命的儿子了，喜欢使唤他，拿他取乐。

老皮曾经在别的公社当过书记，为了改变过风楼的落后面貌，组织上把他特别调来，一来就住在公社的上院。上院就是山上的道观，作为家不在镇街的干部的宿舍，办公却在山下的院子里，称作下院。一到晚上，山上的风大，树林子起涛声，上院聒得人睡不着，又特别冷，一些干部就搬到下院去了，老皮始终住在上院，后来把办公桌也搬上来，就在上院里办公。他不怕冷，夜里不在屋里放尿桶，还要起来两次去厕所。厕所在后院角，是在悬崖上用木头伸出去搭一个棚，人蹲在木头上屙尿，粪落不到崖下就散了。但白天站在门外的台阶上四处看，能看得见过风楼的整个盆地，老皮没事的时候就喜欢站在那里，尤其在钟声敲响后，声音在崖和林间冲撞，他在轰轰嗡嗡的音响里俯瞰着，想到了北京的天安门城楼，就把头上的帽子摘下来，拿在手里挥动。

老皮确实是个工作狂，从没有个上下班概念，也不理会星期天，常常是三更半夜里突然想起什么了，就给下院的办公室摇电话。办公室必须二十四小时要有值班的，让把干部叫醒到上院来开会。每次开会，他都讲一通马列主义毛泽东思想，再讲共产党的领导和无产阶级专政，然后才是工作布置和讨论人事安排。尤其在人事安排上，大家的意见没按他的意思了，他就不表态，吃卷烟，卷烟的味道很呛，别人都吭吭咔咔的，他不咳嗽。开到最后没个结果就宣布散会，而隔一天半天了再开会，仍是讲马列主义毛泽东思想，再讲共产党的领导和无产阶级专政，继续讨论人事安排。若还未达到他的意思，就又是不表态，吃卷烟，宣布散会。如此三番五次，终于符合了他的意思，他说：我同意大家的意见，那就这么定吧。后来要再开会，凡是有决策，干部们发言也就是马列主义毛泽东思想共产党领导无产阶级专政讲了一通，似乎这些词就在喉咙里舌头下，张嘴就来了，至于决策的事，说：书记你定吧。这时候老皮要说：那我就民主集中制啦。宣布了决策，然后他要给大家发散卷烟，嫌卷烟味太重吃不了的，他说：拿上！把卷烟别在人家的耳朵上，说：咱们的会议开得严肃也要活泼么！于是有人就喊：墓生，墓生你进来学几声牛叫吧！墓生有时就在院门外坐着，用玻璃片儿刮锨把，他把老皮的锨把刮得光溜溜的，磨不了书记的手，有时墓生却到山下背泉水去了不在院门外。墓生的牛叫声学不成了，这些干部就和老皮开玩笑，说：书记，你怎么精力这么过人呢？跟着你干工作，忙得上厕所尿都尿不净，这裤裆里就没干过！老皮哈哈笑，脸上的松皮就抖动着。

老皮的精力过人，传出来的是他长着重瞳眼和双排牙。他再到各村寨去，就有人暗暗观察，但他总戴着个大片子眼镜，看不清是不是重瞳，而肯定的是并没有双排牙，只是牙不齐整，有歪后的有突前的，一口乱牙。公社伙房的炊事员最了解书记的牙不好，吃什么都往牙缝里钻，所以每次饭后他都要准备牙签。这事让县委书记知道了，就送给了他一根老虎胡子。这老虎胡子是县委书记在省上开会时参观了老虎园得到的，老皮就特意做了个小竹筒儿装了，每吃完饭，取出来用胡子根尖剔牙，少不了大家都要近去看稀罕，老皮是只许看，不让动。

★　　　　★

这一天，是雨后的早晨，草里拱出了蘑菇，石头上也长了苔藓，啄木鸟敲敲这棵树又敲敲那棵树，声音很大，老皮还没有醒来。往常的老皮天一亮就起来了，而且一开院门，也要求墓生必须就在门外，但这头一天晚上多喝了些酒，门开得迟，而墓生已经在台阶上瞌睡了。老皮用脚踢，说：醒来，醒来！墓生睁开眼，立即用手拍打台阶，怨恨台阶让他瞌睡了，再是指头蘸了唾沫湿眼皮，要让自己清亮。老皮说：学学牛叫，一叫就灵醒了。墓生就学牛叫：哞——！墓生一叫，啄木鸟的声没有了，四下沟沟岔岔里村里的牛都在叫，哞声像滚了雷。

墓生开始干他每日首先要干的事了，就是从书记的办公室拿了一面红旗，跑到上院后的山头上，那里有一棵婆椤树，把红旗插到树梢上。据说几百年前道观很大，山门，牌楼，大殿，从公社下院那儿一直盖到山头，婆椤树就是道观的标志。婆椤树每年在苜蓿开花的时候它也开花，花是紫色的，结的果却是白色，一旦结了果，镇上的人就要去看，说哪一树股上果子结得多，树股子朝着的方向庄稼便会丰收。但是，自从每日插起红旗了，差不多的三年里，婆椤树再没结果。棋盘村的刘少康私下给王耀成说过金克木，意思是红旗上印着斧头和镰刀，斧头和镰刀属金，所以伤着婆椤树不结果了。而王耀成当时也点头称是，过后却把这话报告了老皮，老皮拍了桌子，下令把刘少康送去了学习班，以后谁也不敢说婆椤树的事了。

插红旗是老皮来到过风楼后决定的，他学习北京天安门广场上每日升红旗的做法，要镇上的人一抬头能看到红旗了，激发一种革命的激情。当时因婆椤树是过风楼最大的树，树身直立光溜，公社里的干部没人能爬得上去，插旗的就是一只红屁股的猴子。那猴子是西沟村一个卖老鼠药人养的，他卖药的时候让猴爬竿烘场子，老皮组织了在全公社割资本主义尾巴的运动，不允许任何村民外出，那只猴子就没收了，训练着上树插旗。可这猴子一年就病了，老皮想起祭风神时被装扮砍了头的墓生，着人把墓生叫来爬树让他看，墓生爬树竟然比猴子还快，这就是墓生最初被留下来的原因。

墓生拿着红旗往山头跑去，他能跑，也不穿鞋，脚底有茧子，那已经不是茧子了，只一层很厚很厚的死肉。别人爬树是头朝上抱着树的，他头朝下，双手在下边使劲儿。爬到树梢了，把红旗插好，觉得天上的云离得很近就伸手去抓，没抓住云，倒抓下来了一截枯枝。但这枯枝不是枯枝，当他发现枯枝节处还有亮晶晶的小眼睛时，才知道是一只竹节虫。过风楼四周的山上是有很多竹节虫，他见过有的是苔藓一样的，有的是树叶一样的，连叶面上被虫啃过的缺口和霉变的斑纹都一模一样，可他还是第一回见到完全是枯枝的竹节虫。墓生想让老皮也瞧瞧稀罕，把枯枝竹节虫拿到了上院，老皮正在炉子上热了水洗头。墓生说：书记理发吗？老皮说：把枯枝扔了，去搬凳子拿理发工具呀！墓生赶紧放下竹节虫，去搬来凳子拿了推子刀子，让老皮坐好了，开始理发。他说：书记，那不是枯枝，是竹节虫。老皮说：哦。墓生说：咱这儿咋有这么多的竹节虫？老皮说：过风楼的工作之所以难搞，就是人也都会伪装么！墓生吓了一跳，他不明白书记为什么会说这话。老皮却又说：你喜欢这虫子？墓生说：这，这我只是没见过它长成这样。为了证明自己并不喜欢竹节虫，墓生就把竹节虫扔到院墙角去，还过去用脚踩了踩。老皮笑了一下，说：理发，理发！老皮的头好理，因为老皮是秃顶，墓生每次理的时候都想说书记把脸长在了头上，但他没敢说过，而给老皮刮脸就难了，老皮的胡楂儿很硬，简直是把头又长在了脸上，为了能把腮帮子上的胡楂儿刮净，他把腮皮一拉，老皮的整个脸全移过来，墓生就有些害怕。

　　理过了发，老皮坐到办公桌前要办公了，点着卷烟，一支铅笔在手里转过来转过去，最后夹在左耳朵上。墓生却跑到院墙角去看他踩烂的竹节虫，看了很久，脑子里嗡嗡响，刨了土把竹节虫埋起来。也就在这次脑子里嗡嗡之后，墓生的身体开始了一些变化，这变化后来越来越严重，使他惊恐和痛苦。

　　老皮在敲桌子了，敲三下，这是老皮在叫他，墓生赶紧问：书记啥事？老皮说：把这张登记表送给野猪寨的村长去！墓生说：噢，噢。却把扫在一起的老皮的头发胡须包成小纸包，扔上了房顶，书记的毛发不能随便扔的。

　　墓生从上院跑下来去了野猪寨，沿途有人问：哎墓生书记干啥哩？墓生说：看文件哩。再问：是啥文件？墓生说：红头文件。墓生总是能把老皮的活动说给村寨里的人，村寨里的人就可以判断老皮会不会来村寨检查工作。看红头文件那就是县委又有什么新的指示了，必然要开干部会的，于是他们就趁机拿了土特产如鸡蛋、蜂蜜、核桃、柿饼去县城或黑市上出卖，也有把自家碾出的大米拿到更深的山里与那里的人换苞谷或土豆，一斤大米能换三斤苞谷，也能换三十斤土豆，这样就可以多吃一点了，肚子是无底洞，总是害饥呀！墓生也常把老皮的什么指示传达给各村寨时，发现了那些人换掉了大米背着苞谷和土豆进了村巷，或是提着并没有卖完的鸡蛋呀核桃呀柿饼呀，看见了他就往树背后躲。墓生偏就一声咳嗽，他们就露面了，恶狠狠说：墓生，知道你为啥叫墓生吗？！墓生并不生气，知道这些人是要先把他镇住，使他不能去揭发他们，但墓生已习惯了他们这种伎俩，说：给我一把核桃。他们还真的给了他一把核桃，然后说：别多嘴把我们的事报告给书记！墓生说：你们有啥事？我不知道呀！

　　现在，墓生想起了那个枯枝竹节虫，也想起了老皮说过过风楼有些人就会伪装的话，就觉得这伙人真是了竹节虫，自己也是竹节虫了。

　　把登记表送给了野猪寨的村长后，墓生没有歇气又往镇街跑，他必须在黄昏前要把红旗再从婆椤树上收回来，但他的脑子里像钻了蜂，嗡嗡地响，同时想着前边有座坟了，果然走不到半小时，路边真的有座坟，倒把自己吓了一跳。回到山头收了红旗，叠好揣在怀里，墓生又在树上寻找竹节虫，但他再没有寻到，脑子又嗡了一下，低声说：别出事呀。还把怀里的红旗掏出来，红旗并没有什么地方被撕破，也没有鸟把粪拉在上边，可树下到一半时手没抓住，一下子掉下去，把肚皮上划伤了。他爬起来，说了一句：咦，这是咋啦？疑疑惑惑到了上院，而老皮没有在那里熬茶。

老皮每天在工作完毕后都要熬茶的，他是在一个铁罐里熬，熬出的茶汁黑乎乎的能吊线儿，说：不喝解不了乏么！老皮在喝的时候也让墓生喝一口，墓生喝不了，一口下喉就头晕恶心。可今儿个天麻麻黑了，老皮没有熬茶，还在开会哩。这阵老皮在发脾气，一定是过风楼又出了什么事，或是过风楼又要开展什么斗争呀。墓生不敢进去，又担心老皮会突然叫他，也不敢离去，就坐在院外看四面山模糊起来，一群乌鸦呱呱呱地叫着往山下飞。

会终于开完了，参加会的人陆续出来却匆匆往山下去，最后是刘学仁，提了一个瓷罐。刘学仁每次来上院都给老皮提一瓷罐酱辣子或者盐碱的芜菁片。墓生想和刘学仁说话，刘学仁看见他没有理，好像他是风刮过来的树叶，或是一只猫。墓生就朝办公室问：书记，没啥事啦？老皮应声：你回。墓生要往山下走，刘学仁却开了口：提上！把瓷罐让墓生提着。墓生提了瓷罐跟着刘学仁，还想问问过风楼没出什么事吧，刘学仁竟然说：跟着我吃屁呀？把瓷罐提到溪边了等我！

墓生噔噔噔往山下跑，他跑得生欢，瓷罐先是提着，为了安全，就把瓷罐还抱在怀里，没想到了下院前的那个水渠边，他一跳，跌了一跤，瓷罐就摔破了。墓生还是在溪边等刘学仁，要把拴瓷罐的绳系儿给他，刘学仁一到，墓生说：刘干事，你脑子里有没有嗡嗡过？刘学仁说：咋啦？墓生说：脑子里一嗡嗡，人是不是就来灾难啦？刘学仁说：这叫预感灾难。墓生说：我预感灾难啦。拿手扇自己的脸。刘学仁说：多扇几下！瓷罐呢？墓生给了刘学仁的瓷罐绳系儿，说他把瓷罐打碎了，准备着让刘学仁骂他，也准备着多学几声牛叫。刘学仁看着他，竟然没有骂，也没让他学牛叫，说：张开嘴！墓生以为刘学仁要看他的舌苔，还说：我没你嘴大。嘴张开了，刘学仁却把一口痰唾进去，说：让你长个记性！

★　　　　　★

刘学仁已经在过风楼工作了七年，在公社委员会里，老皮是龙头，他是排名最后的干部，就是龙尾。但刘学仁给人说：社火里耍龙，就要的是龙头和龙尾呀！也确实是这样，老皮在上院里只要一布置了工作，到各村寨抓贯彻落实的，最积极也最有成效的就数刘学仁。他比别人费鞋，似乎就没看见过他的鞋新过，都是鞋后跟磨得一半高一半低。尤其是说话快，别人说一句换一口气，他能把三句话连着说。曾经陪着县工作组同志去赵家堡参加兴修水利动员会，主持人让他先讲几句，然后再请工作组长作动员报告，他一讲就忘了时间，讲了一个小时还说我下来讲五点意见。等他讲完了，轮到工作组长讲，组长气得说：刘干事把我要讲的内容全讲了，我同意他的讲话。刘学仁知道得罪了组长，午饭时他给组长敬酒，端了酒杯，把自己对组长如何尊重、如何欢迎，以及自己工作中有什么不足之处请批评指正的话又说了个没完没了，组长端着酒杯喝不到嘴里，胳膊都困了，说：刘干事，啥都在酒里，喝吧。他才不好意思，说：打嘴，打嘴！停止了。

这事成了笑话，大家都在说刘学仁的嘴要是瓦片子，早就烂了一百回了。但老皮认可刘学仁，只是批评他走路太急，还一闪一闪的，说：你能是雀步，你要知道麻雀是成不了大动物的。刘学仁说：过风楼有你一个大动物就行了！至于刘学仁爱说话，老皮认为当干部还就需要有口才，把刘学仁的排名提了几位，不让他当水利员了，专门负责全公社的宣传工作。

刘学仁觉得他太能胜任这项工作了，凡是公社开展了任何活动，老皮有了什么指示，他都去各村各寨，大会讲，小会讲，反复讲，讲反复，他比喻要灌输，就和小学生写课文，十遍二十遍地写，才能在脑海里记下来。为了给每一项要干的事情营造氛围，他总是从两方面下手，一是要求各村寨用新泥搪墙，他在墙上书写标语。在几个月里，起早贪黑，提着红漆桶，走路裤子磨得咕叽咕叽响，到处去写。细柳村一户姓惠的妇女，早晨刚起床去厕所倒尿盆，听到院门外咕叽咕叽声，知道是刘学仁来她家院墙上写字了，赶忙拿了凳子出来帮忙。刘学仁写了一个字，问：写得怎样？妇女不识字，说：好，字红得很！却又说：你能写白字就更好了！刘学仁说：白字不显眼。妇女说：白字到了夜里亮堂，狼就不敢进院叼猪了！刘学仁站在凳子上不写了，说：你叫啥名字？妇女说：我叫惠黄花。刘学仁说：你去把支书叫来。惠黄花把支书叫来了，刘学仁让支书下午召集村民开会，他要在会上批判惠黄花。惠黄花这才知道自己说错了话，在地上抓了一堆鸡粪就往嘴上抹，说她这嘴是吃屎的。

刘学仁做的第二项事就是规定各村寨但凡开会都要唱歌。他自己先跟着收音机学会了五十首革命歌曲，然后到各村寨去教。又是几个月，差不多的人都会唱《大海航行靠舵手》《社会主义好》和《唱支山歌给党听》。后来又学了一首《打靶归来》，觉得这首歌适合村民去田间上工或收了工后的路上唱，他就先到镇西街村去教，教了十多遍，要求大家一起唱，自己起了头：日落西山红霞飞——起！人人嘴都大张着，能塞进一个红薯。唱完一遍，再唱一遍，还唱一遍，唱得肚子都饥了，腰就直不起。刘学仁说：脑子里还想什么吗？大家说：唱歌哩脑子里还能想啥？刘学仁说：这就对了！当年红军攻打敌人，攻不上去，一喊口号，一唱歌，一鼓作气，呼啦就冒着枪林弹雨冲上去了！现在是和平年代，但你们的私心杂念太多，唱歌就是能让脑子腾空腾净，腾空腾净了革命的东西才能进去！再来一遍，日落西山红霞飞——起！歌声又起，刘学仁注视着每一个人的口型，但一个叫张水鱼的人嘴没有动。刘学仁让大家停下来，问张水鱼：你为啥不唱？张水鱼说：我肚子在唱。大家果然能听见张水鱼的肚在唱，而唱的是咕咕音。一听见张水鱼的肚子咕咕响，所有人都觉得自己的肚子也响了。刘学仁有些生气，说：肚子饥了是不是？在地里劳动你肚子饥了天不黑你是不能收工的，何况咱在这儿唱歌就半途而废了？唱，唱起来就忘掉饥。日落西山红霞飞——起！但歌声再也高昂不起来，真的是日落了西山，天空中没有红霞，来了几只乌鸦，翅膀扇着扇着，一切都灰黑下来。

★　　　　★

　　刘学仁不知从哪儿知道了我的来历，他来找我，说：你在县文工团工作过？我说：有事吗？他激动得握住了我的手，说：你一到过风楼我就看出你和别的人气质不一样！是演过净角？我说：不是。他说：生角？我说：不是。他说：那你是唱革命歌曲的，你给我们村民教教歌么！我说：我是拉大幕的。他噢了一声，就不再问关于文工团的事，却关心起了秦岭游击队的采编进展情况。我说过风楼也是游击队活动区域，先后参加游击队的有八人，虽然这些人都过世了，但民间仍流传着许多游击队的故事。刘学仁说：我也听说了，当年在棋盘村就有过一次战役，相当地惨烈，游击队伤亡二十多人，但匡三司令非常勇敢，杀了村里的大地主，又冲上河对岸打死了三十个敌人，其中就有保安团的一个营长。我说：你知道棋盘村那棵杏树吗？刘学仁摇了摇头。我告诉他在河岸的石峡里有棵杏树，那棵树就是匡三司令在那时种的，现在杏树长得很大，不但年年结杏，还给村民过峡时起了桥的作用。刘学仁听我讲着，眼珠子就转来转去，突然说：真的有这么个杏树？我说：真的。刘学仁又说：真的是匡三司令种的？我说：真的。他用手掌狠拍着自己的脑门，说：这得保护呀！可以成为革命历史教育点呀！

　　刘学仁竟然能想到将杏树作为革命历史教育点，这让我佩服了他的政治敏感而感叹着我的迟钝。刘学仁后来是把这事汇报给了老皮，并谈了他的想法，老皮的热情比刘学仁更高涨，他说这事可以干，也应该干，公社要拨款尽快干，还说他会给他表哥去信，让表哥报告给匡三司令，说不定匡三司令就会来过风楼视察，那就是过风楼了不得的光荣和骄傲啊！仅过了三天，老皮就约刘学仁去了一趟棋盘村，棋盘村已经是他抓的一个重点村，他去后把冯蟹骂了一顿：棋盘村有这样一棵革命的杏树、英雄的杏树，为什么没有给他汇报呢？！就又对刘学仁说，棋盘村的工作是全公社的典范和旗帜，现在又有了这棵杏树，那就要再上层次，力争三年五年，让它成为全县的典范和旗帜，鉴于任务光荣、职责重大，那就派刘学仁去棋盘村驻队吧。

刘学仁就这样又去了棋盘村。

★　　　　★

棋盘村在过风楼公社辖区的西北角，那里的山都不高，而且一座一座互不相连，却排列有序，像是棋盘上的棋子，所以村名就叫棋盘村。棋盘村土地面积大，但是红渣石土，一下雨就稀软成泥，天旱了又板结成硬块硌脚，庄稼长不好，村人的生活一直苦焦。好多年前，公社召开度春荒工作会，棋盘村队长介绍他们经验，说他们能把苜蓿、柳树叶、槐花做菜蒸饭，能把苞谷穗信和红薯蔓碾碎炒熟再加些黑豆磨成炒面，能把榆树皮磨成粉掺在麦面里擀出面条，还有用橡籽粉做凉粉，用蕨根和篦麻草做丸子，只要保障有辣子，什么都可以吃咽下去。别的村的村长就嘲笑说：听说棋盘村人人都用柴棍棍掏屁股，不掏就屙不出来，介绍一下那得用多粗多细的柴棍棍？好的是红渣石土却适宜种棉花，这是别的村种不了的，村里好多人就拿了棉花去卖，卖了钱买粮食，还把棉花织成土布去深山里换人家的苞谷、黑豆和土豆。村长的一个胞弟就是冬天里进深山用棉花换了一斗荞麦，深山人却看中了他身上的旧棉袄，要以三升豆角籽换，他就把旧棉袄脱了，单衫子背了一斗荞麦和三升豆角籽回来，没想到感冒发烧，荞麦还没来得及磨了压饸饹吃，人就死了。公社的文件上明确规定不准投机倒把，打击黑市交易，棋盘村总是拖后腿，老皮就亲自抓棋盘村的工作，栽培了冯蟹当村长，才使村子有了新面貌。

冯蟹原名叫九娃，三岁了还立不起身，四岁上开始走路，老是斜着，走不端，村里人说：这是螃蟹托生的?! 大家都叫他冯蟹，原名慢慢就忘了。冯蟹十岁后就特别浑，他要干啥就得让他干啥，不让他干啥他就拿头在墙上撞，或者要气死了，滚在地上嘴里吹白沫。他爹打他，他不敢骂他爹，骂兰草，他奶的名字叫兰草，他奶说：你爹打你哩你骂我?! 他说：骂你没生个好儿！但冯蟹又很聪明，稍大后在饲养室帮着喂牛，牛群里有三头牛犊到了断奶时总是断不了，饲养员在母牛奶头上抹辣面不行，只能一见牛犊吃奶就拿了棍子打。冯蟹却做了三个小木牌牌，用铁丝拴在牛犊的鼻子上，牛犊抬头要吃奶了，木牌牌就挡住了嘴，吃不成，而牛犊低下头了，木牌牌也就吊下去，不会影响吃草。这办法好，很快就传到别的村。村里人把这事说给了老皮，老皮说：哦，亏能想得出来！等到棋盘村人心不齐，秩序混乱，老皮要整顿，换掉村长，可换掉村长又让谁当村长，就想起了听说过的冯蟹。

老皮是带着墓生去的棋盘村。走到村前的打麦场上，老皮却不走了，坐下来吃卷烟，说：把冯蟹给我叫来！墓生也是听说过冯蟹没见过冯蟹，进村也没发现谁走路是横着的，却脑子里嗡了一下，预感要有不好的事呀，就从一条巷道蹿出一条狗，不吭一声，过来就在他的腿上咬了一口。墓生吓了一跳，但他没有跑，而是弯下腰在地上摸石头，狗掉头跑了，这时他才看腿，狗把裤子咬破了没有咬到肉。墓生说：你咬肉么，你咬破裤子我穿啥呀?! 伤心落泪，但还得找冯蟹，就喊：冯蟹哎——蟹！走过巷子，到了村西头的涝池边，还在喊，涝池里有人说：喊魂哩?! 墓生一看，估摸这人就是冯蟹，说：老皮书记叫你哩，让你去打麦场上见他！冯蟹在涝池里摸鱼，裤子袄还放在涝池边，来不及去穿了，抓了把黑泥抹了屁股前后就跑了来。老皮说：你是冯蟹？冯蟹说：我是冯蟹。老皮说：咋没穿裤子？冯蟹说：你叫我，四个蹄子跑哩么！老皮说：还行，能听招呼！

老皮让墓生去涝池边取了冯蟹的衣服，穿上了，三人一块儿去冯蟹家。冯蟹家养了一只鹅，嘎嘎嘎过来鸹老皮，冯蟹说：这是公社书记你鸹？出去！鹅竟然乖乖地就卧在了院墙角。老皮说：你倒会调教鹅！冯蟹说：才养的。三年前我拾了个野狗崽养着，养了一年才发现是狼，我把它杀了，狼肉是酸的。墓生跟在冯蟹的身后，不跟了，坐在上房的外台阶上。老皮进了上房，房里黑乎乎的，他去开了窗子，说：你爹娘不在？冯蟹说：死了三年了，在墙上挂着哩。老皮往墙上的照片看了看，冯蟹和他爹他娘都长得不一样，说：娶媳妇啦？冯蟹说：娶了，昨天让我打了一顿回娘家去了。老皮说：你打媳妇？冯蟹说：打到的媳妇揉到的面么。老皮就哈哈笑起来，却突然问：你觉得棋盘村的村长怎么样？冯蟹说：不怎么样。老皮说：那你看谁还能当村长？冯蟹说：我能当！门外台阶上墓生说：你能当？！猪圈里的猪也前蹄趴在圈墙上哼哼起来。老皮说：你少说话，看猪去！墓生到猪圈前把猪赶下去，他就脑子又嗡了一下，以为猪还要前蹄趴到圈墙上来，忙去院角的糠筐里抓糠给猪槽撒时，那鹅又扑起来鸹他，他一跑，鹅又撵，他抱住院墙角那棵柿子树就爬，鹅上不了树，树上的一只鸟飞走了。

老皮和冯蟹一直在上房门里说话，这时候却说：你俩说说，飞走的是喜鹊还是乌鸦？墓生说：是乌鸦！冯蟹说：喜鹊！老皮问墓生：为啥是乌鸦？墓生说：乌鸦一身黑，它就是乌鸦。冯蟹说：它即便是全身黑也是喜鹊！墓生说：我看错了？老皮又笑了，对冯蟹：你要当村长，你把你那老二管好！冯蟹一下子夹住了腿，说：谁给你嚼我的舌根了？刘少康送了学习班后，他媳妇说房漏雨了让我帮她补补房上瓦，我去补了，有人就说我和她好，我媳妇也和我闹……你咋知道的？老皮说：你啥事我不知道？！晚上你到公社上院来！

晚上，冯蟹去了山上的上院，老皮问：白天考你，那明明是乌鸦你为啥说是喜鹊？冯蟹说：棋盘村乌鸦多，乌鸦谁都能认得，可你偏问是喜鹊还是乌鸦，你肯定是想让我说喜鹊的，那它就是喜鹊。老皮说：你狗日的也是个竹节虫会变么！冯蟹说：我跟你变！

冯蟹此后就成了棋盘村的村长。

★　　　　★

冯蟹当了村长，他把他家所有的东西都搬出来放在村里的十字路口，是一瓮麦子，一瓮苞谷，一坛子盐，一罐子油，还有一床被褥几身冬夏衣服，再就是一堆乱七八糟的家具。奇怪的是蒲团上放着一把带曲卷儿的毛。村人说：这是啥意思？冯蟹说：老皮书记说了，当村长要一心为公，我就这些家当，如果过几年我家里还多了什么，打死我拉出去喂狗都行。村人说：这是啥毛？冯蟹说：老皮书记说了，明朝年间有一个将军带兵守边关，吃了一次败仗，他要惩罚自己，但自己又不能死，死了没人带兵了，就把衣服脱下来用刀砍了三截，当作受了军法。这是我的×毛，我权当把×杀了！

村里开始修梯田，冯蟹要求早晨七点必须都到地里，谁没到，扣谁的工分。先后扣了六个人的工分，其中有一个姓蔺的，习惯了天明和媳妇做了那事然后睡回笼觉，他被扣了工分后要报复冯蟹，就让媳妇三更半夜去敲姓俞家的门。姓俞的是个年轻寡妇，曾经和冯蟹好过，这媳妇就说是肚子疼问有没有止痛片。三个晚上都去要药片，姓俞的说：你咋老是半夜里肚子疼？这媳妇却在屋里瞅来瞅去，说：就你一个人？姓俞的才明白这媳妇的意图，两人便吵起来，惹得左邻右舍的人都起来看热闹。第二天，冯蟹知道了这事，上工的时候便当着众人面问蔺家的媳妇：你几个晚上捉奸捉到了没有？蔺家的媳妇低头不吭气，冯蟹就大骂：我告诉你，我能剐了×毛我就清楚我该要啥，别说我去找寡妇，就是你脱光了摆在那儿，我拾个瓦片把×盖上，看都不看！

村里人从此害怕了冯蟹，没有无故不出工和迟到的，半年下来，修的梯田亩数竟然全公社第一。老皮带着一面锦旗和三百元钱来棋盘村奖励了，三百元让村子平整村道，在村道两旁都栽了杨树，号召各村寨的村长都来观摩学习呀。冯蟹那天高兴，却对老皮说：既然你表扬我哩，用你的理发推子给我理个发么。老皮说：行么行么。就让同来的墓生回去取理发推子。棋盘村没有理发推子，头发长了都是用刀子剃光头，墓生把理发推子拿来，问是不是理个与老皮书记一样的发型，冯蟹说：你让我犯错误呀？！要求给他把头发理短些。冯蟹的头不规则，顶上有些凹，墓生把四周的头发理短了，头顶上没有动，理出来倒显得人精神了许多。冯蟹就突发奇想，棋盘村的男人都理成这种发型，要让全公社的人一看到这发型就知道是棋盘村的。于是他再次给老皮提出，让墓生以后定期来棋盘村给他们理发。

后来，棋盘村就有了规定，五十岁以上的男人可以剃光头，五十岁以下的男人都理成他那样的发型。有个叫霍火的，他的头前额后脑都突出，养了一条狗，狗头也是前后尖形，他担心头发理短了难看，先让墓生在狗头上剪毛，墓生就在狗头上试验，狗剪了毛后从镜子前经过，瞧见了镜子里的自己，嗷的一声就昏倒了。霍火就坚决不让墓生给他理短发了，冯蟹说：不剪也行，你也就不出工了。霍火不出工挣不来工分，没工分就分不到粮。霍火后来还是理了短发，只是出门就戴了草帽。男人的发型统一了，妇女们也得统一，一律齐肩短发。老村长的儿媳妇是两条长辫子，她之所以能从深山嫁到棋盘村，还嫁的是当时村长的儿子，就凭着她的长辫子能垂到屁股蛋下。在剪辫子时，她把剪下的辫子就包起来藏在箱子里，三天两头打开箱子看，看一回就哭一回。当各村寨的村长来观摩学习的时候，见了棋盘村男男女女的发型，说：呀呀，这是当农民哩还是当兵哩？！冯蟹就在村民会上讲：是兵好呀！棋盘村本来就是秦岭游击队战斗过的地方，咱们就是游击队的后代呀，就是没穿军装的兵！这话传出后，别的村寨的人就嘲笑：是游击队的后代？游击队在棋盘村只住了几天就留下种啦？！但是，棋盘村人只要是一个人两个人去过风楼镇街的集市上会遭到指指点点，而十人二十人一伙一群去了集市，外村寨的人倒害怕了他们的阵势，传说着棋盘村人有拳脚。

也就在这年的秋后，刘学仁住进了棋盘村。

★   ★

刘学仁一来自然还是写标语，唱革命歌曲，在村民会上更强调了棋盘村是革命老区，是红色村庄，就得继承发扬壮大秦岭游击队的光荣，他保护起了那棵杏树。

棋盘村的山多，一条溪水就在这些山间绕，村子被绕在溪水的南岸，出村得走那座红渣石山腰上的砭道，再转一个弯去北岸，这砭道长达三里。也有一条近道，是从村西直接下到溪水滩，可以踏着溪水上的列石到北岸。但这条近道必须经过溪水边的石台，石台中间是一个峡缝，深三丈，宽一丈五，一般妇女孩子都跨不过去，小伙子还要后退十几步了加速才能跃过去。当年游击队来到村里，走的就是砭道。游击队进村后看谁家的院墙高，高院墙的就是财东家，这就翻了杨世群家的院墙，把杨世群五花大绑了，要他交粮交款。住了三天，杨世群的老婆说是她娘家兄弟给儿子过满月，她离开棋盘村后却报告了县保安团，保安团就包围了棋盘村。双方一接火，枪声像炒爆豆一样，从中午一直打到天黑。这一仗是除了皇甫街遭遇战外最激烈的一次，县保安团死了三十五人，秦岭游击队死了二十一人，伤了九人，村民死了四人，财东杨世群家绝了户。

战斗打响后，匡三正爬在一家院后的杏树上摘杏，满树的杏还没有软，颜色金黄，他摘一颗吃了，摘一颗又吃了。树下还站着三个不会爬树的游击队员，喊着：你只顾吃不够！给我们扔几颗。匡三偏不扔。杏容易酸牙，匡三就先用左边的牙咬着吃，牙酸了，再用右边的牙咬着吃，等到满嘴的牙都酸倒了，他说：叫爷！树下的说：匡孙子！匡三把一颗杏故意砸在树下的石头上，杏核杏肉全砸碎了，说：叫爷！树下的刚叫了声爷，对面山头上叭地响了一枪。匡三骂了一声：能干了个屎，枪都走火了！他骂的是山头上站哨的，就抓住树股使劲儿地摇，杏噼里啪啦往下掉，树下的三个游击队员便在草丛里捡。这时候枪声就乱了，匡三看见村口财东家的院子里冲出了老黑一伙人，趴在涝池边的树后或碌碡下往山上射击。匡三说：敌人来啦！但他嘴里还噙着一颗杏，说话含混不清，树下的三个游击队员还没听清楚，他溜下树，拿了枪就往村巷跑。四个人一前一后跑过财东家院墙外，能看见村后山头保安团的人顺着沟槽子下来，其中竟有杨世群的老婆。匡三明白了这是杨世群的老婆领了保安团来的，瞄着打了一枪，没有打中。几步赶到门口，杨世群和他爹他娘还有儿子正站在上屋台阶往山头上看，匡三叭叭开了两枪，另外三人也都开枪，财东家四口人就全从台阶上栽下去。四个人跑到涝池边，老黑他们已到了砭道，而砭道上也有了保安团，一挺机枪架在那里封住了路。雷布看见了匡三，大声喊：过溪水，过溪水，从后边打！匡三四人扭头就往村西跑，西边靠着溪水岸，从那里过溪水就能抄砭道上保安团的后路。到了溪水岸，石台的峡缝却把他们挡住，山头上的敌人又朝他们打枪，一个队员就被打死了，另一个从峡缝往过跳，没跳过，掉了下去。匡三就急了，骂道：狗日的不架桥也没棵树！嘴里却掉出颗杏来，才知道杏还一直噙在嘴里。就把杏扔进了峡缝，后退几步，猛地跑起来，跑过了峡缝。到了溪水滩，又蹚水过去上到对岸的山头上，终于把砭道上的保安团打死，老黑他们冲出了棋盘村。

这些战斗故事都是我们采访时获得的，我在棋盘村实地察看时，发现了峡缝里长了一棵杏树，杏树的主干又高又直，几乎和峡缝沿齐平，枝股就横着斜着长出来，有一枝还搭在峡缝沿上。正是有了这一枝搭在峡缝沿上的，村人要抄近道去溪水对岸，就踩着过峡缝。峡缝里怎么就能长出这样一棵树来，而且是杏树，我们当然联想到了那一场战斗，匡三当时确实是在杏树上吃杏，他也确实是带了三四个人抄近道去溪水对岸消灭了保安团的那挺机枪，我们就认定了是匡三把杏丢进峡缝后长出了杏树。

刘学仁看到了这棵杏树，先是在石台周围拉起了绳子，不允许任何人再踩着树股过峡缝，又下到峡缝里给杏树根上培土，还施了肥料。后又取了绳子建成栏杆，在石台上盖了一个亭子，亭前竖了一块儿碑，他亲自在上面写了关于英雄杏树的故事，将这里变成了一处革命历史教育点。

有了革命历史教育点，过风楼公社就下发了通知，各村寨的人分批前来参观，老皮专门从县城照相馆请人来拍照片，并将照片由县委书记寄给了匡三司令。匡三司令虽然没有人来，却给县委书记打电话，替他问候棋盘村的父老乡亲。于是，县委书记到了棋盘村，全县各公社的书记也到了棋盘村，一时间宣传部的、文化馆的、报社广播站的人都来了。进村的砭道开始加宽，电线杆从山头上栽过来，村里有了电灯电话，而且还有了大喇叭，村委会的办公房顶上架了一个，涝池边的杨树上架了一个。

★　　　★

刘学仁身份是驻村的公社干部，却在棋盘村还具体担任着保管，他和冯蟹合作得非常好，被老皮称作是黄金搭档。他们紧接着实施着两项举措，这也是刘学仁受了冯蟹理发的启示而创新的，一是以县上奖励的资金给村民配一套衣服，也就是从县水泥厂买来了现成的帆布劳动服，这些衣服统一挂在保管室，每次下地干活时发给大家，下地回来就收起。二是在地头配午饭。村里把几十亩地生产的土豆没有分，集中存放，中午了把土豆蒸一大筐送到地头，一人三颗，吃了就不回去，接着干下午的活。这两项措施实行了一月，村民兴高采烈，别的村寨人也都眼馋，刘学仁就在大会上讲：让他们嫉妒去吧，棋盘村不但免费理发、配衣配饭，将来我们还要统一盖新房，盖两层的，楼上楼下，电灯电话，某个早晨一睁眼醒来，哦，共产主义来了！

但是，人们后来发现，只要一穿上那劳动服，人就变了，身子发木，脑袋发木，你得紧张地劳动，不能迟来，不得早走，屙屎撒尿也得小跑。似乎鸡狗甚至蚊子都变了，早晨天刚放亮，鸡就拉长嗓子喊，以前的鸡最多喊两声，如今喊叫不停，接着喇叭在响，刘学仁又在讲话，所有人就得赶紧起来。因为起得早，有些人便没洗脸，还闭着眼，迷迷糊糊顺着人群走，稍一走慢，跟着的狗就吠，旁边人会给一只辣椒，说：吃一口你就灵醒了！在地里锄草或者施肥，从地这头干到地那头了，腰疼得像断了两截，得坐下来吸烟解解乏吧，可刚坐下，蚊子便扑上来叮，打不住又赶不走，只好站起来又干活，蚊子就没了。终于到太阳端了，蒸熟的土豆用筐子抬来，一条宽两尺长四丈的帆布铺在那里，上边三颗土豆一垒，三颗土豆一垒，还有盐碟，全都放好了，大家就坐在帆布两边把土豆剥了皮蘸着盐吃。刚吃了一口，刘学仁喊：停！棋盘村的土豆就是好，又干又面，吃着往下掉渣儿，得一只手在下边接住。刘学仁说：唱支山歌给党听——起！《唱支山歌给党听》的调子舒缓，才吃了一口的土豆，喉咙噎住，唱不出来，必须先咽下去，节奏就不齐整了。刘学仁有些生气，再次：唱支山歌给党听——起！大家重新唱起来，眼睛盯着土豆，看是否有人把自己的土豆拿走了，还有我这三颗土豆怎么比别人的小呢？三颗土豆根本不够吃，再干起下午的活了，肚里就好像有了鬼，这鬼是饿死鬼，有两只手老在喉咙里抓，忙说：水呢，没抬来水吗？地边是抬来了两桶水，喝下半瓢，肚子里的土豆泥掺稀了，能打出个嗝儿来。

中午在地里没吃饱，晚上回去就得多吃一碗饭，但开春后，粮食短缺，家家户户都是吃了上顿就熬煎起下顿，饭先还可以做些苞谷面糊糊，后来也只有擦了萝卜丝做汤喝，一泡尿就尿饥了。在以往这个时节，村里有许多人出去乞讨，而现在不行，谁也不能去乞讨，宁愿饿死，也不得出外乞讨丢棋盘村的人，那就吃树叶树皮观音土。人人看什么东西都在看这能不能吃，人的眼睛就成了绿的。于是，猪见了人就害怕得叫，牛见了人就害怕得叫，猪和牛是谁也不敢动的，猪虽然私人养但养大了要交售给国家，交售一头猪国家可以补给三十斤粮的，牛是集体的牲口还要耕耘。鸡狗却属自家的，要吃自家吃，为了防止别人盗窃了杀吃，家家加固棚圈，安门配锁。猫是到处跑动的，人们还没有要吃猫，因为猫也是饿得到处找老鼠，一旦发现猫叼了老鼠，就打着猫让把老鼠放下，老鼠的肉很嫩。后来猫就不愿意逮老鼠，要到田野里去逮田鼠，它们能寻到田鼠的洞穴，而人又悄悄尾随着猫，猫把田鼠叼到树上去吃，人便挖田鼠的洞穴，常常就挖到田鼠藏在那里的粮食，有苞谷，有麦子，有豆子。王来保的媳妇是吹火嘴，在村里是最丑的，可她挖开的一个洞穴，里边的粮食竟然装了三升。几个人和老婆吵架，动了拳脚，老婆哭哭啼啼，男人说：你要有来保媳妇的本事，我就不打你了！

饭食再差，但棋盘村人吃饭依然还是端了碗到十字巷口的老楸树下吃。以前，人们都说老楸树三百岁，活成精了，一直在看着人经八辈的是怎么过来的，所以谁吃饭都是先用筷子夹一疙瘩饭放在树丫上。现在，饭还是敬的，只是夹一粒米，一颗豆，放在树丫上了，说：木爷，你吃！又夹下来放在了自己嘴里，然后就去看旁边照壁上的布告。布告上有革命形势，总是说：革命形势一派大好，越来越好。布告上有国家的新的政策和村部的相关规定，也都是国家政策说一了，村部的规定那就是二或三。再就是处罚通知：谁前一日没有出工谁出工迟了，谁在干活时懒牛懒马的屎尿多谁又爱说风凉话，就扣去五分工。干一天活是十分工，十分工折合人民币两角钱，扣去五分工那一角钱就没了呀！一些人看着就脸色铁青地离开了，一些人却勃然大怒，他们没有骂冯蟹，也没有骂刘学仁，而在骂：谁他娘的打我小报告了？！眼睛盯着每一个人，每一个人都把目光避开，或把嘴埋在碗里喝汤，或汤喝完了伸着舌头舔碗。崔八斤舔碗的声响大，舔一下还吧嗒吧嗒咂嘴，有人就说：你是猪呀？！大家就又活泛了，不理会骂人的王存媳妇又在骂蚂蚁了，她吃的是米汤，一粒米粘在了嘴角，舌头出来要把它钩进去，米粒又掉在地上被蚂蚁叼走了。村东头的老秦端的碗有一个豁口，可他的萝卜丝汤碗里却漂了层油珠珠，有人就惊奇了，说：咦呀，恁多的油！老秦说：我抓了只田鼠。那人又说了句：油珠珠是半圆呀！更多的人都过来看，那油珠珠真的是半圆形，任何动物植物的油珠珠都是圆形的，田鼠的油珠珠怎么会是半圆的呢，而且腥味那么大的！大家的脸色变了。还是在五天前，传来消息说严家峁村饿死了两个人，而下荆公社还发生了人吃人的事件，是在废弃的石灰窑里发现了一具尸体，尸体的半个身子肉被割了，经查明，被割肉的尸体是一名乞丐，割肉的人就是一个麻子，派出所的人去抓他的时候，麻子家的锅里还炖着肉，油珠珠全是半圆形。一下子，老楸树下吃饭的人都散了，回去后就叽咕老秦吃的不是田鼠是人肉。如果是人肉，这人肉是从哪儿来的？村里正好有一妇女不久前生了孩子，孩子在第四天抽风第六天死的，死婴就扔到了东沟里。这妇女就哭着找冯蟹，说老秦吃的是她孩子，她的孩子不幸死了，她是特意包了件被单，还压了张纸条子，祈求孩子要转生就再投胎给她，而老秦是狼么是狗么竟把她孩子吃了。冯蟹觉得事态严重，当然就调查落实，把老秦叫去审问了一个晚上，老秦就交代了，说他是在东沟发现了那死婴，死婴已经被野狗吃了一半，他把剩下的一半拿回来吃了。冯蟹一听，提起板凳就把老秦打倒在地，说：你真的吃了？老秦说：吃了。冯蟹还在说：你真的吃了？！老秦说：吃了。冯蟹过来又扇了老秦一巴掌，说：狗日的你给我脸上抹黑！你吃了，这事传出去，你想没想到影响？你真的吃了？！老秦说：那……我没吃。冯蟹说：你没吃哪有油珠珠是半圆的，你没吃是吃了胎盘啦？！老秦说：是胎盘，我吃了胎盘。过风楼的风俗是孩子生下后，胎盘都要埋在一棵树下，意思让孩子像树一样长大成才。第二天，冯蟹给老秦平反了，说：他不敢哄我，他吃的不是死婴，是孩子的胎盘，他是看见产妇的家人在门前的桐树下埋了胎盘，半夜里去挖出来煮了。人们这才原谅了老秦。因为以前也有人治病吃胎盘，那是把胎盘用瓦片在火上焙干，研成粉，水冲着喝下的。人们却也骂老秦是脏人：哪有直接煮了吃的，那么大的腥味就能吃下去？！

★　　　　★

度过了青黄不接的二月和八月，棋盘村没有饿死人，也没有出外乞讨的，老皮在公社大会上表扬了刘学仁和冯蟹，说：国家再有救济粮拨下来，首先奖励棋盘村。不久，果然拨下来了救济粮，但不是苞谷，也不是黄豆，是萝卜干。这些萝卜干就全部给了棋盘村。别的村寨很有意见，老皮强调棋盘村各项工作都先进呀，更何况还是革命老区！别的村寨或多或少的都有饿死人和外出乞讨的，他们就无话可说了，而八王寺村却整修起了八王寺。八王寺是在解放前就倒坍得只剩下三间厢房了，整修后挂了一个苏维埃政权旧址的牌子，说是秦岭游击队在秦岭建立的第一个苏维埃政权在八王寺村，八王寺的厢房就是旧址。八王寺村把相关材料报到公社，要求能给予他们政治上经济上的特殊关照。老皮就找到我，问是不是有这码事？我去了八王寺，察看了那三间厢房，有些怀疑，又翻阅了所有游击队的史料，都没有关于游击队建立苏维埃政权的记载，凭我的记忆，当年也从未听说有什么苏维埃的话。不久，老皮又让我去口前寨，说口前寨也发现了墙上有游击队写的标语，提出要保护起来作为革命历史教育点呀。我去口前寨一看，是在一堵倒坍了一半的土墙上有着：参加游击队，打倒一切反动派！但这些字明显是新写的。

棋盘村还在坚持出工后在地头吃公饭，而土豆已经没有了，正好拨来了萝卜干。这些萝卜干据说是从新疆调过来的，颜色是黄的，吃起来很筋，但味道怪怪的，除了呛还有点臭，像冬天里把湿鞋在火盆上烤着了，而且好多人吃了胃疼，一疼就哇啦吐一口酸水。但是，当别的村寨人来棋盘村参观那棵杏树时，看到了地头上那么多人都穿了劳动服坐在长布两边吃萝卜干，就恨自己的村寨没有好领导，更恨自己没有托生在棋盘村。

八王寺村的村长和口前寨的支书结伴在棋盘村里转了一圈，八王寺村的村长说：到底是先进村，就是好！口前寨的支书说：好啥呀？放屁、出气都是萝卜干味，能熏死人哩！村道里，几个上了年纪的人在晒太阳，撩起了裤子，你按了一下腿，我也按一下腿，叽叽咕咕说着话。八王寺村的村长说：这些人干啥哩？口前寨的支书说：按个坑儿看起来不起来。八王寺村的村长说：棋盘村人也浮肿？那些人看见了他们，忙放下裤管，说句：啊来参观的？就起身走散了。他们到一个厕所去，厕所的外墙上也写了标语，厕所门口没有挂布帘，里边蹲着一个人，脸上笑笑的。八王寺村的村长又说：这冯蟹和刘学仁是咋把人管得这么好的？走近了，才看清那人并没有笑，是在努着劲儿屙哩。

到了秋后，粮食接上了，午饭在地头又能吃上蒸土豆，棋盘村再修了十亩梯田。入冬前还挖了一条水渠。冬季里棋盘村在全公社属于最冷的地方，石头不敢摸，一摸手就被粘住，端一盆水在院子里用木棍搅，搅着搅着木棍就栽起来了。以往的三九天，地里什么活都干不成，村民就在家里窝到火盆边，妇女们忙着做针线，要把全家人一年四季的衣服缝缝补补，男人们就打草鞋，收拾地窖。但这个冬天大喇叭哇啦哇啦着，催促着人们都到村部去开会，开会就是学习，听刘学仁讲话，再就是唱革命歌曲。

冯蟹还在秋天的时候就和刘学仁发生了矛盾，他不去张罗开会，认为给农民老讲什么话唱什么歌干啥呀？只要当村干部的心硬手狠，能下得茬，没有谁敢不听话的。他和刘学仁坐在村部办公室争论着，屋梁上吱吱响，往上一看，是条蛇趴在那里，而蛇前三尺远站着一只老鼠，老鼠没有逃跑，竟然还叫着一步一步往蛇跟前走，蛇就把老鼠吞了。刘学仁说：管人是要让人怕你，但要长期管住人，那得把它的心魂控制住。冯蟹说：就靠你天天说天天唱，像池塘里的青蛙？！刘学仁说：这就叫灌输。你在一个人胳膊上按一指头是不起作用的，如果按上一千下一万下，那骨头就出来了。冯蟹还是摇头。刘学仁说：咱做个试验么，可墓生不住在棋盘村。这样吧，再给你做个另外试验，老村长对你有看法，他身体算硬朗吧，我安排几个人见了他就说他瘦了，不出这个冬天，他肯定就真的瘦了。刘学仁真的就安排了几个人，今日一个见了老村长说：哎呀，叔你没病吧，怎么瘦了？老村长说：我有啥病？没病！明日另一个见了说：叔怎么瘦了？老村长说：现在哪儿有胖人？！又过了几天，再是另外一个见了说：叔你没事吧？老村长说：没事。再说：好像瘦多了？老村长摸摸脸，说：瘦了，是不是？这样的话七八个都说过了，老村长不到二十天，真的就瘦下来，觉得身上这儿不舒服那儿也难受，让医生看了，抓回来十服中药在家里熬着喝。冯蟹对刘学仁说：你嘴里有毒！刘学仁说：人人嘴里都有毒哩。冯蟹就再不管开会、唱歌的事，由刘学仁折腾去。

　　整个冬天，棋盘村再没安闲过，村部的院子里，用树疙瘩生着了四堆火，每天学习和唱歌时村人就都围坐在火堆周围，晚上散场了，火灭下来，用灰埋住，第二天再来时拨开灰，火炭还红着，接着继续烧树疙瘩。那一户弃婴的人家姓许，养着一条狗，这狗原是老秦的，老秦偷吃了胎盘后，冯蟹责令以狗补偿送给的。姓许的媳妇总是做梦婴儿咬她的腿，为了镇邪，出门就用绳子拉着狗，来开会狗也往火堆近凑，大家有意见，把狗便拴在了院门口。狗去的次数多了，吠起来也是刘学仁讲话的节奏，夹杂着咳嗽，还学会了唱歌，村人在唱的时候它扬着脖子也唱。起先谁也没在意，而一次院子里的歌声已经停了，它还呜呜地唱，恰好让来送通知的墓生发现了，墓生回去当稀罕说给了老皮，老皮还专门来看过一次狗的表演。

★　　　　　★

　　棋盘村人人都能说些政治话，也能唱几十首革命歌曲，可开展割资本主义尾巴活动，一联系到实际，人人都不承认自己曾经以棉花、布匹去换过粮食或卖过豆腐、鸡蛋、核桃、柿饼，也不检举揭发别人，开了几次会，会上没有发言的。刘学仁和冯蟹很着急，刘学仁说：这国家咋不生产一种药，让人一吃，这心门就往出吐秘密了？！有一天，他果然从镇上回来带了几瓶药片，给冯蟹说让村人吃一吃，冯蟹问是啥药，他说你甭管，就宣传这药吃了人都会说实话的，而且他给每个人发一片了，还提着一壶水，让当面把药片吃下去，再喝一口水。村人都很紧张，差不多都在家里商量着该不该把自己的事说出来，但是，还没商量好，肚子就疼得要去厕所，屙出来的竟然是一条条蛔虫，出来在巷子里悄悄问别人，都是屙了蛔虫。再开会，大家仍是不发言，冯蟹把刘学仁叫出会场，问：你给吃的啥药尽屙了蛔虫？！刘学仁强词夺理，说：就是驱蛔药呀，棋盘村人肚子里恁多的蛔虫，屙出来也好呀！气得冯蟹回到会场，挥了挥手让大家散了。刘学仁又突发奇想，在村里逐一让人说这七天里都做过什么梦，声称他搞一次调查。每个人说了，他就记下来，然后整夜整夜在那里琢磨这些梦是什么意思。他分析不出来，到过风楼镇来寻我，说：是不是日有所思，夜有所梦？我说：那不一定。他说：水代表什么？我说：按老说法，水代表财。他说：火呢？我说：火代表旺。他说：身上爬满虱子代表啥？走路踩着了屎代表啥？爹娘死了几十年，梦见爹又出门去抓药了，又代表啥？还有和人打架，尿憋得寻不着厕所，风把树刮倒了，还有牙掉了是啥，猫逮了老鼠是啥，和人结婚是啥，还有天上下雪，泉里有了鱼，别人借出了鞋，突然衣服破了，钻进石头里，肠子隔肚皮能看见，生了孩子没鼻子没眼，吃了一颗钉子，太阳红堂堂的下了冰雹，正织布哩梭子没了。他翻开笔记本说个没完没了，我说：你如果能让棋盘村的猪狗猫鸡都说人话，各家各户就没秘密了。他说：这我办不了。我说：我解不了。他说：你也解不了？！我说：刘学仁，我给你说一句话，人做事，天在看哩！他说：你这话说得好，天在看哩。

但我真没想到，我说的这句话，刘学仁竟然拿去教育村人。这是后来墓生告诉我，他再去棋盘村见到了刘学仁，告诉他说，我的那话是灵验的，村道里的杨树上都长了眼，有的是三个四个，有的是十个八个，刘学仁就吓唬着村人：杨树上长眼了，这就是天眼，谁干了见不得人的事，天在看哩！我笑了，说：杨树上只要有节疤，都会长得像眼一样。墓生说：棋盘村的杨树以前我没见到有眼呀，就是你说了那话，树真的长满了眼！

但是，无论刘学仁怎么使招，棋盘村的割资本主义尾巴活动还是难有进展，冯蟹说：还得杀鸡给猴看！

★　　　　　★

　　杀鸡给猴看，依照惯例，要在地富反坏右中选一个鸡，可村里只有一户是地主成分，也就是被匪三司令打死的那财东家的侄儿，财东一家死绝后，他落了家财，却一解放就死了，留下个儿子，这儿子患有心脏病，一年四季嘴唇是紫的。而一户富农是七十八岁的老头，一条腿十年前就僵硬得蜷不起来。还有一户原来是县中教师，被戴上了右派帽子遣送回来的，走路总是低着头，一天说不了三句话。这三户确实老老实实着，寻不到人家的不是呀。刘学仁就把村里曾经换过粮食的、做过买卖的、出外干手艺活的人名写在纸上，让冯蟹闭上眼，拿笔往名字上戳，戳上谁就是谁，就戳到了一个叫马立春的妇女。马立春是棋盘村最漂亮的媳妇，人缘又好，见人不笑不说话，而且刘学仁就住在她家的厢房里。刘学仁说：咋戳的是她？！冯蟹也知道马立春不是问题严重的，也一时拿不定主意，掏出一枚一分钱硬币，说：我给咱掷，掷下来是有字的一面就免了她，若是没字的一面，那就是她的命了。一掷，竟然就是没字的一面。

　　再开会，还是没人发言，冯蟹点了名，说：马立春你给大家说说！马立春站起来说：你弄错了吧，我没资本主义尾巴呀！冯蟹说：你是不是把布缠在腰里去卖过？！马立春一听，哇地就哭了。冯蟹说：甭来这一套，尿水子吓不了人！马立春不哭了，说：我是卖过，那一年我婆婆病得厉害，可上顿红薯下顿土豆，为了婆婆临死前能吃几天麦面饭，我是把一丈布缠在腰里去卖了的，回来被老村长知道了扣了我一天的工分，老村长，老村长！马立春叫着老村长，老村长害了一场病后，人一下子蔫了，来开会就坐在墙角处吃闷烟，说：我不是村长，你要叫就叫爷。马立春说：爷，你给我做个证。老村长说：是这回事。马立春就打自己脸，说：我就卖了那一次布，已经受了罚，这黑皮还一直要披着吗？何况，棋盘村又不是我一个人卖过布啊！谁敢说他没卖过？马立春这一说，所有人都坐不住了，有站了起来的又坐下，有想说话呀，嘴张了张却打了个哈欠，会场骚乱了一阵，再是一片寂静，谁在吃烟了打火镰，打了几次没打燃，说了一句：你这是瞎狗乱咬么！立即大家都喊：你胡咬啥哩？！说你的事！马立春还在说：我就卖过那一回布。有人就说：我见过她在集市上卖过鸡蛋，是拿笼子提的，笼子里还盖着草。又有人说：她也在后山的村里用棉花换过苞谷，公社的人来收拾黑市，她没跑得及，把棉花塞在裤裆里，还被人家把棉花掏出来，那天她来了月经，掏出来棉花都红了。好多人都在揭发，还有人说：她偷过麦，有一年我看麦场，她把麦抱了一捆，让我抓住，她把麦捆不退还，竟勾引我，把我的手往她怀里拉，我把手攥成拳头，没中她的美人计。马立春说：你血口喷人！嗷嗷嗷地喊了三下，就跑出了村部院子。冯蟹倒愤怒了，对着马立春的男人说：跑了和尚跑得了庙？！把她叫回来！那男人说：你知道我在家拿不了事，我叫不回来。冯蟹说：再去一个人！马立春的男人和一个叫刘山的也离开了院子。可过了一会儿，刘山变脸失色地跑了来，说马立春在家里喝了六六六药水。

马立春跑回家，对着中堂柜盖上的婆婆遗像，说：娘，我没脸活了，寻你去！就找绳子要上吊，绳子一时却没找到，看见堂屋门后放着一瓶六六六药水，那是要用来灭虱子的，拿起来就喝。喝过一会儿，人难受得在炕上翻滚起来。她男人和刘山赶到，马立春已经没劲翻滚了，只是哼哼，两人一看炕上有着六六六空药水瓶子，赶忙把她压住，掰开嘴，拿指头在喉咙里抠，逼得吐了一堆，又灌了一碗浆水，刘山便跑去报告了。马立春经卫生院洗了肠，是活了过来，却从此傻了，什么活也干不了，终日坐在村道里瓜笑，只要谁说一句：冯蟹来啦！她抬起身就往家里跑，把门关了，还要再往门扇后顶上杠子。

马立春一傻，冯蟹不再到马立春家去，甚至也不从马立春家的门前经过，他对刘学仁说：咱是不是对马立春过分了点？刘学仁说：我在她家厢房里住着都心安理得的，权威是在斗争中建立的，现在谁见你不恭恭敬敬的？

162

冯蟹说：原来马立春是个蝌蚪，现在倒成了她是大鱼。刘学仁说：咱不能让真正的大鱼漏网，会上都碍于面子不揭发，咱就设个检举箱，让大家塞条子，我不信就弄不出个结果来！

检举箱是刘学仁让马立春的男人做的，做得很结实，上边开了一指宽五指长的口子，然后加上锁，就钉在老楸树上。

冯蟹和刘学仁每天吃晚饭的时候，去开箱收条子，然后把条子拿回村部办公室。在树下吃饭的人都在看着，不说话，待冯蟹刘学仁一走，喊喊啾啾议论这些条子是谁塞进去的，条子上又写了什么，就都惶恐不安。有一次冯蟹取了条子，回头看着老村长的侄儿冷笑了一下，大家猜想一定是条子上检举了老村长的侄儿了。第二天，老村长的侄儿端了碗到了老楸树下，说：大家看着，我也该塞个条子了！就把一纸条塞进了检举箱。有人说：明堂，你检举谁呀？明堂说：谁检举我，我检举谁！又说：谁指的是谁？明堂说：各人想去！许多人就在这天晚上睡不着了，怀疑某某检举了自己，就以牙还牙，也检举了某某，有的怕另外的人检举了自己，就以攻为守，先去检举了另外的人。检举箱开头每天只收到一张两张条子，突然就多起来。到后来，怀疑越来越多，村里是五个氏族，最大的是姓冯的和姓王的，姓冯的就联合起来专门检举姓王的，姓王的也联合起来专门检举姓冯的。冯蟹说：这事难办了，会还怎么开，总不能每个人都割尾巴吧，而且村子分裂成两股子了！刘学仁倒说：这也好，互相检举人人就都老实了，分成两股子让他们越斗，咱俩的竿子就撑得牢靠，工作更好搞了。但下来会议怎么开，到底如何收场，两人才要向老皮请示汇报，偏就出了个刘四喜，棋盘村就把刘四喜揪出来，连开了三次批斗会，也被送去了公社学习班。

刘四喜是刘少康的儿子。刘少康被王耀成打小报告送去了公社学习班，刘四喜一直对王耀成怀恨在心，开始检举后，他塞了王耀成四个条子。墓生再次来棋盘村理发，他把墓生叫到他家，给墓生了一个苞谷面菜卷，说：我对你好吧？墓生说：好。他说：那你给我说说，有没有检举我的条子，你知道有谁被检举了？墓生说：这我哪里知道？他说：噢，你是不知道。墓生吃着菜卷，脑子里嗡嗡了几下，赶紧拍打脑门。刘四喜说：你吃了我的菜卷总得干些啥吧，你到檐角上压片油毛毡，那里一下雨就漏水。墓生仰头看了看檐角，已经朽了两根椽头，瓦也掉了几片，他说：四喜，这几天你就安生点，不出去惹事。刘四喜说：你倒叮咛我，小鸡给老鸡踏蛋呀？！墓生上到檐角，用砖块压油毛毡，小心翼翼，还对刘四喜说：真的，你记着我的话。但刘四喜哪里看得起墓生，觉得可笑，他是在三更半夜起来，偷偷去老楸树那儿，用铁丝从检举箱的口子里夹出了条子拿家，看过之后再偷偷去把条子放回检举箱。连续几个晚上他都这样干，凡是发现有检举他的条子就撕了，还把别的条子的内容都记下来。他那几天就很得意，见着王光林说：你家里还有芸豆没有？王光林说：没芸豆，有扁豆。他说：那你给我拿些扁豆。王光林说：你给我生了孙子啦？！他说：我本来要给你说个事的，那就不说了，等着倒霉吧！王光林觉得奇怪，把刘四喜的话又报告了冯蟹和刘学仁。冯蟹和刘学仁已经发现在整理条子时条子皱皱巴巴的，有的还烂了，怀疑是不是有人偷看过条子，得到王光林的小报告，就夜里藏在老楸树的不远处，鸡叫三遍后刘四喜去偷条子，当场抓个正着。

　　刘四喜被批斗了几场，送去了公社学习班，检举箱也就收起来。再开会，人们就都发了言。第一个发言的是冯欢，前三天患了面瘫，右腮上还涂着黄鳝血，他检讨了自己曾经有过资本主义尾巴，然后表态要割尾巴，齐根割，如果没有割净，大家就揭发，让喝六六六药水也行，让五花大绑了挨枪子也行。第二个发言的就按冯欢的话也说了一遍，第三个人再按第二个人的话再说了一遍，几十人都发言了，全是冯欢模式。那个右派分子是最后一个发言的，他什么事情都没有干过，要表态又怕话说多了出差错，就在手上写了四句诗，站起来给大家念。也就是从这一次念过四句诗后，几乎以后无数次会上都念诗，四句诗的前两句可以根据会议不同的内容而变化，后两句永远是：老实改造重做人，高举红旗向前进！

★　　　　　★

我念一句，你念一句。

西次三山之首，曰崇吾之山，在河之南，北望冢遂，南望䍃之泽，西望帝之搏兽之山，东望蠕渊。有木焉，员叶而白柎，赤华而黑理，其实如枳，食之宜子孙。有兽焉，其状如禺而文臂，豹尾而善投，名曰举父。有鸟焉，其状如凫，而一翼一目，相得乃飞，名曰蛮蛮，见则天下大水。西北三百里，曰长沙之山。泚水出焉，北流注于泑水，无草木，多青，雄黄。又西北三百七十里，曰不周之山，北望诸魝之山，临彼崇岳之山，东望泑泽，河水所潜也，其原浑浑泡泡。爰有嘉果，其实如桃，其叶如枣，黄华而赤柎，食之不劳。又西北四百二十里，曰崒山，其上多丹木，员叶而赤茎，黄华而赤实，其味如饴，食之不饥。丹水出焉，西流注于稷泽，其中多白玉。是有玉膏，其原沸沸汤汤，黄帝是食是飨。是生玄玉。玉膏所出，以灌丹木，丹木五岁，五色乃清，五味乃馨。黄帝乃取崒山之玉荣，而投之钟山之阳。瑾瑜之玉为良，坚栗精密，浊泽而有光。五色发作，以和柔刚。天地鬼神，是食是飨；君子服之，以御不祥。自崒山至于钟山，四百六十里，其间尽泽也。是多奇鸟、怪兽、奇鱼，皆异物焉。又西北四百二十里，曰钟山。其子曰鼓，其状人面而龙身，是与钦鵶杀葆江于昆仑之阳，帝乃戮之钟山之东曰崤崖。钦鵶化为大鹗，其状如雕而黑文白首，赤喙而虎爪，其音如晨鹄，见则有大兵；鼓亦化为鵕鸟，其状如鸱，赤足而直喙，黄文而白首，其音如鹄，见则其邑大旱。又西百八十里，曰泰器之山。观水出焉，西流注于流沙。是多文鳐鱼，状如鲤鱼，鱼身而鸟

165

翼，苍文而白首赤喙，常行西海，游于东海，以夜飞，其音如鸾鸡，其味酸甘，食之已狂，见则天下大穰。又西三百二十里，曰槐江之山。丘时之水出焉，而北流注于泑水。其中多嬴母，其上多青、雄黄，多藏琅玕、黄金、玉，其阳多丹粟，其阴多采黄金银。实惟帝之平圃，神英招司之，其状马身而人面，虎文而鸟翼，徇于四海，其音如榴。南望昆仑，其光熊熊，其气魂魂。西望大泽，后稷所潜也。其中多玉，其阴多榣木之有若。北望诸毗，槐鬼离仑居之，鹰鹯之所宅也。东望恒山四成，有穷鬼居之，各在一抟。爰有瑶水，其清洛洛。有天神焉，其状如牛，而八足二首马尾，其音如勃皇，见则其邑有兵。西南四百里，曰昆仑之丘，实惟帝之下都，神陆吾司之。其神状虎身而九尾，人面而虎爪，是神也，司天之九部及帝之囿时。有兽焉，其状如羊而四角，名曰土蝼，是食人。有鸟焉，其状如蜂，大如鸳鸯，名曰钦原，蠚鸟兽则死，蠚木则枯。有鸟焉，其名曰鹑鸟，是司帝之百服。有木焉，其状如棠，黄华赤实，其味如李而无核，名曰沙棠，可以御水，食之使人不溺。有草焉，名曰薲草，其状如葵，其味如葱，食之已劳。河水出焉，而南流东注于无达。赤水出焉，而东南流注于氾天之水。洋水出焉，而西南流注于丑涂之水。黑水出焉，而西流于大杅。是多怪鸟兽。又西三百七十里，曰乐游之山。桃水出焉，西流注于稷泽，是多白玉。其中多鳛鱼，其状如蛇而四足，是食鱼。西水行四百里，流沙二百里，至于嬴母之山，神长乘司之，是天之九德也。其神状如人而豹尾。其上多玉，其下多青石而无水。又西三百五十里，曰玉山，是西王母所居也。西王母其状如人，豹尾虎齿而善啸，蓬发戴胜，是司天之厉及五残。有兽焉，其状如犬而豹文，其角如牛，其名曰狡，其音如吠犬，见则其国大穰。有鸟焉，其状如翟而赤，名曰胜遇，是食鱼，其音如录，见则其国大水。又西四百八十里，曰轩辕之丘，无草木。洵水出焉，南流注于黑水，其中多丹粟，多青、雄黄。又西三百里，曰积石之山，其下有石门，河水冒以西南流。是山也，万物无不有焉。又西二百里，曰长留之山，其神白帝少昊居之。其兽皆文尾，其鸟皆文首。是多文玉石。实惟员神磈氏之宫。是神也，主司反景。又西二百八十里，曰章莪之山，无草木，多瑶碧。所为甚怪。有兽焉，其状如赤豹，五尾一角，其音如击石，其名曰狰。有鸟焉，其状如鹤，一足，赤文青质而白喙，名曰毕方，其鸣自叫也，见则其邑有讹火。又西三百里，曰阴山。浊浴之水出焉，而南流注于蕃泽，其中多文贝。有兽焉，其状如狸而白首，名曰天狗，其音如猫猫，可以御凶。又西二百里，曰符惕之山，其上多棕枏，下多金玉，神江疑居之。是山也，多怪雨，风云之所出也。又西二百二十里，曰三危之山，三青鸟居之。是山也，广员百里。其上有兽焉，其状如牛，白身四角，其豪如披蓑，其名曰徼狪，是食人。有鸟焉，一首而三身，其状如鹗，其名曰鸱。又西一百九十里，曰騩山，其上多玉而无石。神耆童居之，其音常如钟磬。其下多积蛇。又西三百五十里，曰天山，多金玉，有青、雄黄。英水出焉，而西南流注于汤谷。有神焉，其状如黄囊，赤如丹火，六足四翼，浑敦无面目，是识歌舞，实惟帝江也。又西二百九十里，曰泑山，神蓐收居之。其上多婴脰之玉，其阳多瑾瑜之玉，其阴多青、雄黄。是山也，西望日之所入，其气员，神红光之所司也。西水行百里，至于翼望之山，无草木，多金玉。有兽焉，其状如狸，一目而三尾，名曰讙，其音如夺百声，是可以御凶，服之已瘅。有鸟焉，其状如乌，三首六尾而善笑，名曰鵸鵌，服之使人不厌，又可以御凶。凡西次三山之首，崇吾之山至于翼望之山，凡二十三山，六千七百四十四里。其神状皆羊身人面。其祠之礼：用一吉玉瘗，糈用稷米。

167

有什么要问的吗？

问：天呀，这一节这么长！

答：但你没觉得文采斐然，节律痛快，书写者都得意洋洋了吗？这二十三山，六千七百四十四里，天阔地迥，气象万千，大河源出，玉膏沸汤，有无忧碧草，有应验灵木，有五彩珍禽，有御凶异兽，世间万物无不有焉的嘉祥延集之地，是上古的中心，天帝的下界都城啊！

问：这里是现在青海新疆一带吗？

答：可以说是吧，但准确地讲应称之为西天。

问：是西天还是西域？

答：我之所以说是西天，是文中写到西王母，而汉民族的神话里，东王公经管东土，西王母主宰西天，东土西天对应么。

问：青海新疆一带不是高原沙漠吗，怎么有巨大的湖泊、沼泽，其光熊熊，其气魂魂？

答：据史料载，现在的塔克拉玛干大沙漠原来就是海，有十六国建在海的四周。而青海省以海为名，那更是海了。海上有许多山，传说这些山是罗刹女神的骨骼，罗刹女神兴风作浪，为了镇压，才在各个山头建造寺院。后来地壳变化，海水涸去，仅留下一个湖，这便是青海湖。

问：少昊，鼓，葆江，钦鸡，英招，陆吾，长乘，魍氏，江疑，耆童，帝江，蓐收，红光，那里竟然有这么多的天神？！

168

答：西天是诸神充满。

问：天帝派诸神来地上治理，而还有那么多的怪兽怪鸟怪鱼，蛮蛮带来水涝，毕方带来火灾，徼徊吃人，钦原见人蜇人见木蜇木，甚至神与神也发生战争，比如槐江山上的神，比如鼓和钦鸡杀葆江，而鼓和钦鸡被处死后，钦鸹化为鹗，鼓化为鹩，鹗鹩一旦出现又是会有战乱和旱灾。这是怎么啦？

答：世界就是阴阳共生魔道一起么，摩擦冲突对抗，生生死死，沉沉浮浮，这就产生了张力，万事万物也就靠这种张力发展的。

问：可这世上有大动物和小动物……

答：你见过哪个小动物灭绝过？大动物有势，小动物有毒呀。

问：哦。这里到处都是玉，黄帝以玉膏服食享用、浇灌丹木，还在土里种玉，让生出瑾和瑜来，这玉能种？

答：什么都是土生长的，所以把什么埋在土里它就生长。

问：人埋在土里能生长？

答：人死了都是埋在土里的，但他的子孙不是延续吗？

问：嘻嘻。爰指什么？

答：这里。

问：抟呢？

答：指臂膀。

问：还有，西王母爱吼叫，所以后来主妇都有厉气又啰唆？

答：别胡拉扯。去背诵其中最美的句子吧：瑾瑜之玉为良，坚栗精密，浊泽而有光。五色发作，以和柔刚。天地鬼神，是食是飨；君子服之，以御不祥。

★   ★

有了棋盘村的经验，老皮就在全公社推广，各村寨的工作他都满意着，操心的就是东川的三个村，尤其三个村中的琉璃瓦村。琉璃瓦村的人都长着三白眼，使强用狠，能争好斗，连公社办公室主任也不止一次地说：琉璃瓦村是狼窝子！村干部互相不配合，换谁上去，都是乌眼鸡，所以村里的革命和生产总搞不前去。年初复员了一名军人，老皮就让他当支书，为了支持新支书，特意批准公社下院厕所里的粪不再由镇西街村拉运了，就给琉璃瓦村。上院的厕所太高，粪便落下去就没了，而下院地基垫有三丈高，粪池就建在地基外边的溪滩上，冬天里粪池已经冻实，落下的屎尿在池面上冻住，边落边冻，形成了十几个直直的粪冰柱。琉璃瓦村人就用镢头挖粪池中的冰块，用架子车拉，而那些粪冰柱则敲下来，把麻袋片垫在肩上，一个人可以掮着，或者两个人抬着。在来拉运粪前，新支书是一再强调了老皮的照顾和支持，要求全村劳力都得去，却就是有一个人没有去，又到山阴县的清风驿去买大米了。他是常到清风驿买了大米回来再卖，赚过不少的差价钱，一家人吃得比别人稠，穿得也比别人鲜，更可气的是他时常怀里还揣个小扁酒壶，当着众人面掏出来抿一口了，说：吃香的喝辣的，知道这辣是指什么吗？别以为是喝胡辣汤，是酒！新支书当然就收没了买来的大米，那人不服，就告新支书以修路的名义砍伐了村里五棵树，这五棵树标出很便宜的处理价，自己倒买了四棵做新房的柱子。他告到公社，老皮把新支书叫去训骂了一通，让再出些钱补还给村里。但那人还是告，非要把四个柱子归还村里不可。告得老皮也烦了，让下院的人和墓生防范那人，一旦发现就挡在山下。那人见不到老皮，就到棋盘村去把英雄杏树的一个枝股砍了，并不逃，还拿了枝股说：我把匡三的树砍了！棋盘村人当然就把他抓住，打了个半死，捆在了涝池边竖立的碌碡上，碌碡只有半人高，他坐不下去也站不起来，任凭怎么唾他骂他再不吭一声。冯蟹派人去向老皮报告，老皮很快也到了棋盘村，那人哈哈笑起来，说：书记终于见我了！冯蟹上去就是一耳光，老皮挡了冯蟹，说：你才干大呀，能想出这法儿来，那我就得送你去学习班了。那人就被押去了黑龙口的砖瓦窑。

英雄杏树被砍掉了一枝股，刘学仁当着老皮扇自己脸，检讨自己没尽到责任，提了一瓶子香油浇在了杏树根上。老皮要求棋盘村加强保护，严防阶级敌人破坏，一定得保证杏树再不能少一枝一叶。琉璃瓦村展开了全面整顿，老皮又连去了四次，特意给新支书压阵。后来感冒发烧了十几天没有去，新支书跑去再请老皮，说：你要去哩，你一去就把牛鬼蛇神镇住了！但老皮实在病得去不了，他便在村口做了个稻草人，稻草人的脸用纸糊成老皮的模样，脖子上还挂了个牌子写着：我来。墓生去琉璃瓦村送文件时，给新支书说：你怎么让书记吃麻雀？新支书说：你懂个屁，这是书记来了他就来了，书记没来他也是来了！墓生说：我给书记汇报呀，你让他白日黑夜在这里风吹雨淋着。支书说：县城的广场上不是就有毛主席的塑像吗？你就告诉书记，我是把他当毛主席哩，过风楼的毛主席！墓生把这话说给了老皮，老皮哈哈大笑，说：病好了去吧，这狗日的黄忠！墓生这才知道新支书叫黄忠。

去东川，肯定要经过熊崖，熊崖上有一棵榆树，谁知道榆树怎么就长在崖石上，还那么大，树荫把整个崖顶都罩了，树上住着一只鹤。老皮带着墓生，每每走到崖下的河湾，就走得很累了，墓生只要往石头上坐，石头就把屁股吸住，怎么也懒得再走。墓生说：书记，你吃锅烟吧。老皮坐下来吃烟，墓生却捡个石头用力地往老榆树上掷，他能掷到树冠，鹤就鸣叫着起飞了，在空中盘旋。老皮说：你都走不动了还有劲打鹤？！墓生说：我让它欢迎你么。其实，墓生是要报警，熊崖下的村子，人们若看到崖上的鹤飞出了树，就会从后坡的槐树林子里逃散。

这是过风楼公社最大的一片槐树林子，开春后槐花一开，整个坡都是白的，所有的蜂都飞来采蜜，而各村寨的人也都来捋槐花。村寨如果管得松，白天有人来捋，村寨如果管得严，三更半夜有人来捋。捋回去做一种焖饭，能下口，而且上厕所也顺利。但公社明文禁止捋槐花，因为每一年槐树都不能结籽，林子的面积在减少，就派了护林员看守。这护林员先还尽职尽责，后来也睁一只眼闭一只眼，每当看到崖树上鹤鸣起飞，他也大声吆喝，捋槐花的人就翻过坡到了后沟的青枫林里去采蕨，蕨已经老了，不再是小儿拳头那种样子，叶子成了席片状，可煮了用水泡三天，去除涩苦，还可以下锅的。

171

后沟青枫林里到处缠绕着藤蔓，钻进去容易迷路，而且这片山林属于县管的林场，管理员有些疯病，凡是谁进了林子，他都以为是来偷砍木材的，会使劲儿撵，撵上了你拿着什么他就收没什么。所以钻进去一定要寻着路。为了防止迷路，好多人在身上装枣木剑，做枣木剑必须是雷击过的枣木刻的，一般的枣木不起作用。

吃槐花和老蕨叶子能顶饥，糟糕的是容易生虫。是不是肚子有了虫，一看脸色就知道了，眼泡肿，鼻梁上有白斑，那就得到河畔岸壁上找一种芽草，同苦楝子籽一起捣碎了，涂在薄荷叶上，再贴在肚脐眼，虫就屙出来了。五六岁的孩子肚子里虫最多，一屙就是一粗股露出肛门，大人就用脚踩住，说：立，立起！孩子一立起，整粗股的虫便拉出来，然后拿石头砸。所以经过熊崖下的那村子，墓生总觉得各家各户的前屋后的石头都不干净。

过了熊崖，东川最难开展工作的除了琉璃瓦村还有谢坪寨，墓生是不愿意去谢坪寨。平日老皮让他送材料或发通知去谢坪寨，他常常到了寨前的垭口了就坐下来等人，等到有寨里的人经过，把材料或通知托付转交给村长。墓生的外婆就在谢坪寨，他害怕见外婆。外婆家的成分不高，但自从墓生的娘去世后，外婆就每天傍晚坐在村口的碾盘上等女儿，她九十二了身板硬朗，而脑子糊涂了，说女儿没有死，会回来看她的。墓生先前还去看望外婆，外婆就抱着他，手不停地在他脸上摸，说：你娘呢，你娘呢，你娘咋不来看我？同样的话，她高说一句，低说一句，然后就自言自语，反复嘟囔。

墓生不愿意去的还有一个村是苟家村，苟家村住着他姨，他姨家院子里有棵大柿树，每年要做许多柿饼，墓生去了姨并不给他柿饼吃，他也知道这柿饼要去卖钱的，所以给他吃些旋柿饼时剩下的柿皮，并没怨言，但去苟家村要路过黑龙口，也就不愿再去苟家村了。

黑龙口不是村寨，那里有两条溪水交汇着，以前有个大磨坊，附近村寨的人都去磨粮食，后来修了拦水坝，建了个水电站，水电站并没有发成电，又改了纸厂，捞纸浆的技术却不过关，只生产一些糙纸。这些都是老皮手里经办的事，也是老皮最感到丧气的事，于是他决定在溪岸上开窑场，烧砖烧瓦，才一直持续了下来。窑场最早是从各村寨抽来劳力，慢慢是一些犯错误的人，比如不安分守己的地主分子，比如有现行反革命言论的却一直还未落实下来的，比如投机倒把屡教不改和犯了严重的男女关系问题的。发展到后来，凡是有了犯错误的人而各村寨自己解决不了，反映到老皮那儿，老皮就说：让去学习班吧。黑龙口砖瓦窑便成了劳动改造的地方。

窑场的负责人叫闫立本，曾经做过公社的武装干事，他个头不高，脸色煞白，除了有一双粗黑眉毛外，看不出什么威武，平日常低着头，背手在溪滩上转，或者就待在屋子里摇电话。过风楼除了上院下院有电话外，就只有窑场有电话，电话是要用摇把摇半天才通的。闫立本摇完了电话，就把摇把装在他口袋里。可是，就是这样一个人，窑场里三个组长，分别管着学习的生产的和后勤伙食的，个个黑脸大汉，脾气暴烈，要进闫立本的办公室必须喊报告，即便门开着，也得喊。老皮让墓生去把公社的一卷子红布送去窑场做横幅用，墓生目睹了那里的情况，想不明白那些组长怎么就那样服帖闫立本？可当他和老鹰嘴村的村长一块儿送了苗天义，他才害怕起闫立本，也害怕再去黑龙口。

★　　　★

苗天义是老鹰嘴村的能人，上过中学，写得一笔好字。世世代代老鹰嘴村人春节贴对联，对联上都是扣碗用墨画圆圈儿，苗天义从中学回来后开始写字，村里的对联都是他写的。他也很张狂，每到腊月底，就在院子里摆好桌子，凡是谁让他写对联，没有肉也得提一块儿豆腐，至少也要拿一捆葱。他因此得罪了好多人。七年前村里复查成分，他家由中农上升成小土地出租，小土地出租比地主富农的成分要低，其实也影响不了他当村会计，但他就一直写上诉。墓生曾见过他在公社供销社的垃圾堆里捡过包装纸，把这些纸用手熨平又裁成小块，放在帽壳里。墓生说：我头油也重，给我几张垫垫。他说：我这是写上诉信啊！他写了无数次上诉信，都没有起作用，甚至被老皮放在了上院的厕所里揩了屁股。他写了三年，第四年过风楼出了件惊天动地的事，他被揪出来，才再不写上诉信了。

　　那是在一个早上，公社下院前的溪滩上发现一块儿石头压着一卷纸，共二十页，密密麻麻写着字，全在骂，骂了过风楼这样不对，骂了过风楼那样不对，最后在骂共产党和社会主义。这样的事过风楼从来没有过，就被定为反革命万言书案。县公安局来了二十多人，每个村寨挨家挨户地调查，凡是能写字的都要写半页纸，进行笔迹对照。但忙活了一个月，笔迹始终没有对上，就以万言书上的内容来分析可能是哪些人写的。万言书上写到镇西街村为了解决人口多耕地面积少的问题而实行平坟，骂平了坟为什么还是富裕不起来，把祖先的坟挖了平了那不是自己断自己脉气么？也写费了那么多人力和财力修水电站哩，水电站修不成又变造纸厂哩，骂猫厕屎用土盖哩，一盖就算没事啦么？还骂到每年明明都有饿死的人为什么大会小会还是说革命形势大好越来越好？还骂到了棋盘村的杏树，八王寺的苏维埃政权旧址，口前寨的老标语，说秦岭游击队原本就是一伙土匪武装，当年只是路过棋盘村打了一仗，那一仗还是个败仗，而八王寺村的旧址和口前寨的标语都是伪造的。根据这些内容，就缩小了侦破的范围，把能了解这些事情的人集中起来查。这期间，棋盘村有人检举了那个老秦，说老秦几次一个人对着墙或者麦草垛骂过：咳我 × 你娘！咳我 × 你娘！老秦的媳妇是受过批斗的，老秦肯定是对共产党和社会主义不满。冯蟹和刘学仁把老秦送到公社专案组，老皮亲自审问，老秦吓得稀屎拉在裤裆里，说他一直怕媳妇，媳妇脑子有了毛病后，在家里更是蛮横，三句话说不到一块儿就摔碟子砸碗，他受气受得不行了，才出来骂他媳妇哩。老皮问到万言书中的几件内容，老秦压根就说不清。老皮就把老秦否定了，说：能写万言书的人肯定不是一般人。最后查来查去，苗天义就成了最大嫌疑犯，因为他有文化，能写，知道的事情多，而且长期上诉得不到回复有写反革命万言书的动机。但苗天义被抓后如何审问都不承认，吊在屋梁上灌辣子水，装在麻袋里用棍打，一条肋条都打断了还是喊冤枉。证据不确定，便不能逮捕，就送去窑场了。

送苗天义那天，窑场上还送来了镇小学的张收成，张收成双手被绑着，呜呜地哭，鼻涕眼泪流下来就挂在下巴上。张收成犯的是严重的男女作风问题，事情早已在过风楼摇了铃，苗天义看不起他，不和他在一块儿待，低声对墓生说：他要流氓多欢的，这阵就哭成那熊样？！墓生说：审问你时你还不是一样？苗天义说：我没哭呀，我也不承认，我在左手心写着刘胡兰，右手心写着江姐，双拳攥着就是不承认也不哭！管理学习的那个组长过来了，让墓生和老鹰嘴村的村长先看守着苗天义，他同学校校长把张收成带去闫立本的办公室，很不满地说：要送就隔日送么，一下子来两个，累死我们呀？！

墓生和村长就在土场边等着，苗天义手也是被绳子绑着，村长一直抓着绳头，他要吃烟，让墓生从口袋取出烟锅子给他装烟末，苗天义说：你放开手让我吃烟，我跑不了！村长不放心，还是把绳头拴在一棵树上。这时候一阵哨音响，土场子上就出现了一群在改造的人，这些人可能才干完了活，和泥的两腿是泥，装窑的一脸黑灰，然后排列两行，听管理生产的组长在训话。苗天义头扭着四处张望，突然他说那墙上的标语写错了，长字繁体写法在下边的长捺上有一斜撇，简体不应该有那斜撇。村长说：到了窑场别逞能，老老实实改造，反革命分子帽子虽没给你戴上，可还提在人民的手里，随时就可以戴的！打了苗天义一个耳光。明明是一个耳光，却啪啪啪响声不停，墓生扭头一看，原来那些被改造的人在相互打耳光。他们是真打，出手很重，但都有节奏，你打过来一巴掌，我打过去一巴掌，越打越快，有的脸就肿起来，有的嘴角开始流血，打过去的巴掌沾上了，等再打过去脸上就有了红印，三个红指头印的，五个红指头印的。墓生看呆了，苗天义也看呆了，村长说：蹴下来，我去尿一下。村长去后两个人就蹴下来低了头。墓生面对着树根，树根下却有两只野蜂也在厮打，两只野蜂都很大，缠在一块儿像个

175

球滚来滚去，一只就把一只的一条翅膀咬断了，而一只蚂蚁趁机衔了翅膀跑走，翅膀高高被举着像是举了旗子。墓生忙用柴棍儿拨那两只野蜂，拨是拨开了，一只飞走，另一只没了一条翅膀，还断了三条腿，挣扎了一阵死了。墓生脑子里又嗡的一下，看了苗天义一眼，说：我给你把手上绳子解了吧。苗天义把双手给了墓生，墓生解开了一只手，却不再解了。苗天义说：全解呀！墓生说：解一只就可以啦，你得当心点。苗天义却唾了一口墓生，墓生头一闪，说：你没唾上！村长提着裤子跑过来又扇了苗天义一耳光。

闫立本的办公室传来了张收成的叫喊声，墓生和村长都站起来，不知道出了什么事，而场子上的那些被改造的人已经不相互扇打了，拿了碗去伙房里打饭，打了饭就蹴在那里吃，对张收成的叫喊无动于衷，只是狼吞虎咽。闫立本的办公室门终于开了，走出来的先是校长，再是闫立本和管学习的组长，最后是张收成。张收成赤身裸体，那根东西上吊着一个秤锤，开始在土场子上转圈，秤锤似乎很重，他转圈的时候双腿就又着。墓生啊地叫了一下，悄声问村长：这是让张收成干啥哩？村长说：他那老二有了多少受活就让它有多少疼痛。而闫立本却走过来，大声地说：啊啊这不是墓生吗？墓生会牛叫，来几声吧！

墓生这一次没有学牛叫，说了句：我和村长把苗天义给你送来了，我还得回去收旗哩！扭身就跑，从此再不去砖瓦窑了。

★　　　　★

其实，墓生对张收成并没好感，当张收成还是老师的时候，墓生曾经跑去站在教室窗外看怎么个上课，就看见张收成在要求学生坐得端端地听课，谁要一趴在桌上，他就掰着粉笔节儿掷过去，墓生忍不住就笑了。墓生一笑，张收成发现了，嗖地向墓生也掷过来一粉笔节儿，打得好准，就打中了鼻子上，还吼一声：滚！

张收成管学生管得严，却管不住他那根东西，犯了好多次男女作风错误。第一次被发觉是三年前，学校饲养了个猪，年终时杀了给老师们分肉，校长要求不得声张，张收成却把分给自己的肉给了镇中街一个寡妇，结果一些学生家长就到学校闹事，说学校每周六的劳动课让学生剜猪草，杀了猪就老师吃肉？校长说猪圈和老师的厕所在一起，猪主要是吃老师的屎长大的，老师当然要吃肉。话说得难听，学生家长不闹了，张收成和寡妇相好的事却传出来。校长就给张收成谈话，张收成承认了，说总共只有过四次。校长说：我只说你是把肉卖给她的，你还真有此事？！张收成痛哭流涕，保证以后不犯错误了。张收成没再去找寡妇，后来又发现他和学校一个女老师有染，校长为了不让丑事外传，硬吃硬压，内部处理，让张收成写了个检讨。半年过了，到了中秋，张收成拿了新写的检查给校长说：我又犯错误了。气得校长不让他上课了，搞后勤。但入冬不久，他又来给校长交检讨，校长说：还是犯了错误？他说：犯了一点，我怕我收拾不住了给你汇报的。校长说：这回是谁？他说：是陈家村的任桂花。任桂花是校长认识的，全公社的歌咏比赛时她是陈家村的领唱，人才稀样，校长说：爷呀，你还犯了一点，你把天捅窟窿了！她是军婚，你知道不？！张收成就说：我和她只亲过嘴，摸过。校长再问：没办事？张收成说：没。校长说：你哄鬼啊？！感到了事态严重，再不能内部处理了，就汇报给了老皮。老皮听了破口大骂，因为破坏军婚那是要逮捕法办的，而过风楼正在争取全县先进公社称号，出了个万言书已经让他叫苦不迭，又出了破坏军婚的，就当下拍板往窑场送。校长离开上院后，老皮又让墓生把校长叫来，反复叮咛：对外只说张收成犯了男女作风问题，不能提及军婚，再以公社名义给任桂花丈夫的所在部队发电报，说其父病重，得请假回来一趟，这样即便任桂花怀孕也不至于事情暴露。

第二天下了雨，老皮派墓生去陈家沟村把任桂花叫来见他，任桂花说：又要歌咏比赛呀？！梳头搽粉，还换了件花衣裳。到了上院，任桂花进了老皮的办公室，墓生就在院门外扫落叶，担心着自己脑子里会嗡嗡响，就扫一下，支起耳朵往院里听一下，地就扫了个老虎脸。后来，树上的叶子不停地往下落，一疙瘩云也从天上掉下来，却掉到地上就没了。墓生真的脑子里就嗡嗡起来，看见任桂花出来了，脸色寡白，刚下台阶就摔得跪在地上。墓生赶紧扶她，说：你没事吧。任桂花说：没事。墓生在树下去捡鸟毛要粘住她额颅上的伤口，任桂花已经顺着坡路摇摇晃晃地走了。

★　　　　★

苗天义在窑上干的是最重的拉砖活，半个月下来，人瘦了一圈。白天里干活干得再累他都能忍受，要命的是到了晚上不能睡囫囵觉，总是被喊去继续交代反革命万言书的事。但是，有时待在窑洞里等着人喊，迟迟没人喊，以为今黑里不交代了就睡下，才睡到三更半夜，突然又喊起来去交代。交代室在窑场最东边的那个土窑洞里，拷打中他不停地号叫，声音就很凄厉。连闫立本都审不下去了，对管学习的组长说：你能不能让他笑？那组长就想出了一个办法，再不拷打，而把苗天义绑在一个柱子上，双腿跪地，又脱了鞋在脚底抹上盐水，让羊不停地舔脚心。果然苗天义就笑，笑得止不住，笑晕了过去。

张收成在窑场的当天晚上，他那根东西就肿得像个萝卜，坐不成，就站着交代自己所犯的错误。审问的人要做记录，要他把每一次犯的作风问题都交代，一定要交代详细，要说细节。而从此窑场管理人员中就传开了那些与张收成发生性关系的几个女人是谁，下面长得有什么不同，都做了哪些姿势，说了哪些话，一边骂着：这流氓！一边还问：还有呢？为了要知道更多的东西，他们常常在晚上闲得没事了，就又把张收成叫去再审问，张收成说：我全交代完了呀！他们说：肯定还有！张收成就开始编造一些姿势，但他们要他做做那姿势，他竟做不出来。张收成能带来乐趣，他在窑场就活得比苗天义好，拉了一段时间砖后，分配到山上给伙房拾柴火。

墓生再往棋盘村理发时，在经过过风楼的崖楼下碰到背了柴火的张收成，张收成的头发长得盖了耳朵，胡子也把下半个脸都罩了，墓生说：你没嘴了？！张收成把胡子刨开，说：这不是嘴是你娘的×？墓生问你出来拾柴火哩咋不见苗天义，张收成说：我是人民内部矛盾，他是敌我矛盾！张收成要墓生给他理一下头，墓生没给他理。

在窑场仅仅过了一个月零三天，张收成的毛病又犯了。这一天拾了柴火让毛驴驮着回去，驴下坡时他又不行了，掏出东西寻驴，而驴一步一步往下走，他一步一步撵不上，偏被在坡上一个割草的人瞧见了，检举给了闫立本。窑场立即召开了全体改造人的会，批斗张收成。张收成先是不承认他奸驴，说是他赶驴时掏出来尿哩，还说他是一边走一边用尿在路上写了"吃馍呀"三个字。检举他的是贫农，年纪又大了，闫立本当然相信检举人的话，就在批斗会上把张收成吊起来打，竹片子打一下，吊绳就拧一圈，打了几十下，吊绳拧成了疙瘩，然后又反着方向打，吊绳哗哗地旋，竹片子也越打越急，打在了头上，打在了脸上，血把眼睛都糊了，他承认了。当晚，给张收成写材料，报请公安部门逮捕法办，先是写了奸驴，觉得这事传出去太辱没过风楼公社的声誉，改写成道德败坏，影响十分十分恶劣，又觉得太笼统，不足以反映罪行，闫立本说：那就定个破坏公共财物罪，加上"严重"两个字。材料写毕，闫立本在电话里向老皮汇报，正得意着定这个罪名高明时，张收成在交代室里又出了事。张收成还关在交代室，伙房送去了一碗红薯面饸饹，他嘴肿得吃不进去，就打碎了碗，用瓷片割他那东西。伙房人以为他吃完了饭，要去取碗，发现他在割那东西，便大喊起来。闫立本给老皮说：你稍等一下。放下电话去了交代室，张收成已经昏死了，那根东西就躺在一边，可能割得十分艰难，从伤口上看，是割了几十下才割断的，血流了一摊。闫立本再给老皮通电话，老皮的意思是：可以不申报了，戴个坏分子帽子，就在窑场继续学习吧。

也就在这天夜里，过风楼下起雨，雨大得像是用盆子往下倒水，而且呼雷电闪。墓生不害怕雨，但害怕雷电，每一次电闪都有一道红线划下来，一下子照得天地都是白的，然后又一尽地黑，雷就嘎喇喇地响，像是在自家屋顶上爆炸。墓生关着门窗不敢睡觉，人都说呼雷电闪是天上有龙要抓人的，他害怕龙来抓他，便钻进地窖里，战战兢兢到了天亮。天亮时雷电没了，风雨也住了，墓生照旧得去山头的婆椤树上插红旗，他爬到树上，看见东边远远的山那边太阳正往出拱，扑哄扑哄地，颜色很嫩，如蛋黄一样，想着风雨雷电说来就来说走就走，天怎么就发脾气了？他寻找着哪儿还有竹节虫，可一低头，在婆椤树右边五丈远的地方，竟然那棵白桦倒在地上，折断了三截。墓生啊地叫了一声，忙从婆椤树上溜下来，绕着白桦看，原来白桦外表上好好的，中间却朽空了，是雷劈了它，劈倒在地又断了三截的。他钻进中间那一截里，空洞恰好容下他的身子。墓生让自己安静了一会儿，要感觉脑子里会不会有嗡声，没有，他说：不会有啥事的。就从山头跑到上院，给老皮报告雷劈了白桦。老皮的眼角有两疙瘩眼屎，并不在意，却让墓生立马到陈家村把任桂花叫来，越快越好。墓生已经走出了院门，老皮伸着腰说：你说雷把树劈了？墓生说：是那棵白桦。老皮说：狗日的，咋不把张收成劈了？！

墓生到了陈家村，任桂花在门口台阶上梳头哩。任桂花必须站在台阶上才能完全把头发垂下来梳通。她一听见是老皮又叫她去公社，梳子掉在地上，说她心慌得很，让她静一静，就坐下去，头发在台阶上扑撒了一堆。墓生说那不行，书记让他四个蹄子跑着来的，去迟了招骂的。任桂花乱胡地把头发编了辫子，还要洗脸，墓生说洗的脸干啥，又不是进县城呀？！两人一路小跑，到了上院，任桂花累得趴在地上，给墓生说：我心往出蹦哩！墓生敲院门，老皮走了出来，任桂花说：书记叫我？老皮说：咋来得这慢的，这钱就得你掏呀！任桂花说：我掏我掏，给他包扎花了多少钱？老皮说：你说啥？任桂花说：张老师在窑上的事我知道了。老皮好像生了气，说：你怎么知道？任桂花说：墓生在路上说的。老皮踢了墓生一脚，墓生忙要解释，老皮没有理，只对任桂花说：我是说你得掏电话钱！任桂花说：电话钱？老皮才说：去接吧，他从部队上给你来电话啦！任桂花喉咙里咯的一下，爬起来就进屋去接电话，果然是丈夫从部队打来的电话。

任桂花和丈夫通完电话以后，走出了屋子，给院子里的老皮说：我通完啦。老皮说：他给你说啥啦？任桂花说：他说他请了假，三天后就探亲回来。老皮说：这是组织上给你的保护，你该知道你怎么做吧？任桂花说：我知道。

几天后，下院的干部都在传着任桂花和她丈夫通电话的事，说是任桂花拿起了电话听筒，气喘吁吁地说：喂，喂！她丈夫说：是桂花？任桂花说：你听不出我声了？丈夫说：这长时间呀，我都等瞌睡啦！任桂花说：咱家离公社远么，你好不好？丈夫说：好得很，假请下了，三天后就到家啦！任桂花说：啊，啊你要回来啦？是大后天擦黑到吗，那我去车站接你！丈夫说：不接了，面揉好，人洗净，等着！

这话越传越成了笑话，老皮要大家封口，追问过墓生是不是你说的。墓生说公社办公室主任问过这事，他只说任桂花接了她丈夫的电话，别的一个字都没说。墓生给老皮发咒：我要多说一个字，我嘴是拉屎的，让龙抓我！一连三天，他见了老皮就发咒，老皮说：不是你就不是你吧。墓生说：可你老瞪我。老皮说：我是大眼睛，看你就是瞪你啦？！墓生这才脸上活泛起来，主动给老皮学了几声牛叫。

★　　　　★

采编秦岭游击队革命史的工作终于告一段落，我是要离开过风楼公社了。这一日天上只有一朵云，又白又大，像是堆了个棉花垛，我去向老皮告别，老皮在上院里又召开着各村寨的干部会，而墓生一个人在院外的树下坐着。墓生一只手拉扯着自己的嘴，我才要笑他：你以为你也是老皮书记呀？！却见他把嘴拉扯得四指长了，另一只手就在嘴皮子上又是拍打又是拧掐，嘴角就裂开了流血。我说：墓生你这干啥？墓生见是我，眼泪汪汪地说：我教育嘴哩！我说：嫌它吃得多啦？他说：它说错话！我说：说了啥错话？他说：我再给你说，不是把错话又说了一遍？他的嘴开始肿起来，唏唏地吸气。

会议结束了，老皮知道我在院门外一直等他，他又训斥墓生不通报一声，墓生说是我并没有说要见书记么，他口齿已经有些不清晰。我给老皮说墓生把自己嘴打烂了，老皮看了一眼，说：该打！拉我进屋去喝茶。

老皮告诉我，过风楼公社连续五年都是先进单位，而省上评劳模，县上报上去了三个人，最后当选的就只有他，明天他就要去领奖，希望我不急于走，等他回来了再好好叙些话，隆重地欢送我们。我当然是恭贺他，答应等他回来。老皮用力地拍着我的肩，说：这就对了么，不能让我有太多的遗憾呀！我说：你还有什么遗憾？他说：有呀，匡三司令就没有来看过那棵杏树么！他让我等他回来了一块儿去棋盘村杏树那儿再留个影，在我返回后拿上照片给匡三司令再捎个口信，就说过风楼老区人民想念司令啊！我说我不一定能见到匡三司令，如果有机会，肯定要转达的。老皮还告诉我，虽然匡三司令没有来看过那棵杏树，但他一直认为杏树给过风楼带来了福气，他想出了一个点子，也就是刚才会议的内容，要给杏树过生日。在他还小的时候就听人说过，人是有生日的，草木也有生日，比如三月二日是兰花生日，四月十八日是荷花生日，八月八日是桂树生日，杏树也应该有生日，匡三司令是四月二十九日生的，就把杏树的生日定在四月二十九日，而且要固定成一个节日。今年的四月二十九日快到了，要求各村寨加紧排练，到时全公社举办歌咏比赛。老皮说：你最好多留些日子，看看热闹么！

第二天，老皮真的就动身去省上领奖，刘学仁和办公室主任组织了锣鼓队送行。过风楼的锣鼓敲打水平其实不高，仅仅只是社火调，我也是很久很久没唱阴歌了，也没摸过锣鼓，我一听锣鼓声心里就痒痒的，对鼓手说：让我敲敲。我敲了段《三句头曲调》，又敲了段《小放牛曲调》，他们全惊呆了，连老皮都在说：你咋还有这手艺？我说：早年学过。他说：好呀好呀，你可以给他们教教么！我把鼓交给了鼓手，和人群一直把老皮送到公路上。老皮说:你瞧瞧,乡亲们多好!就给送行人群抱拳拱一拱,再鞠一躬,说:回去吧,乡亲们都回去吧!眼睛都潮湿了。

★　　　　　★

送走了老皮,刘学仁、冯蟹去了一趟黑龙口的砖瓦窑,闫立本留下他们没让走,说晚上了咱们吃个羊。这羊就是给苗天义舔脚心的那只羊。那时候吃肉不容易,闫立本要请吃羊,刘学仁和冯蟹就留下了。到了后半夜,砖瓦窑上的改造的人都睡了,连管理人员也都睡了,闫立本让三个组长把羊拉到办公室,握紧羊嘴不让出声杀了,开始在锅里炖。一人三碗,六个人把羊吃得一干二净,刘学仁说:遗憾咱书记没吃上。闫立本说:刚才吃第一碗我就想到书记啦,心里说,这一碗就算替书记吃的。刘学仁:真要让他来吃,他恐怕还批评咱哩。他没吃上,咱把他领奖回来迎接的事弄好,也算是给他补了。说到了迎接,刘学仁提出到时开个大会庆贺。闫立本说:会是少不了的,光开会?冯蟹说:咱用绸子做个大红花,再买个大红被面给他披上,咱这里兴披红戴花。闫立本说:我看送个匾,开会时也就挂在会场上。刘学仁和冯蟹都说这主意好,匾能永久,即使书记退休了,挂到他老家的屋里也是荣耀的纪念么,就又议起做多大的匾、用什么木材呀。冯蟹说:这事交给我,棋盘村有好木板,又有木匠。刘学仁说:咱队部里那些木板是不错,可让村里的木匠做我不放心,还是把木板拉到县城去做。另外,匾上刻什么字呀?闫立本说:书记最爱讲对党要忠心赤胆,他就是忠心赤胆的模范,刘学仁你字写得好,就写这四个字!刘学仁却说他写不了毛笔字,尤其是大字,要写还得苗天义写。冯蟹说:怎么能让他写?!闫立本说:这事我办吧,你们准备好笔墨纸砚。

第二天,刘学仁在公社下院备好了笔墨纸砚,闫立本就带了苗天义去了,他只给苗天义说去写四个字,没说写四个字干什么用,怕他知道了张

183

狂，在窑场就又不服改造了。果然苗天义一听让写四个大字，就让在一旁跑小脚路的墓生铺纸，一会儿说毛笔太小，换了笔，又嫌墨调得稠了，他自己调，调好了，问有烟没，他要吸烟，吸烟运运气，气不够写不出势的。旁边人把旱烟锅子给他，他让墓生给他点火。字写完了，苗天义说：墓生，端碗水给我喝喝。闫立本踢了他一脚，骂道：把他押回窑场去！

木板和字送去了县城，几天后便做好了匾，冯蟹和刘学仁用架子车去拉回来时，做匾的钱还剩下五元，就买了两箱饼干。下午架子车拉到公社下院，办公室主任已经带人在院子里摆设会场，主席台就搭到一堵山墙下。搭台子当然少不了墓生，他爬梯子在山墙上钉木橛子，然后几个人抬着匾挂上去看方位。一切都合适，再把匾取下来，说送接会后匾还是要挂在老皮的办公室的，就又把匾抬上院去钉木橛也试挂一下。冯蟹刘学仁让墓生和他们一块儿抬，墓生说：我个子低，恐怕抬不上去。刘学仁说：咋抬不上去？抬！墓生就抬了匾的前头，而刘学仁和冯蟹抬了匾的后头，才上了五个台阶，墓生扑通跪倒在了路上。冯蟹骂道：你尿不顶！墓生说：你们抬，我给你们学牛叫。把匾抬到上院，墓生量了匾的尺寸，在办公室墙上钉了木橛，再把匾挂了上去，冯蟹和刘学仁就坐在那里吃起饼干。墓生说：吃啥哩？冯蟹说：吃饼干哩。墓生说：好吃吧？冯蟹说：好吃是好吃，噎得很，你去山下提些水去。墓生去提水，半路上想在水里唾一口，但没有唾，骂道：吃了饼干再喝水，撑死去！水提了回来，冯蟹和刘学仁又吃又喝，冯蟹看了一眼墓生，墓生并没有看他们，举着头往天上瞅，他说：你干啥哩？墓生说：我数鸟哩。刘学仁说：吃呀不？墓生说：不吃。冯蟹说：不吃？那就不给你了。墓生说：吃哩。刘学仁说：狗日的想吃还不明说！给了墓生三块饼干。墓生把第一块儿咬了两下就吞了，第二块第三块却一点一点地咬着，吃完了，也去喝口水，把水咕噜咕噜在嘴里涮，然后一仰脖子咽了下去。原来两箱饼干冯蟹和刘学仁是给自己吃的，也估计着能吃完，没想只吃了多半就吃不下去了，刘学仁对墓生说：还想吃？墓生说：想吃。刘学仁说：拉匾的架子车是窑场的，你把它送还去就让你吃。墓生说：行！就又吃起饼干，竟然一口气将剩下的都吃了。刘学仁骂道：你屎高的个子倒比我吃得多！墓生笑着，转不了身，只脖子能动，说：让我缓缓，缓过来了去送车子。

墓生把架子车送去窑场，窑场上又来了三个坏分子，分别是陈家沟的、下荆寨的、柳林湾村的，他们和村长一吵架就叫喊着要去砍棋盘村的杏树呀，村长就把他们扭送着交给闫立本。闫立本这次没有在他的办公室里摇电话机，后背了双手在窑场的土塄上走过来走过去，像是在思考着什么问题。而就在土塄下，几个人在给送来的那三个坏分子下马威，蘸了水的麻绳捆住往紧里勒，三个坏分子一个不吭声一个只吸气一个杀猪一样叫，叫着叫着就没气了。有人说：叫呀！没气了？没气了就补些气！便拿了给架子车用的充气筒，皮管子塞到肛门，哧哧地往里打气。墓生不敢多看，放下架子车赶紧跑了。跑回公社下院，天就麻黑下来，实在渴得不行，趴在溪里喝水，公社办公室主任看见了，说：你干啥哩？墓生说：我喝些水了去收旗呀。主任说：天都黑了你还没收旗？！墓生说：去呀去呀，这就去呀！撅了屁股往山上跑。

到了山上，肚子就胀得像要撑破似的，忍着疼痛爬上了婆椤树，刚把红旗收好，眼前突然都是星星，他说：流星雨啦？伸手去接，身子从树上掉了下去。墓生是头朝下脚朝上掉了下去，偏不偏头就迎着树下的一块儿石头，那石头其实不大，却立栽着，一下子插进了他的脑顶。

墓生掉下去响声很大，树林子里飞起了一群鸟，但山上没有人，谁也不知道。墓生也不知道他掉下来石头插进了脑顶，只是突然昏去，他还以为他在收了红旗，用手去接那些闪光的星星，就躺在那里流了很多血，到后半夜无声无息地死了。

★   ★

老皮领奖回来了，下院里召开了热烈隆重的庆功会，各村寨的干部都带着人敲锣打鼓，鸣放鞭炮，先给他披红戴花，刘学仁说：书记，你满面红光，神采奕奕啊！那时期这词儿是给毛主席用的，老皮哈哈笑过，说：我这是热了，一脸汗油。等匾挂到主席台的山墙上了，老皮开始讲话，他的声调非常高，以前从来没有这么高过，声调竟有些颤音，他说：同志们，乡亲们，我的荣誉是过风楼的荣誉，是全公社干部群众……突然哐当一声。老皮的讲话就是在哐当一声中停止，这哐当一声并不是锣鼓队在敲了鼓，会场上所有人都看见了山墙上挂着的匾掉了下来，而掉在下边的条凳上竟然断为两片。会场上同声惊叫了一下，老皮回头看了，他没有惊叫，但脸色已经不好了颜色。冯蟹和刘学仁，还有办公室主任和闫立本，几乎在第一时间从会场两边跑上了主席台，发现匾之所以掉下来是墙上的木橛子折了。闫立本在说：木橛子折了，木橛子怎么能折，谁做了手脚？！老皮也在喊：墓生！墓生！他是习惯了有事就喊墓生，但没有墓生的回应。刘学仁见没有墓生出现，锐声问：墓生呢？墓生！会场上谁也没有见到墓生。老皮抬头往山头看，他以为墓生去了上院，那坡上的台阶空空落落没有一个人，最高处的婆椤树上也没有红旗在招展。老皮已经无法讲话了，但还站在主席台中央，他在问：怎么回事，红旗也不插了？！刘学仁骂了一句：狗日的！他明白问题全出在墓生的身上，木橛子是墓生钉的，肯定是他搞破坏，逃跑了，所以今天的红旗就没有挂。他给闫立本和办公室主任叮咛先让书记喝杯茶，维持好秩序，会继续开，一定要继续开，他就和冯蟹往山头跑去。

后来的事情当然是他们在婆椤树下发现了墓生，墓生已死去了三天，嘴张着，红旗塞在怀里，而红旗上还落了一层树枝和树叶，他们把红旗取出来，才看清那不是树枝树叶，是竹节虫。会后，老皮也去现场看了，认定墓生并没有畏罪自杀，是从树上失脚掉下来摔死的。老皮说：这短命鬼！眼里潮潮的，不忍心再看，转身走时，又说了一句：他是孤儿，你们就把他埋了吧。

埋墓生的时候，没有谁提说给墓生把脑顶上的石头拔出来，也没有谁提说给墓生擦擦脸上的血，换上一身新衣服，或者烧些纸和香。只是在原地挖出了坑，要把墓生放进去时，冯蟹看见了不远处那一截空心断木，说：给他个棺材。他们把墓生塞进了空心断木里，刚好塞下，用泥巴将两头糊了，放到了土坑里。

埋墓生的人从山头往下走，镇街上，各沟岔的村寨里牛都在叫，长声短声地叫。

★　　　　　　★

我是第二天离开的过风楼，老皮一定要送我，估计他一夜没有睡好，脸皮松弛得更厉害，嘴唇上下巴上胡须很长。他还是让公社干部，还有冯蟹、刘学仁和闫立本带着锣鼓队送我，而冯蟹刘学仁以及棋盘村的人头发也都很长，遮盖了耳朵。在上院里有个简短的仪式后，锣鼓响起，大家一块儿从山上往山下走，我又一次从鼓手手里拿过了鼓自己敲，一边敲一边下台阶，突然想唱，想给我唱，更想给墓生唱，就开口唱了起来。我唱：一二三四五，金木水火土。月大三十天，月小二十九。开天天有八卦，开地地有四方，开云云有方向，开水水有波浪。老皮说：哎，哎，你这是唱阴歌哩么。我说：我以前就是唱师。老皮说：你是唱师？！我继续唱我的：九八七六五四三，说起远古年代远，铺天盖地全黑暗，无天无地更无山，无风无云无水潭。黑暗到了混沌纪，天地何时有缝隙？先是无极生太极，再是太极生双仪，双仪可又生四象，四象还把八卦立。开天辟地胡乱唱，许多事情都忘光。我听见老皮在叫我：哎，哎！我没应他，我还是唱我的：忘了暂时放一放，歌师请神在上方。一请金木水火土，二请日月星三光。三请天上玉皇帝，四请四海老龙王。五请本县城隍爷，六请雷公电娘娘。七请财神和灶公，八请山上八金刚。九请孝家众宗祖，十请阎罗和地藏。各路诸神都请听，引导亡者上天堂。等我唱着到了山下，我身边已没见了老皮，也没见了冯蟹、刘学仁和闫立本。再到了溪边，公社的干部和村人全走了，跟着我们采编组的人只剩下那个鼓手，我停止了唱。我问鼓手：我身后有影子吗？他说：有影子。我说：这影子是墓生。鼓手吓得脸色煞白，说：影子是墓生？！他狠力拿脚踩影子。我说：你回吧，他们都回去了你还送我？他说：你拿着我的鼓么。

我回到了县上，才两天，我就不是秦岭游击队革命史采编组长了，甚至也不能再回县文工团去工作。这一切都是老皮向上边反映了我的结果。其实，这对我并没有什么，我本来就不是一个做国家工作人员的料。徐副县长把我叫去见他，他坐在轮椅上口齿不清地问我想到哪儿去当农民，我说我还是回正阳镇吧。我就再次到了正阳镇，但正阳镇的人都不知道了我是谁。那天我去一户人家讨水喝，那家的媳妇说浆水解渴，从酸菜瓮里舀了一勺给了我，却问：你从哪儿来的？我说：从路上来的。她说：到哪儿去呀？我说：脚到哪儿就去哪儿。她说：是要饭的？！炕上传来一句：你是唱师吗？哎呀就是唱师！我扭头看了，炕上躺着一个老汉。这老汉认识我，我却不认识他，他说他小时候见过我，他已经老了，瘫在炕上了，问我怎么还活着？我笑着说：罪孽没受够，阎王爷不让死么！我是活着，此后又是几十年吧，我一直就待在正阳镇，但我再没唱过阴歌，正阳镇上依然是生一茬死一茬，死了一茬再生一茬，也没有哪个孝家请我去唱阴歌。

古《山海經》插圖

问：河指黄河吗？为什么别的都称水，唯独黄河称河？

答：河是大水，最大的水。

问：那时不称为黄河，是因为水里还没有那么多的泥沙吗？

答：是的，那时它流经的黄土高原仍是林木茂盛么。

第四个故事

我念一句，你念一句。

　　西次四山之首，曰阴山，上多榖，无石，其草多茆、蕃。阴水出焉，西流注于洛。北五十里，曰劳山，多茈草。弱水出焉，而西流注于洛。西五十里，曰罢谷之山。洱水出焉，而西流注于洛，其中多茈、碧。北百七十里，曰申山，其上多榖、柞，其下多杻、檀，其阳多金玉。区水出焉，而东流注于河。北二百里，曰鸟山，其上多桑，其下多楮，其阴多铁，其阳多玉。辱水出焉，而东流注于河。又北百二十里，曰上申之山，上无草木，而多硌石，下多榛楛，兽多白鹿。其鸟多当扈，其状如雉，以其髯飞，食之不眴目。汤水出焉，东流注于河。又北百八十里，曰诸次之山，诸次之水出焉，而东流注于河。是山也，多木无草，鸟兽莫居，是多众蛇。又北百八十里，号山，其木多漆、棕，其草多药、虈，芎䓖。多泠石。端水出焉，而东流注于河。又北二百二十里，曰盂山，其阴多铁，其阳多铜，其兽多白狼白虎，其鸟多白雉白翠。生水出焉，而东流注于河。西二百五十里，曰白於之山，上多松柏，下多栎檀，其兽

191

多牸牛、羬羊，其鸟多鸮。洛水出于其阳，而东流注于渭；夹水出于其阴，东流注于生水。西北三百里，曰申首之山，无草木，冬夏有雪。申水出于其上，潜于其下，是多白玉。又西五十五里，曰泾谷之山。泾水出焉，东南流注于渭，是多白金白玉。又西百二十里，曰刚山，多柒木，多㻬琈之玉。刚水出焉，北流注于渭。是多神䰠，其状人面兽身，一足一手，其音如钦。又西二百里，至刚山之尾。洛水出焉，而北流注于河。其中多蛮蛮，其状鼠身而鳖首，其音如吠犬。又西三百五十里，曰英鞮之山，上多漆木，下多金玉，鸟兽尽白。涴水出焉，而北流注于陵羊之泽。是多冉遗之鱼，鱼身蛇首六足，其目如马耳，食之使人不眯，可以御凶。又西三百里，曰中曲之山，其阳多玉，其阴多雄黄、白玉及金。有兽焉，其状如马，而白身黑尾，一角，虎牙爪，音如鼓，其名曰驳，是食虎豹，可以御兵。有木焉，其状如棠，而员叶赤实，实大如木瓜，名曰櫰木，食之多力。又西二百六十里，曰邽山。其上有兽焉，其状如牛，蝟毛，名曰穷奇，音如嗥狗，是食人。濛水出焉，南流注于洋水，其中多黄贝，蠃鱼，鱼身而鸟翼，音如鸳鸯，见则其邑大水。又西二百二十里，曰鸟鼠同穴之山，其上多白虎、白玉。渭水出焉，而东流注于河。其中多鳋鱼，其状如鳣鱼，动则其邑有大兵。滥水出于其西，西流注于汉水，多𩶮魮之鱼，其状如覆铫，鸟首而鱼翼鱼尾，音如磬石之声，是生珠玉。西南三百六十里，曰崦嵫之山，其上多丹木，其叶如榖，其实大如瓜，赤符而黑理，食之已瘅，可以御火。其阳多龟，其阴多玉。苕水出焉，而西流注于海，其中多砥砺。有兽焉，其状马身而鸟翼，人面蛇尾，是好举人，名曰孰湖。有鸟焉，其状如鸮而人面，蜼身犬尾，其名自号也，见则其邑大旱。凡西次四山，自阴山以下，至于崦嵫之山，凡十九山，三千六百八十里。其神祠礼，皆用一白鸡祈，糈以稻米，白菅为席。右西经之山，凡七十七山，一万七千五百一十七里。

★　　　　　★

有什么要问的吗？

问：河指黄河吗？为什么别的都称水，唯独黄河称河？

答：河是大水，最大的水。

问：那时不称为黄河，是因为水里还没有那么多的泥沙吗？

答：是的，那时它流经的黄土高原仍是林木茂盛么。地理环境的变化，书中记载的那么多的水现在或是消失了或是改道和更名，河依然在，并未以泥沙多、颜色黄而改变了它是最大的水。凡是大水，它必然泥沙俱下。

问：硌是什么？

答：大石。

问：泠石是什么石？

答：一种柔软的石头。

问：石头也有柔软的？

答：生者柔软，死者坚硬，泠石可能是熔岩才开始生成的石头吧，等坚硬了就是咱们这里常见的料浆石了。

问：咱这儿的耕地里料浆石多得很呀！

答：沙是渴死的水，料浆石是石头的尸首。

问：神魈是什么神？

答：是一种厉鬼。

问：厉鬼？！神和鬼怎么区别？

193

答：凡是动物长得有人的一部分形状，半兽半人的，人都称其为神鬼。人是见不得有像人的动物，所以能征服的就征服，征服不了的就敬奉，软硬兼施。可以说，神是被敬奉的鬼，鬼是被驱赶的神。

问：这一山系的物事几乎和别的山系的物事一样，越是往西，怎么就越有怪异的鸟兽蛇鱼？

答：那时越往西人越少么。现在谁还能看到或听说过鸟兽蛇鱼的怪异吗？怪异的只是人的相貌和性情，长在山里的人多有兽相，长在海边的人多有鱼相，凡是观其相貌以动物的习性判断其性情，常常八九不离十啊。

问：上申山"兽多白鹿"，孟山"多白狼白虎""白雉白翠"，英鞮山"鸟兽尽白"，鸟鼠同穴山"多白虎、白玉"，那里的动物都是白的？

答：不是也写到那里"冬夏有雪"吗？环境可以改变一切，一切都得适应环境。

问：可是，这山系的神祠之礼用白鸡白菅，而南山首系山、西山首系山、次系山，都用白色的东西做神祠之礼，那些山系并不是冬夏有雪呀？

答：那时候越往西越有雪，有雪的地方神鬼越多，上古人就以白色的东西取悦神鬼。后来也就有了西天是白的，极乐的；人世间是黑的，悲苦的。

问：那现在人死了，孝子们为什么戴白帽穿白衣？

答：民间有一个说法，人死了神鬼来收魂的，神鬼怕火，活着的人身上头上都有光焰，孝家为了让神鬼将亡人魂安然收去西天，一方面要用白帽白衣遮住光焰，一方面也是欢迎神鬼。《山海经》里上古人的思维是原始的，这种思维延续下来，逐渐就形成了集体意识，形成了文化。记住了吗？

问：嗯。

答：你举例说说。

问：比如，上古人神祠之礼用白色的东西，后人就以白色最为纯洁干净。上古人拜山，后来各朝各代的帝王都拜山。比如上古人以玉通神，现在人都热衷佩玉。比如上古人见红色认为有兵灾，如今红色代表力量，革命。比如上古人分辨阴阳，比如上古人采草入药……

★　　　　　★

秦岭里有两千三百二十一种草都能入药，山阴县主要产桔梗、连翘、黄芪、黄连、车前子、石苇，三台县主要产金银花、山萸、赤芍、淫羊藿、旱莲、益母，岭宁县主要产甘草、柴胡、苍术、半夏、厚朴、大黄、猪茯苓、卷柏、紫花地丁。最有名的是双凤县的庚参，相当地珍贵，据说民国时期便一棵能换一头牛的。庚参生长在大庚山的原始森林里，倒流河的河源就在大庚山。而顺着河流到回龙湾，湾中有八道峪，峪里都有中药材，东边第三个峪最长，峪垴就通往大庚山东沟，这里却唯一产当归，产量大，世世代代当地人都挖当归为生，连峪里的村子也叫当归村。当归成熟的时候，峪道上行人不断，却是背了竹篓或挑了笼筐把当归拿到回龙湾镇交售，回龙湾镇也有八家当归收购店。

当归村人以挖药卖药为生，但当归村人竟世世代代害着一种病。这种病害男不害女，男的生下来一切都正常着，到了七岁八岁，浑身的关节就变大，做父母的便害怕了，将儿子放在炕上，双手按住他的腿，说：长，长，长呀！儿子的腿合并起来中间有了空隙。这空隙年年增大，腿已经严重弯曲，父母更担心了，时常要问：夜梦里你没跳崖吗？孩子在夜梦里从崖上往下跳，那就是在长个子，可孩子长到一米四五了，夜里再也不做跳崖的梦。当归村里的男人一代一代都是一米四五的个头，镇街上的人叫他们是半截子，收购店的人收购了当归后，问：四十里路走了一天？他们说：鸡叫头遍就动身了。问：哦起得那么早！你们是不是起床后要在院子里先揉腿，不揉就走不动？他们说：是得揉腿，就像你们起来熬罐罐茶一样。镇街上人都有喝茶的习惯，要在铁壶里熬一种老茶，熬得筷子一蘸能吊线儿的浓汁了，喝了一整天身上才来劲。又问：女人怎么就不害那病呢？他们说：都害下了地里活谁干？收购店的人就说：那倒也是！当归村得靠女人当家。这话他们却反驳了，说：女人怎么能当家？这像石磨一样，上扇就在上面，下扇就在下面。收购店的人哈哈大笑，说：那是不是两口子吵架了，男的吵不过了要动手，女的跳到炕上去，男的却跳不上去，要骂狗日的你要把我抱上炕了看我怎么打死你！他们终于听出这是在作践他们了，就不再回答，把钱握在手里，一摇一晃地离开，咕哝一句：哼，下次和戏生一块儿来！

戏生也是当归村人，但他是名人，他家三代都有名，别人欺负不了他。

戏生家之所以三代人都有名，人都说是他家宅子的风水好。当归村建在峪中的一块儿洼地里，洼地东低西高，西头坡根有一眼泉，泉水流下来，沿着泉水两旁错错落落地都住了人家，形成一个裤衩状，戏生家就在泉上的平台子上。平台子很大，是村里唯一的打麦场，现在麦收过了，场边只有着大大小小的麦草垛和零乱的碌碡，再就是那一棵老杜仲树。戏生是每天早上都光着膀子在树身上蹭，蹭了脊背再蹭膝盖，蹭过了就不再去揉腿，然后便拿抹布去擦院门框上的那个小木牌，木牌上写着"革命烈属"。革字的上半部已经被擦得看不清楚，但整个牌子光堂得像是刷了漆，只要太阳一出来，从村口就能看到那一点光亮。

戏生的爷爷就是烈士，这牌子让当归村人很光荣。

至今，当归村人都会讲戏生爷爷的故事，说当年秦岭游击队在甘家梁伏击了县保安团两个排后，国民党的军队在秦岭里大范围围剿，游击队蹿山越岭过来，先在回龙湾待了一天，后就落脚在当归村。戏生的爷爷要求参加游击队，老黑没同意，嫌他个头太低，挎上枪了，枪托就磕着地。戏生的爷爷说他能跑，跑起来给老黑看，但他的罗圈腿实在是跑不快，而且屁股老撅着。戏生的爷爷又去找李得胜，抱住李得胜的腿不松手，李得胜就说：让他参加吧，打不了仗可以送信，他送信没人注意的。戏生的爷爷就参加了游击队。游击队员都叫他摆摆，因为他走路一摆一摆的。摆摆先是去回龙湾镇给游击队采买过东西，雷布带人去另外的峪里筹粮款，摆摆也送过几次信，任务都完成得很好，他就有些轻狂，向李得胜提出能不能给他配一支枪？李得胜当然没枪给他，他就照着李得胜的手枪用木头刻了一把，枪把子上还拴了个红绸子，别在腰带上。可就是这把木头枪让他丢了命。那是又一次他去执行送信任务，半路里脚上的草鞋烂了，遇见两个挖药的人，掏出木头手枪逼人家脱下鞋给他，那两个挖药人把鞋脱给他后，经过瓦房店，给那里查路的保安队说了，保安队就扑过来抓。摆摆是趴在草窝里藏着的，如果是一般人趴着，保安队肯定发现不了，而他趴下了屁股撅着，保安队就上来捅了一刺刀，刺刀正好对着屁眼儿，捅进去他就死了。

四十年后，秦岭里又恢复了唱阴歌的风俗，我就在正阳镇重操了旧业。重新唱阴歌，那就没有了固定的地方，这一年便来到了回龙湾镇。我没有想到回龙湾镇街是我经历的最大的镇街，各类行当的店铺都有，相当繁荣。待在回龙镇的时间久了，我也听到了关于戏生爷爷的故事，很是感慨，当年采编秦岭游击队革命史时怎么就没人提到摆摆呢？游击队里是有着李得胜、老黑、匡三的英雄，可更多的都是像摆摆这样的普通人啊！所以，我把戏生爷爷的故事编进了阴歌的《扯鬆衿》里，那段唱词是：摆摆要参加游击队，老黑不要摆摆，因为摆摆的屁股翘，容易暴露目标。摆摆去找李得胜，李得胜认为他可以送信，摆摆就参加了游击队。摆摆有一次去送信，半路上遇见了保安，因为摆摆的屁股翘，藏在草丛就被发现了。摆摆爬起来就跑，保安上来就是一刺刀，为了革命为了党，摆摆就光荣牺牲了。我每次唱阴歌，都会在后半部里就唱这段词，回龙湾镇的人大多知道摆摆的故事，于是我唱的时候旁边的人都合着唱。戏生和他爹当然感激我，尤其是他爹，还寻着我居住在镇街关帝庙前住房，要送我一箱皮影，我没有要，倒是让他教会了几段皮影戏配唱的老腔。

197

★   ★

戏生的爹不仅是半截子，而且还是个秃子，村里人叫他是乌龟，但这乌龟在双凤县却是了不得的签手。

双凤县在秦岭里属于苦焦县，却历来流行皮影。清朝时戏班子有庆兴、元尚、常丰等十二个，到了民国世事混乱，逐渐衰败，有的班子成立三年五载倒闭了，有的只演一场就散伙，而时间长久、戏箱完整、角色齐全的是三义班。那一年，三义班的驴车把演员和戏箱拉到回龙湾镇演出，正遇着保安队把打死的摆摆放在关帝庙前的牌坊下示众。皮影戏演了三天，尸体示众了三天。第四天来了一个光头少年，个头不高，罗圈着腿，却眉目清秀，把尸体扶起来，自己坐下去，让尸体靠着自己了就用绳子绑，然后要站起来，但站了几次没成功，后来站起来了，死人的头就耷拉在他的肩上，像是一个肩上长着了两个脑袋。三义班主一直看着这少年搬尸，拿了一块儿布去把死人的头包了，问：你是谁？少年说：我是他儿。班主说：怎么不带只公鸡，公鸡会护魂的。少年说：我向人讨了经血，在口袋里。班主在少年的口袋里掏，果然掏出一疙瘩棉套絮，就在他光头上抹了抹。又过了三天，三义班要离开回龙湾了，这少年却来要进戏班，戏班里的人都不肯收，嫌他爹是游击队的，班主说：他爹是他爹，他是他，他腿不行，可我见他背他爹时绳子绑得倒麻利。何况他能背尸几十里回去，也算个孝子。乌龟就这样留在了三义班，班主让他学签手。

签手就是在幕后舞皮影的，戏班里除了唱，耍的就是签手。乌龟学过三年之后，十九岁上就已经是出名的签手，不仅能执刀斗戈腾云驾雾的武戏阵式，还能在悲腔戏中表现影人儿的哭泣，一呼一吸，惟妙惟肖。又过了四年，大明坪一家财东给孙子过满月，让三义班去演戏，班子里的人先去了，乌龟后去，他走路不行就坐了头毛驴，到了河畔，看见有一簇桃花开得像火一样，一时高兴亮开嗓子唱了几声，河边洗衣的妇女都扭头瞅他，有人喊：开花，开花，你不是最爱乌龟的戏么，你问他今晚到哪村演呀？叫开花的女子骂：谁最爱看乌龟的戏了？那人说：好，好，我说错了，你不是爱看他的戏，是爱看他的人！叫开花的说：他半截子有啥看的？！到了晚上，大明坪村搭了戏台，和往常一样，后台就趴了许多男女，后半夜乌龟歪头看了一下，那个叫开花的正看着他哩。他给她笑了一下，她也给他笑了，眼里的光能烧人，两人就对点了。戏毕人散，演员都去财东家吃饭，乌龟没进屋，说到场边解个手，果然开花独独就在场子上等着他。乌龟说：你不嫌我是半截子啦？开花说：嫌你能等你？乌龟说：除了腿不行，我啥都行的。开花说：你肯定行！乌龟便把开花抱住，头仰着寻嘴。亲了嘴，从此两人成了情人。

开花其实是童养媳，已经圆过房，但她男人有病，做不了那事，乌龟和开花商量着开花与她男人离婚。开花好不容易离了婚，可开花的娘坚决反对开花和乌龟结婚，说秃子是当归村的，他半截子将来生了孩子也是半截子。乌龟后来和同村杨家女儿结了婚，开花也和一个驼背男人成了家。

几年后解放了，乌龟到另一个峪里的村子去演戏，意外地发现开花就嫁在这村，而驼背男人三年前死了，一直拉扯着一个小女儿。两人相见，开花在磨房里吃牛磨杂面，他们忍不住，便在磨道里干那事。被小女儿看见，开花急了，说：快帮我，他打娘哩！小女儿过来抓头发，乌龟没头发，就扯两个耳朵。开花说：不扯了，头死了。小女儿说：头死了屁股还活着。两人穿好衣服，开花要乌龟给小女儿当干爹，两家建立了亲戚关系。此后，一月两月了乌龟来看干女儿，带着棉花糖和麻花，也给开花买了花布和头油。开花就把给他缝好的衣衫和鞋袜拿出来，一次能拿出一大摞。

乌龟生了戏生，戏生当然还是半截子，却害怕戏生也头上没毛，就五六岁上用何首乌汤给戏生洗头，再三天五天了把蒜捣成泥敷在头上，戏生的头发长得就好。戏生慢慢知道了爹的风流事，嘴上不说，事事都站在娘的一边，爹让学掌签，他不学，他爱唱民歌，爹让他唱前声，就是在影幕后唱，他也不唱，只是一天到黑提了锄头和笼子去山坡上挖当归。当归换了钱，给娘买梳子买盖头的帕帕，把帕帕戴在娘头上了还给娘唱民歌，爹一回来，他就不唱了。乌龟也不在乎，活到七十一岁时，开花死了，他也不再演戏，因为他再演不动了。戏班里的老搭档死了一半，没人再肯学皮影，掌签的手

199

艺传不下去，就是勉强还去演，到任何一个村寨去，年轻人都去城镇打工了，冷冷清清，没了几个观众。乌龟的晚年过得很凄凉，就想着自己是摆摆的儿子，政府应该照顾烈属，就给镇上县上的领导写信讨周济，却是数年里没个答复，脾气就坏了，看啥都不顺眼，喂猪时打猪，吃饭时摔碗，和戏生说话，说不到三句就躁了，破口大骂。一辈子的软和性子到老了变得和谁都合不来。村里人说：戏生，你爹怕是要走呀。戏生说：走哪儿呀？说：他脾气这么坏，那是绝情哩，是让你们烦了他，他死了你们就不太多地难过。戏生不信这个，可乌龟真的一个月后就死了。临死前，乌龟已神志不清，嘴里却咕哝着，戏生听不懂，戏生娘说：你爹得是想喝酒？戏生拿来一盅酒，乌龟一把打翻了。戏生娘又说：你爹得是想看皮影？戏生把装着皮影的箱子拿来，乌龟把头转向了炕墙，说了一声：开花。这一声说得清楚，戏生也听到了，就看娘，娘说：你爹走了。戏生再看爹，乌龟已无声无息，脸上有着一层笑。

乌龟一死，戏生娘没有哭，说：你一辈子都闪我！请人给乌龟拱墓做棺材。那天下午天晴晴的却突然有雷轰隆隆地在天边滚动，做棺材的匠人在院子里解板，说：千万不敢下雨，下了雨棺材还能在屋里做，拱墓就得拖日子了。但雨终究没有落下来，而闪起了电，戏生娘在灶房里给匠人做饭，柴在灶膛里只冒烟不起焰，她低头噘嘴去吹，嘎喇喇一个巨响，天上一条白光下来，竟有一个火球从后窗进来，把她就打死了。

一下子家里死了两个人，这是当归村，也是回龙湾镇从来没有过的事。人都议论乌龟一辈子不待见他老婆，他死了不愿意老婆还活着，也有人说，戏生娘要跟乌龟一搭走的，她不愿意乌龟死了在阴间又找开花的。这些话戏生都听在耳里，没吭声，指派着拱墓人把墓拱成双合墓，棺材也做了两副。于是，两人的尸体又停放了五天，戏生就请我唱阴歌。我满共能唱的曲子二百多首，全唱了一遍再从头又唱。就在第四天中午要吃饭时，院外的一阵鞭炮响，有了尖锥锥的哭声，众人还说：该来吊孝的都来过了，这是谁呀？院门口就进来了一个女的，喊了声爹，已瘫得立不起身，往灵堂爬。这女子就是乌龟的干女儿。村里人有认识的，忙去扶她，说：荞荞，荞荞，人死了不能活的，你别太伤心。荞荞就在灵堂上哭，哭着说她知道得迟了，没能看上爹一面，荞荞再也没爹了，谁还疼爱荞荞呀，荞荞又该孝敬谁呀！哭得几次昏了，醒过来还是哭。后来被人扶到厢房去歇，戏生端了水进去让她喝。戏生出来了却把我拉到一边，说：你给我请个主意。我说：啥事？戏生说：荞荞带了她娘的骨殖，要和我爹一块儿埋哩。这事我也是头一次遇到，我不知道该如何处置。戏生说：这事你不要给别人提说。我当然不会给人提说，我说：你爹既然有过那一场事，荞荞又提出来，这或许是你爹的意思。戏生说：可我有娘呀，我要同意了，是对得住我爹却对不住我娘呀！我说：你娘生前还不是默认了荞荞她娘吗？戏生说：我再想想。就在第二天早上入殓时，戏生亲手给他爹他娘在棺材里铺柏朵，铺灰包，铺寿褥，是当着荞荞的面将一个黄色包袱塞在了他爹的寿褥下。入殓完，我去上厕所，厕所里竟然有戏生，他正把一包东西倒进粪水窖子里。我说：你倒啥哩？他悄声说：我把荞荞带来的骨殖包调换了，我得为我家负责。

那一夜，我唱的是：人生在世没讲究呀，好比树木到深秋，风吹叶落光秃秃。人生在世没讲究呀，好比河里水行舟，顺风船儿顺水流。人生在世没讲究呀，好比猴子爬竿头，爬上爬下让人逗。人生在世没讲究呀，好比公鸡爱争斗，啄得头破血长流。人生在世没讲究呀，庄稼有种就有收，收多收少在气候。人生在世没讲究呀，好比春蚕上了姐，自织蚕茧把己囚。人生一世没讲究呀，说是要走就得走，不分百姓和王侯，妻儿高朋也难留，没人给你讲理由，舍得舍不得都得丢，去得去不得都上路。

★   ★

给乌龟唱过了阴歌，我就再没去过当归村，一是当归村离回龙湾镇街毕竟路远，去了即便晚上住在那里不回来，可当归村人家的炕小被褥短睡得不好，二是那些年回龙湾镇街上死的人多，而能唱阴歌的也就我一人，已经够我忙活了。

我依然还住在关帝庙前的那房子里，从窗子里就能看到那座牌坊，太阳好的时候，牌坊庑殿式的复顶上，琉璃碧瓦一派光亮，那块匾额就十分清晰。我喜欢着这块匾额，不在于它上面写着"义在弘伟"四个大字，而是匾额后的燕窝，燕窝里住着的那只黑燕。镇街上一些人看我是乌鸦是猫头鹰是蝙蝠，又丑又不吉祥，可燕是和人相处最多的鸟，又和人保持着距离，我觉得我就是只黑燕，住在那个用泥和草垒成的窝里。当我走出街房，仰头噘嘴去逗匾额上黑燕的时候，老余在叫我。老余是镇政府新调来的文书，年纪并不大，因为是政府干部，人们还要叫他老余。老余说：啊歌师！黑眼圈那么重呀？我说：夜里睡不实，总听着门道里走风。他说：是不是亡魂在你门口排队请去唱阴歌？那好么，你生意好么！我说：什么生意不生意的，我不唱阴歌，亡魂过不了奈何桥，那就四处乱窜，你当干部的愿意不安宁？他说：是不安宁，我才来请你去一趟鸡冠山，那里放炮老死人，上个月死了三个，后事还没处理完，昨天又死了五个，是不是那里的亡魂迷了路，都是了野鬼，总找替身？！

这是我来到回龙湾镇第一次同镇政府干部打交道，当天下午去了鸡冠山，为死去的五个人分别唱了阴歌，从此也就和老余熟络了。

鸡冠山在倒流河的南岸，距离回龙湾镇街也只有八里远，那里开始开发着金矿。那天我去了鸡冠山下的横涧村唱了阴歌，那五个人是在山上放炮时点燃了导火索，藏在远处等待了半天炮没有响，以为是导火索返潮了，才去查看，炮却突然又响了，炸得他们不是身首分离，就是缺胳膊断腿。没想那里的人后来越死越多，因盖工房的砖瓦需求量大，上湾村扩建砖瓦窑，取土崖越挖越陡，结果就坍了，砸伤了三人，砸死了两人。一辆推土机翻了，压死了巩家砭一个妇女。祁家村的人和下湾村的人为抢夺金洞械斗，打死了三个人，被刑拘了十八个人。鸡冠山下拢共八个村，村村都有本村的或租住在村里的人死去，老余就建议我从镇街移居到鸡冠山下去住。我是移居了鸡冠山下的祁家村，竟然就再没回住关帝庙前的街房，几乎是做梦一样，短短的几年里，以祁家村为中心，鸡冠山区域内大范围地搬迁村庄，收购耕地，要建设经济开发区了。

鸡冠山一带历来就有人来搞金子，以前总是在山下的河道里挖沙筛淘，而省城的勘查队来过之后，说高含量的金子并不在河道而在鸡冠山上，镇政府就放开政策，吸收外来资金开发。不久，县政府又把镇开发区提高到县开发区，倾全县之力，要把回龙湾镇打造成秦岭里的金都。于是，鸡冠山上终日爆破声不断，到处是机器轰鸣，而且秦岭各地的人也都涌来，叫喊着：日子壮，挖金矿！开发区的建筑越来越多，回龙湾镇街同时在迅速扩大，经营什么行当的都有了，什么角色的人也都有了，街道像扯藤一样往开发区延伸，两边的店铺每天就有新开张，噼噼啪啪放鞭炮。

确实是发了财的人很多，街道上的小汽车多起来，穿西服的多起来，喝醉酒的和花枝招展的女人多起来，而为了发财丧了命的人也多，我常常是这一家的阴歌还没结束，另一家请我的人就到了门口。老余碰着我，说：啊唱师，听我的话没错吧？我说：死的人有些太多了。他说：卖馍的你嫌买馍的多？！你要给我分钱哩呀，唱师！他哈哈大笑，又说：我不分你那死人的钱，那你得请我喝酒噢！

老余真的是一有空就来我的住处喝酒，酒是他从我住处的斜对面一家商店里拿的，有时拿一瓶，有时拿两瓶，但账全赊着，给店家说：唱师会来结的！

也就是这家商店，半个月后出了一宗事，是半夜里门被敲响，店家开门见两个年轻人说要买酒买烟买方便面，买一麻袋。店家问咋买这么多。年轻人说怕付不起钱吗，有的是钱！从怀里掏出一大沓。第二天，店家清点着钱要去进货，却发现夜里年轻人给的全是阴票子，才知道遇着了鬼，三天后就把商店转让了。新来的店家是老余介绍的，他没有告诉人家商店转让的原因，而于张的那天他特意给放了鞭炮，还拿来一个炸药包子在门口点爆，响声把我的窗户纸都震裂了。

开张完毕，老余到我住屋喝酒，问：这世上真的有鬼？我说：要是没鬼我当什么唱师？他酒喝多了，红着眼睛说：鬼在哪儿，你让我看看。我说：死鬼你看不到，活鬼在回龙湾镇多得能把你绊倒。他说：活鬼？！我说：不是有一句话是活鬼闹世事吗？他说：闹世事的都是活鬼？你就在闹世事，我也在闹世事，来回龙湾镇的谁不是在闹世事？我说：那咱们都是活鬼吧。这一场酒我俩都喝醉了，他让我讲我是哪儿人，到底是谁，来回龙湾镇多久了。我当然没给他讲实情，他倒五马长枪地夸耀起他的身世来，我才知道他的父亲是县人大主任，更重要的是他父亲还是匡三司令的内弟的本家侄子，这内弟又是省发改委的副主任。老余在彻底醉倒前说了一句：我是有条件在政治上进步的，你不要把豆干不当干粮啊，你信不信，唱师，你这个只会唱阴歌的！我说：我信的，你前途大着哩！他却从桌子上溜下去，像泥一样瘫在地上，不吭声了。

知道了老余的背景，我就想起了当归村的戏生，戏生可以把他爹生前写过的申清信让老余递上去呀，或许匡三司令看到了，说不定能记起摆摆。但我一直忙得没再去当归村，事情也就拖了下来。

★　　　　★

一天傍晚，我去一孝家唱阴歌，死的人是个摆烧饼摊的，原本在街上卖生意不错，却得知矿山下新来了一批打工人，就提了一篮子烧饼又去了那里，可到了山下，山上放炮落下来一颗石头，石头只有指头蛋大，偏不偏就砸在他脑门上死了。我去唱阴歌时，还在院子里喝茶，天上的火烧云突然裂开成条状，一道一道，整齐排列，像是犁出来的垄沟。我给孝家建议，死者是横死的，天象又异象，能提前开歌路为好。但孝家说大女儿婆家在八十里外，正往这儿赶哩，等孩子到了再开始。等到鸡上了架，大女儿一家人赶到了，院门外灯笼火把全点亮，我才在十字路口烧纸要开歌路，而另一村有人家为儿子结婚，迎亲的队伍也正好经过十字路口，红事白事碰到一块儿，按风俗是谁抢先了谁吉利，双方就互不相让，吵闹起来，一时涌来一大堆看热闹的人。开歌路一时做不了，我就在一旁待着，却看到一个小孩往人窝里挤，没挤进去，还在人群后边一蹦一蹦地往里瞅，仍是瞅不着，爬上一个碌碡，朝着人群唾唾沫。唾沫唾得不远，落在碌碡下的人头上，被推了一把，骂道：你往哪儿唾？！那小孩从碌碡上跌下来，我才发现是个侏儒，竟然是戏生。我喊：戏生，戏生！把他拉到一边，问他怎么在这儿。戏生有些不好意思，回头还犟嘴：你说我往哪儿唾？！然后拍打了衣服说他是到镇街药材店卖药了，要赶回村呀，碰上这里办丧事，看是不是我在唱阴歌，没想红白事撞在一块儿了。他又回头呸呸唾了两口，说：真晦气！我说：你嫌晦气还来看丧事？他说：遇上办丧事好呀，死人把贫穷带走了，也把病和疼痛带走了。我是唾结婚的，遇上结婚的不好，它把咱的喜会带走的。见了戏生，我就要把老余的背景告诉他，说我可以介绍他认识老余，让老余往上递他爹的申请。戏生就喜欢地说：是不是，你不哄我吧？我有点生气，说：我为啥要哄你？！他扑通跪下磕头，说：天呀，我咋就碰上贵人啦！

戏生这一晚上就没有回当归村，陪着我为那户人家唱完了阴歌，后半夜一块儿到了我的住处，也都没睡，两人话多得一直说到天亮。我知道了回龙湾镇有晚上结婚的风俗，那是在古时鞑子人统治了这一带，鞑子人强横，凡是谁家娶新媳妇就要享用初婚权，汉人就只好晚上偷偷结婚，一直沿袭了下来。我知道了戏生已经和荞荞成了家，他家的柜台上放着三个相框，中间相框里是乌龟，左边相框里是他娘，右边相框里是荞荞娘，可惜没有他爷爷的相框，为革命牺牲了，最后连一张相纸都没留下。我也知道了他们依然还靠挖药材为生，药材越来越难挖，近山近坡全挖光了，得到三十里外的森林里去挖，也常常是三天五天去一趟，去一趟就空着竹篓又回来了。他说：马不吃夜草不肥，咋不让我拾上一疙瘩钱嘛？！我笑着说：认识了老余，真说不定上边会给你家补贴一大笔钱的。他说：你估摸能给多少？我说：听说现在活着的老红军国家全养了，你爷爷死后你和你爹一直没享受过福利，那还不一次给上十万八万？！戏生说：真能拿到钱了，荞荞给你做一身衣裳！

到了这天晌午，我领了戏生去见老余，戏生一定要洗脸，还在鞋壳儿里垫起硬纸板，我让他放松，他说：我要是个子高，我哪儿都敢去！我说：你爷爷个子低还不是参加了游击队，你爹个子低还有情人哩，你没出息。戏生就把硬纸板掏出来扔了。没想到我们去镇政府见了老余，老余很热情，竟然说：你爷爷也是秦岭游击队的？那咱就都是革命后代么！戏生也很激动，一直站着回答老余的问话，老余让戏生坐下，还说以后见什么人了就坐下，坐下了谁也看不到你个头低。戏生说他下午就回当归村，寻着他爹当年写的申请信连夜要送过来。老余答应不必送什么申请，他要亲自写一份报告。戏生说：那你就以镇政府的名义写，需要不需要当归村也按个公章？老余说：层层往上走手续那到猴年马月呀？我会报告给我爹，让我爹寻机会再递交给匡三司令，只要匡三司令一重视，说一句话，任何问题都不是问题了。戏生眼睛都红起来，说：那我咋谢你呀？！我给你唱个歌吧。竟然张口就唱起来：这山呀望见了那山高，望见乖姐捡柴烧，哟号哟号哟号号，望见乖姐捡柴烧。没的柴来我给你捡呀，没的水来我给你挑，莫把乖姐晒黑了。这山呀望见了那山低，望见一对好画眉，哟号哟号哟号号，望见一对好画眉。画眉见人就高飞呀，乖姐见人把头低，有话不说在心里。戏生是满口黄牙，歌却唱得有滋有味，这让我大吃一惊。老余拍着手说：唱师你是不是收戏生做徒弟呀？我说：我也是第一次听他唱歌的。戏生，你咋还有这一手？戏生说：余文书给我多大的恩，我又没拿东西，我要是个女的，我情愿让他把我糟蹋了，我没啥谢么，我只能唱个歌么。他话说得丑，却说的是真情，我和老余哈哈地笑了一道，却说：唱得好，唱得好！

从镇政府出来，戏生问我：我今日没给你丢人吧？我说：好着的。他说：

刚才余文书倒提醒了我，你把我收个徒弟，我跟你去唱歌吧。我说：我唱的阴歌你唱的情歌，我咋能带了你？好好挖你的药！我拒绝了戏生的要求，他就再没提说过这事，但也从此过上几天就来找我，打问老余递上的报告有没有消息。没有消息。他就怀疑老余是不是写了报告，会把报告递给他爹吗，他爹真的就是匡三司令的亲戚。他疑心重，我就不断催老余，但还是没得到任何消息，老余有些不好意思了，就重新做了个革命烈属的牌子，并拉着我去了一趟当归村。

戏生真的是和荞荞结了婚，荞荞比我当年见到时有些发福，但更好看了，她把她打扮得干干净净，也把家里收拾得整整洁洁，竟然门窗上贴满了红纸剪出的花花。这些花花图像生动得很，有《桃园三结义》，有《孙悟空三打白骨精》，有《苏三起解》，有《包公铡陈世美》，更多的就是飞禽走兽、鱼虫花草。我说：这么好看呀，在哪儿买的？荞荞说：我剪的。老余叫起来：人长得漂亮，手还这样巧？！戏生说：手是巧些，嘴笨得很，一首歌十遍八遍学不会！老余说：你还弹嫌呀？你会剪？！戏生却说：我也学会了！就揭开炕席，席下是一沓红纸，取一张折叠了，说：给你剪个福禄寿？！就拿剪刀剪起来，还一边剪一边唱：姐在呦园中呃搞的黄瓜哟，郎在那个外边打土巴，打掉了黄瓜儿花哟，哎呀依子哟，打掉呦公花呃犹的小可哟，打掉那个母花少结瓜，回去的爹娘骂哟，哎呀依子哟。唱完了，对荞荞说：你会唱着剪？果然就剪成了三个老头，一个是拿着元宝，一个戴着官帽，一个大额颅，胡子占了身子一半。我说：你多亏是半截子，要不就成精了！那天戏生给老余唱了三首歌，剪了三张纸花花，然后给我们包饺子吃。做饺子的时候，戏生偏到东家去买豆腐，到西家去买黄花菜，又去前村后村的人家去借辣子借醋，见人就说镇政府的余文书来我家了。当归村还从来没有镇政府干部来过，竟然来了还吃一顿饭，就跑去戏生家瞧稀罕。老余在蒲团上坐着喝茶，突然院门口有了那么多的脑袋往里瞅，他一招手，脑袋却全躲了，可一会儿又满是脑袋，他再说：进来呀，来呀！一个胆大的跨过门槛进来，呼啦一大群人都挤了进来，是老的半截和小的半截。戏生的脸就显得很大，红膛膛的。

★　　　　　★

老余留在院子里的皮鞋印，戏生一直保留着，不让荞荞打扫，半个月后刮了一场风，院地上的膛土没了，脚印也没了，气得戏生骂天。荞荞说：老余能来咱们家，那是递上的报告没指望了，他才来安慰的。戏生想了想也是，却说：唱师说啦，即使递上的报告还是没指望，老余能来一趟就长了咱的志气！昨天刘来牛没给你说什么吧？荞荞说：没说什么。戏生又问：姚百成也没来过？荞荞说去年和姓姚的吵过架，他来咱家？戏生说：姚百成他主动给我搭话，说他儿子在镇粮站工作，几时让我带他去见见老余哩。刘来牛想要个庄基，半年了批不下来，他给我说你在镇政府里有人，托我给他说情哩。荞荞听了，看着戏生，说：有这事？戏生说：有这事！荞荞说：去泉里担水去，瓮干着你也看不到，长眼睛出气呀？！

在一个清早，荞荞一下炕就嚷嚷屋里老鼠怎么多了，夜里楼板上响动得像是跑土匪，说她没睡踏实。戏生光膀子就去杜仲树上蹭脊背蹭腿，蹭着蹭着，突然觉得头皮麻酥酥的，有气往出冒，正异样着，荞荞在门口说：我给你说话哩！戏生说：你说么。荞荞说：咱得买个猫了吧。戏生说：我是不是长个子啦？荞荞瞪了一眼，说：胡楂子长啦！戏生就不蹭脊背和腿了，把身子往树上撞，越撞越有了劲，心里咯噔了一下，想：认识了老余，我还真的要转运了？就给荞荞说：你说老鼠多了吗？荞荞却再不理他，端了尿盆去厕所了，他说：老鼠多了好么，是咱家的日子要好过呀！

戏生到底没让荞荞买猫，就在他们又到森林里去挖当归，得一走三四天，临走时戏生还特意在屋里放了半块饼和一把苞谷，怕老鼠饿着。

往森林里去，荞荞是背了竹篓，装了帐篷、铝锅和苞谷糁，还有铲子、刀、铁钩子。戏生什么都不拿，胳膊抡欢了地小跑，仍是撵不上荞荞。他说：你走得恁快寻死呀？！荞荞站住了等他，把他抱上一处石坎了，说：不限天黑赶去搭帐篷，让狼吃呀？！戏生说：狼拣白胖的吃！荞荞说：小个子好咬！又走快了，把戏生落下了几丈远。

在森林里辛苦了两人，并没有挖到多少当归，荞荞就多挖了些柴胡，她已经满足了，因为往常也都是这样。可戏生总是说：这不可能呀？！拿眼睛盯着树梢上的一只鸟，再说：我赌一下，你要是飞起来，我这次就能挖一竹篓当归！鸟是哗啦飞起来了，却半空里落下一粒粪来，砸在他的肩上，逗得荞荞咯咯地笑。

但是，就在第三天傍晚，戏生竟然发现了一棵秦参。

那是两人分头出去了一下午，荞荞没有挖到当归，挖回来了一捆金银花，早早回帐篷来做饭。饭都熟了，林子里也灰暗了，戏生才回来。回来不仅空着手，身上的褂子还被扯破了，前襟少了一片。戏生说：我寻着一棵秦参！荞荞说：你被豹子抓啦，衣裳烂成这样？！戏生说：我寻着一棵秦参啦！荞荞说：你过来，你过来。戏生走过去，荞荞用筷子在他头上敲，说：你做梦吧？吃饭去！戏生说：我真的寻着一棵参，秦参啊！荞荞知道这森林里是有秦参的，可秦参是多珍贵的仙物，并不是想寻着就能寻着的，她看着戏生，戏生不像是说谎的样子，她说：领我去看看。戏生就领了荞荞往一条沟畔去，一路上藤蔓缠绕，乱石纵横，戏生走得艰难，荞荞就背了他，果然在一个窝崖下的草丛里长着一株秦参苗。荞荞一激动，就把戏生扔了，扑过去就扒参苗下的土。戏生却严肃了，说不能现在抬，他把挖参叫抬参，叮咛秦参是雾大了不能抬的，下雨了不能抬的，天黑了更不能抬。再就是不要叫喊，脚步放轻，别惊着了它，如果惊着了它会跑掉的。戏生从荞荞头上解下了红头绳，小心翼翼地系在秦参苗上，然后说：我把你捉住了，你不要跑呀！

两人回到帐篷，吃了一顿饱饭，戏生说：我说我该转运了怎么就只能挖那点当归呢？你得服我吧！荞荞说：服你。戏生便扑过来要做那事，荞荞也不拒绝，尽了他的性子。戏生又说：你快给咱生个娃么。荞荞说：你种不上倒怪我？戏生说：发现了秦参就是好兆头，这一回肯定就怀上了。事毕，戏生就唱山歌，而且还教荞荞唱，教了十几遍，荞荞还是没学会。

第四天一早，两人就去抬参，先用两个树枝支起架子，再用红头绳把参苗固定在架子上，就从参苗三尺外的地方开始刨土。刨土是细致活，刨出参的根须时得闭住气，手一点都不敢抖。整整刨了一中午，刨出筲篮大一个坑，才把整个秦参抬了出来。这是一棵大秦参，形状真的像人，有头有胳膊有腿。荞荞说：看是男是女，是男的咱就能生男娃，是女的咱就能生女娃。戏生发现参腿之间什么东西都没有，心想是不是还怀不上？但他没有把话说破，把秦参用布包了，说：天呀，能抬这么大的秦参，咱真有好日子呀！

戏生和荞荞抬回来了一棵特大秦参，当归村就摇了铃，好事传到镇街，老余便再次来找戏生，提出他要收购。戏生是要便宜卖给老余的，老余却说，他买这棵秦参要孝敬他爹的，肯定是他爹再孝敬省政法委副主任，副主任也再孝敬匡三司令的。戏生说：哦，哦，我去上个厕所。戏生去了厕所，却叫喊荞荞给他拿张纸来。荞荞说：那里没土疙瘩了？！老余笑着从自己口袋掏了纸让荞荞送去。荞荞去了，戏生叽叽咕咕给她说了一堆话，荞荞有些不高兴，转身到厨房去了，戏生提着裤子回到上屋，便给老余说秦参的钱他就不收了，老余待他有恩，这秦参就是值百万，他都要送老余的。老余说：上个厕所就不收钱了？戏生说：钱算个啥？吃瞎吃好还不是一泡屎！老余说：啊你豪气，我不亏下苦人！就以扶贫款的名义给了戏生五万元，只是让戏生在一张收据上签名按印。

★　　　　　★

戏生揣了钱，兴冲冲去镇街要添置家当，和荞荞才在一家饸饹店里吃饸饹，斜对门的烤肉摊上坐了两个人吃肉喝酒。荞荞说：那是不是双全和平顺？戏生说：他两个听说在镇街上拾破烂哩，哪能穿了西服？荞荞说：真的是他两个。戏生看了看就喊了一声，那俩人回头看了一眼，竟然没理会。这让戏生有些生气，他就走过去，说：狗日的穿了西服，以为就是镇街人啦?！双全这才说：哦戏生，吃肉呀，给你一串！戏生说：挪一挪，让我坐下。拿手拍平顺的肩，平顺却身子一闪，说：脏手！这让戏生很没脸面，不坐了，也不吃了，过来气呼呼给荞荞说：啥东西么，不就是拾了几天破烂么，咱也买西服去！

在商店里，戏生和荞荞置了几件急用品，剩下的钱荞荞要存银行，戏生不让存，给自己买了一件西服上衣，又要买皮鞋，但他的脚有大骨节，穿不成，给荞荞买了一双。两人当下穿了西服和皮鞋，再到烤肉摊去，双全、平顺已不在了，戏生说：可惜让他们没看到。荞荞说：咱这打的啥气憋呀?！戏生也不禁笑了，说：咱也吃肉，吃五十串肉！吃完了烤肉，他们往回走，穿了皮鞋的荞荞，走路屁股蛋子翘了许多，拧过来拧过去，戏生说：你嫁我算是享福了！荞荞说：我是帮夫命，知道不?！

当归村人穷，谁家都没有把家具置全过，你需要用筛子了到我家借，我需要用笸篮了又去借你的。戏生有了西服，竟然有人要去走亲戚家呀来借的，也有给儿子订婚待客呀来借的，还有遇到烦心事来借的，说：让我穿几天冲冲晦。戏生不肯借，人家说他啬，戏生说：那我借你媳妇！为了西服得罪了许多人，他们就开始说戏生和荞荞的不是，说得最多的是你有钱你日子好但你生不出娃，绝死鬼！

戏生听了闲言碎语，越发十天半月去森林里要抬秦参，如果再抬回秦参，让那些人吐血去。在森林里，白天各自出去寻找，累死累活，晚上回来了，戏生就拉荞荞进帐篷，说：走，造娃去！爬在荞荞身上了，又想着明日抬回棵秦参，秦参的两腿间一定得长个东西。但是，去森林了五次六次，再也没发现过秦参。这初冬，住在他家土台下的那户姓惠的人家，男的患了癌，夏天人快不行了，可秋后又慢慢缓过来，见了人就揉着肚皮上已经暴出

211

来的疙瘩，说：你捏捏，软和多了。而他媳妇发现门前的柿树上长出了一个木瘤子，觉得男人长了肿瘤树也长了肿瘤，不吉利，就把木瘤子砍了。没想男人身上的那个疙瘩又硬起来，而且迅速增大，入冬才到三九，人就死了。村里人说这柿树原本是替姓惠的转移肿瘤的，让他媳妇破坏了，戏生猛然醒悟，自己之所以迟迟没有孩子，是抬了秦参又把秦参卖了？！心里纠结，就不再去森林了。

不去森林里抬秦参，挖当归也越来越难挖，戏生不知道该做些啥，心里像猫抓一样难受。也就是这个冬天，当归村二十多人学着双全和平顺的样，到镇街去拾破烂，镇街的人都知道了拾破烂的队伍中有一支当归村的半截子。荞荞说：咱去呀不去？戏生说：不去！荞荞说：咋不去？戏生认为人都往一个桥上挤的时候，这桥就快塌了，说：我给咱卖唱去！荞荞说：就你唱的那几首歌？！戏生说：唱师靠唱阴歌吃香喝辣的，咱出去唱山歌能成的，到时候你跟着我，还可以卖你的纸花花。荞荞拗不过戏生，戏生真的就在家里每日练歌，学会了三十首，甚至还要去镇街找双全和平顺，看能不能和他们结成一伙，他们拾他们的破烂，他唱他的歌。

伹是，双全和平顺就出事了。

★　　　　★

双全和平顺是最早到镇街打工的，他们没资本也没技术，去饭馆里当服务员，人家嫌长得丑，影响顾客食欲，又去酒店里想当保安，人家一看那腿，说：贼来了能撵得上？灰心丧气，两人坐在街沿上骂他爹：你知道半截子生娃还是半截子，你图受活哩就害我？！后来看到从外地来的人有的去鸡冠山上偷背矿石卖，他们也跟了人家半夜三更去偷背矿。可山上有护矿队，发现了就来抓，别的人跑得快，他们步子换得急却跑不到前头，被捉住了夺下背篓和麻袋，抡起木棒打。打得受不了，趴下磕头，叫苦自己是残疾人，人家是不打了，却把他们的鞋脱下来扔到了山下去。两个人赤脚回到镇街，脚底磨得血肉模糊，还多亏遇上了个拾破烂的给了四只破鞋，但四只破鞋没有成对的，都是一顺顺，只好用绳子系着穿在脚上。也就是这四只破鞋，他们和这个拾破烂的成了朋友。

这拾破烂的叫陈老八，下巴短，门牙就特别长，他建议双全和平顺也拾破烂，说只要肯吃苦，不嫌脏，拾破烂最能使外来人在回龙湾镇立足，运气好了，一天赚五十元，即便再差，也有十元进账，这十元就可以吃两碗素面饿不死了么。他们说：拾破烂能有多苦？至于脏，苍蝇还嫌厕所不卫生？！两人便也睡在陈老八的破棚子里，每日分头拾起了破烂，才知道镇街上废品收购站竟然有五家，拾破烂的多到二三十人。陈老八拾破烂是拉一个架子车，他们没有架子车，就背一个麻袋，见了垃圾堆就翻里边有没有塑料瓶子，遇到厕所了，也进去收拾用过的手纸。到了晚上，他们钻在被窝里开始数钱，陈老八踢被子，问：今日赚了多少？双全说：四十三。平顺说：我三十一。陈老八说：谁把你们领上道儿的？双全说：是你么，我们不忘你。陈老八说：去吧，买个西瓜来！双全、平顺就去街上，买回来了一瓶矿泉水，说：他娘的，西瓜不熟，让杀了几个都不熟，给你孝敬矿泉水，甜得很！陈老八却从怀里掏出一瓶烧酒喝，说：半截子人小心眼大啊！以为我真想吃你们的瓜呀，知道我一天收入多少？双全说：一百元？陈老八说：一千五！吓得两人嘴张开了合不上。过后，双全说：他怎么收入一千五，卖屁眼儿啦？！平顺说：他胡吹，要一天赚一千五，街上的老板都拾破烂啦！就在第八天，镇派出所的警察把陈老八抓走了，双全、平顺才知道陈老八在拾破烂时都是在建筑工地上偷东西，这一次是偷割了四十米长的电缆。

陈老八一抓走，那个破棚子完全成了双全和平顺的家，他们平分了陈老八留下的日常生活用具和积攒下来还没有卖掉的纸箱板和塑料管，每人都穿上了西服。当归村越来越多的人到镇街上投靠他们，他们给这些人安排着地段，又组织了这些人与外地来拾破烂的抗衡打斗，便逐渐控制了几条主要街道。随时都能看到当归村的拾破烂的人了，哪儿都敢去，哪儿都能钻，见啥收啥，坑蒙拐骗，连偷带抢，回龙湾镇街人就都在说：防火防盗防半截。

又到了开春，一个早晨，双全到派出所报案，说平顺头一天没回到住处来，今日还是没回到住处来，他以为是独自回当归村了，给村里打了电话，平顺并没有回村，是不是有了什么意外？派出所让双全做了笔录，而就在当天下午，河畔的芦苇园里发现了一具死尸，头上有一个窟窿，眼睛被挖了，没了眼珠子，就是平顺。平顺是拾破烂的，又是半截子，不可能是情杀和谋财害命，而他与人又没有什么仇恨，怎么就被杀害得这么残忍？派出所查来查去，最后破了案，杀害平顺的竟然是双全。

原来平顺拾破烂卖的钱一直没有拿回老家去，也没有在银行里蓄存，全装在裤衩的兜里。这事平顺没给双全提说过。而一次双全头晕，早早回到住处就睡了，傍晚平顺回来，叫了几声双全你吃饭了没，双全没有应，平顺以为双全睡得沉，就解了裤子，把当日赚的钱再装进裤衩兜里。没料这时双全翻了个身，偶尔睁开眼，看到了平顺那个兜子，他眼睛又闭上了，却想着这平顺攒了那么多钱呀，狗日的还装穷，两人出外吃饭总是我付账，就萌生了抢钱的念头。到了晚上，两人做了饭吃，他们各做各的，平顺做的是苞谷糁稀饭，也没菜，调些盐吸吸溜溜喝了一碗，双全却煮了挂面，捞了一碗干的吃了，也给平顺捞了一碗，说：你该吃碗好的！平顺感激地说：兄弟，你对哥这好的！明日我请你吃烤肉串。双全说：我吃不上你的烤肉串。平顺说：那我给你炸一盘花生米！端了碗吃起干面，还说：如果有辣子就好了。双全说：有辣子。取辣子盒时却取了一截收来的钢管，一下子扎在平顺头上，平顺看了双全一眼，一句话没说出来，倒在地上。双全就去脱平顺的裤子，从兜里掏出了钱，钱臭烘烘的，数了一遍是两万一千二百四十元，说：你没我攒的多么。又数了一遍，平顺喉咙里发出了很大的响声，而且脚在抖。双全见平顺没死，就过去用手掐脖子，直掐得那脚不抖了，口鼻里也没了气。双全把平顺往麻袋里装，准备夜里扔出去，突然想起以前陈老八给说古今，说人死了眼睛里会保留死时看到的图景的，他就拿了筷子把平顺的双眼捅得稀烂，说：你别怪我，这是陈老八说的。

公安局破案时没有从平顺的眼睛上入手，但还是认定了双全是凶手，很快双全就被枪毙了。挨枪子的时候，双全说：平顺说要给我炸花生米吃，他真的让我吃了花生米。枪毙后，双全家里只有一个老爹，他爹没有去收尸。

★　　　　　★

拾破烂的半截子从镇街全部退回了当归村，他们又恢复了种地和挖当归。以前在村里苦焦并不觉得苦焦，而出去了一阵子，看到外边的光景了，再回来苦焦就觉得受不了。回龙湾镇政府发展了矿区后全镇的贫富拉大了差距，为了平衡，开始实施所有干部包村的工作，因老余和戏生已经熟悉，老余就包了当归村。

老余来当归村做的第一件事是消除双全和平顺的阴影，绕着他们两家的破房烂院撒了石灰，还在院门上涂了狗血，再是在村口搬放了一块儿大石头，他亲自用红漆写了"否极泰来"四个字。第二件事就是更换原来的村长，任命了戏生。戏生不肯当村长，老余说：老村长是老好人，之所以出了双全、平顺的事，那是正不压邪么。戏生说：我身上可有毒性哩！老余说：那好呀，无毒不丈夫么，有我在后边撑着，你甭怕。戏生说：我啥都不怕，只怕你。

戏生当了村长，老余就提出了五年规划，说要改造当归村的经济结构，除了种一定的粮食外，就搞养殖业，把当归村变成回龙湾镇的农副产品生产基地。为了实现他的规划，还把他媳妇从县城叫来帮他设计。老余的媳妇穿着皮鞋和一件白底蓝花的衫子，戏生就在家对荞荞说：看人家，穿的和你一样么，却在县商业局工作哩。荞荞说：我还想在县政府工作哩，可咱的男人没出息么！戏生就不吭声了。荞荞说：老余说要把当归村变成回龙湾的农副产品生产基地，那是啥意思？戏生说：没知识了吧？！我告诉你，那就是咱这儿办养猪场，养鸡场，蔬菜园子，种白菜萝卜韭菜黄瓜茄子西葫芦洋葱大蒜，还要磨豆腐，泡豆芽，压粉条，做血旺，捏柿饼，剥核桃仁。荞荞说：你倒知道得恁多！戏生说：以后我可能就忙了，你得给我一天三顿把饭做好。荞荞说：去去去，去到地里拔几棵蒜苗去！戏生出门去拔蒜苗，半路上遇见老余又叫他去看个什么材料，戏生就把拔蒜苗的事忘了。

老余找戏生看他给镇政府的报告草稿，草稿是写在一个笔记本上。老余的笔记本很豪华，牛皮封，两指多厚，他是每天都在上边记东西。老余翻开笔记本把报告草稿给戏生念了，戏生说好着哩，却问：这么厚的笔记本你都写完了，上面都记着啥嘛？老余说：啥都记着。就把笔记本让戏生看。戏生看了，真的啥都写着，有当归村的户数，每户户主的姓名，谁家男人能干谁家媳妇干净，哪个家庭宜于搞饲养还是宜于搞种植，哪几户可以联合。有当归村形象工程实施方案，先修那条巷道，再修村中的池塘，坡根的水渠如何改道，涵洞怎么建，村口大石旁栽什么树。有当归村的发展指标，提供回龙湾镇五分之二的鸡肉、五分之一的土鸡蛋、五分之三的蔬菜，垄断豆腐豆芽血旺市场。戏生有些感动，说：呀呀，你真为当归村操心啊！老余说：来当归村我就是要干一场大事哩！戏生继续翻看，却也看到了老余写他自己的奋斗目标：三年里要当上正科级，不是镇书记也得是镇长，再三年要进县城完成处级晋升，又三年到市上，又再三年到省里。戏生说：你给当归村的规划好是好，可这是给我们画饼么！老余说：你这是啥话？！戏生说：三年里当归村能翻了身？老余说：三年不行，咱五年。戏生说：五年？三年你去当镇书记镇长了么。老余用钢笔敲戏生的头，说：你这个半截真是有毒哩！我就是当了书记镇长，那不对当归村更有利了吗？

这份报告送到镇政府，镇政府一经批准，老余就动用其父的权力资源，开始在县上要资金，联系赞助单位。当年里，当归村的耕地种的粮食就少了，差不多都变成了菜园子，而且家家养猪养鸡磨豆腐涨豆芽，这些蔬菜和土特产集中运到镇街去卖，群众的收入明显改观。而老余和戏生又去了一趟山阴县，那里也有个镇搞农副产品生产，看到了人家的蔬菜产量非常大，猪是半年出圈，鸡两个月就长大，取了经验后，回来就去市里购买各种农药，增长素，色素，膨大剂，激素饲料。此后，各种蔬菜生长得十分快，形状和颜色都好，一斤豆子做出的豆腐比以前多出三两，豆芽又大又胖，分量胜过平常的三倍，尤其是那些饲料，喂了猪，猪肥得肚皮挨地，喂了鸡，鸡长出了四个翅膀。戏生就专门经管化肥、农药和饲料，他家成了采购、批发、经销点。第二年的后半年，当归村的农副产品果然在回龙湾镇形成了名牌，老镇街上有了三个销售站，鸡冠山下的新镇街上有了五个销售站。当归村成为回龙湾镇人均收入最高的村，县五大班子的领导都来看过，老余的父亲是第一个来的，兴奋地说：好地方啊，啥叫美丽富饶，这就是美丽富饶，将来我退休了就住到这里来！

到了年底，老余被提拔为回龙湾镇的副镇长，但老余提出他继续兼包当归村，现在的当归村在全县有名，他一定还要让当归村在全市有名。镇党委书记同意了他的要求，老余就一半时间在镇政府大院里忙活，一半时间还住在当归村。每去当归村时，镇政府大院里就有人说：又去当归村呀？他说：进了一台自动化饲料机，得去经管安装啊，都是些半截子么。那些人说：半截子的媳妇却都高挑呀！他听出他们的意思，说：我口没那么粗吧？！那些人就又说：那就是为着花钱顺手？他说：瞧你们这些人呀！

这些人占便宜吃小利惯了，他们不知道老余在仕途上有雄心大志。当归村各家各户是富了，村集体资金也不少，但老余不贪这些，他仅仅是好一口酒，也真的是在当归村把酒量练大了，凡是晚上没事，他就要和戏生他们喝一场。

★　　　　　★

喝酒都是在戏生家喝。先是戏生当了村长得笼络人，后是酒越喝人越关系近，戏生招呼大家来喝酒或是有人提了酒来喝的次数就多了。一到晚上，只要有酒场子，荞荞便把自己收拾得鲜亮，热情地在门口迎接人，来的若是一个的，就埋怨：怎么没带弟妹？她就是不能喝，我俩也要拉拉话么！有的是带了媳妇，但媳妇不是来喝酒的而是要来约束自己男人不能喝醉，即便喝醉了也好背着回去。荞荞就拉了那媳妇到厨房去炒下酒菜，一盘红白萝卜丝，一盘花生米，再切盘凉肉片，煎韭菜鸡蛋。那媳妇说：这些人喝惯嘴了，你家生活再好，也挨不起呀！荞荞说：客多自然酒坛满么，戏生爱恬大伙一块儿热闹！正说着，院门哐啷一响，荞荞说：余镇长来了！果然老余来了。别人来都拍门环的，只有老余脚一踢门就进来了，进来了手里提了一串腊肠，大声喊：荞荞，把腊肠给咱切上！荞荞把腊肠接了，说：要吃腊肠我家有，又从谁家拿的？老余说：你有腊肠又啥时给切过？！说完就笑，荞荞也笑，却揭了老余的帽扇子看额头，说：我不给你切腊肠就是不让你醉了还要喝！都跌成啥样了，伤还没好，再喝会不会发？老余说：跌打损伤了才要喝的！

老余是在前三天晚上喝多了，后半夜去村部那间房子里睡觉，半路上一头跌在一个塄坎下，还是村东口那家的孩子夜里哭闹，男人出来给孩子叫魂，路过时听见有哼哼声，发现了背了回去。老余的额头跌了一个大青包，这几天出门就戴了帽子，把帽扇子拉下来遮住半个脸。

这一晚上酒又喝到半夜，戏生拿酒的时候，大家都说今日咱就喝两瓶，再多喝嘴就是屁眼儿。但两瓶喝完了，人就轻狂，嚷嚷着拿酒拿酒，戏生你要没酒了，我回家取去！戏生又拿出两瓶，轮流着打通关，媳妇们当然挡不住，不管了，坐到院子里说别的话。院门就又是不停地敲响，进来个人了，却是找荞荞的，说是她家要涨豆芽，才发现催生素没有了，急着要买几瓶。荞荞说：货不多了，你先买一瓶吧。又进来了人，说是猪饲料好是好，可就是贵了些，问还有没有什么药剂，他自己回去配料？他们来手都不空，提一串柿饼或一小兜核桃。荞荞说：你这柿饼我不收，我家有柿饼，你在柿饼上拌的白面粉太多了么，看着像霜糖，吃着不甜么。饲料那是厂家配好的，配的啥药啥素我可不知道。你不敢自己配，在料上省钱了，猪吃了不长你就得不偿失了！那人说：卖饲料的就赚大钱了！荞荞说：饲料可不是我家做的。那人说：可你家批发呀，我听说了，去市里进料比在你这儿便宜三成哩。荞荞说：戏生要不是村长，我还懒得批发哩，能赚几个钱？那人说：没赚钱能隔三岔五地摆酒场子呀？荞荞，你给叔便宜点，我多买两麻袋。荞荞说：这便宜不了，你要了就要，不要了你进去喝两盅。那人不喝酒，还是买了一麻袋饲料背着走了。

戏生一喝酒，就要给大伙唱歌，唱了一个《对门坡上一块儿葱》，又唱了一个《观花观》，大家说：来个《十爱姐》！戏生就喊：荞荞，你把红纸拿来，我给来个边唱边剪！荞荞在院子里说：喝高了，又喝高了。不应声也不去取红纸。戏生却已经唱开了，《十爱姐》太长，唱到七爱姐，喝酒的就开始有人往厕所跑，脚底下像绊了蒜，老余也去了厕所，好长时间不出来。荞荞喊：镇长，喂镇长，你别倒在厕所啊？老余是扶着墙出来了，说：才喝了几瓶呀，我就能倒？却不往上房酒桌去，钻进了厢房，随即起了呼噜声。

上房里戏生在叫：镇长呢，咱领导呢？院子里妇女说：到厢房去睡了。戏生在笑，说：还行，知道去睡！哎，哎，拿个盆子放到炕边，他肯定要吐的。荞荞拿了盆子去了厢房，突然就喊另一个媳妇，另一个媳妇进去才看到老余没脱鞋倒在炕上如一头死猪，而上厕所时鞋上踏了屎，屎已经沾得满被子都是。

能喝的还是戏生，他没醉倒，也没呕吐，送走了人，荞荞在灯下数当天收入的钱，一遍又一遍，数目老不一样，指头把唾沫都蘸干了。戏生眯着眼说：多少？荞荞一把将钱握了，说：喝了酒，你还想吃啥不，下碗挂面？

★　　　　　★

当归村好多人家开始盖房了，拆了旧房盖新房，就盖水泥楼房。在回龙湾镇街，以前的房子都是五檩四椽或四檩三椽的两檐水，最好的也仅仅是屋顶坐脊复瓦，胯墙和背墙以土坯砌，前墙和隔墙用砖和木板。而当归村穷，所有的房子都是小三间，用夹板槌土墙，平梁上横摆楞木，铺上墁柴，有瓦的覆瓦，没瓦的苫茅草。现在盖新房，都学的是戏生家，而戏生又是学镇街人，镇街人的新房是以水泥预制板盖两层，戏生也是水泥二层楼，镇街人的门是铁门窗子是玻璃窗，戏生也是铁的玻璃的。两年之内，全村都盖起来了，老余就让村部出资统一买瓷片，给门面墙和从村道上能看到的山墙都贴上，山沟里就鲜亮了许多，即便是在夜里，稍有月亮，村子里也有白光。

老余邀请了县上好多领导都来参观，参观完了就让到他居住的房子里去喝水，而老余住的房子还是村部办公室的旧屋。参观的人就说老余的房子这么烂呀，老余说：以前这还是村里的好房，留下来也可以比较当归村的变化么。老余给参观者留下了很好的印象，但戏生却觉得老余还住在旧屋里是亏了老余，也使当归村丢脸。于是戏生征求村人意见，要给老余也盖个新房。既然要盖，就不要在旧屋地址上盖，选个好地方，盖大些，平日让老余住，镇上县上甚至市上的领导来了也可以接待。选地方的时候，戏生说他家的平台子地势好，他就无偿地让出后院，而后院毕竟太小，需要隔壁人家也能让出屋后的一些空地。和隔壁那家谈时，那家不愿意，说：你戏生不把我那块地方弄去不心甘吧？原来，戏生在盖新楼房时就想占隔壁家的那块空地而遭到拒绝，两家闹得不好看。戏生说：这回是给村里盖接待站的，我把后院都不要了，你还舍不得？最后，村里给隔壁那家了五千元，当然，给了隔壁家五千元，也得给戏生家五千元，新楼就盖起来。

四个月后，新楼盖好，是三层，当归村最高的房，老余搬到了里边。每每开完什么会，或者接待了外边来指导参观的领导了，老余就站在楼房的阳台上看远处的山，山上的树和树上的云，然后一低头，看见荞荞在前边院子里的捶布石上捶衣服，或者在院门口给蔷薇浇水，蔷薇的藤蔓疯长，上了院门顶，花红的黄的都开了。他就说：荞荞，中午不做啥好吃的啦？荞荞仰头给他笑，说：还想吃搅团吗？才磨出的苞谷面！女人笑起来很好看，他说：吃呀吃呀！荞荞说：饭熟了我喊你！进了厨房，很快烟囱里就冒起炊烟，炊烟被风吹弯了，飘到阳台上来。

但是，当老余去了县上寻找领导协调着要给当归村扩大电容，更换电杆电线，而戏生给村里买了个电话机正安装在他家，回龙湾镇街发生了一件事，这件事就像门扇上有了个小窟窿就挤进来笸篮大的风，一下子收拾不住了。

★   ★

村里有户人家，就是曾经送给荞荞柿饼的人，他除了养猪种菜外，还经销柿饼。当归村有一种柿树别的地方没有，树像村里男人一样都长不大，但结的柿子呈扁形，叫帽盔。帽盔要放到冬天才变软，吃起来不甜却沙瓤，以前村人在春季里用这柿子拌了稻皮麦麸磨了做炒面，后来不吃炒面了，做柿饼。这户人家做柿饼做得有名，在镇街上也卖得快，就在村里收买各家的柿子自己来做，又到别的地方去收买，拿回来做了柿饼冒充帽盔柿饼。这倒还说得过去，后来为了做这些柿饼外形好，他用糖水浸了柿饼，又拌白面粉代替潮上的霜。村里人都知道他作假，他就是送给他们，他们也不吃，而镇街上有一个孕妇，突然特别想吃柿饼，去售点买了一斤，竟一口气全吃了，到了晚上肚子疼得厉害，折腾到半夜，连胎儿都流产了，孕妇也差点没了命。她家里人就到销售点闹，那户人家掏了全部药费，又赔偿了两万元。这事传了出来，有人就反映当归村的豆芽吃了拉肚子，西红柿、黄瓜、韭菜吃了头晕，这类事情反映得多了，县药监局和工商局就派人暗中来当归村调查，发现鸡场里的鸡有四个翅膀的，有三条腿的，多出的那条腿在屁股上吊着。猪养到八个月就二百多斤，肥得立不起来，饲料里除了激素，还拌避孕药和安眠药。各类蔬菜里更是残留的农药超标三十倍。他们路过一户人家，有人正蹲在门口用旧牙刷在刷一堆长了绿毛的嫩核桃仁。问:刷这干啥?说:卖呀。问:颜色都这样了还能卖?说:用福尔马林一泡就白了。一脚把核桃仁踢开来,他们亮明了自己的身份,那人说:哎呀,你们来了咋没见戏生通知么?!调查组去找戏生,戏生正让人在家安装电话,以为是县上又来了什么参观的,就对拉电话线的一个麻子说:你去陪客人到各处转一转,热情点!麻子说:那我安排客人在我家吃饭?调查组的人还生着气,说:这里的东西敢吃吗,我们可不想得病!麻子嘿嘿地笑,说:村长让我招呼哩,我给你们拔我家自留地里的菜么。调查组的人说:你有自留地,自留地的菜自己吃?麻子说:还有养着专门自家吃的猪和鸡哩,没问题,放心吧。这时被踢了核桃仁的人跑来找戏生,还在院门外就喊:戏生戏生,你啥意思,你对我有成见也不能害我呀,调查组来了为啥就不通知我家?!一进院发现调查组的人正围着麻子说话,急忙退出来,只给戏生招手。戏生出来,说:你吼啥的?那人就说了调查组在他家踢核桃仁的事,戏生登时傻了眼,说:失塌了,失塌了!拉了那人就走,再没回他家去。

调查的结果,问题很突出,结果也很严重,就勒令当归村的农副产品停止生产、营销,也取缔了在回龙湾镇街上的所有销售点。

当归村一下子垮了下来。老余对戏生说:你说咋办?戏生说:这天塌了么!老余说:天塌下来高个子顶呀!戏生说:你个子高。老余说:我又不是当归村的。戏生说:要法办我?老余说:我已经给有关领导通融过了,对你还得保护么。戏生说:那咋个保护?老余说:就得撤你村长的职。戏生脸色煞白,头垂下半天抬不起,说:村长这帽子是你给的,你拿走吧。

戏生被撤职后,老余重新任命了新的村长,戏生家才安装好的电话便拆了安装在新村长家,他不再吆喝着村人来家喝酒,也没人提着酒来嚷嚷要打平伙。老余又在指导着新村长制定当归村新的发展规划,他在阳台上喊荞荞:荞荞,戏生呢?荞荞在扫院子,院门顶上的月季藤蔓被风吹得乱了形,落下一层花瓣。荞荞说:睡哩。老余说:大中午的睡觉?!午饭要做啥好吃的啊？荞荞说：想摊些煎饼，你吃呀不？老余说：吃呀，多放些椒叶！老余在饭还未熟就去了戏生家，还提了一瓶酒，刚睡起的戏生再没去杜仲树上蹭脊背蹭腿，而坐在门槛上揉膝盖，老余就说他寻找到当归村新的经济增长点了。戏生说：我下台干部，你不要给我说。老余说：你还是革命后代，当归村的首富和能人么！戏生说：屁！把村子弄富了，把你弄提拔了，我倒人不人鬼不鬼！老余说：只要我还在，你还怕翻不过身吗？就给戏生说了一件事，戏生心里宽展起来，和老余把那一瓶酒喝完，第二天就穿了西服，去了鸡冠山矿区了。

★   ★

鸡冠山矿区里差不多有一百多个矿主，有的矿主经营着一个矿洞，有的矿主则拥有三个四个甚至成十个矿洞。运气好的挖了洞就见到矿，一下子发财了，有的连挖几个洞也只是石窟窿，破了产，上吊跳崖，或者谁家有了富矿洞，别的就把自家洞有意斜着靠近，双方就械斗不断，差不多已死了十二人，伤残二十人，有四五十人被逮捕法办。老余给戏生说的事是他在一个姓严的矿主那儿参了股，要把戏生介绍去，既然不愿意在当归村再抛头露面，那就去矿区发财么。

姓严的矿主是山阴县清风驿人，在鸡冠山北坡开了六个矿洞，洞洞都矿藏丰富，生产十分好。戏生去后，严矿主就皱眉头，说：老余说你是能人？戏生说：我脑子好。严矿主说：咋样个好？戏生说：你手里拿的是一张报表吧，我看一遍能记住。严矿主把那张报表让戏生看了一下，真的把那些数字全背了出来。严矿主说：脑子是好，但我不请你当秘书呀！老余说你爷爷参加过秦岭游击队？戏生说：他是匡三司令当年的警卫员！戏生当然在说谎，但严矿主说：既然是老余介绍的，秦岭游击队当年还在我家住过，那你就留下到最东边的那个堆矿点去看守矿石吧。戏生有些失望，嘴里嘟囔了一句，严矿主说：你不愿意？戏生说：愿意呀，愿意。严矿主说：当看守就二十四小时都要在那里，不许乱跑呀！戏生说：我腿不行，能跑哪儿去？严矿主这才笑了，说：是跑不了，可来了偷矿的你也撵不上呀！戏生说：你给我配个手机，有事我打电话。严矿主说：再给你配个老婆？！扔给了一个铜锣，让戏生有什么事了就敲锣，锣一响会有人去的。

戏生就到了北坡最东边的堆矿点上。看守了三天，觉得很好，天底下还有这么轻省的工作。他可以一个上午坐在太阳底下晒太阳，或者给自己剪脚指甲，做饭的时候做麻什子么，每一个麻什子要一样大小，在草帽上搓出一样的花纹。可过了三天，没事可干，没人说话，觉得难受，就唱起了山歌，唱山歌用锣敲节拍，锣一响从坡下跑上来三个人，以为来了偷矿的，一看是戏生在唱歌，骂了一通。此后，戏生把铜锣挂在住棚里，自己就蹲在那里，眼巴巴盼有汽车上来拉矿。那些拉矿人都拿着公司开好的条子，他反复验过了，还帮着把矿石装好，称讲好了吨数，他问司机是哪里人，多大年纪，开汽车开了几年了，再问：老人身骨子还硬朗？人家说：硬朗。再问：孩子呢，孩子都乖？人家说：还乖。再问：媳妇没带出来吗？人家觉得他脑子有问题，就把矿石又往称过的车上多装了几块。戏生立即凶起来，让把多装的矿石卸下。司机有时是卸了，有时就是不卸，他打不过人家，便躺在车轮前，说：你从我身上碾过去！司机最后还是把多装的矿石卸下来，说：你这半截子厉害呀！他说：我要厉害我就敲锣呀！他又笑起来，竟然再和司机亲热了，司机给他一根烟，他收下夹在耳朵上，司机问：老板一月能给你多少钱？他说：你拉一次矿能多少钱？司机说：你这差事好，坐着挣钱哩。他说：好啥呀，两个月没见媳妇了。司机说：你还有媳妇？他说：这啥话？！他就给人家讲他们当归村的男人个头是不高，可没有谁是光棍，老婆身高全在一米六以上的。司机说：哦！他就得意了，说：女人凭脸哩，男人靠头脑活啊！司机说：没有女人，你越有头脑越熬不过吧。这一下戏生的心痛了起来，但他说：冬不离，夏不沾，二八月里不隔天，现在是夏天。

但是，当这辆车再次来拉矿时，车上却坐了个女的，女的很年轻，鼻子有些扁，嘴却肥嘟嘟的，涂着红唇膏像才吃了生肉。司机对女的说：好好服侍我这兄弟！那女的就进了柴棚，一口一个哥，吓得戏生说：这咋回事，咋回事？！司机说：我到后坡去转转，一个小时行了吧。竟真的就走了。戏生听说过矿区的妓女多，有时还想，让我看看啥样的女人是做妓的，而妓女就在柴棚里了，他不知道该说什么，心慌，不敢走近甚至眼睛也不敢看。那妓女竟然就过来，手伸到了他的裤子里，说：哟，这不成比例么？！戏生就糊涂了，不清楚后来是怎么就脱了裤子，是自己脱的还是那女的脱的，等到女的给了他一个屁股，他要女的翻过身来，女的却要拿衣服包他的脸，他明白女的不愿意看着他，他就做不成了，怎么也做不成。等司机回来了，问：咋样？戏生没有说自己没做成事，也不看司机，说：这人家是要钱吧？司机说：做生意哩能不要钱？戏生说：多少钱？司机说：三百。戏生就觉得吃亏了，悄声给司机说：我就没做成……司机说：你不行？戏生说：我在家能行得很呀！司机说：那是太紧张吧，没做成也得给人家三百呀！戏生吁了吁气，说：那你出去装车，我再试试。

这一次戏生没有管司机是不是多装了矿石，从那以后，司机又接连两次带了妓女来，而钱仍是司机掏的，戏生有些不好意思。司机说：这有啥不好意思的，以后我每次给你带一个人，你收三吨矿的条子，给我装三吨半就是了。戏生说：我知道会是这样的，咱是不是不好吧。司机说：矿石又不是你的，你给他抠门着，他上千万地赚哩多给你了一分一厘？戏生也心安了，就和司机达成默契，先每次多装半吨，司机就带个女的来，后又觉得吃亏，让司机还要再给他分钱，多出的半吨矿石卖了钱虽不二一分作五，就给他三分之一。

这样过了两个月，每每把妓女一送走，戏生就觉得对不住了莽莽，心越来越内疚，便给严矿主请了假，回当归村了一次。

戏生回村的那个傍晚，别人家门上的灯都亮了，他院门口的那盏电灯却黑着，问荞荞，荞荞说灯泡坏了还没换哩，戏生就让荞荞立马去小卖部买灯泡。荞荞一走，他还在看门框上的革命烈属牌子，村子里好几个人吆三喝四地去新村长家喝酒，一时心上不痛快，也不在门口站了，回坐在院子里的捶布石上，还说：坏了怎么不及时换呢，你让我没光啊?！过了一会儿，是荞荞回来了，荞荞的脚步在院门急促，还一边走一边撵谁家的狗，便听见老余在说：穿漂漂亮亮点，喝酒去！荞荞说：戏生回来了。老余说：他咋回来了?荞荞说：回来拿些换洗衣裳。老余说：哦，那也让他一块儿喝去。荞荞说：他呀，就不去了吧。老余说：他也不会去的。这样吧，你也不去了，我明日来看他。戏生没有出去，还坐在捶布石上，等荞荞进了院子，他说：你现在也能喝酒?荞荞说：大家都去哩，我不去不好么。戏生没再说什么，重新安装了灯泡，就关了门要睡觉。已经先上了炕，荞荞却让戏生把衣服脱了，全脱了就扔在地上，说她用开水烫烫明日洗，别把虱子带回来。戏生就脱了衣服，荞荞便在盆子里用开水烫，又让戏生洗洗脚去，脚脏成那样了咋进被窝?戏生洗了脚，还洗了那东西，荞荞却给猪泡着明日一天要吃的糠，泡好了又去关鸡圈门，又去看装米面的盆子盖好了没。戏生说：你真能耽搁时间！荞荞说：急死你啦！住了几天，戏生去地里浇了一次水，去施了一晌肥，修补了倒坍的猪圈，便在家帮荞荞做饭，洗被单，洗了被单晾干了还一人拉一头在院子里往展里拽。荞荞嘿嘿笑，戏生说：笑啥哩，没你力气大?荞荞说：刚才我碰着兰婶，她说你回来变了个人。戏生说：她说我变坏了还是变好了?荞荞说：能疼媳妇啦！戏生说：你没告诉她，我在外边一天挣三百元哩！荞荞说：钱呢，钱在哪儿?我吹不了牛！戏生让荞荞话说低些，就要荞荞晚上了摆酒场子，招呼村里人来热闹，能叫来的都叫来。

戏生家连着三个晚上都在摆酒场子，准备要去矿区的那天，却听老余爹要来，戏生就又不走了，就坐在接待楼门前等，等到老余爹一来直接拉着去他家。新村长本来要老余爹到他家吃饭的，晚来了一步，戏生偏没有叫他。那一顿饭戏生是又醉了，话多得别人插不进，荞荞说：你喝多了，少说些。

戏生说：我醉了吗，我醉了说错了话？主任叔，别人都叫你主任，我叫你叔，你以前说过当归村山好水好空气好，退休了就住在这里，现在你真来了，我戏生欢迎你，荞荞欢迎你，当归村欢迎你！你住到这里，我们伺候你，你指导我们，当归村要再次腾飞就靠你呀叔！荞荞，我这话说错了吗？我醉啦？拿酒么，再喝一瓶我也不醉的。我再敬我叔一杯！这顿饭直吃到后半夜，戏生真的是醉了，老余爹也醉了，老余爹拉着戏生的手不丢，使劲儿摇，说：戏生好，戏生好，我就喜欢这小伙子！摇着摇着，两人都吐了。

★　　　　★

今天学《北山经》。我念一句，你念一句。

　　北山之首，曰单狐之山，多机木，其上多华草。漨水出焉，而西流注于泑水，其中多茈石、文石。又北二百五十里，曰求如之山，其上多铜，其下多玉，无草木。滑水出焉，而西流注于诸毗之水。其中多滑鱼，其状如鱓，赤背，其音如梧，食之已疣。其中多水马，其状如马，而文臂牛尾，其音如呼。又北三百里，曰带山，其上多玉，其下多青碧。有兽焉，其状如马，一角有错，其名曰臞疏，可以辟火。有鸟焉，其状如乌，五采而赤文，名曰鹦鹕，是自为牝牡，食之不疽。彭水出焉，而西流注于芘湖之水，其中多儵鱼，其状如鸡而赤毛，三尾、六足、四目，其音如鹊，食之可以已忧。又北四百里，曰谯明之山。谯水出焉，西流注于河。其中多何罗之鱼，一首而十身，其音如吠犬，食之已痈。有兽焉，其状如而赤毫，其音如榴榴，名曰孟槐，可以御凶。是山也，无草木，多青、雄黄。又北三百五十里，曰涿光之山。嚣水出焉，而西流注于河。其中多鰼鰼之鱼，其状如鹊而十翼，鳞皆在羽端，其音如鹊，

227

可以御火，食之不瘅。其上多松柏，其下多棕橿，其兽多羚羊，其鸟多蕃。又北三百八十里，曰虢山，其上多漆，其下多桐椐。其阳多玉，其阴多铁。伊水出焉，西流注于河。其兽多橐驼，其鸟多寓，状如鼠而鸟翼，其音如羊，可以御兵。又北四百里，至于虢山之尾，其上多玉而无石。鱼水出焉，西流注于河，其中多文贝。又北二百里，曰丹熏之山，其上多樗柏，其草多韭䪥，多丹膜。熏水出焉，而西流注于棠水。有兽焉，其状如鼠，而菟首麋耳，其音如嗥犬，以其尾飞，名曰耳鼠，食之不脒，又可以御百毒。又北二百八十里，曰石者之山，其上无草木，多瑶碧。泚水出焉，西流注于河。有兽焉，其状如豹，而文题白身，名曰孟极，是善伏，其鸣自呼。又北百一十里，曰边春之山，多葱、葵、韭、桃、李。杠水出焉，而西流注于泑泽。有兽焉，其状如禺而文身，善笑，见人则卧，名曰幽頞，其鸣自呼。又北二百里，曰蔓联之山，其上无草木。有兽焉，其状如禺而有鬣，牛尾、文臂、马蹄，见人则呼，名曰足訾，其鸣自呼。有鸟焉，群居而朋飞，其毛如雌雉，名曰鵁，其鸣自呼，食之已风。又北百八十里，曰单张之山，其上无草木。有兽焉，其状如豹而长尾，人首而牛耳，一目，名曰诸犍，善咤，行则衔其尾，居则蟠其尾。有鸟焉，其状如雉，而文首、白翼、黄足，名曰白鵺，食之已嗌痛，可以已痸。栎水出焉，而南流注于杠水。又北三百二十里，曰灌题之山，其上多樗柘，其下多流沙，多砥。有兽焉，其状如牛而白尾，其音如訆，名曰那父。有鸟焉，其状如雌雉而人面，见人则跃，名曰𫛭斯，其鸣自呼也。匠韩之水出焉，而西流注于泑泽，其中多磁石。又北二百里，曰潘侯之山，其上多松柏，其下多榛楛，其阳多玉，其阴多铁。有兽焉，其状如牛，而四节生毛，名曰旄牛。边水出焉，而南流注于栎泽。又北二百三十里，曰小咸之山，无草木，冬夏有雪。北二百八十里，曰大咸之山，无草木，其下多玉。是山也，四方，不可以上。有蛇名曰长蛇，其毛如彘豪，其音如鼓柝。又北三百二十里，曰敦薨之山，其上多棕枏，其下多茈草。敦薨之水出焉，而西流注于泑泽。出于昆仑之东北隅，实惟河原。其中多赤鲑。其兽多兕、旄牛，其鸟多尸鸠。又北二百里，曰少咸之山，无草木，多青碧。有兽焉，其状如牛，而赤身、人面、马足，名曰窫窳，其音如婴儿，是食人。敦水出焉，东流注于雁门之水，其中多鲕鲕之鱼，食之杀人。又北二百里，曰狱法之山。瀤泽之水出焉，而东北流注于泰泽。其中多鳎鱼，其状如鲤而鸡足，食之已疣。有兽焉，其状如犬而人面，善投，见人则笑，其名曰山㹨，其行如风，见则天下大风。又北二百里，曰北岳之山，多枳棘刚木。有兽焉，其状如牛，而四角，人目，彘耳，其名曰诸怀，其音如鸣雁，是食人。诸怀之水出焉，而西流注于嚣水。其中多鮨鱼，鱼身而犬首，其音如婴儿，食之已狂。又北百八十里，曰浑夕之山，无草木，多铜玉。嚣水出焉，而西北流注于海。有蛇一首两身，名曰肥遗，见则其国大旱。又北五十里，曰北单之山，无草木，多葱韭。又北百里，曰罴差之山，无草木，多马。又北百八十里，曰北鲜之山，是多马。鲜水出焉，而西北流注于涂吾之水。又北百七十里，曰隄山，多马。有兽焉，其状如豹而文首，名曰狕。隄水出焉，而东流注于泰泽，其中多龙龟。凡北山之首，自单狐之山至于隄山，凡二十五山，五千四百九十里，其神皆人面蛇身。其祠之：毛用一雄鸡彘瘗，吉玉用一珪，瘗而不糈。其山北人，皆生食不火之物。

229

★　　　★

有什么要问的吗？

问：牝牡是什么？

答：即雌雄。

问：瘅呢？

答：黄疸病。

问：橐驼是骆驼吗？

答：是。

问：题是写的意思？

答：不，指额头。

问：怎么是"其音如梧"？

答：琴瑟一类的乐器是梧木制作，所以梧指琴瑟，这里是说声音如弹拨琴瑟一样。

问：这一山系里儵鱼"其状如鸡而赤毛，三尾、六足、四目，其音如鹊"，何罗鱼"一首十身，其音如吠犬"，孟槐"状如貆而赤豪"，鰼鰼"状如鹊而十翼"，寓鸟"状如鼠而鸟翼，其音如羊"，耳鼠"菟首麋耳，其音如嗥犬"，足訾"牛尾，马蹄"，诸犍"状如豹而长尾，人首而牛耳，一目"，鲧鱼"状如鲤而鸡足"，诸怀"其状如牛，而四角，人目，彘耳"，鮨鱼"犬首，其音如婴儿"，等等，怎么这样多各种动物组合的怪兽怪鸟怪鱼？

答：是呀，前边西山列系的山上多神多玉多嘉木，这北山列系的山上就全是魔怪似的，这与北方的地理环境气候环境有关。我前边说过，人在不同的地理环境气候环境下，长相、口音、性格、文化都不同的，就拿现在陕西说吧，北边是黄土高原，南边有秦岭，中间是关中平原，高原和秦岭里至今仍流行民歌，关中平原却没有民歌但有戏曲，这就是相对而言关中的文明程度要早。但是，你注意到了吗，滑鱼人吃了能治疣赘病，鹌鹑人吃了不患痈疽病，儵鱼人吃了无忧虑，养孟槐可以避凶，养臛疏可以辟火，橐驼御兵，耳鼠御毒，等等。这能反映出上古人如何以兽类来躲避各种伤害。也可看作这样一种思维：大凡相貌丑的不一定就恶，反而镇恶。这种观念

230

在以后就创造了形象，如天王、阎罗、灶爷、土地，还有钟馗和包公。现在咱们这儿父母为孩子起名喜欢起赖猫瞎狗罗锅瓦盆的，很丑很贱的名就是为了好养。俗话有人不可貌相，原因也在此，当然人称谁丑时不说丑，称异相。

问：还有，狍"文首"，孟极"文题"，幽鴳"文身"，足訾"文臂"，这些动物怎么就有花纹？

答：那可能是母兽哈。凡是这种动物都写到与人的亲近，如幽鴳"善笑，见人则卧"，孟极见人"善伏"，足訾"见人则呼"，水马见人"其音如呼"。这是从人的角度来写的，人是喜欢漂亮美好的。哈哈，动物以后也就取悦人吧，有了蝴蝶、锦鸡、熊猫、孔雀、斑马，甚至老虎、豹子和蛇。

问：哈哈。

答：我笑，你不能笑！还有要问的吗？

问：前边各山列系祭祠只是记载祭祀用品和方法，而这里却有了在祭祀时，住在诸山北边的人都要生吃没有烹煮的食物？

答：是忌火的缘故吧，那里动物多，动物都是怕火的。或者，是祭祀的时间长，得把这段时间固定下来而有许多禁忌，这也是节日的起源吧。现在许多节日不是在讲究着吃什么食物和不允许吃什么食物吗？

问：前边的各山列系里是有着一些兽长着人的部位，而这里形像人声像人的兽最多，这是当人逐渐主宰了这个世界，兽就向人靠拢了，或被人饲养，或也企图变成人么？

答：这不是兽的想法，仍是人的想法。

问：兽也应当如此呀。

答：这不仅是人的想法，更是现在人的想法。现在的人太有应当的想法了，而一切的应当却使得我们人类的头脑越来越病态。我告诉你一段话吧：纯然存在的美，那属于本性的无限光芒。树木不知道十诫，小鸟也不读《圣经》，只有人类为自己创造了这个难题，谴责自己的本性，于是变得四分五

231

裂，变得精神错乱。

　　问：这是你的话？

　　答：不，不，是一个哲者语录。

★　　　　　★

　　老余的爹住在了当归村，老余孝敬着，当归村的人替老余孝敬着。住在了接待楼上，一日三顿各家轮流着要请去吃饭，老余的爹不，他说这样不好，也不方便，他能做饭的，自己做自己要做的饭，吃着可口。于是，村人就给他垒了灶，备了锅盆碗盏，每日只给他送些米面呀肉蛋呀和各种新鲜蔬菜，还考虑到了安全，像县城和镇街一样，楼门外再安了安全防盗门，把所有的窗子都装了铁条网罩。老余还是那么爱喝酒，每到新村长家去赶酒场，都要喊莽莽，莽莽就也扶了老余的爹一块儿去。但老余的爹只是半斤酒量，喝过了，和大家讲讲话，便给莽莽说：得煮鳖了吧！

　　老余的爹喜欢吃鳖，这在当县人大主任时就养成了习惯，每到什么地方去检查工作，秘书事先就要通知接待方准备几只鳖，以致后来只要他到哪儿吃饭，鳖就早早准备好了。他住到当归村后，当归村人还不了解他的嗜好，他就在村里要买鳖，村里没人吃鳖，他就让去捉，捉来了他掏钱买，强调必须买。当归村人知道了，想办法去捉鳖，当归村的泉水里没有鳖，就到镇街去买，或者亲自到倒流河里捉。怎么能要老余的爹掏钱呢？他们就在谁家要办低保呀，谁家要批庄宅地呀，或超生了孩子要办个头一个孩子有疾病的医疗证明呀，都来求老余，老余能办就给办，而来求事的也便柳条子穿了三个四个鳖的。鳖送得多了，老余的爹在楼内的一间房里修了个小水池，里边就放养了成百个鳖。

　　老余的爹吃鳖特别讲究，每吃一只鳖，都要单独用清水浸泡三天，然后把鳖放在冷水锅里文火煮，等水开滚起来，鳖就伸出头张开了嘴，他要用指头捏一点味精和五香粉放进去，也给灌些酒、醋、香油，直到鳖完全煮死。他别的饭菜做得一般，但烹饪鳖肉有一套，可以清蒸，可以红烧，还能以鳖汤煮麻什子。让荞荞过来吃一碗，他给荞荞讲什么是美食家，美食家不是啥都能吃，啥都能吃的那是猪。而会吃的也得会做，就是把一样的东西做出不一样的味道。他每每吃了鳖肉，就要喝汤，除了喝鳖的清汤就只喝面汤，但面汤必须是下过第二锅面条后的面汤。荞荞笑着说：那好，那好。她把第一锅面条捞了干的，油泼了自己吃。

到了冬天，当归村新村长的老娘过世，新村长来请我去唱阴歌，我去了两天，唱完阴歌后，荞荞要我去她家坐坐。荞荞却向我求卦，问戏生在矿区有没有女人。因为戏生有一个月没回来了，上个月回来人瘦了许多，而夜里竟然有那么多鬼要求，他以前从来都不会这些呀！这卦我算不了，她说：你是不肯给我算，你是生死界里的人，你能不会算卦？！她把我又推荐给了老余的爹，我给老余的爹说我当年见过匡三司令，他压根不相信，问我多大了？我不愿意告诉我的年龄，我只是说些匡三的往事，那些往事他大概也听说过，但他并不知道细枝末节，听得一愣一愣的。荞荞说：天下的事你没有不知道的么，你活成仙儿了你说你不会算卦？老余的爹说：他肯定是看过好多秦岭游击队的历史资料！又对我说：你真能算？你算算我今早收了几只鳖？我有些生气，就说：今早没鳖，有来要账的。才过了一会儿，有人就提了三只鳖进来，说他是从镇街来的，听说这里收鳖。老余的爹很高兴，每只鳖十元钱，荞荞要掏钱，他不让掏，自己掏了，说今日这鳖好，是野生的老鳖，盖都黄了。鳖在地上爬，爪子在水泥地板上抓得有铜音，他用脚一踢，鳖翻了个身，四个爪子朝上乱动，他说：你说不来鳖，这是啥？我还是说：这是来要账的。他伸手往鳖肚子上一戳，大拇指和食指就扣住了鳖的后爪窝儿，鳖一下子就安静了，一动不动。老余的爹嘎嘎地笑，说：不就是来要了我三十元钱么，现在县城的饭店里炖一砂锅豆腐都四十元哩！

★　　　　★

　　戏生在矿山上依然看守着矿石，他已经习惯了和来拉矿的司机合伙捣鬼，也习惯了那些妓女的纠缠，有几天拉矿的卡车没来，倒坐卧不宁。但是不久，他觉得下身是那样地不舒服，又痒又火辣辣地疼，发现长了小疖子，甚至还往出流黄色的东西。他紧张了，以为是染上了那种瞎瞎病，就跑到山下去看电线杆上那些治性病的小广告，越看自己的病越像是，就抄了小广告上的治疗电话和地址，回到柴棚里熬煎得哭起来。

　　拉矿的司机来了，又带了个女的，戏生不让他们到他的柴棚子来，司机说：这可是个处女，我都舍不得用，给你送来你倒这样？！戏生说：我不用了，我用烦了。司机说：饭把人能吃烦？戏生就悄声说了他病的事，司机让他脱了裤子看，说：别去找那些游医，我到医院买些针剂来，吊上几天液就好了。再让戏生用那女的，戏生不肯了，司机说：那老哥用，这得借你地方。戏生就出了柴棚，到右边的洼地里去大便。才蹲上，另一个矿洞的看矿人路过了，说：喂半截子！蹲下了别让东西挨着地，如果地是蚯蚓爬过的，那会肿的。戏生忙在脚下垫了石块，还用手在身前刨个坑儿。那人说：其实你用不着，你那东西小。戏生哼了一声，不理那人。

　　当司机再来时，真的是带了三瓶药水，戏生问会不会是挨了蚯蚓爬过的土呢？司机说：挨了蚯蚓爬过的土会肿的，你这没肿呀。就给戏生的手背上扎针，扎了几次没扎进去，又换个手背再扎。戏生不怕疼，只是问：这针扎了真的能好？司机说：我给两个人打过针，人家是镇干部哩，命没你珍贵？！打完了药水，司机装车多装了一吨。

　　五天后下身果然不疼不痒，戏生也受了惊，不敢再沾那些妓女，便不让司机多装矿石。那一天，两人吵得很凶，司机说：你要这样，我就嚷嚷你得了性病！戏生说：你敢嚷嚷我得了性病，我就揭发你多装了矿石！他拿出本子来，上边一笔一笔记着哪一天多装了半吨，哪一天多装了一吨。司机扑过来要夺本子，他就是不给，司机的力气大，压住他打，他把本子夹在腿缝，身子蜷成一团，头被打得流了血，仍是没让司机把本子夺去。

　　毕竟司机没把戏生得性病的事传出去，戏生也就没有揭发司机多拉了矿石。但司机从此去了别的堆矿点，而戏生这里矿石越堆越多，来偷矿的人也越来越多。戏生白天里不敢松懈，但凡看见山根的梢林里或右边洼地的草丛里有人背着背篓和提着麻袋，他就坐在矿石堆上拿眼睛盯着，又怕人家不注意他，故意扯着嗓子唱山歌。到了晚上，风寒不能在柴棚外久站，他围着矿石堆栽了木杆，拉上绳，绳上挂着铃铛，一有铃铛响就跑出来。这样过了半个月，天下大雨，连下了三天三夜，他没有出柴棚，雨停后发现矿石堆南边的矿石少了许多，地上满是人的脚窝子。他没敢敲锣，拿了锨去铲那些脚窝子，便看到山下有一伙人抬着一个席卷，后边有人在哭，哭声被风吹得一会儿有了一会儿又没有了，听不清在哭什么。这时候，三个背背篓的人走了上来，他一看那装扮和神色，知道是偷矿的，又唱山歌，那三个人竟然还往上走。戏生说：干啥呀？他们说：来背些矿石。戏生说：呀，胆大得很么，明着来偷矿呀？！我敲锣呀，敲了锣你们谁也跑不掉的！他们却说：你敲吧，看有没有人来帮你。戏生敲了一阵锣，真的没人来帮他。他们就说了这场雨东南坡坍了八个矿洞，而北坡有了泥石流，埋没了坡下那一排土坯房，死了十二个人。戏生说：山下人哭就是死了人啦？！他们说：你不知道你伙计的事？戏生说：谁是我伙计？他们说：就是二胜呀！二胜就是以前来拉矿的司机。戏生说：我没他这伙计，他也没脸来我这儿拉矿了。他们说：他再也不来拉矿了，他死了！戏生吃了一惊，问：二胜为啥死的，怎么死的？他们说土坯房死了十二人，其中就有二胜，二胜原本是夜里出来小便的，发觉泥石流下来，他完全可以跑掉的，但他又反身进房里去喊睡着的另外的人，人还没喊醒来，房子就一下子没了。戏生一下子跌坐在泥地上，叫着：二胜，二胜！那三个人便开始在矿石堆里挑矿石，挑出一个扔了，再挑出一个扔了，后来挑出了十几块，说上边的金子成色好，就装进背篓里背走了。戏生还坐在泥地上，软得站不起来。

戏生这一整天没做饭，也没烧水，把自己窝了一疙瘩在柴棚里。到了天黑，他把记录着二胜多装矿石的那个本子烧了，本子烧起来火很旺，就像是有人拿扇子在扇，呼呼地响，而纸灰全飞起来，又像是黑蝴蝶，就是不落地。烧完，戏生连夜回当归村了。

这一次回村，戏生就没有再到矿区去，他还托老余能否帮他向矿主要工钱，老余说矿主给他打电话了，对于戏生不吭一声离开非常气愤，让能尽快去上班。但就在第四天，这家矿主的一个矿洞在爆破时炸死了三个人，矿主想着隐瞒，没有上报，结果被人检举，矿主花好多好多钱上下打点，又给死亡的三个人家属出了一大笔赔偿费，事情才算抹平，却因损失惨重，矿主就关闭了那个洞，又转让了三个洞。老余又来给戏生说，矿主不让戏生再去了。老余说这话的时候，好像为了安慰戏生，还说：这矿主平日不善管理，现在又出了这事，我参的股这下亏大了！戏生知道自己的工钱是没指望了，也没说什么，只唉唉地叹了几口气。在夜里，他紧紧地搂着荞荞，给她说矿区的事，说得没完没了，最后了，说他再不离开她了，他是离开了这么久的日子才体会到媳妇的重要，如果没有了媳妇，他可能就变坏了。荞荞说：咋就变坏了，是你在外面有了女人？戏生说：哪里的女人能有你好？在外边找女人是寻着得病啊？！

★　　　★

虽然在矿区待过了一段时间，重新回到当归村，戏生仍对换村长的事感到憋屈，认为他当村长时是当归村最好的时期，而现在的村子，这样看不惯，那样不顺眼，谋算着自己再干些营生。但干些什么，他又不知道，常就坐在捶布石上揉腿，揉着揉着，就拿拳头又打腿。荞荞陪他一块儿和老余的爹拉话，荞荞埋怨戏生太能折腾，老余的爹就说：你爱折腾老天就让你折腾么，可折腾和不折腾结果都是一样的。戏生听了老余爹的话，心宁下来，便从此像从前一样，每日去山上坡垴去挖药。当归几乎是挖不到了，但党参、冬花、柴胡和五味子还多，挖回来就侍弄着在院子里晒，把院子都晒满了，只留下一条过道。晚上，新村长又吆喝着人去喝酒，老余让戏生和荞荞都去，戏生还是推托他感冒了喝不成酒，就看着老余和荞荞一块儿出了门，他在屋里切药片。

月终的一天，戏生穿好了草鞋，背了背篓又要出门，老余来说：是到山上呀还是去森林呀？戏生说：柏籽价钱涨了，我去采些柏籽去。老余说：柏籽价再涨，能涨到哪儿去？马不吃夜草不肥！荞荞说：你爹才把他说得安宁下来，你又煽呼让他折腾啥呀？老余说：我爹是退休了才说这话，年轻人咋能不折腾，睡觉都得翻过来翻过去要把身子放妥帖么！戏生说：马在哪儿吃夜草呀？老余说：当归村要发生大事了！

老余所说的大事，是匡三司令的内弟当了省林业厅长，这位厅长一上任要了解全省的地理形势和林业资源，从图书馆弄来了各市里的地方志书阅读，就读到了秦岭里有关老虎的记载。当县委书记去汇报该县山林防火工作时，厅长问起秦岭里现在还有没有老虎？县委书记回答不上来，因为他不是本地人，调来工作才六年，他说：这我还没听说过。厅长说：如果有，那就是天大的好事了，省上可以给政策，拨资金，设立个保护区。县委书记听了非常振奋，一回来就召集各乡镇负责人开会，分析全县哪儿可能有老虎？分析来分析去，回龙湾镇有大庾山森林，就把寻找老虎的任务交给了老余。

老余对戏生说：你给咱找老虎！戏生说：找老虎？这就是你说的马吃的夜草？！老余说：找着老虎了，当归村就划在保护区内，那就不是有吃有喝的事，而是怎么吃怎么喝了！戏生说：这不是给当归村画了个饼吗？我爹小时候也没听说过咱这儿有老虎！老余说：你爹没听说过，不证明咱这儿就没老虎。荞荞，你剪的纸花花里就有老虎，你咋剪的？荞荞说：我跟我娘学的，我娘跟我外婆学的，没听说过她们见过老虎。老余说：那肯定先人见过老虎么！你们去抬秦参的森林里，那么大的地方能没老虎？！戏生说：有老鼠！老余说：你要不积极，那我就找别的人了，只要发现老虎，县上能给发现者奖励一百万的。戏生说：这县上是疯了？老余说：好了，你去采柏籽去吧。老余出门要走时，看到院门顶上的月季花开了一层，对荞荞说：你取剪子来，我剪几枝插到瓶子里。戏生还坐在椅子上发闷，看着荞荞剪下三枝月季，他走出来，说：能奖这么多？老余说：只要你找着。戏生说：三年五年地找？老余说：找呀！戏生说：那找了几年没找着，县上镇上也给补贴？老余说：不会找不着！

此后，老余就给戏生买了个照相机，说进森林一旦发现老虎就拍下照片，只要有照片为证，他就会以镇政府名义向县上要奖金，县上也就向省林业厅申报设立秦岭老虎保护区了。戏生就学着照相，也让荞荞学，两个人在门前一会儿照杜仲树，一会儿照革命烈属牌子，后来就互相照，一只狗也跑来凑热闹，狗在撵鸡，他们在打狗，把一卷胶片很快用完了。两人再到镇街去买胶鞋，胶鞋耐磨，可以防雨，再买手电筒和打火机，还要买更多的胶片。在买胶片的时候，把拍照过的胶片让洗相馆洗出来，荞荞就惊叫起来：呀，这你成狗了么！戏生一看，一张照片上是拍到了他和狗。而他只露出个头，狗挡住了他的身子。戏生说：这哪儿是狗，是老虎！荞荞说：老虎是这样瘦呀？！戏生说：你没听人说鹰站着像睡着，虎走着像病着吗？这是老虎，这预示着寻老虎是我的命哩！他嗷嗷地叫了，说他属相就是虎啊！荞荞说：好好好，那不是狗，是老虎，你是老虎托生的。

两个人进了森林，风餐露宿，万般辛苦，第一次跑了二十天，第二次跑了一个月，第三次第四次，半年过去了，却没有寻到老虎，连老虎的蹄印子都没见过。倒是采了三棵长在石崖上的灵芝。

三棵灵芝，老余拿走了两棵，说他要去见县委书记尽快弄一笔寻找老虎的经费，拿灵芝做个见面礼，至于两棵灵芝钱他也会以别的方式给戏生的。

上一次老余说是把补贴的申请递上去了，始终没消息，但戏生还是相信老余，也就将剩下的那棵灵芝去送给老余的爹。怀揣了灵芝走到接待楼下，听见了老余和他爹在屋里说话，先未留意，后听见老余说：你写个信，让他们再来当归村么，虽然出了这样事那样事，我竭力要保住这个典型的。真把老虎找到了，他们也好给厅长交代，这也是他们的政绩呀！老余的爹说：你把灵芝给他拿去，就说是我给捎的，你可以再汇报汇报回龙湾镇的工作，一定要说你在镇上已经工作了八年，他会明白的。戏生就拉荞荞悄悄离开，回到自家屋，戏生说：这棵灵芝咱不送了。荞荞说：咋不送了？戏生说：老余要把那两棵灵芝送县委书记，他是为自己的事哩。这老虎到哪儿寻去，到最后寻不着，咱也是白忙活了。

戏生和荞荞真的再没进森林了，又到近山坡上挖了几天柴胡和金银花，就忙起地里的庄稼。这一日半夜里戏生突然醒来，给荞荞说：我是不是做了梦？荞荞说：睡觉哩你不做梦是挖地啦？！戏生说：是梦，我梦到寻着老虎了，咱俩正走着你说：老虎！我一看真的是老虎，笑嘻嘻的，牙那么白！荞荞说：睡吧睡吧，明日还要起来早，往地里担粪哩！戏生说：这是不是预兆？荞荞说：梦都是反的！可就在第二天的后半夜，老余来敲门，拿来了三张照片，戏生一看，三张照片上都有一只老虎，是不同侧面的老虎。戏生说：呀，这是哪儿的老虎？老余说：这是你寻着的老虎。戏生就愣了，说：我寻着的老虎？老余就说了：这森林里是有老虎的，只是你还没寻找到，为了尽快地争取设立保护区，我弄了这三张照片，就说是你们在森林里拍下的。戏生说：这成不成？老余说：寻找老虎又不是要把老虎捉住才证明有老虎，谁要不认可，又拿什么证据来说森林里没有老虎？戏生说：这照片是咋弄的？老余说：这你不要问，我就是说了，你也听不懂。戏生说：那就是我拍的？老余说：是你拍的！我现在就要给你，荞荞你也记住，这照片是在什么地点，什么时候，又是如何拍的。三个人就叽叽咕咕到天亮。

第二天，戏生和荞荞再一次进了森林，十天后回来，就给人说他们见到老虎了。人们都问：还真有老虎？戏生说：都照在相机里。就嚷嚷着要去见老余，老余就让村人敲锣打鼓地庆祝，然后拿了相机就到县城照相馆去冲洗。又过了三天，大照片挂在了县城的宣传栏上，而当晚县电视台的节目里都播放了。

那天晚上，当归村人接到老余从县城打来的电话，所有人都去了接待楼看电视。看完电视，戏生回来让荞荞包了饺子又吃了一顿晚饭，吃得多了，肚子胀得没睡好，天明时倒睡着了，直到半中午才醒来，还正坐在炕沿揉搓腿，说：荞荞，你出去看看，是不是天要下雨，这腿咋疼得厉害。荞荞在院子里看天，进来说：好像要下雨的，正上云哩。突然什么地方就又敲锣鼓。戏生说：是不是新村长组织的，他现在巴结咱呀！荞荞说：咱村里没号，这锣鼓里还有号声哩。这当儿一个孩子风一样跑了来，说是老余带着镇街的锣鼓队来了，还有许多扛着摄像机的人。荞荞到院门口一看，果然一群人向他家过来，忙进去喊戏生，让戏生换上西服，叮咛说：肯定来恭喜的，如果让你说话，你知道咋样说吗？戏生说：我知道。荞荞说：别说错。从浆水菜瓮里舀了一瓢浆水，给戏生喝了，让他别紧张，话要慢，想一句说一句。

来贺喜的人站满了戏生家的院子，锣鼓号角热闹了一阵后，县电视台、报社的记者就采访起戏生，问他如何寻找着了老虎，又是如何拍摄了这三张照片？戏生便开始讲他和荞荞整整寻找了八个月，把家里的积蓄全花完了，可能是感动了苍天吧，他们终于在大庾山的鸡窝垭过去的那个山窝子里发现了这只老虎。老虎先是在远处的一蓬连翘蔓旁边卧着，正吃一只野鸡，他就趴下拍了一张。为了拍得更清楚，他脱了鞋，从三棵青冈树后爬过去三米，才要拍照，这时老虎站起来了，拿眼睛朝他这边看，他赶紧趴在草窝里没敢动，也不敢拍照了，怕相机拍照时有咔嚓声。他是足足趴下了五分钟，听见老虎啸了，声很大，他抬头发现老虎要走呀，就又拍照了一张，又拍照了一张，还要拍照，老虎就走掉了。他一边说一边做动作，或者趴在地上，或者站起来弓着腰，身上沾了土，荞荞过去帮他拍土，他说：你不拍！再在地上打了一个滚，说：老虎就是这样打滚的！见过老虎吃野鸡吗？老虎吃野鸡是用一个爪子放在野鸡前边护着，没有咂嘴声，吃得野鸡连骨头都不剩，只留下一堆野鸡毛。老虎走路头低着，懒洋洋的。老虎的毛很松，像是披在骨架上的。老虎不住地龇牙，嘴很大，嘴角的皮皱着，就像人早上起来要活动活动嘴似的。他说完了，并没有忘记荞荞，把荞荞拉过来，说：我和我媳妇一块儿发现的，是她首先听到了响动，我们上那个石坎时，她把我搀上坎的。荞荞没说话，只微笑。

★   ★

秦岭里发现了老虎，这条新闻很快传播出去，全世界都没有多少只老虎了，而中国还有，秦岭里还有，这让国人真是太兴奋了。接连的一个月内，有记者不断地从天南海北来到了当归村采访，戏生就一遍又一遍说着他们寻找到老虎的情景。但仍是来人，有时一天要接待好几拨，戏生的嗓子都已经哑了，他还要说，药材不能去挖，地里的庄稼顾不得经管，甚至睡不成觉，吃不成饭，戏生就烦了，关了院门不出来。不出来，来人就敲门，不喊戏生了，喊老虎：老虎老虎，不采访了，咱就合个影吧，给五元钱合个影么！戏生就开门出来合了个影。有了一次掏钱合影，再来人，还要采访就掏采访费，要合影就掏合影费，费用由荞荞收。

忙碌了一天，晚上总算清静了，荞荞坐在炕上点钱，戏生说：今日能收多少？荞荞说：三百二十五元。戏生说：生意不错么，一天收三百二十五元，十天收三千二百五十元，一月三十天，一年十二个月，那咱也就是老板了么！他从馍笼里取一个冷蒸馍，又取了一根葱，一口葱一口馍着吃。还在森林里的时候，左边右边各有两颗牙疼，拔掉了，现在葱和馍在嘴里倒腾，嘴上的动作就大，他说：荞荞，你看我吃馍像不像老虎？荞荞说：没人抢，别噎住。吃完了馍，荞荞让戏生去关鸡棚门，关了鸡棚门又让戏生去把案板上的剩菜用盆子扣住别让老鼠糟蹋，扣了盆子还要让戏生去厕所提尿桶放到炕脚地，戏生就有些不情愿，趿着鞋，扑沓扑沓。荞荞说：你七老八十啦，挪步呀？！戏生说：老虎走路就不紧不慢的。荞荞说：哼，你还真见了老虎？戏生说：见过呀，咱见过呀！后来，他就坐到荞荞身边来，说：咱是见过老虎还是没见过老虎？荞荞说：没见过。戏生说：怎么能没见过呢？见过！荞荞说：好好好，见过见过，给我挠挠背！戏生给荞荞挠背着，还喃喃地说：就是见过么。

★   ★

老余很少再在当归村待了，三天两头就去了县城，他给戏生争取了十万元的补贴，还在落实那百万元的奖金，而更重要的是县上给省林业厅打的关于设立保护区的报告已开始立项。一切都顺风顺水，心想的将要事成，当归村却发生了一场火灾，老余的爹在火灾中遇难了。

自戏生又红火以后，村人又到戏生家来喝酒，他们在计算着十万元的补贴能买多少酒，而一旦省上能兑现百万元的奖金，那又怎么去花呀，是再盖个三层楼呢还是要买辆汽车，那戏生肯定先买个手机了，手机要装在皮带上的手机套里，夜里光身子系着皮带睡觉，而荞荞就不仅是穿皮鞋了，皮衣皮裤，听说还有卖皮褥子的。他们鸡一嘴鹅一嘴地说，满嘴的口水，戏生就说：别眼红那一百万，你们得做好准备呀，一旦设了保护区，咱这儿肯定是旅游点，你们那些房是改造了饭店旅馆，还是开铺子卖土特产？大伙就佩服着戏生能想到这些，他每一次都超前谋算，真称得上当归村改革带头人！说着闹着，三瓶酒下肚，有人就醉了，醉汉的媳妇要把自己的男人搀回去，出了院门，瞧见有火光，二反身回来说：谁家在烧啥东西了？荞荞就走出来，看见院北上空红光光的，说：明日是德发他娘的三周年？德发就是隔壁那家，三年前死了娘，可如果明日是三周年忌日，今晚上村人就该去祭奠呀。荞荞还这么想着，猛地看到是接待楼二层的阳台上火苗蹿着像鬼跳舞，就大声喊叫。喝酒的全跑去救火，但火势已经很旺，而铁门紧关着，窗子也都是铁条网，砸呀撞呀砸撞不开，很快火从铁条网中往外喷，烤得人近不去。这时候全村人都起来了，提水去浇，铲了土去灭，忙到天亮，火小了，人们终于砸开了铁门，老余的爹趴在后窗上，头就从铁条网缝里伸出来，身子全烧焦了，缩成一团，而只有头还好着，嘴张得老大。

老余从县城赶回来料理他爹的后事。他爹来当归村住的时候曾说过他要一直住下去，死了就埋在当归村，可现在那接待楼火烧得没个地方能设灵堂。戏生说没有老主任就没有老余，没有老余也就没有他，他应该给老主任尽尽孝，就把灵堂设在他家，棺材也停在灵堂后。老余的爹嘴怎么也合不上，荞荞就拿一张麻纸盖在脸上。老余通知镇上、县上各位领导，各位领导陆续来吊唁，因停放的时间长，戏生就来镇街找到我，要我为老余的爹唱阴歌。

我是再一次来到当归村，但我原定要唱三天三夜阴歌的，仅仅唱过一夜，第二天我就离开了。因为在第二天中午，当归村又来了许多记者要见戏生，而戏生家里设了灵堂，戏生到院门外的杜仲树下接受采访，还说：有重孝在身，采访拍照费那得加倍啊！可让戏生没有料到的，那些记者一开口就提出对于老虎照片的质疑，追问：你真的见过老虎了吗？这三张照片真的是你拍照的吗？戏生有些生气，说：你这是什么意思？他们就说消息报道后，国内有人指出这照片是假的，是合成的。戏生不知道什么是合成的照片，他大声地喊：老虎是真的！我是真发现了老虎！他发疯似的叫老余，老余来了，他对老余说：他们说照片是假的，你说这是假的吗，这怎么能是假的呢？！陪同这些记者来的有县委宣传部的人，那人把老余拉到了一边，说现在问题很严重，全国许多报纸都在炒老虎的照片是假的。老余也就慌了，问：这事县上领导知道吗？那人说：全知道了，他们压力很大，让我领记者来进一步核实，还要戏生带他们去拍照的地点去看的。老余说：老虎肯定是真的，但我不好出面呀，毕竟老虎照片不是我拍照的。那人说：你是镇领导，又一直抓这事，这些记者你得接待啊！老余就去给记者们说：我是回龙湾镇党委的，我可以负责任地说，秦岭里是有老虎的。至于外界质疑，现在干什么事情没有质疑呢？戏生，你再说一遍，老虎是不是真的？戏生说：老虎是真的！老余说：戏生是革命后代，是老实的农民，你们听到了吧！说完，拉了戏生进了院子。那些记者却不肯罢休，又撺过来。老余就和戏生、荞荞都穿了孝衫，戴了孝帽，挡在了门口，说：家里死了人了，请尊重我们，尊重死人！一个也不让进。记者们仍是不肯走，村里人便起了吼声，和记者吵起来，一时乱成一锅粥。在这种情况下，阴歌已无法再唱，我也就趁乱悄悄离开了。

★　　　　★

社会舆论太大，最终是县委县政府来核实照片的事，虽然戏生仍一口咬死老虎是真的，而有关专家认定照片是假的，进而推断秦岭里寻找到老虎是一场骗局。老余在县上的认定会上作了检查，说他让戏生哄了，造成了恶劣的社会影响，愿意接受组织上任何处分。县委书记很快做出决定，给老余了个党内警告。至于戏生，他是农民，虽然还坚持老虎是真的，法律上无法给他定罪，只能说他利欲熏心，是个骗子，事情就不了了之。

戏生背上了骂名，在当归村没了威信，到镇街去，人一看见就被指指点点：瞧，那就是假老虎！戏生气愤不过，和人家吵，又扑上来和人家推推搡搡，结果鼻青脸青，身上的那件西服也被撕烂了。回家给荞荞诉苦，说：我真的见到真老虎了，他们说我哄了他们。荞荞说：你没哄了他们，你哄了你！戏生说：我哄了我？就不说话了，到炕上去睡，睡在那里左想右想，想前想后，想起来了他是没有见到老虎，一时心里难过，呜呜呜地哭起来。

三天没下炕，戏生都是在炕上哭，老余来给他说：戏生，没事戏生，只要我不倒，你就倒不了。戏生说：我已经倒了。老余说：倒了咱再往起爬么，以后我专门来扶持你，三五年里咱重塑形象！

老余这次提出以发展药材经济再振兴当归村，村里人就有些看不起他了，折腾来折腾去这不又回到了原来了吗？所以，老余如何对周围山坡上的药材品类普查，又如何对县上甚至市上的药材市场调研，决定了不再上山上坡去挖药材而就在村里的耕地上种植当归，没有谁肯积极响应，他让村长召开村民会，村长也是今日推到明日，明日再推到后天。老余发了火，说：你怎么不积极？村长说：当归村世世代代都是山坡上挖当归，还没见过当归能种植呀？老余说：你见过原子弹啦？！你要不配合，村长就不要干了！村长说：戏生配合你，你不是给他擦不完的屁股吗？村长到底还是召开了村民会，老余就介绍了三台县十年前就开始种植当归了，现在人家的当归产量早超过了秦宁县，所以，不种植不收益，迟种植迟收益，大家要坚定信心，不失时机，准备发财。村民便说：好么，好么，能发财就好么。但当归种植首先要育苗，育苗得一年的工夫，村民就又叫苦了：得一年工夫？一年里地里不种庄稼只育苗子，那苗子育不成了，吃啥喝啥呀？他们便说：戏生是能折腾，让戏生先给咱育苗吧！

老余从三台县请来了个育苗专家，戏生就在自家的十亩地里育起了苗。小满一过犁的地，以草皮和杂蔬木烧灰作的基肥，就开始作畦。到了芒种那天撒了籽，覆盖上了细土，再盖上一层干草，二十天后苗子是出来了，长得怪鲜活。寒霜前起了苗子，把苗子扎成小把儿，加生土，堆放在后院墙下，上面又搭个棚儿，既要通风，还要阴凉。再到了十一月，土地快要封冻呀，苗子必须窖藏起来，在院门外土场子上挖了窖坑，铺一层生土，摆一层苗子，层层垒出窖坑口了，盖上麦草和禾秆。村里人都来看稀罕，戏生蓬头垢面，浑身泥土，忙累得像个猴子，而荞荞却一会儿给育苗专家递烟，一会儿给育苗专家端茶，育苗专家姓雷，她一口一个雷哥。老余就对大伙说：都拿眼睛看到了吧，这苗子是育出来了，你们赶紧整理自己的地吧！咱这儿是沙土地，是宜于种植当归的，但咱的沙土地仍是薄，就得多施些农家肥啊！

好多人就去整理自家的地了，也有人在摇头。老余说：还摇啥头哩？他们说：咱媳妇不行么！老余说：啥意思？他们说：荞荞会伺候专家么。老余说：谁敢给我胡说？！老余就让专家去各家各户指导耕多深的土、施多厚的肥，忙活了半个月。到了栽苗的时节了，村里人去戏生家买苗子，苗子却卖得很贵，村里人又骂骂咧咧了，说戏生心狠，把萝卜卖出了金价。戏生说：这苗子是育出来了你们嫌贵，要是育不出来你们又有谁肯给我分担损失？买就买，不买拉倒！老余又一面让戏生压价，一面给村民做工作：你现在嫌亏，将来看到别人卖当归卖出好价钱了，你更觉得亏哩！总算都把苗子买了。

苗子栽下后，专家就特别教授中耕除草三遍，第一遍在立夏前后，第二遍在芒种前后，第三遍在小暑前后，再是防治病虫害，整地时已用过了辛硫磷，栽种时已窝施了甲基异柳磷，锄头遍草时还要喷洒多菌灵。有人就说：这都是些什么药？以前咱就跟头栽在那些怪名字药上，现在又撒又喷的，会不会再出事？专家说：这又不是蔬菜，这些药专治麻口病的。这些药剂，当然又是戏生承包了。

终于到了收挖期。以前在山上坡上挖了当归，整条就卖了，现在一挖就一堆一堆的在院子里，开始有了加工，分出混装归、常行归、通底归、箱归。混装归是将毛归不分大小不去头尾；通底归是熏干拣净的当归，无霉变和虫蛀，每条十四公分，每斤约三十五条；常行归是挑选了通底归后的小货，再加入些大归腿和归渣；箱归则选择归头长，归腿粗，皮细茬白，无枯死枝锈皮无虫蛀的干当归。回龙湾镇上又是不断地有半截子出入药材店，而更有人开了汽车推了架子车和骑着自行车到当归村去收购。电线杆上，店铺墙上，甚至镇政府的大铁门上都贴上广告，上面写着当归主治月经不调、头痛耳鸣、跌打损伤、痈疽肿痛、肠燥便秘。

当归村人全尝到了种植当归的甜头，种植当归的面积越来越大，而戏生真的翻了身又成名人了，他除了独家育苗，独家经销农药外，他已不满镇街上那些药材店赚了他们的钱，便在村里集中收归，在镇街办了自己的药材店，专搞批发。几年间就成了回龙湾镇的首富。

戏生有好几套西服轮换着穿了，而且买了汽车往返于当归村和镇街、县城。他学开车学得很快，驾驶时身子挺得直直的，两眼盯前方，看着让人紧张，但没有出过任何事故，只是个头矮，从远处看，车好像没人开而自行的，被交警拦挡过几次。等到老余终于从回龙湾镇提拔到了副县长，再不去了当归村，他在县城帮戏生买了一套商品楼房。从此戏生在县城待的时间多，老余一有应酬就给戏生打电话，戏生很快就去了，戏生去了当然要陪老余的客人喝酒，唱歌和表演剪纸，饭毕了埋单。荞荞还在当归村主管育苗，卖农药。

这一年冬，戏生当了致富模范要去市里开会，为了出门方便，老余也让荞荞一块儿去。在县城里，戏生是不与荞荞并排走，要走，他就走路沿上，让荞荞走路沿下。到了市里，荞荞还是提了包在戏生身后步子迈得小小的跟着，戏生说：撵上呀！荞荞说：你不是不让我并排走吗？戏生说：以前是怕人笑话，现在偏要夸显么，我就是这么矮，就这么丑，但我娶了个高个子漂亮女人！也就在领奖大会上，主持人宣布戏生上台领奖，戏生就站起来，对荞荞说：跟我一块儿去。荞荞说：领奖是你一个人。戏生说：你送我到主席台下。主持人宣布了戏生名字，却迟迟不见戏生，就又说：请戏生同志上台领奖，戏生同志你在哪儿？戏生急了，大声说：我在这儿！主持人说：你站起来。戏生说：我早站起来了呀！这时大家才看到一个半截子和一个高个女人往主席台走，惊奇得一时鸦雀无声。戏生走到主席台前了，怎么也上不去，荞荞便把他抱起来放在了台子上，会场轰然一片笑声。戏生说：那是我媳妇！掌声又哗哗哗地鼓起来了。

★   ★

过了五年，戏生的当归生产营销越做越大，县城入口处钢架子搭成了一个彩门，上边写着当归之都，而广场的当归广告牌重新制作，配上了戏生的坐像，他是坐着，坐着看不出身高。当归的药用范围又增加多项，写着可以治这样的病、可以治那样的病。有人就用笔在边上加了：可以当劳模。不久，又有人却加了一条：那咋不治大骨节病？！

但是，回龙湾镇的鸡冠山金矿彻底停产了。鸡冠山的矿藏差不多挖完，到处是废弃的矿洞，崖坡坍的坍、垮的垮，成了一座残山，山下沟岔里的水也是剩水，不再流动，终日散发着恶臭。矿区的人全部撤走，那些厂房、工棚，以及商铺、旅馆、饭店都关了门。镇党委和镇政府提出转型发展，重新调整生产结构，他们就一方面跑县上、市上，甚至省上，四处求要拨款，一方面也在别的村寨推广当归村种植当归的经验，戏生也便被聘请为指导专家。

这是戏生一生最风光的日子，他坐着小车从这个村到那个寨，凡到一地，就有人欢迎，吃香的喝辣的，口口声声被叫作老总。他很认真，不厌其烦地指导着怎么选种子，怎么整理地，又如何施肥喷药，如何挖收分类，还要召集了种植户来讲经销，他的口才已经非常好，在主席台上讲时翻动着笔记本，以示他做了充分准备，但他的笔记本上其实一个字都没写。这期间，老余带了县电视台的人在拍摄一部关于当归种植的专题片，专门来拍摄戏生指导的镜头。晚上两人住在接待室里，戏生却给老余说起他多年里一直没解决的心事，那就是他爹当年的那个申请始终没有下落。当然，他现在完全不是为了政府的什么补贴和周济，但他却越来越想着能见见匡三司令。老余有些吃惊：你想见到匡司令？！戏生说：我想我现在可以见他！老余说：你心比我心大！老余没有领戏生去拜见匡三司令，他是连匡三司令家住在哪儿还不知道哩，但老余答应了戏生，说他会寻机会的，让戏生耐心等着。

戏生是耐心地等着，而谁也没有想到，他等来的却是一场瘟疫。

秦岭里是发生过瘟疫，还是冯玉祥把清朝皇帝撵出故宫的那一年，霍乱大暴发，人拉肚子提不起裤子，先还往厕所跑，后来跑不及，肚子只要一搅动，就拉在裤裆里，黄水顺着裤腿往下流，拉过七天人就死了。秦岭东部几个县，几乎每个村寨都死人，而北部更严重，有一个乡死了多半，另一个乡四百二十家绝了户，还有一个乡十五个村寨没活下来一个人，也没活下来一头牛一条狗。那一场瘟疫，一辈一辈人往下传说着可怕，所以当新的瘟疫出现了，秦岭里的人都心惊肉跳，打听这瘟疫是从哪儿来的、是什么瘟疫。当听说这瘟疫最早从南方开始，然后传染到北京，又从北京向全国各地传染，一旦传染上就像患了重感冒，头痛，鼻塞，浑身发热，关节疼痛，咳嗽不止，导致呼吸系统功能衰竭而很快致死，他们就大骂南方人，再大骂北京，就相互询问：瘟疫能传染到秦岭里来吗？询问了，自己又说：全国都传染了，秦岭不是中国？！所有人全惶惶不可终日。

　　瘟疫的消息刚刚传开的时候，戏生并不以为然，从湖北来了一位客户，要购买三吨通底归，但不满意包装，他正在加工厂更换着装归的箱子，老余派人来叫他到县政府去。一进老余的办公室，老余说：昨夜做什么好梦了？戏生说：忙了一个通宵，眼还没眨哩。老余说：你个半截子，连个好梦都没有，倒是我操心挂肚地给你办好事！戏生只是笑，老余就告诉说他联系了省林业厅长，林业厅长现在已不是林业厅长了，新任了省政协的副主席，副主席让他带人去省城，匡三司令正好在省城疗养，可以一块儿去拜见。老余告诉完了，戏生还是笑，老余就等着戏生笑完了，说：我这是什么命呀，好像前世欠了你，今世来为你办事的！就叮咛戏生现在就去理个发、洗个澡，明天一早两人就上路。戏生要走时，却问了一句：社会上咋有了瘟疫的谣言？老余说：那不是谣言，是真事。戏生说：有瘟疫了咱还能去省城？老余说：天上就是掉星星，那星星就瞄着往你头上砸呀？你要去见匡三司令，不是匡三司令要等你哩！

　　这一夜，戏生确实是又没有睡好，他兴奋地换了一套衣服，觉得不行，又换了一套衣服，还觉得不行，就打电话给荞荞，荞荞说你不是有一套白西服吗，白西服穿了人显得宣净。戏生又问去了给匡三司令说什么话好，荞荞说你不是口才好吗，戏生说口才好那是对着农村人说的，面对着匡三司令我就拙了，荞荞说你就说咱爷是谁，他要记得咱爷了，他就会问你话的。戏生嗯嗯地应着，说时间太紧，要不你也一块儿去，荞荞说有好事了你啥事记得我，戏生就嘿嘿嘿地笑着把电话挂断了。但荞荞又把电话打过来，问去省城给政协副主席带什么礼，给匡三司令带什么礼，要带就多带些，比如咱这儿的核桃、柿饼、土蜂蜜。戏生说你以为这是见乡镇领导呀，我带红包的。荞荞哦了一声，又说你把红纸和剪刀带上，去了多给人家唱几首歌，戏生说对呀对呀我咋把这事差点忘了。

到了省城，就先去见政协副主席。政协副主席听老余说要带个老板来，就在办公室等候，门被敲响，出来见是老余，问：老板呢？老余说：这就是。副主席头往下一垂，这才看见了戏生。招呼落座，副主席说：你就是戏总，做药材生意的？戏生忙站起来说：我不姓戏，我姓苟。副主席说：苟总不好听么，叫戏总好。老余说：副主席都叫你戏总，你就是戏总！戏生就给副主席汇报了他的药材公司生产营销当归的情况。副主席问老余：上一次寻找老虎的说是个侏儒，这怎么又是个……老余说：戏总就是当年寻老虎的戏生。副主席哦哦地脸色变了，接着却哈哈大笑起来，说：原来是一个人呀！当年你可给林业厅添了不小的压力啊！好在都是为了家乡的发展犯了急功近利的错误，没事，没事，到底是能人，金子总会放光么！戏生一下子放松了，手在膝盖上擦了汗，掏烟要给副主席敬，副主席说他不吸烟，戏生说：那老虎是真的。老余瞪了他一眼，他退回来坐在沙发上再没言传。

见匡三司令是在城南的温泉疗养院里，他们是晚饭后去的，匡三司令在泡澡，接待的人让他们在厅的外间等着，交代说爷爷年纪大了，身体不好，说话的时间不要太长。接待的人给他们沏上茶后就去了里间。戏生说：不是说见了司令叫首长吗，怎么是爷爷？副主席说：你们也就叫爷爷吧，司令已经退休了，他不愿意再叫他司令或者首长。戏生点着头，却去了一趟厕所，从厕所回来才坐不到十分钟，又去了一趟厕所。老余说：你拉肚子？戏生说：没，不知怎么老想尿，又只尿那么一点。老余说：是紧张了，你深呼吸。戏生就端直了身子深呼吸。一个小时后，里间的门开了，先是一个警卫出来，黑脸大个，拿眼睛盯着他们，戏生给人家笑了一下，人家没有笑，戏生觉得人家的胳膊比他的腿还粗。接着一个女服务员就推出了一辆轮椅，轮椅上坐着匡三司令。其实戏生和老余都没见过匡三司令，当副主席站起来向前走了几步说了声首长好，老余和戏生也赶忙站起来向前走了几步齐声说：爷爷好！戏生拿眼睛看着匡三司令，匡三司令已经很老很老了，脸很小，像放大的一颗核桃，头发却还密，但全白着。匡三司令的嘴一直张着，说话的时候嘴唇才动起来，他在说：谁要来看我的？老余忙说：爷爷，是我和戏生来看你的。匡三司令说：你是谁？老余说：我是秦宁县副县长。指着戏生，再说：他叫戏生，是回龙湾镇当归村的。匡三司令说：你咋不好好长呢？戏生说：当归村里人都是长不高。匡三司令抬着手示意让他们坐，他们都坐下了，匡三司令的嘴又张着，不再说话。副主席就再次给匡三司令介绍着老余和戏生，他们是秦岭革命老区人，老区人民非常想念你。匡三司令突然插话说：我那棵杏树听说今年结的杏很繁？副主席不知道什么杏树，看着老余和戏生，老余和戏生也不知道杏树的事。戏生就说：嗯，嗯。爷爷，我是当归村的，秦岭游击队在当归村驻扎过，你还记得我爷吗，我爷也是游击队员，叫摆摆。匡三司令说：摆摆？噢摆摆，我记起来了，你爷也和你一样高，是叫摆摆。戏生说：是呀是呀。匡三司令脸上活泛起来，说：摆摆是你爷爷呀？你爷爷刁鬼刁鬼的，他那时没枪，总想背我的枪，还是我帮着他做了个木头枪。他是罗圈腿，可跑得倒快，是个勇敢同志。后来在一次送信时牺牲了，还是我去收的尸，死得很惨。匡三司令双手在撑着轮椅，似乎要站，但没有站起来，服务员赶紧扶好他，他就咳嗽了三声。戏生说：我爷牺牲后，我奶带着我爹出外逃荒，我爹后来学了皮影戏，他是……副主席说：你不说这些了，首长一回忆秦岭游击队的事他就激动，你说些别的吧。戏生就说起他的药材公司的事，一边说一边看着匡三司令，匡三司令恢复了平静，不再说话，嘴又是张着。老余说：戏生，你给爷爷唱唱歌，爷爷可能是几十年都没听过秦岭里的歌了。戏生说：那好。就站了起来。副主席说：他会唱歌？老余说：他唱得好，让爷爷高兴高兴。戏生唱道：

摆摆要参加游击队，老黑不要摆摆，因为摆摆屁股翘，容易暴露目标。摆摆去找李得胜，李得胜认为他可以送信，摆摆就参加了游击队。摆摆有一次去送信，半路上遇见了保安，因为摆摆的屁股翘，藏在草丛就被发现了。摆摆爬起来就跑，保安上来就是一刺刀，为了革命为了党，摆摆就光荣牺牲了。

匡三司令就笑起来，拍手说：唱得好么，你爷要参加游击队时，老黑就是不同意啊，咣，咣。匡三司令又咳嗽了两声，副主席说：你咋还唱游击队的事，来个别的吧。戏生说：那我唱老山歌。就唱道：

这山望见那山高呃，望见一呀树好啊好仙桃。长棍短棍打不到呃，脱了绣呀鞋上啊上树摇。左一摇来右一摇呃，摇了三呀双六啊六个桃。过路君子捡一个呃，不害相呀思也啊也害痨。郎害相思犹小可呃，姐害相呀思命啊命难逃。

唱过了，大家都拍手，戏生就得意了，说：我再唱个《郎在对门唱山歌》，就唱道：

郎在对门唱山歌咮，姐在房中织绫唻罗咮，对门那个短命死的挨刀子的害瘟的唱的这样哎好咮，唱得奴家脚手软，手软脚，踩不得云板看不得哪楼，眼泪汪汪听山唻歌。

他唱了第一段，再唱第二段第三段，就从口袋掏了红纸，一边往匡三司令近前去，一边又掏出了剪刀。但就在这时候，匡三司令身边的警卫一下子冲过来照着戏生胸口踢了一脚，咔嚓一声，戏生被踢得撞到对面的墙上，又弹回来摔在了地上。事情来得太突然，副主席惊呆了，老余也惊呆了，等回过神来，匡三司令已经被服务员推进了里间，那页门也关闭了。警卫员在地上扭住了戏生，说：你想干什么?! 老余这才明白了缘故，忙向警卫员解释：戏生是革命后代，是劳模，他是会在唱歌时能同时剪纸花花的，他是一心想给爷爷表演一下的。警卫员没再吭声，放下戏生也去了里间，但戏生还没有爬起来，老余说：误会了，你起来。戏生的脸青了一半，鼻涕眼泪流在地上。

★　　　　★

戏生从省城回到县城正好是晚上，他在他县城的房子里整整窝了半月，不到公司去，也不上街，关掉手机，不和任何人联系，他发誓再不唱歌。

在这半月里，瘟疫在迅速地传染，全国各地都成立了防治组，对发现的病人强行隔离治疗，而所有的车站、码头设立了检查站，省城严防着从北京上海广州来的人，一律登记、隔离、测体温、验血液，市城又严防着从省城来的人，一律登记、隔离、测体温、验血液，县城又严防着从城市来的人，一律登记、隔离、测体温、验血液。当回龙湾镇街也设了关卡，严防起从县城来的人，全都要登记、隔离、检查，要观察十天时，当归村没有登记、隔离、检查的条件，村长就组织了村民巡逻队，日夜三班倒，每人拿一根木棒，凡是生人或者是在外的本村人，谁也不准进，流窜的野猫野狗也不得进。

荞荞一直没有戏生的消息，以为戏生还在省城，而电视上天天都在报道着省城又死亡了多少人接受治疗着多少人，她就着急，给老余打电话，老余的电话竟通了，而老余说他和戏生早从省城回来了，荞荞就追问那戏生怎一直关机？荞荞的语气重，在埋怨着戏生也在埋怨老余，老余就立即替戏生圆场，说县上防治瘟疫的任务很重，戏生是大老板，又是药材公司的，他是在筹集板蓝根，板蓝根能预防瘟疫的，采购到了还要加工制成粉剂，怕是一忙就顾不及给你联系了。老余放下电话，就又给戏生打手机，果然手机关了，就直接去戏生的住处敲门，把门敲开了。

戏生完全不像是戏生了，头发蓬乱，胡子满脸，腮帮子陷下去，人显得更矮了。老余说：你半个月都关机着？戏生说：我连门都没出过。老余说：看你这样子，像不像个鬼？！戏生吼起来：鬼也是个羞辱的鬼！老余这才明白戏生还在为警卫员的一脚在纠结，说：那事情有啥哩，人家有人家的职责，狗咬了你一口你还不活啦？跟我走，现在全县瘟疫预防工作重得很，你的公司必须筹集一批板蓝根，你倒在家里躲清闲，还像不像个劳模？！硬把戏生拉出了门。

又忙了三天，戏生还真的筹集到了三吨板蓝根，才给荞荞回了个电话，他告诉荞荞，县城现在是人人自危，影院关门了，商场关门了，饭店关门了，到处在喷洒消毒水，人人都戴了口罩，见面互不握手，但他还健康着，公司贡献出了三吨板蓝根。荞荞还是不放心，说贡献了三吨板蓝根也好，而已经贡献了，就不要在县城久待，还是赶快回来，毕竟当归村人口少，空气好。戏生就决定回当归村。

戏生是半夜里悄悄离开县城的，他知道回龙湾镇街上在盘查外来人，虽然镇街上很多人都认识他，却担心万一检查站的人不认识他，过关就麻烦了，他熟悉回龙湾的地形，就没走大路，从一条山路绕过了镇街，直到第二天中午才到了当归村前的二道梁上。人又饥又渴，在山泉里喝了水，吃点饼干，开始揉腿，腿已经钻心地疼。他进村的时候，村口的碌碡上坐着村长的侄媳妇，他说：小麦，小麦！那媳妇的名字叫小麦。小麦应了一下，却突然大声呼喊：瘟疫！瘟疫来了！立刻从旁边的院门里冲出一伙人，都提着棍棒。戏生说：是我！那些人说：知道是你。你从市上回来的还是从县上回来的？

戏生说：从县上。那些人说：县上情况咋样？戏生说：发现了十例，死了五例了。戏生说着，一晃一晃往里走，地上有一块儿石头，他用脚拨开了，才要说你们喝板蓝根了吗，七八根棍棒就顶住了他。戏生说：我没瘟疫，挡我呀？他们说：谁证明你没瘟疫？你从县上来的能没得瘟疫？！你回来干啥？戏生说：我是当归村人我不回来？我给你们谁家没带来过财富，现在就翻脸不认啦？他们说：你是带来过财富，可你现在要带来瘟疫！你不要进村，你到下边那个土窑里住十天，十天里如果没发病，就放你进村。戏生骂了一句：娘的 × ！硬往里走，被棍棒一拨，倒在了地上，戏生扑起来就给黑栓的脸上唾了一口。也就是这唾了一口，黑栓叫道：他给我染上瘟疫啦！赶紧用水洗脸，用土搓脸，众人就说：他肯定有了瘟疫，故意回来要咱垫背的！一齐把棍棒抢了过来。戏生一看阵势，扭身就跑，众人穷追不舍，荞荞闻讯赶来了，哭着闹着拉扯追打的人，村长也来了，又求村长。村长说：这都是为了全村人的安全啊！荞荞说：他哪儿不安全啦？需要当归苗子了咋不说不安全，要卖当归了咋不说不安全？！村长对追打的人喊：不打了，不打了！但众人仍在追打戏生，那黑栓追在最前头，边追边骂：你给我传染哩，你让我死，我也让你死！戏生打不过黑栓，就顺着地塄跑，黑栓也追过了地塄，地塄越来越高，越来越窄，戏生跑不快，眼看黑栓要追上了，便从地塄上跳了下去，把一条腿骨折了。

荞荞把戏生从地塄下背上来，要回家，人们还是不让进村。村长最后和村人开了个会，总算允许戏生回村，但必须待在家里，不准出门在村里走动。荞荞背着戏生往家去，戏生一路上都在荞荞的背上骂，骂当归村是瞎村，人是瞎人，忘恩负义，猪狗不如，再不给育当归苗了，再不给供应农药了，再不给销售当归了！荞荞劝他不要骂，他还是骂，荞荞说：你再骂我就不背了，咱是当归村人，家在当归哩，你骂你自己啊？！戏生是不骂了，却号啕大哭：我没瘟疫呀！我不是瘟疫呀！

★   ★

　　戏生确实没有瘟疫，而三天后，村长却睡倒了，他发烧，烧得昏迷不醒。人们就怀疑是不是戏生给村长传染上了？可戏生还好着，荞荞还好着，被戏生唾了一口的黑栓也好着呀！即便是戏生真的把瘟疫传染给了村长，村长发病也没这么快呀，是不是村长在别的什么地方传染上的？于是有人就说七天前看见村长家的狗和另一只狗在村外的土壕里连过蛋，那一只不是村里的狗，会不会是那流浪狗有病了传染给了村长家的狗，狗再把病传染了村长？村巡逻队从此除了严防有人从外边进村，也严防一切牲畜进村和出村，凡是发现，不论牛、驴、猪、狗、鸡，就往死里打。村人也便去村长家抓他家的狗，村长的媳妇拦住不让抓，说狗根本没出去过，如果是狗有病，那狗早就死了，为什么还好好的？而狗趁机蹿上院墙，从房顶上跑走了，跑出了村。但过了一天，村长就死了。

　　村长死得这么急促，那就是患了别的紧病，村人当然要帮着处理后事，设了灵堂，做棺拱墓。尸体是停放了三天，他们想请我唱阴歌，可与我熟悉的只是戏生，不好意思让戏生来请我，更何况我人还在回龙湾镇街，去镇街就可能染上瘟疫而我去也可能带去瘟疫，这阴歌并没有唱，只是村长的媳妇不停地哭了三天。

　　出殡的那天，除了巡逻队继续巡逻外，村里所有人都去抬村长的棺材往坟上送。别的村寨的人抬棺有四个人抬的，也有八个人抬的，当归村的男人都是半截子，一根竖杠上又拴了六根横杠，十六个人抬了，棺材两边分别还得有四五个人用手抬着，棺材就摇过来摆过去，前行得趔趔趄趄。去坟上的路走了一半，有三四个人汗流满面，旁边的妇女就给擦汗，说：水出得这么多？！抬棺的说：我头晕晕的。棺材终于抬到坟上，喊头晕的觉得天旋地转，坐在地上不敢再动，而汗出得越来越多，衣裤全湿在身上，像从河里才捞了出来。有的人去问：累着了？用手去拭那晕坐在地上的人额头，自己也坐下来，说：我咋也这难受的？赶忙把头晕难受的六个人背了往回走，背的人就说：发烧了，背着能烫人的。背回家去，这些人全都神志不清，喘气困难，睡倒了。第二天中午，竟然又死了三个人。村人这一下全慌了，明白了村长一定是得了瘟疫死的，是他传染了村人，埋葬村长是所有人都去了，自己也肯定要传染上了。当归村一时鸡飞狗跳，哭叫连天。

戏生和荞荞一直没有出门，想出门也出不去，院门被村人锁上了。在院子里听见了外边的哭叫，戏生说：我一回来村里出了这么多事，还真的是我带回了瘟疫？荞荞捂了戏生的嘴，低声说：你胡说啥？那你怎么没死，我怎么没死？两人要出去看看，用杠子撬门，撬不开，荞荞搭梯子从院墙翻出去，再从外边砸开了锁，背了戏生走到了村道上。村里的巡逻队已经不巡逻了，黑栓见了他们，说：戏生，我错怪你了，你不是瘟疫！戏生说：我要谢你哩，我要不跌断腿，我可能也被传染了。村里成了这样，给镇政府打电话了没？黑栓说：这我不知道，恐怕没打。戏生说：要打电话，要打电话！他就在身上掏手机，却怎么也寻不着，荞荞的手机也没带，斜对的就是村长家，村长家有座机，走进去，村长的媳妇正咽气，旁边站着他儿子儿媳哭，戏生说：唉，她也走了。荞荞背了戏生就走，走回自己家，戏生才用自己手机向镇政府报告当归村发生了严重的瘟疫传染，人已经死了四五个，有症状的十几个，估计全村大部分人都感染了。镇政府接电话的可能是什么干事，惊慌失措喊镇长，接着在电话里听到镇长的指示：他知道了，但镇政府没能力救治，他马上给县上汇报，让县政府派医疗车到当归村拉人去县医院，在医疗车未到之前，死了的人尽快深埋，墓坑一定要三丈深，里边多倒些石灰。

戏生不让荞荞背了，他用木板条固定包扎了腿，挂着拐杖在村里喊话，要大家别太慌，镇上、县上很快就会来医生和救护车的，各家各户死了人的赶快埋人，就在自家院子里埋，坑越深越好！但是，死了的人怎么埋呀，活着的人没有了力气去挖坑，而医疗车到了晚上没有来，到了第三天中午还是没来，又死了三个人，连壮得像牛一样的黑栓也病倒了。死去的人都没有埋，尸体开始腐烂，村子里臭气熏人，苍蝇乱飞。戏生急了，又在村道里点着人名骂，等着都到村道集合，集合了十八个人。他就指挥着十八个人挨家挨户去检查，发现有死的，集体挖坑埋，坑挖不及的就把尸体装进瓮里，用石灰封好，一家人都死了的，就放火烧房子，房子倒坍下去就埋了。

十八个人满脸灰黑，头发眉毛都被火燎焦了，像一群鬼在村里出没，刚烧过三处房子，到前村去挖坑拉瓮，后村又传来哭声，喊叫某某某又断气了。戏生每从一家院子里出来，就扭头要往村口看，村口仍是没有医疗车出现，他实在是走不动了，倒在地上，疯了似的骂：镇政府我 × 你娘呀，你咋还不来？！

实际情况是戏生把电话打到镇政府，镇长立马就给县政府报告了，县政府紧急开了会，一方面向省政府报告，一方面又给镇政府通知，县上医院病人很多，无法抽派人下去，让镇政府组织村人将病人以最快速度送到县医院来。镇政府就给当归村打电话，接电话的是村长的儿媳，她跑来叫戏生，戏生腿上包扎的木板条已掉了，他在村道上爬着，村长的儿媳说：叔，叔，你没事吧？戏生说：我有啥事？我身上有毒哩我还怕瘟疫，以毒攻毒哩，没事！村长的儿媳说：以前村里人是亏了你。戏生说：是亏了我，当归村亏过我三辈人的，但我还得救当归村啊！他去接了电话，镇长在说：快把人往县医院送啊！戏生躁了，大声喊：怎么送，都快死完了，没死的都躺下了，咋送？！打完电话，他让村长的儿媳背着他再到村里正烧房的那家去，村长的儿媳背不动，他就又骂村长的儿媳，让喊荞荞来背他。荞荞是领了一群孩子去接待楼，这些孩子家里都死了人或有重病的人，她觉得接待楼上已经很久没住人了，孩子们暂时住在那里安全。听到喊声，她跑去背着戏生到那家烧房的人家，那家的房顶全烧坍了，一伙人正在把四堵墙往里推，要把房里的死人埋掉。戏生说：唉，这房子今春才盖的呀！说着身子就往下坠。荞荞说：

你搂住我脖子。戏生说：我咋这乏的，会不会……荞荞说：甭说话！戏生呸呸呸，朝空中唾了几口，却说：咱再到村口那几家看看去。荞荞说：行，行。背着戏生紧跑起来，却是把戏生背回了他们家。

镇长在电话里听了戏生的话，再次给县政府报告了当归村的最新状况。这一次他是向老余报告的，老余亲自带了车，车上坐了两个医生，还装了几大桶消毒水，一到村口，见村里烟火笼罩，便又给镇长打电话，要求尽快组织人来封锁当归村，不能让村里任何人任何牲口出去。然后他穿了防护衣和医生一家一家查病人。

老余走了三户人家，三户人家都死了人，一户房子正烧着，再往后走，七处房子都烧过了，从院门口看去，倒坍的那一堆木料、土块、石头中还有露出来的死人的腿，一只狗就卧在旁边，呜呜地哭。到了村子的后巷，巷头的碌碡上趴着四个人，在五家院门槛上也趴着七个人，都是有气无力，见了老余只流泪，说不出话来。而戏生家门前的杜仲树下，荞荞瓷呆呆站着，老余喊：荞荞，荞荞！荞荞没言语。老余跑过去，问：戏生呢，戏生呢？荞荞朝屋里望了望。老余进去，戏生已经死在了炕上。

老余流着泪向县委书记电话汇报着当归村的惨状，请求再派车来运送病员，请求再派消毒车来喷洒，以防瘟疫蔓延到别的地方。打完电话，他组织来人把最重的病人抬上车往县医院送，把还健康的人都往接待楼赶，现在不是隔离病人了，而是要隔离没病的人，然后就喷洒消毒液，再然后见狗打狗，见鸡打鸡，这些鸡狗也都跑不动飞不了，全被打死。

★　　　　★

当归村成了瘟疫中秦岭里死亡人数最多的村寨，活着的人被全部接到了回龙湾镇隔离观察，十天后，第一个被解脱出来的就是荞荞，半个月后又解脱了四十人，新发现感染的有二十人被送去县医院。一个月后，剩下的二十八人全部解脱。但所有被解脱的人却没有回当归村，安排在鸡冠山下的那些空房子去住。瘟疫肆虐了半年后逐渐过去，又是成批的记者从各地赶来采访，镇政府就指定了荞荞为采访对象。荞荞是当归村瘟疫中最健康、知道事情最多又最能说的人，她反复地讲述着当归村的故事，讲累了，也讲烦了，就跑到我的住处躲清静。有一天，我问她：你再也不回住当归村了吗？她说：还回去住什么呢？成了空村，烂村，我要忘了它！我说：那能忘了吗？她说：就是忘不了啊，一静下来我就听见一种声音在响，好像是戏生在叫我，又好像是整个村子在刮风。我知道戏生和那些死去的人魂不安妥，我来找你，一是要躲那些记者，再就是求你能帮帮我。我说：我能怎样帮你呢？她说：你去唱唱阴歌。我愣了一下，我唱了一百多年的阴歌了，但从来没有过为一个村子唱阴歌，何况唱阴歌都是亡人入殓到下葬时唱的，当归村那么多人已经死了很久了。她说：我求你，他们都没正经埋过，是孤魂野鬼，唱了阴歌安顿了他们，我也就能真正忘了当归村了。我答应了荞荞，我也突然有一种感觉，给当归村唱阴歌可能就是我人生的最后一次唱了。

我和荞荞来到了当归村，那天下着雨，雨很细，但村子里的灰尘浮土淋过后却非常滑。我们一步一步从村口往里走，村里的房好多都被烧毁倒坍了，死人还埋在下面，他们没有再迁埋，而是从房子周围挖了新土，拌了石灰和消毒液，一层一层堆起来成了别样的坟丘。有的坟丘上已长了草，草很凶，像是燃着绿色的火焰，也有三四个坟丘上竟然还开出一种小花来，如同血染的。荞荞走几步就叫着一个名字：忠民，福社，三喜，二虎，山春，五雷，来丰，银玲，建芬，双环，实成，德全伯，门爷，建婶，河嫂。这么叫着一直走到了村子最高处，那里是荞荞的家，荞荞站在那里大声喊戏生，四处一片寂静，喊声在细雨中回荡。我说：荞荞，荞荞。她不喊了，立在那里一动不动，像一根木头。我说：唱些啥呀？她说：你啥拿手你唱啥。我说：那还是先《开歌路》吧。我就唱起来：

扁鼓一响，唱师上场。一二三四五，金木水火土，阴晴风雷雨，生死病苦离。一请天地苍黄，二请日月明光，三请儒道佛祖，四请地府阎王，五请天帝玉皇，六请八大金刚，七请土地灶君，八请财神城隍，九请桃花娘娘，十请列宗祖上。

我唱着，回头看着荞荞，荞荞就一边走一边拾着地上的瓦片、脸盆、簸箕、碗、盘碟和烂铁锅，她见啥拾啥就和着我的歌声敲，敲几下扔了，再拾起别的一件敲。我停下来，说：你敲得好，都在点子上。荞荞说：你唱吧。我就又唱了：

唱师唱师，我为亡人唱歌，可唱妖怪可唱神，可唱盘古和混沌，可唱生时和死地，可唱穷贫和富贵，可唱革命和改革，可唱人心和天意。

突然我忘了词，唱不下去了。荞荞说：你唱呀！我说：我不知道再唱些啥了。我让荞荞在我的背篓里掏书，那是我记录的一本阴歌词，荞荞翻开，说：这么多的词么。我说：我能唱三百首的，突然就全忘了，这是从没有过的事，你给我提示吧，只要提示一句开头，我就能全唱下去。于是，荞荞一边敲着拾起来的东西，一边给我从第一页念，她刚念出一首词的头两个字，我一下子就唱了下去。我唱了《开五方》《安五方》《奉承歌》《悔恨歌》《孝劝》《佛劝》《道劝》《二十四孝》《游十殿》《还阳歌》《十二时》《叹四季》《摆侃子》《扯鬏衿》。在《扯鬏衿》里还加了《摆摆参加游击队》《唱支山歌给党听》《东方红》《望长空》《我们走进新时代》。但唱那些新歌时我唱得不顺溜，常常就跑了调，干脆最后就唱起了秦岭里自古流传的乱弹来：

出了南门往北走，路上碰见人咬狗。拾起狗来砸砖头，反被砖

261

头咬了手。把手扔进河里头，溅了一身黄干土。蚂蚱身上害疥疮，老牛卧在鸡架上。蚂蚁踏得锅盖响，老鼠骑到猫脖项。他大十七娃十八，月里娃娃做庄稼，唱了白话唱实话，初九过了是初八。

　　我和荞荞是从杜仲树下开始唱的，走过了村中那条直道，就绕着整个村子唱，绕了第二圈，天就黑了。我们坐下来吃干粮喝水，夜里又开始唱，我把三百多首唱词全唱了，加上那些我能唱的新歌和乱弹白话，来回唱，反复唱，直唱了三天三夜。我完全迈不开腿了，嗓子没了声，匾鼓也敲破了皮，我和荞荞在村口磕了个头，在第四天黎明，就离开了。

　　离开的时候，一抬头，突然看见村后的山梁上有人披着黑被单跑，跑得飞快，像是戏生，再看时是云影，荞荞叫了一声：戏生！我安慰说：天上过云，影子在地上跑哩，戏生一定会托生，他托生了又是个人精的。

　　从此，我真的不唱阴歌了，也唱不了阴歌，因为再都记不住了那些歌词，我知道我老了，该回老家了。可是，哪儿是我的老家呢？就在这年的冬天，天上刮西风，一刮就几个月，我便顺着风走。从秦宁县一路走到三台县，从三台县又走到山阴县，到了子午镇，风住了，我的这个窑洞还在，就住在了窑洞里。

结　尾

我念一句，你念一句。

　　北次二山之首，在河之东，其首枕汾，其名曰管涔之山。其上
无木而多草，其下多玉。汾水出焉，而西流注于河。又北二百五十
里，曰少阳之山，其上多玉，其下多赤银。酸水出焉，而东流注
于汾水，其中多美赭。又北五十里，曰县雍之山，其上多玉，其
下多铜，其兽多闾麋，其鸟多白翟白鵺。晋水出焉，而东南流注于
汾水。其中多鮆鱼，其状如儵而赤鳞，其音如叱，食之不骚。又北
二百里，曰狐岐之山，无草木，多青碧。胜水出焉，而东北流注于
汾水，其中多苍玉。又北三百五十里，曰白沙山，广员三百里，尽
沙也，无草木鸟兽。鲔水出于其上，潜于其下，是多白玉。又北
四百里，曰尔是之山，无草木，无水。又北三百八十里，曰狂山，
无草木。是山也，冬夏有雪。狂水出焉，而西流注于浮水，其中多
美玉。又北三百八十里，曰诸余之山，其上多铜玉，其下多松柏。
诸余之水出焉，而东流注于旄水。又北三百五十里，曰敦头之山，
其上多金玉，无草木。旄水出焉，而东流注于邛泽。其中多䭴马，

牛尾而白身，一角，其音如呼。又北三百五十里，曰钩吾之山，其上多玉，其下多铜。有兽焉，其状羊身人面，其目在腋下，虎齿人爪，其音如婴儿，名曰狍鸮，是食人。又北三百里，曰北嚣之山，无石，其阳多碧，其阴多玉。有兽焉，其状如虎，而白身犬首，马尾彘鬣，名曰独狢。有鸟焉，其状如乌，人面，名曰鷬鹠，宵飞而昼伏，食之已暍。涔水出焉，而东流注于邛泽。又北三百五十里，曰梁渠之山，无草木，多金玉。脩水出焉，而东流注于雁门。其兽多居暨，其状如彙而赤毛，其音如豚。有鸟焉，其状如夸父，四翼、一目、犬尾，名曰嚣，其音如鹊，食之已腹痛，可以止衕。又北四百里，曰姑灌之山，无草木。是山也，冬夏有雪。又北三百八十里，曰湖灌之山，其阳多玉，其阴多碧，多马。湖灌之水出焉，而东流注于海，其中多鳢。有木焉，其叶如柳而赤理。又北水行五百里，流沙三百里，至于洹山，其上多金玉。三桑生之，其树皆无枝，其高百仞。百果树生之。其下多怪蛇。又北三百里，曰敦题之山，无草木，多金玉。是錞于北海。凡北次二山之首，自管涔之山至于敦题之山，凡十七山，五千六百九十里。其神皆蛇身人面。其祠：毛用一雄鸡彘瘗；用一璧一珪，投而不糈。

★　　　★

有什么要问的吗？

问：骚指什么？

答：指身体有异味，如狐臭吧。

问：暍呢？

答：中暑。

问：衕呢？

答：腹泻。

问：夸父就是《夸父逐日》的夸父吗？

答：你知道《夸父逐日》？

问：知道呀。夸父与日逐走，入日。渴欲得饮，饮于河渭，河渭不足，北饮大泽。未至，道渴而死。弃其杖，化为邓林。但是，嚣"其状如夸父"，夸父原来是一种兽？

答：是一种兽。

问：兽在逐日，它怎么就要逐日呢？

答：咯噔。

★　　　　　★

学生还要问下去，突然他就停止了，他听见了咯噔一声，像是水管子堵塞又猛地疏通下水了的那种，又像是在井口丢石子，丢进去很久才听到石子落水的那种。学生以为这咯噔声发自老师的口中，老师或许是在叱责他，或许是在嘲笑他，他看着老师，但那咯噔声并不是老师发出来的。他说，你听见有响声吗？老师并没有听到什么响声，甚至有些生气，拿书在学生的头上拍了一下，说：专心！而这时候，从内窑里飘出一团气，白色的，像云一样，悠然从窑洞口出去了。老师和学生都目瞪口呆，面面相觑，随即就往窑门外看，那团气越来越大，往南远去。学生啊地转身就往内窑里跑，他看到唱师还睡在炕上，眉眼是悲苦也是欣喜，说不来的一种笑，同时在一股香气中，身子在缩，四肢在缩，脖子也在缩，他伸手在口鼻上试，已经没有气。

唱师就这样老死了。

老师还要教《山海经》，没法再教了，说：哦，那就讲这四天吧，后边还有《东山经》《中山经》，"海外四经"，"海内四经"，"大荒四经"，《海内经》，以后再讲吧。

★   ★

　　唱师死后，就埋在了窑洞里，其实谁也没有埋，是放羊的父子用石头和土封堵了窑洞口。而学生却一定要父亲和爷爷为唱师在窑洞外立一块儿碑。放羊的父子从棒槌峰上凿出了一块儿石碑，碑子上写什么呢，学生去请老师写，老师也犯了难，他先想写唱师一直在唱阴歌，哪儿有死亡他就去唱阴歌，他怎么能活得那么长唱得那么久呢？觉得不妥，又想写唱师一生都在为亡去的人唱阴歌，而他死了，却没有人为他唱阴歌了。还是觉得不妥。学生说：那怎么写呢？老师再想，想了很久，最后写了一句话：这个人唱了百多十年的阴歌，他终于唱死了。

　　这一夜，棒槌峰端的石洞里出了水，水很大，一直流到了倒流河。

二〇一四年三月二十八日三稿完

后　记

　　年轻的时候，欢得像只野兔，为了觅食去跑，为了逃生去跑，不为觅食和逃生也去跑，不知疲倦。到了六十岁后身就沉了，爬山爬到一半，看见路边的石壁上写有"歇着"，一屁股坐下来就歇，歇着了当然要吃根纸烟。

　　女儿一直是反对我吃烟的，说：你怎么越老烟越勤了呢？！

　　我是吃过四十年的烟啊，加起来可能是烧了个麦草垛。以前的理由，上古人要保存火种，保存火种是部落里最可信赖者，如果吃烟是保存火种的另一形式，那我就是有责任心的人么。现在我是老了，人老多回忆往事，而往事如行车的路边树，树是闪过去了，但树还在，它需在烟的弥漫中才依稀可见呀。

　　这一本《老生》，就是烟熏出来的，熏出了闪过去的其中的几棵树。

　　在我的户口本上，写着生于陕西丹凤县的棣花镇东街村，其实我是生在距东街村二十五里外的金盆村。金盆村大，一九五二年驻扎了解放军一个团，这是由陕南游击队刚刚整编的部队，团长是我的姨父，团部就设在村中一户李姓地主的大院里。是姨把她的挺着大肚子的妹妹接去也住在团部，十几天后，天降大雨我就降生了。那时候，棣花镇正轰轰烈烈闹土改，我家分到了好多土地，我的伯父是积极分子，被镇政府招去做了干部。所以在我的幼年，听得最多的故事，一是关于陕南游击队的，二是关于土改的。到了十三岁，我刚从小学毕业到十五里外去上初中，"文化大革命"爆发了，只好辍学务农，棣花镇人分成两派，两派都在造反，两派又都相互攻击，我目睹了什么是革命和革命的文斗武斗。后来，当教师的父亲被定为历史反革命分子而我就是"黑五类"子弟，知道了世态炎凉，更经历了农民在无产阶级专政下如何整肃、改造、统一着思想和行为。再后来，我以偶然的机会到了西安，又在西安生活工作和写作，十几年里高高山上站过，也深深谷底行过。又后来是改革开放了，史无前例，天翻地覆，我就在其中扑腾着，扑腾着成了老汉。

这就是我曾经的历史，也是我六十年来的命运。我常常想，我怎么就是这样的历史和命运呢？当我从一个山头去到另一个山头，身后都是有着一条路的，但站在了太阳底下，回望命运，能看到的是我脚下的阴影，看不到的是我从哪儿来的又怎么是那样地来的，或许阴影是我的尾巴，它像扫帚一样我一走过就扫去痕迹，命运是一条无影的路吧，那么，不管是现实的路还是无影的路，那都是路，我疑惑的是，路是我走出来的？我是从路上走过来的？

三年前的春节，我回了一趟棣花镇，除夕夜里到祖坟上点灯。这是故乡重要的风俗，如果谁家的祖坟上没有点灯，那就是这家绝户了。我跪在坟头，四周都是黑暗，点上了蜡烛，黑暗更浓，整个世界仿佛只是那一粒烛焰，但爷爷奶奶的容貌，父亲和母亲的形象是那样地清晰！我们一直在诅咒着黑夜，以为它什么都看不见，原来昔人往事全完整无缺地在那里，我们只是没有兽的眼罢了。也就在那时，我突然还有了一个觉悟：常言生有时死有地，其实生死是一个地方。人应该是从地里冒出来的一股气，从什么地方冒出来活人，死后再从什么地方遁去而成坟。一般的情况都是从哪里出来就生着活着在哪里的附近，也有特别的，生于此地而死于彼地或生于彼地而死于此地，那便是从彼地冒出的气，飘荡到此地投生，或此地冒出的气飘荡于彼地投生。我家的祖坟在离村子不远的牛头坡上，牛头坡上到处都是坟，村子家家祖坟都在那里，这就是说，我的祖辈，我的故乡人，全是从牛头坡上不断冒出的气又不断地被吸收进去。牛头坡是一个什么样的穴位呀，冒出的是一种什么样的气，清的，浊的，祥瑞的，恶煞的，竟一茬一茬的活人闹出了那么多声响和色彩的世事？！

从棣花镇返回了西安，我很长时间里沉默寡言，常常把自己关在书房里，整晌整晌什么都不做，只是吃烟。在灰腾腾的烟雾里，记忆我所知道的百多十年，时代风云激荡，社会几经转型，战争，动乱，灾荒，革命，运动，改革，在为了活得温饱，活得安生，活出人样，我的爷爷做了什么，我的父亲做了什么，故乡人都做了什么，我和我的儿孙又做了什么，哪些是荣光体面，哪些是龌龊罪过？太多的变数呵，沧海桑田，沉浮无定，有许许多多的事一闭眼就想起，有许许多多的事总不愿去想，有许许多多的事常在讲，有许许多多的事总不愿去讲。能想的能讲的已差不多都写在了我以往的书里，而不愿想不愿讲的，到我年龄花甲了，却怎能不想不讲啊？！

这也就是我写《老生》的初衷。

写起了《老生》，我只说一切都会得心应手，没料到却异常滞涩，曾三次中断，难以为继。苦恼的仍是历史如何归于文学，叙述又如何在文字间布满空隙，让它有弹性和散发气味。这期间，我又反复读《山海经》，《山海经》是我近几年喜欢读的一本书，它写尽着地理，一座山一座山地写，一条水一条水地写，写各方山水里的飞禽走兽树木花草，却写出了整个中国。《山海经》里那些山水还在，上古时间有那么多的怪兽怪鸟怪鱼怪树，现在仍有着那么多的飞禽走兽鱼虫花木让我们惊奇。《山海经》里有诸多的神话，那是神的年代，或许那都是真实发生过的事，而现在我们的故事，在后代来看又该称之为人话吗？阅读着《山海经》，我又数次去了秦岭，西安的好处是离秦岭很近，从城里开车一个小时就可以进山，但山深如海，进去却往往看着那梁上的一所茅屋，赶过却需要大半天。秦岭历来是隐者的去处，现在仍有千人修行在其中，我去拜访了一位，他已经在山洞里住过了五年，对我的到来他既不拒绝也不热情，无视着，犹如我是草丛里走过的小兽，或是风吹过来的一缕云朵。他坐在洞口一动不动，眼看着远方，远方是无数错落无序的群峰，我说：师傅是看落日吗？他说：不，我在看河。我说：河在沟底呀，你在峰头上看？他说：河就在峰头上流过。他的话让我大为吃惊，我回城后就画了一幅画。我每每写一部长篇小说，为了给自己鼓劲，就要在书房挂上为所写的小说的书画条幅，这次我画的是"过山河图"，水流不再在群山众沟里千回万转，而是无数的山头上有了一条汹涌的河。还是在秦岭里，我曾经去看望一个老人，这老人是我一个熟人的亲戚，熟人给我多次介绍说这老人是他们那条峪里六七个村寨中最有威望的，几十年来无论哪个村寨有红白事，他都被请去做执事，即便如今年事已高，腿脚不便，但谁家和邻居闹了矛盾，谁个兄弟们分家，仍还是用滑竿抬了他去主持。我见到了老人问他怎么就如此地德高望重呢。他说：我只是说些公道话么。再问他怎样才能把话说公道，他说：没有私心偏见，你即便错了也错不到哪儿去。我认了这位老人是我的老师，写小说何尝不也就在说公道话吗？于是，第三遍写《老生》，竟再没有中断，三个月后顺利地完成了草稿。

《老生》是四个故事组成的，故事全都是往事，其中加进了《山海经》的许多篇章，《山海经》是写了所经历过的山与水，《老生》的往事也都是我所见所闻所经历的。《山海经》是一座山一条水地写，《老生》是一个村一个时代地写。《山海经》只写山水，《老生》只写人事。

如果从某个角度上讲，文学就是记忆的，那么生活就是关系的。要在现实生活中活得自如，必须得处理好关系，而记忆是有着分辨，有着你我的对立。当文学在叙述记忆时，表达的是生活，表达生活当然就要写关系。《老生》中，人和社会的关系，人和物的关系，人和人的关系，是那样地紧张而错综复杂，它是有着清白和温暖，有着混乱和凄苦，更有着残酷，血腥，丑恶，荒唐。这一切似乎远了或渐渐远去，人的秉性是过上了好光景就容易忘却以前的穷日子，发了财便不再提当年的偷鸡摸狗，但百多十年来，我们就是这样过来的，我们就是如此的出身和履历，我们已经在苦味的土壤上长成了苦菜。《老生》就得老老实实地去呈现过去的国情、世情、民情。我不看重那些戏说，虽然戏说都以戏说者对现实的理解去借尸还魂。曾经的饥荒年代，食堂里有过用榆树皮和苞谷皮去做肉的，那做出来的样子是像肉，但那是肉吗？现在一些寺院门口的素食馆，不老实地卖素饭素菜，偏要以豆腐萝卜造出个鸡的形状，猪肉的味道，佛门讲究不杀生，而手不杀生了心里却杀生，岂不是更违法？要写出真实得需要真诚，如今却多戏谑调侃和伪饰，能做到真诚已经很难了。能真正地面对真实，我们就会真诚，我们真诚了，我们就在真实之中。写作因人而异，各有各的路数，生一堆火，越添柴火焰越大，而水越深流越平静，火焰是热闹的、炙热的，是人是兽都看得见，以细辨波纹看水的流深，那只有船家渔家知道。看过一个材料，说齐白石初到北京，他的画遭人讥笑，过了多少年后，世人才惊呼他的旷世才华而效仿者多多，但效仿者要么一尽写意，要么工笔摹物，齐白石这才说了"似与不似之间"的话。似或不似可以做到，谁都可以做到，之间的度在哪里，却只有齐白石掌握。八大山人也说过立于金木水火土之内而超于金木水火土之外，形上形下，圆中一点。那么，圆在哪儿，那一点又在圆中的哪里，这就是艺术的高低大小区别所在了。看山是山看水是水，看山不是山看水不是水，看山还是山看水还是水，年龄会告诉这其中的道理，经历会告诉这其中的道理，年龄和经历是生命的包浆啊。

271

　　至于此书之所以起名《老生》，或是指一个人的一生活得太长了，或是仅仅借用了戏曲中的一个角色，或是赞美，或是诅咒。老而不死则为贼，这是说时光讨厌着某个人长久地占据在这个世上，另一方面，老生常谈，这又说的是人越老了就不要去妄言诳语吧。书中的每一个故事里，人物中总有一个名字里有老字，总有一个名字里有生字，它就在提醒着，人过的日子，必是一日遇佛一日遇魔，风刮很累，花开花也疼，我们既然是这些年代的人，我们也就是这些年代的品种，说那些岁月是如何的风风雨雨、道路泥泞，更说的是在风风雨雨的泥泞路上，人是走着，走过来了。

故乡的棣花镇在秦岭的南坡，那里的天是蓝的，经常在空中静静地悬着一团白云，像是气球，也像是棉花垛，而凡是有沟，沟里就都有水，水是捧起来就可以喝的。但故乡给我印象最深最不可思议的还是路，路那么地多，很瘦很白，在乱山之中如绳如索，有时你觉得那是谁在撒下了网，有时又觉得有人在扯着绳头，正牵拽了群山走过。路的启示，《老生》中就有了那个匡三司令。

匡三司令是高寿的，他的晚年荣华富贵，但比匡三司令活得更长更久的是那个唱师。我在秦岭里见过数百棵古木，其中有笸篮粗的桂树和四人才能合抱的银杏，我也见过山民在翻修房子时堆在院中的尘土上竟然也长着许多树苗。生命有时极其伟大，有时也极其卑贱。唱师像幽灵一样飘荡在秦岭，百多十年里，世事"解衣磅礴"，他独自"燕处超然"，最后也是死了。没有人不死去的，没有时代不死去的，"眼看着起高楼，眼看着楼坍了"，唱师原来唱的是阴歌，歌声也把他带了归阴。

《老生》是二〇一三年的冬天完成的，过去了大半年了，我还是把它锁在抽屉里，没有拿去出版，也没有让任何人读过。烟还是在吃，吃得烟雾腾腾，我不知道这本书写得怎么样，哪些是该写的哪些是不该写的哪些是还没有写到，能记忆的东西都是刻骨铭心的，不敢轻易去触动的，而一旦写出来，是一番释然，同时又是一番痛楚。丹麦的那个小女孩在夜里擦火柴，光焰里有面包、衣服、炉火和炉火上的烤鸡，我的《老生》在烟雾里说着曾经的革命而从此告别革命。土地上泼上了粪，风一过粪的臭气就没了，粪却变成了营养，为庄稼提供了成长的功能。世上的母亲没一个在咒骂生育的艰苦和疼痛，全都在为生育了孩子而幸福着。

　　所以，二〇一四年的公历三月二十一，也是古历的二月二十一，是我的又一个生日，我以《老生》作我的寿礼，也写下了这篇后记。

贾平凹

二〇一四年三月二十一日